红色长篇小说经典

前驱

下

陈立德 著

人民文学出版社

二十一

好闷啊,真是闷得透不过气来了!万先廷感到自己好像被人紧紧堵住了鼻子和嘴巴,关在一个紧闭的铁桶里,紧裹着棉被,周围有熊熊的大火在烧烤着,使他的呼吸窒息、血液沸涌,嘴里干燥得发苦,浑身发着高烧……他虽然想尽力地挣扎,避开那周围大火的蒸烤,撕扯自己的衣服;可是这一切努力似乎都枉然,他总也挣不开紧裹的棉被,钻不出那大火包围着的铁桶。闷啊,他感到闷得再也忍受不住了,再继续一会,全身就要爆炸了!他用力、用力地咬着那枯干的、发着高烧的嘴唇,却一点也感觉不到疼痛,有的只是难忍的窒闷、窒闷……

一切都是模模糊糊,一切都是恍恍惚惚,万先廷不知道自己在什么地方,也不知道在干些什么。他看不到,也听不见,一切似乎都隔他遥远而又遥远了,有的只是热、热、难忍的闷热……

他似乎感到又在经历那刚到广州时炎热的折磨。那一天的情景,又模模糊糊地变成了一些不连片的回忆,在昏昏沉沉的头脑里反映出来……

可是,那些模糊的回忆,顷刻又被难忍的酷热驱开了。他觉得,自己被迫穿着一身厚重的棉袄,在熊熊的大火中挣扎着。炎热啊,炎热,大汗如雨;他想脱下烙铁一般的厚袄,却怎地也摸不着纽扣,他焦急、暴躁,用力地撕扯着棉袄,用力地撕扯、撕扯……可是,他觉得那双手不属于他自己了,像被焊住了似的动弹不得;他挣扎,用力地挣扎……

轰！……他感到，自己又置身在那炮火纷飞的战场上，一阵阵爆炸的热浪向他袭来。炮弹接连地爆炸，本连的弟兄们在炮火中奋勇地向前冲去，血肉飞溅，烟雾弥漫；旁边有人倒下去，倒下去，可是冲锋的人并没有停止，他们冲过自己弟兄的尸体，连眼睛也不眨，只是更加愤怒、更加勇猛地向前冲去……

　　突然，他又看见了赵云亭：骑着肥壮的黑马，军服烫得笔挺，戴着白手套，扬扬得意地笑着：

　　“别以为革命也能把八字革好！告诉你，抬轿的终归是抬轿，坐轿的终归得坐轿！”

　　“不！”万先廷愤怒地大声道，“这一辈子，你再也不会坐到我抬的轿子了！”

　　顿时，赵云亭那张凹下去的元宝脸，变成了一张贪婪狰狞的狼脸，两眼闪着磷火一般的绿光，张开血红的大嘴，露出一排白厉厉的牙齿，扑上来大声吼道：

　　“妈的，你这是做梦，做梦！……”

　　“不！”万先廷也举起拳头迎上去，迸出全力大声道，“一定能，一定，一定——！”最后那一声，像雷一般地在空中发出了长久的回响，他感到自己全身又突然充满神奇的力量了……

　　“好了，醒了，醒了！”耳边响起了一个女人的欢悦的声音，接着又是一阵忙乱的脚步声，似乎有好些人在他的身边围拢过来。万先廷用力睁开那双枯涩的眼睛，眼前一片蒙眬，接着，蒙眬中模糊地显出几个人影来，又慢慢地、慢慢地清晰了；他感到就像在幼时，有人给他戴上了一副老花眼镜，要他去辨认东西，可是却什么也看不清，最后那眼镜摘掉了，一切又都是那样色泽鲜明了。万先廷看见，面前似乎围了五六个人，有男有女，有的穿着军服，有的穿着白外衣，都是那样兴奋地望着他，就像望着一个远行归来的亲人。

　　“好啊，老弟！”万先廷听到这声音是从那个戴眼镜穿白外衣的人嘴里发出来的。他显得很兴奋,"你的生命真是太顽强了!"他又向后道:"来点水。"

一位穿军服的姑娘,含着难以抑制的笑容,拿着一个玻璃杯,凑到万先廷那枯裂的嘴唇上。万先廷一口气把那满满一杯水喝了下去,他觉得那简直像一杯清沁的甘露,把他身体内的炽热的火焰泼灭了。他这时只是感到头还有些沉重,身体十分虚弱、疲乏,眼前又变得晕眩起来,他于是又无力地闭上了眼睛。

"让他好好睡一睡吧……"万先廷只模模糊糊地听到了这一句话。后来,他就什么也不知道了。

……

万先廷醒来的时候,只觉得一切都非常明亮、爽目,周围的东西也都变得十分贴近、亲切了。他有了饥饿的感觉,嘴里寡淡无味,可是全身却变得如释重负般地轻松了。他试着移动了一下身体,想坐起来……

"别动,我来了!……"一个熟悉的少女的声音说。

万先廷抬头看时,见正是那位穿军服的姑娘。她双手托着一个磁盘,匆忙地走进来。万先廷这才看清她的面容:圆圆的脸十分白净,一双黑眼睛很亮,剪着短短的发盖,在两道眉毛的正中,有一颗很端正的黑痣,她笑起来时十分天真,看来至多不过十八九岁。她走到万先廷床前,把托盘放在床头的方凳上,一股可口的油香和鸡汤加了胡椒末的味道就钻进了万先廷的鼻子。

"吃饭吧。"姑娘笑着说,那口气像是对多年生活在一起的兄弟,使万先廷听了十分亲切。"你睡得真香,整睡了一天了。"她一面说,一面向玻璃杯里倒水。

"整一天?"万先廷吃了一惊:他睡了一整天了!这样长的时间就睡过去了!"呃……"万先廷望着那姑娘,不知该怎么称呼:叫小姐又不很适当,叫大姐又觉太鲁莽,只好含糊地道:"请……你让我起来。"

"你别动,让我来! 你的伤还没动手术哩!"姑娘一面说,一面麻利地忙碌着。她把玻璃杯放到方凳上,便到床前,伸开手预备来抱起万先廷……

万先廷慌了——他的手又不听使唤——忙向床后移着,摇头道:"别、别……我自己能行。……"

姑娘笑起来,笑得那样天真,看着万先廷道:"你还是个英雄呢,脸皮这么薄! 打起仗来你还顾得讲究这个? 我们这也是打仗! 在这儿,你可得听我的。"

万先廷的脸一直红到了耳根,只觉两颊发烧。她望着万先廷的样子,忍住笑,便托住枕头和被子把万先廷抱起来,靠在床头上。万先廷这时才感到自己是这样的虚弱无力,他感激地望着姑娘笑了。

"你是什么人?"万先廷问。

"我是救护队的看护。"那姑娘笑容满面地说道,"我姓刘,叫刘亦玲。你以后就叫我小刘好了。我知道你姓万,叫万先廷,是二营六连的代理连长。对不对?"她一面说,手里一面熟练地做事情:端着水杯给万先廷漱了口,又揭开钵盖,舀了一碗热腾腾的稀饭,又往稀饭里倒了些鸡汤,用匙子搅和着。万先廷看着她那熟练而温柔的动作,脑子里不觉浮起了大凤那亲切妩媚的形影。他想起了,还当他在少年时,有一回因为遇着暴风雨,一头黄牛滚下山坡受了伤,东家叫人痛打了他一顿。风吹雨淋,又加上毒打,他病倒了。那时,他躺在赵大叔的家里,大凤把刚煮好的稀饭给他端进屋来,十分大人气地摸摸他的额头,便欢呼雀跃地叫起来:"退烧了,退烧了!"然后,她就站在床前,端着碗,用匙子搅拌着,"呋呋"地把稀饭吹凉一些;她那双深湛而明亮的大眼,天真而温柔地望着他。不一会,她用舌头试了试凉热,便坐到床沿上,舀起一匙稀饭,送到他的嘴边……

"来,张开嘴,吃呀!"万先廷被这个清脆的声音惊醒了,只见看护小刘正舀着一匙稀饭,伸在他的嘴边;他想起刚才脑子里的幻影,不觉难为情地笑了。

"你笑什么呀?"小刘以为是在笑她了,也笑着嗔问道,"是看到我眉心中间这颗痣了吧?以前好些人也是,见了这颗痣就大惊小怪。说什么'痣在眉心,穿银戴金'。还有的说我要在辛亥年以前,能当得上女皇帝哩!那全是封建迷信!全该打倒了!……来,吃吧……"

万先廷一面一匙一匙地吃着稀饭,一面想起了家乡和大凤。他想起了在朱亭前线的战壕里驼五哥说的话,那时炮火纷飞,神经紧张得像一根绷紧的弦,很快就把那些话忘得一干二净了。现在,他想起了来到株洲的大凤,她现在又在什么地方呢?在混乱的战斗中她没有遇到什么危险吗?想到这里,他的眼前不觉又浮起了大凤那一双深湛明亮的大眼和那倔强而温柔的面影……

吃过两碗稀饭,万先廷又感到全身在开始恢复力量了,只是四肢还不由自主,动弹不得。他是个时刻都难于静止的人,他不能忍受这种在别人侍候下生活的"苦刑"。他挣扎着要起来——可是又引起了一阵阵刺心的疼痛。这时他才想起了伤口,这可恶的伤口还紧紧地跟随着他。他想起了刚才看护小刘说的话,他的伤还没有动手术;动什么手术呢?难道还有什么更可怕的后果在等待着他吗?想到这里,他不觉心头一阵发热,恐怖和痛苦占据了他的心;可怕的倒不是他的生命和肉体,这一切当他在青龙寺的大殿里庄严地举起拳头的时候,就已经全交给党和共产主义了;他感到可怕的是,他从此再不能拿起枪杆,跟弟兄们一起到战场上去冲锋陷阵了!穷人多需要枪杆子啊。当他想起死去的父亲反抗的一生,想起祖祖辈辈先人们同样的苦难的命运时,他曾经为自己的幸福感到自豪,为自己这一辈人的责任感到骄傲。而从此以后,他将再也不能亲身去完成这个光荣的使命了……这一切,他能够想象么?不,决不!纵使剩一条腿,他也要用另一条腿支撑着去战斗;纵使只留下一条胳臂,他也要用一只胳臂拿枪去射击、拼刺! 重要的是在民众最需要武装的时候,他决不能放下枪杆子! 在党需要战士的时候,他决不能离开战场! 想到这里,他望着正在收拾托盘的看护,性急地问:

"小刘,我什么时候能回队伍上去呢?"

小刘"噗哧"地笑了,向他道:"真有意思,你这才刚开头呢,就想着回去了!"

"刚开头?"万先廷急忙地问,"你们留我在这里干什么? 你看我哪些不能上前线? 你看!"他用力地举起手臂,却像举起一副千斤重的石滚,涨红了脸,大颗的汗珠从额上滚下来。

"哎呀,我的老天爷! 你这胳臂还想不想要啊?"小刘大惊地冲上去,按下他的手臂,埋怨道:"真没见过你这样的人,吓得别人也冒一身汗!"

"告诉我,小刘,"万先廷恳切地说,"你们为什么不让我走?"

"要走也不是这么个要法。"小刘道,"你的伤口里还有弹片,还得动手术,再……"

"那就快动吧!"万先廷道。

"瞧你说得多轻松。"小刘笑道,"'快动吧!'身体这么坏,谁敢替你开刀?"

万先廷热烈地要求:"不,我受得住! ……好小刘,你去报告医官吧,只要能让我快些回前方,随他们怎样办都行!"

小刘惊异地看着他,慌忙道:"那怎么能? 身体又不比别的,也能那样随便? ……"

"能,小刘!"万先廷诚恳地说,"我们身体虽是肉的,可是革命军的精神却是钢的! 在前方北洋军的炮弹我们都不怕,还怕你们医官手里的那把小刀子吗?"

小刘被他说得一时答不出话来。这个十七岁的单纯的少女,怀着满腔热血投入到革命军中来,在这短短的几十天里看到了多少令人感泣的事情啊！她对于前方的弟兄们充满了钦佩和尊敬，看着那些在战场上身负重伤、咬着牙冒着冷汗也不叫出来的弟兄们，她真恨不得吹一口气就能替他们把伤痛完全消除啊。可是，万先廷的伤情又不比别人，他的体质亏损多么大啊！推迟动手术是由她们的救护队长亲自决定的。这时，小刘只好安慰地说道："万连长，这样事我们也做不了主，这要我们队长才……"

"那就请你去报告他，好不好？"万先廷恳求地望着她说。

"报告他，也不会答应的。"小刘肯定地摇头说。

她说的是实话。她知道她们队长的医术非常高深，但是也正像许多胸有成竹的医师一样，职业的需要使他们养成了超乎常人的自信和固执。他对这种请求恐怕连听都不会听的。

"不，小刘，他会答应的。"万先廷也自信地说。他的眼里闪出了那种为小刘逐渐熟悉的热烈的光芒；那双闪着纯真的热情的眼睛，就像一对能使金石为开的钻石，叫你不能不被他感动。他固执地要求道："你去试试看。"

小刘犹疑了一下，仍然摇头道："不用试，万连长。别的事情他都能考虑，可这样事你怎么也不能说动他的。"

"那……"万先廷似乎有些灰心，目光低黯了一下。一瞬间的迟疑后，他声音不高但却决心地说："我找他说去。"他挣扎着就要从床上撑起来。

"哎呀，我的天！"小刘惊呼着，赶紧把他按到床上，斥责道，"你还想不想活啦？"她气急得真恨不得扬起拳头来，"你呀！"又只得无可奈何地央求道："好，你躺着别动，我去请队长看看。"

这一动虽然已经使万先廷出了一头大汗，可他的脸上还是露出了纯真的胜利的微笑。

小刘一面用不放心的目光回头看他，一面带着十分无奈的神情走出去了。

万先廷怀着感激而抱歉的心情目送她消失在门外。随着紧张的精神松弛下来,伤口的疼痛又变得剧烈起来。他用力咬住牙关。只有这时,他才觉到自己的身体多么虚弱。也许小刘说的救护队长的话是对的,他暗想。可是当他想起战场上那许多倒在自己身边的弟兄,和家乡的苦难的亲人,他又觉得自己的理由比医官们更充足、有力了。

这时,一阵刺入人心的痛楚的呻叫声,打断了万先廷的沉思。他听出这叫声是从不远的房间里传来的。这声音使他又顿时忘记了自己的痛苦,想起那些革命弟兄们在一起时亲密的感情,想起弟兄们在火线上的奋勇,他听这叫声真比自己的伤口疼痛还要难受百倍啊!……

正想着,小刘又匆忙地跑进房来。她兴奋得满脸通红,向万先廷点头道:“队长就来,就来……”

“多谢你,好小刘。”万先廷衷心地说。

“不用多谢。等一会队长说了你,可别怪我。”

万先廷笑了。他忽然想起刚才外面的呻叫声,便问小刘:“是哪里的弟兄在叫?”

小刘沉默了一会,似乎不愿意讲。可是经不住万先廷再三地问,她只好说了:“这回开刀的弟兄多,我们的麻药又快没有了。有的手术就只好少用一些……”

“麻药快没有了?”万先廷惊讶地说出来。

小刘把情况告诉他:原来他们从广州带出来的麻药,在碌田战斗之后就全都用光了。而派到广州和韶关去买药的人,又一时赶不回来。这回醴陵战斗,他们只好向军部和师部的医疗队借了一些,可是这种极需的药品又不能多借。幸好打开株洲后,第一营齐营长派人送来一批药品,里头有些麻药,这才救了战斗后的燃眉之急。而现在,就连这一点也剩下不多了。

听到这里,万先廷沉默了。他的开朗的两眼里罩上了忧郁,好一阵没有说话。

门外传来平稳而有节奏的脚步声,戴眼镜的救护队何队长走了进来。万先廷一看见他,军中严格的纪律使他竭力想从床上站下来。

"哎,别动、别动!"小刘急忙喊,用手按住他。

何队长走到床前,用医师们习惯的目光先审视了他一瞬,然后微笑地问:"怎么,现在就想回前方了?"

房内沉默着,万先廷似乎没听到他的问话,没有回答。

小刘有些着急地望着他,不知怎么回事。

"报告队长,"万先廷的两眼望着何队长,似乎刚刚从复杂的思潮中安定下来,他用商量的语气说道,"我有一个新的请求。"

"怎么?"小刘惊喜地看看他,又看了何队长一眼。

"你们开刀的时候,能不上麻药吗?"万先廷期待地问。他似乎已经肯定地相信救护队长会答应他的要求的了。

"什么?!"小刘似乎感到害怕地瞪大眼睛。连何队长那镇定深沉的两眼里,也射出惊讶的光来,他好一会说不出话。随后,他才现出平静的微笑,说道:"这我怎能回答你呢?医师的责任是救人,不是冒险……"

"报告队长,为救人来冒险是值得的。队长,你们的麻药不多了,可是等着开刀的弟兄还很多。你把那点药留给别的弟兄吧,我的身体不是正好受不住药力吗?"

"那是因为你现在体质太虚弱了。"何队长望着他道,"你的伤势又严重,麻药上少了止不住痛,上多了又可能引起别的后果。要是不上麻药……"何队长沉吟了一下,斟酌着字句,"那种痛苦,你是想都不会想到的。"

"队长,我想到过。"万先廷郑重而恳切地说,"只要你们答应,我就决不会怕!"

何队长从眼镜里透出的奇异的目光,那样惊讶地望着他。起先,他实在被万先廷的大胆提议怔住了:这种情况对有经验的医生说来也是充满危险,并且是不能允许的。如果说这话的是别一个人,如果他对这个年轻人的心情和行为还没有充足的了解,他的回答一定会是简单而决断的。但是,此刻在万先廷那热烈坚定的目光里,他看到了多少用言语难以表达的心意。他感到更加热爱和了解这个年轻人了。认真说,医生在病人面前是不大流露感情的;可是,何队长——这个多年的医生,却没法掩饰自己心中的激动了。他感到,这个年轻人对自己的目标所树立的不达不止的决心、那坚韧的毅力、那充满自信的激情、那真挚的坦白和直率,竟使你没法不受到感动,并且也没法不同样地充满着坚定的毅力和自信。然而,科学又终究是科学;也许正因为医学的每一步进展都是要用人的生命作代价,所以至今人们还没有能完全认识自己。他,何队长,在今天的医学知识和前方的简陋条件下,能够在巨大的危险中帮助这个年轻人战胜命运么? 这一切似乎简直是不可思议的。冒险,是医生的可怕的品质;冒险,却又正是医生的最可贵的品质啊! ……这一瞬间,他的内心经历了多少复杂的变化。他望着万先廷那热烈期待的目光,沉思着,慢慢地站了起来,然后低声而郑重地说道:

"好吧,万先廷同志,我答应你。"

万先廷那样快活地、孩子气地笑了,兴奋地叫道:"谢谢你,队长!"要不是小刘赶紧过来按住,他真要高兴得从床上跳起来了。

"小刘,马上准备。"何队长冷静地吩咐一声,便转身走出去了。

小刘望着队长的背影,她还从来没有一回,看见队长这样轻易地被伤号说服过,可是今天……她转过头来看着万先廷,那样钦佩而又叹息地摇了摇头……

万先廷躺在几张课桌拼成的"手术台"上,身上盖着一块白布。他的心此刻却十分安静宁贴。尽管那难以想象的痛苦在等待着他,可是他却丝毫没有想到这些,他的心完全被很快能回到队伍和前方的喜悦占据了;那许多亲密的弟兄的面影,那紧张艰苦然而充满胜利欢乐的战斗生活,给了他敢于战胜一切痛苦的力量。

一股并不难闻的酒精和周围刚消过毒的药水气味充满了房间。医官和看护们正在隔壁那间房子里作着准备工作,可以听到喁喁的低语声,和紧张而轻悄的脚步声。

过了一会,两个看护从隔壁房间里走进来。她们都穿着白外衣、白帽,戴着大口罩。只有从眉心正中的那颗黑痣上,万先廷才分得出那个身材细挑些的是小刘;他望着她们笑了笑。

"身上都好受吧?"小刘关切地望着他问,"要是哪儿不好受,可千万别瞒着。"

"全都很好。"万先廷望着她道,"还不动手?"

"'动手',"小刘学着他的话道,"你说得多轻巧! 这样的手术,何队长也是头一回做哩!"

那另一个看护给万先廷量了量体温,看看体温计,又摸摸他的脉搏,然后走回隔壁房间里去了。

小刘站在"手术台"前,默默地望着万先廷,目光里不知是爱抚,还是担心。

"怎么了,小刘。"万先廷向她笑道,"你不是最爱说话的么? 怎么现在又不说了呢?"

"嗯……"小刘点点头,可一时又找不出什么话来。安慰么? 叮嘱么? 告诫么? 对于这样的人,这一切又有什么用处呢? 眼下这个躺在拼着的课桌上的、衰弱的年轻人,在她的心里,是一个多么威武高大的形象。这种印象是怎样产生的,连她自己也不知道。此刻,她心里在想些什么呢? 她有一个奇怪而矛盾的想法:希望何队长忽然改变主意,或者因为什么耽搁下来。这样他就可以多在这里躺一些天了啊。虽然,她又真希望他立刻好起来,健壮起来;而那样他也就一定会很快离开这里了。这种想法反复在她的脑子里矛盾着、交织着。

万先廷当然不能了解小刘的心情。但是,他也看出了她脸上的强作的微笑,便亲切地问:"怎么了,小刘? 又有什么事情不快活了?……"

小刘微笑地摇了摇头。停了一会,她低声地说道:

"你放心,我们不是为你担心……全都会很好的……"她本是想安慰万先廷的,却正好泄露了她自己的心情。

万先廷笑了:他还根本没想到担心的事哩。为了安慰她,便故意拿话逗她道:"小刘,你到火线上去过吗? 给我讲一讲你头一回看见打仗的事吧!"

小刘好笑地望着他摇摇头道:"你开口闭口总离不开打仗的事。烧得那样狠还在想打仗,夜晚说梦话也说的是打仗。"她不觉叹了口气,半认真地望他笑道,"你怎么就天生这样喜欢打仗呢?"

万先廷沉默下来,默默地望着她。他们的目光都停在各自的思潮里。是啊,他为什么这样地喜欢打仗,这心情是小刘所不能了解的。用什么样的语言,才能把这一切向她说得清楚呢? 不,这一切是任何语言也无法说清的;可是如果她,哪怕只在他们那漫长的苦难岁月里生活一天,她也会能完全理解他渴望战斗的心情了。多少先辈用生命和鲜血传下了这个真理:正像荒地里不会白白长出庄稼;自由和土地,是只能用斗争取得的。

这时,响起了脚步声和谈话声,刚才走出去的那个女看护最先走进来。接着,医官和看护们也都从隔壁房间里走进来了。何队长已经完全变了样:白衣白帽,戴一副格外大的口罩,平举着两只手。他身后还跟着三个女看护,有一个看护端着一个排列着手术器械的白瓷盘,她把瓷盘放到旁边的桌上。看护们都站到了自己的位置上。

何队长站在"手术台"前,望着万先廷,亲切地问:"万先廷同志,你还有什么请求吗?"

万先廷摇摇头,又忽然问:"你动手的时候,我能够听别人念点书吗?"

何队长笑了,会心地点点头,又问:"你想听什么书好?"

"什么都行。"万先廷似乎怕麻烦他们似的,不好意思地笑了,"要是找得到,就给我念一段'大闹野猪林'吧。……"

何队长立刻转向小刘道:"快去,借一本《水浒传》来。"

小刘点点头,急忙转身跑出去了。

一个男看护提了一盏燃着的大汽灯进来。汽灯呼呼地响,发出白色耀眼的光芒。他们用绳子挂在了"手术台"的上方。万先廷感到了那灯光发出来的热力。

"好,我们开始吧。"何队长向万先廷道,"要是疼得厉害,就叫一声。我们可以停一会。"

万先廷默默点点头,他的目光中说出:"别担心我,队长。你只管动手吧!"

头前的一个看护要用白布蒙住万先廷的脸,万先廷微笑地摇摇头,似乎是问:"能不要吗?"

何队长笑了,示意看护把白布拿开。另一边的那个看护接着按住了万先廷没受伤的右臂……

手术开始了。

房间里是这样的静。只有急促的喘息声、刀剪交换的轻微金属碰击声、汽灯发出的呼呼声。一切紧张而有规律地进行着。如果有人要我举出一个极度准确而迅速的协同的例子,那我便会毫不犹豫地举出手术室里医生和看护的关系了。那是一场怎样的生与死的搏斗、血与肉的冲击!生命在经受着严重的考验……

万先廷的脸色变得蜡黄,大颗的汗珠在他脸上滚动着。当最先何队长用镊子揭开那凝结在伤口上的纱布时,尽管像在撕揭着肉皮,可是他还忍受得住;接着,像一把尖刀刺进了胸膛,剧烈的疼痛似乎一下便钻进了骨髓,而且继续加深着、扩展着;他紧紧咬住牙关,握紧拳头,身子像畏惧寒冷似的竭力向一块收缩……他的脑子里还很清醒,一个坚定的信念鼓舞着他:死都不怕,还怕什么疼痛呢?……

"怎么样?"何队长关切地望着他问。头上也冒着汗。

"嗯……"万先廷吃力地露出笑容,短促地点点头,他想说出,"别管我,队长,开吧……"可是一句也说不出来。

"要疼得受不了,就叫出来。"何队长一面准确而迅速地动作,一面说,"这样会好受些。"

"……"万先廷喘气、摇头,用吃力的、安慰一般的微笑代替了回答。

寂静。只有急促的呼吸声、金属的轻微撞击声、汽灯呼呼的响声,给寂静增添了紧张难忍的气氛……

小刘急忙地跑了进来。她面红气喘,手里拿着一本书,似乎感到自己的迟误,向万先廷抱歉似的笑了笑,说道:

"借来了。"

"念吧……"万先廷喘着气,竭力迸出这两个字说。

小刘又望望何队长,见他点了点头,便急忙翻开书,先看看章回目录。找到后,便低声而清晰地念起来:

"'……一座猛恶林子,有名唤做"野猪林";此是东京去沧州路上第一个险峻去处。宋时,这座林子内,但有些冤仇的,使些钱与公人,带到这里,不知结果了多少好汉。今日,这两个公人带林冲奔入这林子里来。……'"

万先廷集中全力地听着,努力抓住每一个字;疼痛紧紧啮咬着他,他的喘气越来越急促了。

"'三个人奔到里面,'"小刘的声音继续念着,"'解下行李包裹,都搬在树根头。林冲叫声……'"

疼痛,剧烈的疼痛!万先廷紧紧咬着牙关,脸上大粒汗珠滚动着;一个看护用手巾轻轻替他擦去,可是汗珠又立刻沁了出来……

"'薛霸腰里解下索子来,把林冲连手带脚和枷紧紧的绑在树上,'"小刘偷看了万先廷一眼,声音有些颤抖起来,"'同董超两个跳将起来,转过身来,拿起水火棍,看着林冲,说道……'"

疼痛,剧烈的疼痛……

"'薛霸便提起水火棍来望着林冲脑袋上劈将来……'"小刘继续念着。

万先廷听着,用高度集中的精力来和疼痛搏斗;起先那些声音还十分清晰,那书中的情节把他带回了在家乡时看这本书的心情中;逐渐地,疼痛的袭击越剧烈,小刘的声音似乎离得越来越远,像在另外一个遥远的世界上;控制他的整个身心的只有疼痛、疼痛、疼痛……

"'说时迟,那时快;'"小刘含着激动的声音继续念着,"'薛霸的棍恰举起来,只见松林背后,雷鸣也似一声,那条铁禅杖飞将来,把这水火棍一隔,丢去九霄云外,跳出一个胖大和尚来,……'"

万先廷的脑子里也似乎猛地震动了一下,小刘的声音又突然离得近了:她念出了一件多么大快人心的事啊!万先廷从前也是格外喜欢这一段的。他积聚起自己最后的力量,忍耐着,坚持着,倾听着……

"'两个公人看那和尚时,穿一领皂布直裰,挎一口戒刀,提着禅杖,抡起来打两个公人。……'"

又是一阵刺心的剧痛,万先廷感到全身的骨头都似乎解体了,心一下提了起来,晃晃悠悠,晃晃悠悠;眼前似乎有无数的小金头虫在攒动着,攒动着,越来越快,越来越快,终于,他再也听不到小刘那清脆的声音,再也听不到刀剪轻微的撞击和汽灯呼呼的叫声,他感到自己在无形的太空里飘游起来了……

"好了,好了。"一个声音在耳旁说。万先廷重新睁开眼看时,只见何队长和看护们都兴奋地围在他的面前。何队长的那副大口罩已经除下了,脸色通红,满头大汗,微笑而亲切地望着他。万先廷不觉也向他们露出了惨白但是轻快的笑容。

"你真太倔强了，老弟。"何队长舒了一口气，额上满是大颗的汗珠，他笑着摇头道，"病人在异常的痛苦时不叫出来，这对医生是最难受的事了。"

"别担心我，队长，"万先廷虚弱地说道，"你只管动手吧……"

"已经完了。"何队长兴奋地说着，举起手里用镊子夹着的一块不小的弹片，"敌人投降了！"接着，他又亲切地说："告诉你吧，只要再休养一段时间，你就能够回队伍上去了。"

万先廷的脸上露出了孩子气的笑容，他的目光从何队长的脸上转向看护们，似乎想从每一个人的眼里找到回答。

"不过，可不能再性急了。"何队长笑着说道。

"谢谢你，队长！"万先廷感动地说，又转向看护们，"谢谢你们，同志们！小刘呢？"

"万连长！"小刘站到他面前，脸上露着难以抑制的笑容，眼里却滚出泪花来，她急忙用手擦着，笑道："我们都替你疼得受不了了，可你……"

"你念得真好，"万先廷岔开她的话，微弱地笑道，"我这一辈子都忘不了。"

"好了，你不能再多说话了。"何队长向万先廷含笑说过，便向看护们作了个"抬走"的手势。

二十二

当北伐战场的第二个大捷报——攻克醴陵的消息，被电波带到两军——北洋军和革命军——的主帅那里时，却引起了两种奇怪的、截然不同的反响：北洋军的统帅吴佩孚甚至有些暗暗高兴；而即将上任的革命军总司令蒋介石却反而因此着慌起来了。

有趣的逻辑！

八年以前，在北洋军中初露头角的吴佩孚，就从湖南开始走出了他一生事业中决定性的一步。

辛亥革命后，湖南就一直是战乱多事之秋。那里的督军，最多的当到两年，最少的只当到三天。那一年，皖系首领段祺瑞刚把自己的势力伸展到湖南；可是他委任的那位督军，却是一个十足的饭桶。上任不到一月，就被部下倒戈，逃得不知去向。皖系的两个师都被湘、粤、桂三省军阀组织的护法联军打垮。这使段祺瑞大为震怒，又调动几个师增援湖南；可是不想护法联军锐气难当，几个回合之后，护法联军夺取了湖南北部的最后一个据点——岳阳，皖系北洋军逃到了湖北。

那时，吴佩孚还只是北洋直系第三师的代理师长，正屯兵在湖北河南一带。段祺瑞命令他们开赴前线；另外又调了三路大军，委派皖系亲信张敬尧为前敌总司令，统一指挥。那张敬尧小人得志，派兵长驱大进。被护法联军看破虚实，一阵反攻，张敬尧丢盔卸甲，又逃回了湖北。那吴佩孚正按兵在湖北边境，冷眼旁观。这时见护法军正在得意忘形，便突然投入全部兵力，猛烈进攻；经过三昼夜的激战，护法军终于力不能支，向后败退了。吴佩孚趁势领兵长驱直入，不到十天，克岳阳，占湘阴，下长沙；张敬尧也摇摇摆摆地跟了上来，段祺瑞接到报捷电后，任命他为湖南督军。

又过去半个月，吴佩孚的第三师真个是战无不胜，攻无不克，接二连三地打下株洲、湘潭、衡山，又势如破竹地打进了衡阳。可是，到了衡阳，他就屯兵不前了。护法军得到了喘息的机会，也就在湘粤和湘桂边境驻扎下来，与北洋第三师形成对垒。这时的吴佩孚，操纵了湖南的和战大局；他的行动，对南北双方都有举足轻重的作用。

起先，那些护法军将领被吴佩孚杀得昏头昏脑，忽然又看北洋军停了下来，正不知他的葫芦里卖的什么药。等了两个多月之后，这才知道吴佩孚的矛头,已经转向了北京的老段。

吴佩孚的行动,当然也传到北京。老段正有些茫然,忽又接报,说他已在衡阳与护法军举行了"各界人士罢兵息争大会",又签订了正式停战协定。这分明是拆台嘛!老段勃然了,正想打电报去问,不想秘书却送进一封电报来——那是湖南来的;头一个名字,赫然地是吴佩孚;后面还有密密麻麻一大排,几乎包括了所有在湖南的北洋各军的师旅长。那名义虽是"为民请命",可那口气却是硬逼着段祺瑞下令停战。段祺瑞不看还可,一看气得连鼻子也歪了过来,几乎发昏。他哪里忍得下这样的举动?而况又是个小小的师长。当下就发了回电,怒斥道:"该师长军人也,当恪遵军人应尽服从之天职,不然尔将何以驭下?"中间连骂带训,如是云云地教训了一通;最后板着面孔道:"尔从吾有年,教育或有失周,余当自责,嗣后勿再妄谈政治!"接着奉天张作霖、安徽倪嗣冲都通电大骂吴佩孚。在湖南的将领见事不好,纷纷通电,说自己的名字是被吴佩孚拉上的,根本不知道。老段以为,这下该把他羞辱得无地自容了。哪知吴大帅对这些毫不理睬,接着又发出了一道通电,洋洋千言,把老段骂得狗血喷头,淋漓尽致。吴佩孚本是秀才出身,更兼手下养了一批文人骚客,正好找到用武之地;说什么"学生此举,乃效我师在孝感时通电共和之宣布也[①],实由我师教育而来,并非节外生枝。"又把老段比作"宰辅",说什么"宰辅假人之国,夺人之祀,而秦而汉而魏而晋而唐而宋,其惟赵高乎?新莽、曹操乎?司马、宋武乎?杨、卢、田、朱、秦桧乎?"最后要他"改弦易辙,以厚民生"。老段气得发昏第十一章。还没等他喘过气来,吴佩孚的电报又来了,又是之乎者也,软中带硬,显然占了上风。这时的护法

----

① 一九一一年辛亥革命时,段祺瑞为北洋第二军军统,受袁世凯的命令进攻武昌起义军;后来袁世凯要独揽总统大权,同意革命军推翻清政府,便命令段祺瑞在前方制造兵变,通电请清室皇帝下台,否则便要带兵北上。吴佩孚这里含着讥讽之意。

军将领们当然不放过捧场机会,纷纷通电拥护,说他"大义凛然,持正不阿",说这是"何等胸次,何等眼光,足以树全国军人之模范",最后都表示要为他的"洛钟之应";吴佩孚把这些电报一一转达全国。这一来,老段更闹得六神无主,寝食不安;自己的精兵又多在北方,湖南的那些将领又都不是吴佩孚的对手,只好忍气吞声,召开国务会议,明令宣布前线各军"暂取守势"。这一来,吴大帅的第一步成了功,他在中国的政治舞台上初负名声了。

又过了一年多。那张敬尧靠了吴佩孚在前敌镇守,在长沙做了一年安稳督军。他为人昏庸无能,却专会刮地皮,又放纵部下在外横行不法;闹得省城乌烟瘴气,人人怨愤。最后实在忍无可忍了,终于爆发了轰轰烈烈的"驱张运动"。省城各界派了代表团到衡阳向吴佩孚请愿,要他以武力驱张。这时的吴大帅,看看第二步的时机又成熟了,便决定开始行动。本来张敬尧之类,吴佩孚是素不放在眼里的;可是他已经有了一个更为宏远的计划,不值得为这个小小的湖南与他争风,于是他开始发表了"久戍湖南,军士思归"的通电。还没等皖系来得及布置,他便突然宣布"撤兵北上"。兵贵神速,吴佩孚早备好了艨艟大船,一齐由衡阳拔营而起。数日之内,第三师即由湘江顺流东下,演出了最后一幕"别衡阳"了。

那边湘军早得了吴佩孚默许。北洋军后撤一步,湘军即前进一步,好似欢送一般。那张敬尧失去屏障,哪里抵挡得住,急忙卷了细软,往自己房上放了一把火,逃之夭夭。

那吴佩孚率领的北洋第三师,过长沙、经武汉,沿京汉路兼程北上,屯兵到了保定。人们一看这杀气腾腾的架势,就知道来者不善了。保定本是北洋直系的发祥地,吴佩孚受过提拔之恩的恩主曹锟就住在那里。果然,没过几天,吴佩孚便向北京政府发出了一封最后通牒似的通电。甲乙丙丁地数了一通皖系的罪状,最后又提出了几项要求,第一项便是改组政府内阁,惩办皖系祸首徐树铮。这徐树铮本是段祺瑞倚为左右臂的人物,靠了他的有胆有识,才气过人,段祺瑞才得以在北京安稳地当了这些年国务总理。那徐树铮掌握着生杀大权,几乎当了老段的一多半家,威势在皖系内首屈一指,人皆称为小徐将军。这下吴佩孚要首先拿他开刀,自然是下的一着绝棋。徐树铮一见通电,顿时怒发冲冠,即刻调兵遣将,等段祺瑞颁布了"讨逆令",便浩浩荡荡地杀奔保定去了。

吴佩孚早已在霸县、永清一带布好阵势,两军对垒。小徐将军恨急心切,身当前敌;他看到第三师阵势,平常稀松,正中一面大红旗,上书斗大的"吴"字;他顿时怒不可遏,下令冲锋。他的队伍果然锐气难当,混战一阵后,第三师溃退了;小徐将军大喜,跟踪追击,预备一鼓直下保定。刚追了几十里,突然背后连声炮响,小徐将军大惊,部队也慌了,回头看时,只见后面一支精兵飞快地冲杀过来,锐不可当;这时,溃逃的队伍也返回身来,两路夹攻。一场混战之后,小徐将军总算单人独马冲出重围,连夜回京,躲进外国使馆区吃面包去了。第三师乘胜进占北京,吴佩孚完全成功了。

这以后的几年,他安居洛阳,牵制着北京的政局。他是很相信风水的,洛阳是不少帝王发旺之地,他很喜欢。果然,不到两年,他的势力东至江浙,西到川陕,南边到达两湖了。特别想起制伏两湖的那一段神机妙策时,他便格外骄傲得意了。

那是一九二一年,湖南的赵省长夺得大位后,用了不少手腕暂时稳定民心:对内公布了"省宪法",对外提出"联省自治",这得到了好几省的称赞和拥护;这时的赵省长便有些飘飘然起来了,他念着阿弥陀佛,忽然又开了杀戒,想打别省的主意了。那时恰好湖北的局面不很稳,湖北的督军王占元,只会刮地皮,好几回被人家在报上详细公布了账目,激起了很大民愤。有些人便趁机组织兵变来赶跑他。赵省长一看,真是天公作美,时来运转,马上点起三路大军,打着"援鄂自治"的旗号,杀奔湖北。那王占元刮钱有余,勇武不足;不几天就被湘军攻进了羊楼司,直奔蒲圻、嘉鱼。王占元慌了手脚,急忙向洛阳的吴佩孚求救。那时吴佩孚早注意着湘鄂局势的发展;他接到王占元的告急电,并未急于发兵,只是暗暗对手下的师长肖耀南授以密计,令他悄悄屯兵信阳,如此这般。那时赵省长正热得发昏,预备沿长江直下武汉;王占元也把家眷送上洋船,预备脚底下揩油了。这时,肖耀南领兵突然沿京汉路直下汉口,并且立即就任了军事帮办的职务;北洋大军迅速沿粤汉路南下;把湘军顶在汀泗桥一线。王占元早受不了这番惊吓,自愿丢掉纱帽,到上海去吃安逸饭;肖耀南执掌了大权。这时吴佩孚突然出现在长江上,他带了七艘兵舰,入洞庭湖,直下岳阳。这一下,把赵省长的四万大军团团围困在粤汉路和长江之间的湖网地带;那边江西的赣军早得了吴佩孚的密电,杀进了湘东的醴陵,直迫株洲。这下赵省长可真是乐极生悲了,他几乎完全绝望,整日里求神许愿:要是能脱得此难,情愿削发为僧。最后还是洋菩萨显灵,英国上帝帮了他的忙;长沙的英国领事出面调解。条件是以后赵省长乖乖听吴大帅的话,不许再异想天开。吴大帅从湘阴班师的时候,特地把他叫到兵舰上,还给了他一点甜头:说他的"省宪法"大有可为,要他好好干。

　这一切都随着大帅的功业,成为历史陈迹了。然而这一回湖南的局势,又与当年湖北的情形多么相似啊!大帅是最喜欢遇到这些类似的巧合的,他以为这是天意,这广东军不也正如当年的湘军么?他早已摆在湘鄂边境的那一着棋子——鲍鄷,便是当年肖耀南的角色。所以当前线告急的时候,他命令鲍鄷不用着急,只是加紧巩固平江的防御工事。当攸县失守时,他沉默着;当醴陵失守时,他暗喜了。醴陵既失,长沙危急;赣军都退入了江西边境,鲍鄷又稳扎平江不动,驻在长沙的叶开鑫急得跟当年的王占元差不多了;那些天恰好龙王爷也来凑热闹,湘江水涨,平地水深三尺,他下令省城禁荤九天,设坛求晴,整天还得跟菩萨打交道。这样苦熬了几天,忽然接到大帅急电,他拆开一看,大帅的语气很悠悠然;前面对他们几个月来的战斗表示赞许;接着说:近来虽遇小挫,但胜败乃兵家之常事，不必介意，云云。接着他指出湘军失利的原因，恐系久战疲乏，士气低落之故；然后他提出最好的办法，是立即撤退到湖北境内休整。全篇只有最后那几个字是重要的；叶开鑫长叹一声，当夜就装了几大船的"纪念品"，准备走了。

攻克醴陵的消息传到广州时，正是晚上。那时候，蒋介石正在姜仲贤的家里谈牌经。

这两年来，蒋介石为了表示他的"革命"，他的"左"，竭力使自己装得艰苦朴素，咬牙把从前在上海学的那一套酒色本事都戒下来；就像姜仲贤说的，为了当一个大人物，就要像修一个十世金身①那样苦熬苦修，不舍点血本不行啊！他戒了酒，平时只喝白开水，只穿军服，过惯紧张规律的军事生活。他为那个压过一切的个人领袖欲操纵着，终于战胜了舍掉积习所带来的痛苦。只有在不多的时候，在姜仲贤这样前辈老手面前时，才能偶尔看到他显露出来的本来面目——这大多是在得意忘形的时候。

这天，他到广州来参加一个会议。这个会是敦促他早日宣誓就职，正式宣布北伐的。这些时来，蒋介石虽然实际上掌握了总司令的大权，可是总还有些犹豫不定，留着点后手。会开完时，已是傍晚。蒋介石在办事处吃过晚饭，吩咐郭凌云同范桐他们几个师长再开个会，临末了拟一个条陈，表示黄埔军的决心。后来又跟国民政府的几位元老和几个来访的高级将领敷衍了一阵，无非是满面含笑，"唔唵唵唔"一阵。这以后他的灵魂又突然有些空虚了，忽然又大悟，出门登车，直趋姜仲贤的官邸。

蒋介石不用通报，径直闯进大客厅。这时，姜仲贤正半躺在一张藤睡椅上，同王亚夫弈棋消遣。两个模样很俏的丫头蹲着在替他捶腿。

---

① 佛门的最高头衔。

蒋介石那"嗵嗵"的马靴声惊动了他们，抬头一看，王亚夫急忙站起来，姜仲贤只不过作了个要站起来的姿势；他腿瘸，要站还得撑拐杖，只是嘴里一边说：

"倒茶，倒茶！"

蒋介石端起茶盏来喝了一口，皱起眉头道："好苦……"

"你真是做了几天和尚，连肉味也忘了。"姜仲贤笑着摇摇头，向丫头吩咐："换杯热开水来。"他又转过脸问："今天的会开得怎样？"

"不错，"蒋介石吐了一口茶叶，说道，"娘希匹，不错！"

"刚才我还在跟延焘说，"姜仲贤指指王亚夫道，"如今正是放牌的时候，没有大手腕不容易搓得圆的。共产党的那些人都说些什么了？"

"还不是那一套！"蒋介石在沙发上半躺着，两条穿着马裤和马靴的腿搁到茶几上，斜乜着眼，色眯眯地看着那个走进去的丫头扭动的屁股——直到看不见了，才转头望着他们道："我讲完北伐的决心，共产党的人接着就发言，支持拥护一大堆。嘻，看样子他们真信啦，娘希匹！"他得意地笑起来。

王亚夫急忙用尖细的嗓音道："刚才仲老还提起，共产党的那些人可不好打交道咧！"

"别看他们能说会讲，"蒋介石得意地说道，"娘希匹，老子过的桥比他们走的路还多！秀才造反，三年不成。这些年我跟共产党打交道，得了个诀窍：他们最注重的就是个'影响'！你打他一下，再拉他一下，他掉了牙齿也得往肚里吞！"

"这里学问还多，"姜仲贤摸着胡子，慢吞吞地说道，"共产党那帮人最沉得住气，他们争的是个'民心'……"

"这我知道！"蒋介石双脚一放，坐起来道，"可是他们压不过我姓蒋的；老子名正言顺：代表国民党，代表孙中山，他们有功劳也得往老子头上按！如今走了汪精卫，死了廖仲恺，还有谁能压过老子去？跟那帮家伙打交道,我真是越耍越摸出门道来了!"

"可不能小看他们,"姜仲贤谨慎地说道,"广州如今都是他们的一些王字号啊!我们里头那些亲共派也在跟他们起哄,闹起来还真是不大好对付的呢。三月十九号那一日幸好你变得快,听说后来那班在广州的共产党开会商议,向陈独秀提出来,一定要发动民众来反击你;他们还把你比成第二个陈炯明呢!"

"哼,"蒋介石得意地抓抓光头道,"谁都知道,老子是打过陈炯明的。让他说吧,走着瞧,娘希匹,想来反击我!老子在上海滩那样的大码头也闯开过了,就不信阴沟里翻得了船!"

"小不忍则乱大谋,阿伟。"姜仲贤弹着雪茄烟,劝慰地说,"你要晓得如今这革命里头的奥妙,万事还要忍字当头。宰相肚里划得船,有些事该吃亏的就吃点亏;外国有些大人物还专为请了人来骂他,这样才显得民主……"

"这我知道。"蒋介石感动地点点头说,"要拿我早先在上海的那个脾气,早叫这些家伙有好看的了!"他站起来,又显出一股帮会和绿林的豪侠气概说道:"是对头是朋友,老子心中有数。君子报仇,十年不晚;等着看吧,姓蒋的迟早会叫他们看出个好歹来!"

"看得远才好。"姜仲贤为他高兴地微笑着点点头说,又得意地提起往事:"我们几个当初在上海就看出你是能做成大事情的人;你忘记阿德他们送盘缠让你到这边革命时说过的话了?……如今那边那些朋友们的指望,都是在你的身上哩。"

"我记得,仲老。"蒋介石感激而恭敬地说,"我今天虽没有对朋友们尽力图报,可是姓蒋的心迹,朋友们迟早是会完全明白的。"

"这他们都能放心。"姜仲贤体贴地说,"你如今在这边的情形他们也都是知道的。"他停了一会,又感慨地说道:"这也好比是在做买卖啊,"他又开始发挥他的生意经了,声音也显得兴奋热烈起来,"不过,这桩生意要比交易所那大得多!那时候说一本万利,撑破天也不过捞他个万儿八千;如今!"他说着,那浮肿的眼中闪出贪婪的光，"如今是一个中国！……前，几天阿德他们还专为写信给我，说你现在总算抓到了军党大权，不容易！这就好比一大笔看涨的股票到了手，不能轻易放盘！你知道这是多少？"他激动地说着，两眼圆瞪，两只指甲长长的手伸出来，好像那目标就在面前，顷刻就要被他抓到；他伸着手，惊叫道："一个中国呀！啊……"说完，大约是兴奋得过度，他又躬腰驼背地拼命咳嗽起来。

蒋介石完全冷静了下来，坐到沙发上，用感激的眼光望着他。王亚夫嘴巴张得大大的，只是插不上话，倒好像一条看着主人在吃肥美食物的狗，毕恭毕敬地听着。

姜仲贤吐出了一口浓痰，慢慢喝两口茶，又问："湘军跟滇军的那几个老古董没说什么？"

"从那回分给了他们几个中央的官衔，都老实了，还帮老子说话！"蒋介石又高兴起来，得意地笑了。"娘希匹，这些家伙只喜欢戴高帽子；有了大官做，你骂他的亲老子也只当听不见！"

姜仲贤满意地点点头，正要说话，抬起头时见一个佣人走进来。那佣人在门里站定，恭敬地垂手弯腰道：

"先生，军校办事处有位副官来了，说有急事要见蒋校长。"

蒋介石从沙发上跳起来："什么急事？"他怕是那些师长们跟郭凌云闹别扭，又干起来了。

"你叫他进来。"姜仲贤老练地吩咐，一面挥手叫他退了下去。

"是，先生。"那佣人又弯腰，退出去了。

不一会，马靴"笃笃"响，一个中校副官匆匆走进来，在门口啪地立正，敬了个礼。

蒋介石不耐烦，几步冲上去问："什么事？"

副官已拿下挟在腋下的皮包，打开来，从里面抽出一张纸来，递上说道："报告校长，从湖南刚来的万急电报！"

蒋介石心中一跳，不知是祸是福，一把抢过那张纸，迫不及待地看下去；没等看完，他惊呼出来：

"醴陵!"他慌忙冲向墙边,抬头看见了壁上的花鸟字画,才知道这里不是他的办公室,墙上没有地图;他一面急躁地骂着:"娘希匹,老子上当了!"一面转身向姜仲贤问:"仲老,哪里有地图,快拿来看看!"

"什么上当?"姜仲贤一面接过蒋介石递来的那张纸,一面向凑过来的王亚夫道:"延焘,我书房里有本地图,你去拿来。"

"娘希匹,老子上当了……"蒋介石懊恼地说。

姜仲贤拿起旁边的夹鼻眼镜,夹在鼻梁上看去,那电报上写的是:

万急密。广州　李总参谋长并转

蒋总司令、谭主席、各军长、各党代表、各委员:

职部已于今日下午攻克醴陵。此次战役全体官兵极具英勇,尤以先遣团起决定之作用。四乡农友纷纷参战,引路报信,其对革命军之热忱实为古今所罕见,致使敌军四面受敌,全部溃逃。另据农会侦探报告,长沙已颇恐慌,叶开鑫已作好随时逃跑之准备。详情另具战报。

方维镇叩微

"娘希匹,老子上当了!"蒋介石急促地走动着,神经质地骂着说。

姜仲贤无力地放下电报,从鼻梁上拿下眼镜,呆呆地望着蒋介石。

"共产党在湖南闹了这样久,到底叫他们占了便宜!"蒋介石说,他站了下来,感到十分后悔。"当初广东军答应出发湖南的时候,有些人就提醒过我,说广东军是聪明的,现在湖南的民众已经是非革命不可了,不管张三李四,谁要能利用他谁就会捞到革命的资本。当时我还没有留心……可现在叫这帮广东佬也占先了,娘希匹,老子上当了!……"

340

"别急,阿伟……"姜仲贤向他使了个眼色。

蒋介石回头,这才见那副官还笔挺地站在原地,他急躁地问:"你还没走?"

"等校长的吩咐……"

"没什么,唵!"蒋介石烦躁地一挥手。那副官敬了礼,刚要向后转,蒋介石又叫住了他,"等等,这消息外边知道没有?"

"没有。"副官说道,"郭教务长接到电报,马上派我当面送给校长;他已经打电话给广东军留守处,没有校长的命令,绝对不准向报界发表。"

"娘希匹,姓郭的真能揣老子的心!"蒋介石暗想着,又十分嫉妒:"哼,老子要叫你摸不透!"他于是命令道:"告诉郭教务长,不要太小心过分嘛。只管发表,唵! 就说是我的命令,唵!"

副官愣了一息,挺胸回答:"是!"他向后转,走出去了。

"娘希匹,老子上当了!"蒋介石还说。这时王亚夫已看过电报,并且从地图上找到了醴陵,递给他说:"看,就在湘赣铁路上,是湖南通江西的孔道;出产这个……这个很丰富……"王亚夫总想借题发挥,炫示一下他的渊博。

蒋介石却没有那样的兴致听下去,一把接过地图,看了看醴陵,又忙在前面找到长沙,用手指头比量比量,这位总司令到底是袁世凯当年的高材生,凭着多年的军事知识,一眼就看得出来,前线的进展实在是惊人地神速;他不觉烦躁地骂道:"娘希匹,真厉害! ……湖南已经过来一大半了! ……"

"按着比例尺,这一仗前进的足有八十多公里,合一百六十多华里呀!"王亚夫好不容易找到机会,他卖弄地说。

"阿伟,到放盘的时候了!"姜仲贤在一旁说道,"如今最打紧的,是不能再叫他们看出你三心二意……"

"那就赶紧誓师北伐!"蒋介石举起拳头说。

"你原说在哪一天宣誓就职的?"姜仲贤问。

"七月底！"

"那太晚了。"姜仲贤摇头说道，"没等你就职，他们就打到武昌了……"

"那就明天！"蒋介石迅速地说着，转而一想，又更正道："不，后天，就是后天！"他向姜仲贤笑道："老子提前正式北伐，这该没有人反对了吧？"

姜仲贤想着，也赞同地点头说道："好倒是好，可你也得把话说得委婉些，别让他们又看出你有什么别的意思。"

"这我知道，这点工夫我下得好的！"蒋介石抓起桌上的军帽，说道，"那好，我先回黄埔去准备一下。"

"阿伟，"姜仲贤又想起什么来，说道，"看共产党在两湖的势力这样大，西路主力广东军很危险；方维镇是个糯米菩萨，潘振山那班师长又都是些黑煞神，他们队伍里收留的共产党员都不少，到时候怕不一定站在我们这边……"他一面咳，一面还坚持着说下去，"前几天阿德的信里特为提到，说英美两国很希望我们胜利，但是要以保持长江的势力为条件；美国人说得还明白些，他们说，咳……"他咳得发喘，还拼着老命往下说，"说，汉口上海这些地方，他们是要的……你想，没有我们的人，那汉口、汉口就……"

"我也想过，"蒋介石说道，"娘希匹，顾了上海顾不了汉口，再没有两全其美的法子了。"

姜仲贤喝了两口茶，喘息又渐停止；他闭目养了一会神，又睁开眼道："我看，把黄埔军分出一个师来，放到西路军那边去……"

"那不行的！"蒋介石惊讶地说道，"要让他们摆布起来，这个师顶不住啊！"

"你不是总司令么？"姜仲贤俨然说道，"你给方维镇交代清楚：这个师一路只能作预备队，不准作别用。看姓方的敢不敢动它一根毫毛！"

蒋介石想着，慢慢点头。"好！"他匆匆戴上帽子，说，"仲老，我走了！"

姜仲贤被两个小丫头从躺椅上扶起来，一拐一拐地走了两步，说道："在外头，多装点笑脸给他们看。总司令就要上任了，话要说得更激烈些；那是蚀不了本的……"

王亚夫送出客厅外时，蒋介石灵机一动，忽然又想起什么，转身对王亚夫道："阿焘，那篇北伐宣言写好了吧？"

"没有，我今晚上就赶出来……"

"好。你跟我再多加些骂吴佩孚的话，骂得越厉害越好！"

王亚夫有点惶惑："那，从哪里骂起呢？……"

蒋介石抓抓太阳穴："他前些时不是发表了一篇'讨赤'宣言？唵？就骂那个！你就说，他骂得我很光荣……"

王亚夫更莫名其妙了："可他没骂你啊，他骂的都是共产党……"

"我知道！"蒋介石打断他，"你要硬说他骂的是我。你就说，他骂共产党就是骂我，说广东赤化了就是我赤化了，说……反正是这么个意思，唵？"

这位喜欢卖弄斯文的博学家虽学过心理学之类，却也无法揣摸蒋介石那瞬息万变的心情。闹了半天，他更傻眼了，嗫嚅地说道："可到底……"

蒋介石有些躁了，说道："你要让他们看出，我是革命的头头！唵？"还怕他不懂，干脆直截了当地说道，"你想想，两军交战了，敌人不骂这边的主帅，倒去骂先锋，这像什么话？再说，我也要给共产党再多吃点甜头！"

王亚夫这才恍然大悟了："哦，先前袁世凯骂总理时也骂他是过激党的，你是要……"

"对呀，对呀！"蒋介石高兴地点头，向外走。两个卫士已经拉开汽车门，等他上车。蒋介石正要钻进车去，忽然又旋风般地转回来，几步走向站在门口的王亚夫，道："阿焘，你把那篇'北伐宣言'

做好了,再给我赶一篇讲演稿出来。"

"哪一天讲的?"王亚夫问。

"我想这一两天就讲。"蒋介石说道,"你先写出来登报。我讲也是为叫共产党听的。你就说,"蒋介石抬眼望天,往下讲,"我对于共产同志,亲爱精神那是不言而喻的……唵,就是这个意思,话要说得越动听越好。就说,外头传我蒋中正想排斥共产同志,那是挑拨,那是反革命!那是……唵,你就说,这个……谁想杀共产同志,那无异等于自杀!对,自杀,娘希匹!"蒋介石捏紧拳头,很欣赏这两个字,他眉开眼笑,"就照这样子。……唔,还有两句一定得写上。你就说,共产同志的敌人就是革命的敌人,就是我蒋某的敌人!谁要敢反对共产同志,吾侪当鸣鼓而攻之!唵?"蒋介石看王亚夫也点头,不等回答,便大步走向汽车,又回头向王亚夫说一句,"要快见报!唵?"说完便一头钻进车里,然后正襟危坐,装出一本正经的样子,向前面的司机点点头道:

"回黄埔!……"

二十三

范桐回到自己的师部的时候,参谋处长丁铭九已经在那间客厅里等候他了。他见范桐进来,立刻迎上去,殷勤地喊叫勤务兵倒茶端水,一面小心地笑着问:

"师长,消息怎样?"

积多年处世之经验,善于对上司下功夫的丁处长,已经像赌鬼摸透庄家的底细一般的了解了自己的师长。他知道范桐对一切事物的反应就像是他们蒋校长的一支寒暑表。假如他在蒋介石面前受了气,回来便会立刻对自己的部下如法炮制;假如是有了什么令人高兴的消息,那他脸上的肥肉便挤作了一团,两只眼睛不见了,只是在黑眉毛下多了两根细线。然而今天,范桐却似乎并不十分高兴,也不很恼怒,只是看着有些孤哀和悲苦。这种脸色,我们只有从那些过早死了娘老子的人脸上才会看到的。他一面解着军服上的铜纽扣,一边闷着粗嗓门回答:

"哼,要我们先打出去了!"

"打出去?"丁铭九惊异得眼睛和嘴巴都变成了圆圈,急忙问,"东部战场要开始了?"

"见他娘的鬼!"范桐紧衔着熄了的雪茄,咕噜道,"他们当然会在后方吃现成。就是我们这个师,要开到湖南去……"

丁铭九不觉浑身一哆嗦,像陡地被人推到了一个黑沉沉的无底洞的边缘,那漂亮的白脸变得更苍白了;他搓着手,嗫嚅地说:"那怎么行,校长不是早就说过,我们不能往湖南碰么?……"

"全是那个跛脚老鬼的主意!"范桐愤然地说道,他指的是姜仲贤,"他自己躺在大烟铺上玩女人,当然连火药味也闻不着!这老鬼,让他的嘴也哑巴了才好!"

"他是怎么说的?"丁铭九问。

"醴陵又打下来了!"范桐苦着脸道,像有人往他嘴里塞了一大把胡椒,"他说,要像先遣团这么打,没几天就能到武昌了;咱们要没有队伍赶上去,将后来北伐这笔账算谁的呀!"

"他就是满肚子生意经。"丁铭九扁着嘴说,"他也没想想,先遣团全是共产党的那帮亡命之徒,咱们怎么能去比?"

"这倒不用愁,"范桐说道,也是安慰自己,"咱们到那边是当预备队,不上前线……"

"哎呀,我的好师长,将在外君命有所不受啊!"丁铭九皱着眉头说,他见自己这句新学来的军界的口头禅,范桐听了还很有些茫然,又补充解释道:"你想想,那儿摆着个正走红运的先遣团,广东军也叫共产党染红了;湘军的驱赵起义,全靠共产党出力,听说如今共产党也派了好些人进去。前敌总指挥方维镇是个糯米菩萨,他对先遣团的感情又好,还有潘振山那些半吊子货……你想想,到了那群 heretic① 中间,要是让他们摆布起来,咱们受得了吗?"

"姜跛子说了,"范桐说道,"只要校长给姓方的下道命令,我们这个师除非到最紧要关头,不准作别用。他对方维镇摸得很透,叫我们只管开上去,到了那边他敢开保票。"

"保票,哼!"丁铭九一想起前线,就像怕吃药的孩子想起药的苦味来似的,"打光了他也只当买卖赔了本,回到上海照样是红人!"

"可是,校长下了命令……"范桐叹口气说。

这便是一切!丁铭九知道,校长的话便是范桐的思想的源泉;这一切是那样可怕地难以更改了。他沉默了一会,低声问:

"什么时间出发?"

"就在这一两天。姜跛子说,越快越好;一分钱一分货,再晚了就赶不上行情。"范桐点燃了雪茄,吧嗒了一下厚嘴唇,接着说道:"校长明天就开北伐誓师大会,正式就任总司令。"

这个本来值得他们大高兴而特高兴的消息,只引起了丁铭九的一丝苦笑。此刻他的心中完全被自己所想象的前线的恐怖所笼罩了。生活中往往存在这样奇怪的对比:越是善于在弱者面前作威作福的人,便越是能够在强者的面前奴颜婢膝。那些胸怀坦荡、热爱正义的战士,他们对邪恶和黑暗有着刻骨的仇恨,在敌人面前是最坚定的大智大勇者;而有些希图投机取利,心里包藏了种种阴险恶毒的主意的小人,尽管他们在善良诚实的人面前是猛虎,在干那些损人利己的勾当时连眼也不眨,但是在炮火和鲜血面前,他们却是最难以想像的怯懦者。此刻,丁铭九便正是陷在这种自己编成的恐怖的罗网里。

"那个老古板不在?"范桐站起来,把头向对面那间房子点了一

① 英语:异教徒。

下问。他是指的参谋长辛志诚。

"出去了。"丁铭九无力地说。

"副官!"范桐突然扯开嗓门大叫起来。两个副官立刻从外面跑了进来,笔挺地站在他面前。"马上去把参谋长叫回来!"他命令道,"再把湖南地图拿来。"

"是!"两个副官敬了礼,又一同出去了。

"他娘的!"范桐衔着雪茄,粗声地咕噜着,他还没有像丁铭九那样敏感地意识到前线的恐怖;他这种人是有些随遇而安的,他现在还没工夫去想以后的事。

不过一瞬,一个副官就拿着一张军用地图进来。那玩意范桐是不常看的;那些横横竖竖、圈圈点点,实在没有麻将牌看得爽目。那副官把地图在桌上展开后,范桐便皱着眉头朝那上面看去,并且打了两个饱嗝。

丁铭九也站在旁边,他知道师长是在找醴陵了。尽管范桐的两眼瞪得像两颗要弹出来的算盘珠,可是他却找不到醴陵;最后还是丁铭九在一旁指了出来。

"他娘的,这儿全是山路!"范桐啐了一口唾沫,吼道,"姜跛子还要我们一个月赶到,叫他来走走看!"

这句话把丁铭九也逗笑了,他想像姜仲贤走路一拐一拐的样子,暂时忘了前线的可怕。这时插言道:

"偏偏这条鬼铁路只通到韶关!"他又要发挥"英国上帝"的宏论了,"在英国,别说一个月,就是五六天也不成问题。哼,真不怪外国人说中国人是五分钟的热血,一条破铁路修了几十年,还空那么一大截!"他似乎忘了那条铁路就是他的"英国上帝"负责修的,或者是他养成了这样的逻辑:凡属坏事,总得是中国人干的。

"嗐,"范桐喘了一口气,似乎他已经在那湖南的山路上走得发热了,他向丁铭九问,"你看,先头部队派哪一个团好?"

丁铭九想了一下,扶了一扶鼻梁上的金丝眼镜,忽然眼里放光道："赵团副不就是湖南那一块的人么？师长，就派他们那个团先走吧！我看，"丁铭九放低了声音，"校长让我们赶上去，一来是跟着他们的屁股，往武汉那边放一条线；二来也要在湖南那块扎下根，别便宜了共产党跟两广的队伍。这样，不就一箭双雕了吗？"

"好！"范桐咧开嘴笑了，他用肥厚的手拍了一下丁铭九的肩头，乐滋滋道，"真有你的，老弟！你简直是个诸葛亮！好，"他转向旁边的副官道，"快去请赵团副来！"

"是！"那副官啪地立正，转身跑出去了。

他们又慢慢地商量了一会。范桐本来就是忘性比记性大，这时一面谈，一面又想起了蒋校长和姜跛子说过的一些话来。这样，丁铭九也从这些话里揣摸到了蒋介石派他们赶上去的全部用意；他的心渐渐有些底了，不那样激动；甚至想起日后他们这一师名标青史时，他丁铭九的大名将赫然前列。想到这里，他不觉为自己能这样容易地取得这个碰不到第二回的功勋而暗喜了。

可是，这时参谋长辛志诚兴致冲冲地进来了。这就打断了他们的愉快的谈话。

"师长，"辛志诚走进房来，脱下军帽和武装带交给勤务兵，一面喜形于色地说，"前方的进展真太快了。你们没看看街上，老百姓听到攻克醴陵的消息，真高兴得发狂了。比上回听到碌田大捷的消息还要热烈哩！"

"哼，"范桐耸了耸鼻子，瓮声道，"那些人成天疯疯癫癫，全是叫共产党在那儿起哄！"

辛志诚只是难以理解地摇了摇头，接过勤务兵送上的茶，到痰盂前漱起口来。

"参谋长，"丁铭九见范桐碰了个没趣，便旁敲侧击道，"说穿了底细，这些消息也不值得大惊小怪。先遣团的两次大捷，碰到的不过都是些军阀的杂牌队伍。真正的北洋军他们还连面也没照哩。"

"这话是什么意思？"辛志诚转过身来，两眼锐利地看着他道，

"丁处长,我们是革命军的军官,不要长敌人的志气,灭自己的威风!"

"我没那个意思。"丁铭九避开辛志诚的目光,解嘲地望着地图笑道,"我是说,吴佩孚的大军就在平江等着,现在要是宣传得过分,将来在平江碰得头破血流,再拿什么话下台?"

"就是!"范桐不容分辨地插话道,"他们在那儿要不碰着钉子才怪!"

"哼,"丁铭九冷笑道,"吴佩孚横行天下这么多年,还没碰到过对手。一个小小的先遣团就想去啃他,这简直是今古奇观!……"

"我不明白,"辛志诚沉重地望着他们道,"先遣团打了败仗,对我们有什么好处呢?"

范桐大眼一瞪,强词夺理地吼道:"那——共产党打了胜仗,于你又有什么好处呢?"

"算了,算了。"丁铭九两边讨好地赔着笑,解劝道。他知道在义正词严的辛志诚面前,范桐是占不了便宜的,不如趁此做个好人。他笑道:"反正胳臂弯总朝里,说来说去都是一家人。参谋长为的是革命军好,师长为的是我们师好,都一样,都一样! 我们还是来商量正题吧。"他装着十分有气派地把两只手按在地图上,上身微微向下倾去——这时如果有镜子,他一定会为自己的这个派头陶醉的。

于是,范桐和辛志诚也都向桌上的地图围了拢来。

赵云亭在师部领受了命令,在回到自己团里去的时候,充满了一种衣锦荣归的喜悦。当他看看自己身上那笔挺的军服马裤、乌油油的马靴、银闪闪的指挥刀,还有那"两杠一花"的少校军阶时,这种感觉就更深了。就在几个月以前,他带着赌博佬"押宝"的心情,来广州"革命",充满着对自己未来命运的惶惑和疑虑不安;然而曾几何时,这种懊恼思想就被胜利者和征服者的骄傲所代替了。

他十分佩服那胖得圆圆滚滚的四公的远见，"怪不得他的位置总那样稳，"云亭少爷暗想，"整天在这上头用心思，倒真是有学问哩！"

他骑着那匹大黑马回到团部去。跟他一起的还有他们那个团的参谋长——汪贵堂。这汪贵堂约摸四十多岁，个子不高也不胖，整个形象给人一种糊糊涂涂的感觉。他那两只眼睛总是半睁半闭，让人觉得他老是觉没睡够；说话时嗓音也是呼呼啦啦，有点发哑，这就很容易叫人想起戏台上常出现的贪官。不过，如果你不被他那糊涂的外表所迷惑，耐心地观察一下，那么你就会发现，他实际上是一个十分精细的人。比如他那小眼一张开，你就会看到一种发红的贪婪的光，这光锐得刺人，叫你想起那老鼠出洞时偷偷的一瞥。发起脾气来，他那呼呼啦啦的低嗓门就被一种尖锐刺耳的假嗓子代替了；简直叫你没法相信那声音竟是他发出来的。总之，他是属于那种"脸上带笑，袖里藏刀"的阴险的角色。

他们正在一条大街上，并辔徐徐而行。这时大约已经是晚上八九点钟了，可是收市本来就很晚的广州，今天却因为什么特别的原因变得更加热闹了。店铺的霓虹灯和路灯的光，照得大街上十分明亮。灯光下，人群在来往着、沸腾着。报童们还在人群里叫着"醴陵大捷"的号外，那些表演街头文明戏的剧团和宣传队还吸引着一大堆一大堆的人群，锣鼓声、拍巴掌声和喧笑声此起彼伏。游行队伍还在大街上穿过，口号声、歌声使这大街上充满了一种生气勃勃的、愉快热烈的气氛。

赵云亭和汪贵堂好不容易在拥挤的人群中通过。他们的马弁耀武扬威地向两旁的行人吆喝；但是尽管这样，他们的行进速度还是很慢。赵云亭变得很烦恼了，觉得这一切都使他看不顺眼。他那元宝形的脸凹得更厉害了，下巴也越加翘起来，简直可以挂油瓶；但是除了嘴里不清不白地骂一通外，却也没有别的办法。可是忽然，在路过一条大街拐角的地方，他不知不觉地勒马停住了，两眼直勾勾地盯着路旁一个地方，那下巴慢慢地掉下来，使整个嘴巴变成了一个"O"形。

这动作当然瞒不过汪贵堂。尽管他那双小眼总是半睁半闭，可是谁想从他面前偷走一文小钱也休想办到；他把一切都看在眼里。这时他也勒住马，顺着赵云亭那发呆的目光望过去，这一望，天哪，这一望，他那两只小眼的瞳孔突然放大了，那惊讶和激动差点使他松手从马上跌下来，他也呆住了！

在那马路拐角的灯光下，在那黑压压的围了一大片的人群里，在那用方桌搭起来的一个讲演台上，正有一个十分美丽的少女站着在演讲。

那少女的身材窈窕、匀称。她上身穿一件洁白的紧身斜扣钮布衫，细腰身、圆下摆；系一条黑色的百褶长绸裙。她那粉嫩的白里透红的容长脸上，细眉、大眼、微呈弧形的纤细的鼻梁；看着真是秀色可餐。固然，她看来有些轻盈、纤弱；然而她那发育得很好的隆起的胸脯和曲线优美端正的身姿，使人联想到那亭亭玉立的盛开的兰花。好一株别有风韵的兰花！……

他们这样地呆望了大约半炷香工夫，到底汪贵堂老成持重些；他收回目光，轻声喊道："云亭兄，云亭兄！"

赵云亭一惊，这才留恋不舍地把目光收了回来，魂不守舍地叹了口气，元宝脸苦笑着说道：

"贵堂兄，人人都说南海观世音最漂亮，我看观世音也不过如此吧！唉，人生几何……"

"怎么？云亭兄忽然动了诗兴了？"汪贵堂笑起来，小眼眯得成了两条缝，"自古英雄爱美人，这也难怪！不过，这回北上，你就成了北伐英雄；到了汉口上海那些大地方，何愁没有美女如云呢？"

赵云亭苦着凹脸，又向那边望了一眼，说道：

"你不知道，贵堂兄，看着这个小妞，又勾起了我往日的满怀心事啊！……"

"嗬嗬，"汪贵堂用那浑浊的声音笑着，用那种老于世故的内行口气说道,"想不到云亭兄还有一段风流佳话啊!"他拉拉缰绳,那马徐缓地放开步子向前走去。

"唉,老兄,"赵云亭一面让马往前走,一面留恋不舍地回头望着,走了好远,才接着说道,"这些年我玩过的小妞也不算少,可是真正的美人,我只见过两个!……"

"一个近在眼前!"汪贵堂涎着笑脸问,"那另一个是不是就在南海?"

"不,"赵云亭郑重地说道,"那一个就在家乡。是我的本家!你没见过,贵堂兄,那个小妞真是鲜得像朵花!那个脸蛋,那副身材,管叫你一看就会垂涎三尺!"

"哈哈哈,云亭兄,"汪贵堂咽了口唾沫,笑道,"那我倒要以子之矛、攻子之盾了。你把那个小妞说得天下无双,那比起眼前这一个来呢?"

"是啊,我也说不出来!"赵云亭摇摇头道,"燕瘦环肥,各尽其美。他妈的,为什么要造出这些小妞们来呢!"他粗野地吐了一口唾沫。

"娘们就是为了侍候爷们!"汪贵堂用浑浊的声音说,突然又低声问:"那朵花你搞到手了吗?"

"哼,他妈的,扎了一手刺!"赵云亭拉长了元宝脸,"再加上乡下那些老古董,说什么同族不通婚……"

"嘿,"汪贵堂咂咂嘴道,"你可以先斩后奏啊!"

赵云亭苦着脸摇摇头:"你不知道那个小妞的脾气,软的硬的全不上钩!就跟穷光蛋好,妈的贱骨头!"

汪贵堂沉默了一下,突然讨好地问:"眼前这个怎么样?看模样是个风流娘们,我看还比那些乡下娘们有意思!……"

"唉,"赵云亭长叹一声道,"至多两天就要开拔了,谁知哪一天再回这儿来啊!"

"咱们就来他个快马加鞭哪!"汪贵堂道,"只要打听到着落,办法多的是！这会儿那些年轻学生想北伐想得发疯，咱们正是块金字招牌啊！"

"可是又上哪儿去找？"赵云亭有些心动了，为难地问，"这么大个广州，想再找到她，这真比大海捞针还难啊！"

汪贵堂叫他这一问，也觉得技穷了。他们两个一面苦苦地想着，一面往前走。后来似乎都想出了一个办法，却又谁也没开口，都想让对方先说出。可是最后，他们似乎都被一种奇怪的力量驱使着，再也忍不住了——于是他们几乎是同时勒住马，同时叫出来：

"走，回去看看！……"

然而，当他们第二次奔驰到那个地方的时候，一切都消失了：没有了少女，没有了人群，只有那几张搭做讲台的方桌，在路灯下闪闪发光——这一来，云亭少爷的尖下巴，苦皱得几乎要碰着额头了。

姚玉慧在几处作过街头演讲后回到家时，已经快到半夜十一点钟了。尽管她已经累得脸上泛着红晕，可是情绪还十分激动和兴奋。她觉得今天的演讲，是她这几年来最好的一次了，无论从她讲话的分量和民众的情绪来看，这都是明明白白的。想到这些，她就想起了在前线拿枪同敌人冲锋肉搏的同志们，这一切都是他们用鲜血和生命创造的啊。那里面有她的亲人，有和她一起奋斗过的同志，想到这里时，她的心中也充满了骄傲和胜利的激情。

然而，当她回到房里时，一件更叫人兴奋愉快的喜事早就在那儿等着她了。

那时，和她同室的小沈也才刚回来。周围的人都说，小沈是个怪姑娘。这首先当然是因为她取了个怪名字；她刚满二十岁，却叫作沈大戈；这实在既没有闺秀的气质，也看不出是青年还是老年。不过了解底细的人都知道，她这名字是大有来由的。据说她从前叫作沈艳芬,这实在跟她的性格太不相称了！那时节革命的青年大都是带着浪漫色彩的,整天幻想着刀剑的闪光和枪炮的轰鸣,她便为自己选中了这个"大戈";另外,据说那时,她年纪小,人们都喜欢叫她小妹妹,这也是促使她改名字的原因,夫"戈"者,"哥"也;这一来人们便要叫她是"沈大哥"了。还有怪的,就是那时都时兴剪短发盖,而她却留着两条辫子;尽管谁也没法说她这样不美丽,然而又都说她怪。不过,小沈跟玉慧却十分合得来,她们在一个房间里已经住了好长时间了,几乎什么都不分彼此,推心置腹;初次认识的人,都说她们像一对亲生的姐妹。

玉慧推开门,刚踏进房中,小沈燕子似的从门后飞出来,兴奋顽皮地向她叫道:

"慧女士,给你道喜啦! ……"

玉慧站住,转身望着她,笑问道:"什么喜?"

"看!"小沈顽皮地笑着说,把背在身后的右手伸出来在她眼前一晃——那熟悉的信封、熟悉的字迹,早映进了玉慧的眼里,她不觉心中一阵惊喜:前方来信了! ……

"快,给我!"玉慧孩子似的、兴奋地扑过去,想抢过那封信来,但是小沈灵巧地闪开了,一面咯咯地笑着。

"得了!"玉慧知道小沈的脾气,便抑制住激动,装作满不在乎地说道,"不给你就收着吧。再吵就把人家吵醒了。"她坐到靠窗的桌前,拉开抽屉,拿出日记本来。

果然,过了不大会,小沈倒走到桌前来求她了。

"你要不要?"小沈坐在旁边的床上,把信在她面前晃着。

尽管这时玉慧心里激动得厉害,恨不得立刻拆开那封厚厚的信,把一切看个明白——但她还是竭力忍着笑,装着没听见似的低头写日记。

终于,小沈把信放到她面前,焦急地来求她了:

"拆开吧,慧姐! ……快拆啊,看看他们写些什么,看看前线到底怎么样啊！……"

等她求得告饶了，玉慧才噗哧一笑，用手指狠狠地在她额头上捻了一下，说道："小丫头，我叫你再调皮！"于是，她用那少女们拆情书时所特有的灵巧动作拆开信封，展开那一叠厚厚的信纸，在灯下激动地看起来……

从那清秀流利的字迹上，她似乎又看到了李剑那容易激动的文雅的脸；她似乎从那一张张薄薄的信纸上，闻出了前线炮火的硝烟，她仿佛看见李剑身穿军装，头戴大盖帽，足着草鞋，在晨光熹微的沙场上，坐在树下倚膝疾书。李剑的那些诗一般的语言把她带到了前线。那行军中晚霞的剪影，荒野溪畔的露营，军号、哨音，这一切多么美丽动人。她似乎看到了炮火弥漫的战场、枪林弹雨中英勇冲锋的士兵，而她最亲密的两个战友——李剑和齐渊，在她的想像中骑着高大的马，挥舞着闪亮的指挥刀，像英武的骑士那样在敌群中纵横驰骋。这时候，她的心便感到难以抑制的激动，恨不得立刻插上翅膀，飞到前线去，和他们共尝那胜利的喜悦和战斗的艰辛……

李剑讲到了齐渊。姚玉慧看到这些格外兴奋。他讲到齐渊在战场上的那样雍容自如，那样机智果断，真叫人想不到这就是七年以前那样文质彬彬的表哥啊！在全团，他差不多是最受欢迎的人；从团长到士兵，都是那样热爱和尊敬他。他跟士兵们在一起吃喝谈笑，毫无拘束，谁能想到他在七年前曾是一个渊博而高雅的书生呢？他讲到齐渊在战斗中随时以迅猛而果断的动作，帮助和补充团长的决定，使全局得到最后的胜利。

看完了信，她们的心情都激动得厉害。虽然已经是半夜十二点过去了，可是她们的睡意却反而全跑光了。她们兴奋地谈着刚才信里谈到的一切，并且加上自己幻想的色彩，向往着那惊险的、然而充满着快乐的战斗生活。看到信上那些妇女的沉重的灾难，她们更感到自己身负的责任。最后她们一同决定了：明天就向党的机关提出请求:到北伐的前线去!

那是一个怎样沸腾的岁月啊!革命,在人们的心目中占着压倒一切的重量。灾难深重的中国,度过了多少屈辱和痛苦的世纪,今天终于在共产主义的光芒照耀下,找到了自己的革命道路!虽然,人们对这一切还新奇、幼稚、生硬,可那是一股怎样巨大的不可阻挡的力量啊!……

姚玉慧给李剑写回信,写到了后半夜一点多钟。早上就被妇女部一起工作的同志们叫醒了。她们一起赶到东校场参加了北伐革命军誓师大会。说来也奇怪,北伐先遣队已经打出到千里之外,出征了两个多月,后方才开始誓师,似乎有些不可思议;可是,那时的人们谁也没有工夫去想一想这其中的原因。人们被一种纯真的狂热的革命精神所鼓舞着、推动着。只有一个思想,一个目标,那就是革命、前进!

姚玉慧回到家后,还久久想着誓师大会。那是一个多么动人的沸腾场面啊!成千上万的工友农友在会上报名,要跟随北伐军出征。他们提出,不要工钱,自带粮饷,革命军打到哪里,他们跟到哪里!成千上万的工人纠察队和农民自卫军背着步枪,扛着梭镖,开进广州市区来维持治安;他们保证在革命军向北方出征后,保卫革命根据地的安全,担负起卫戍城市的责任!他们发出豪迈的誓言,决不向帝国主义列强的封锁和武力威胁低头;他们决心为北伐献出一切的力量,革命军要什么,他们便支援什么!那些动人的演讲,那些激昂的欢呼,真叫人觉得革命的力量连天地也能翻转过来啊!……而这一切,又都是由那一根引线点起的,那根线,正是和她最亲密的人的斗争紧紧连接着;想到这些,她又怎能不倍觉得激动和兴奋呢!……

回到家里,她想着的第一件事就是立刻把那封回信托人带出去。可是说来也有趣,她现在还连他们的准确地点也不知道。李剑那信封上只写着"湖南攸县国民革命军北伐军团部",而现在他们又已经打到醴陵了,那是不是也就写"醴陵国民革命军北伐军团部"呢?她又实在没有把握,心里拿不定主意。小沈又到一个工厂去演讲了,要不然兴许能出点主意。后来,她只好去找妇女部的秘书——大家都敬爱地喊她夏大姐的。其实,"大姐"也不过才二十七岁;不同的是,她已经在革命斗争中锻炼成为一个老练而坚强的共产党员了。玉慧拐弯抹角地想套她,看她知不知道那个团的详细地址,可是大姐似乎早已猜中了她的心意,硬要她先说出原因。姚玉慧不是一个封建的少女了,她只是不愿让别人知道自己过于急迫的心情,又来一阵取笑。她支吾地笑着,说只是想问一问,并无别的意思。大姐越发不依,半笑半认真地说,军事行动和地址都是十分秘密的,不是紧要的事,她可不能告诉。最后,玉慧急了,只好红着脸低声说:

"大姐,是紧要事。我要带信……"

大姐爽朗地笑起来,责备地摇头道:"亏你还天天在喊打倒孔家店,要妇女解放哩!早说出来不就好了?算你运气好,慧丫头!有人能替你把信带到他手里……"

玉慧喜出望外,惊问:"大姐,你不骗人?"

"瞧你这小心眼,连大姐也信不过啦!"她笑着说,"告诉你吧,南方军委派袁野同志到湖南前线去,到先遣团去指导工作。"

"大姐,你知道他哪天动身啊?"玉慧兴奋地问。

"就在这一两天。"大姐说道,"快去吧,袁野同志会给你帮忙的。"

"谢谢你,好大姐!"玉慧顽皮地鞠个躬,转身就风一般地飞出去了。

半个钟点后,姚玉慧一口气跑进那间熟悉的大厅时,正赶上那里十分热闹和忙碌。原来这些天,为着使国民政府"全面誓师北伐"的口号早日实现;共产党在广州的领导机关以党的南方军委和政治讲习班的学生为骨干,组成了一支力量强大的随军政治工作大队,以隶属革命军总政治部的名义,到前线去。玉慧一进门来,就看见男男女女的青年军人挤满了那间高大宽敞的正厅。一色的青灰布军装,大檐军帽,绑腿草鞋;少女们留着短发盖,都显得那样精神、齐整、健康、美丽,真叫玉慧越看越羡慕。他们有的扛着旗帜,有的抱着大捆大捆的标语和传单,有的提着颜料桶,还有些是背了大提琴匣子和长号的;他们忙碌地走动着、喊叫着、谈论着,空气显得格外活跃、热烈。这里面有玉慧的熟朋友,也有一面之识的,还有很多不认识的。玉慧刚走进来,就立刻被一群欢快的叫声和跑过来的少女们包围了。这个拉手,那个问话,叽叽喳喳、嘻嘻哈哈,活泼的少女们别后重逢总是这样的。姚玉慧好容易跟每个人都说了几句话;她很忙,她们也很忙,于是又匆忙分别了。姚玉慧走上二楼去。

在二楼上,她又碰到了一个在上海就认识的女朋友。她叫郑琳,从前一心想当电影明星,可是革命的风暴把她卷到了广州,她穿上了军装;除了演员的风度之外,当年她身上的一切都成为过去了。这时她见了玉慧,高兴地几步迎上来问:

"慧,今天是什么风把你吹来了?"

"来找袁野同志的。"玉慧把额前沾着汗水的短发向两边掠了掠,笑问:"他在吗?"

"在。"郑琳点头说,"他刚才开完会回来。听说明天就要出发了。"她接着骄傲地说道:"告诉你,慧,我们也就要上前线了。看看我们这些大兵! 这回呀,就留下你们这些漂亮小姐看后方啦!"

"你真气人!"玉慧嗔道,"人家没求准上前线就够受了,你还这么开心!"

"哎呀,有眼不识泰山! 我这厢赔礼了。"郑琳笑着给她敬了个礼,说道,"我们在前线迎接你!"

"说真的,琳,"玉慧满怀希望地问,"你们这里还需要人吗?……"

"哎呀,小姐,"郑琳笑着道,"我们这小小的城隍庙,哪里供得起你这样的观世音啊!……"

"你又气人了!"玉慧佯作生气道,"不跟你说……"

"好,我说实话。"郑琳笑着告饶道,"我们这里早就满员了,按正式编制,还超过不少哩!"

"我再求求袁野同志,行不行?"玉慧接着问。

"这几天来请求上前线的人,连楼板都要震塌啦!"郑琳笑道,"慧,我告诉你一个地方,这可还是个秘密……"

"哪儿?"玉慧急问。

"听说省港罢工委员会要组织一个红十字救护队,跟北伐军上前线去。那个队要的人很多……"

"琳,你不骗人?"玉慧大喜地问。

"信不信随便,"郑琳生起气来,"哼,你们这帮小姐真难侍候……"

"别生气,"玉慧急忙地说道,"要带证明去吗?"

"只要你们大姐答应就成啦,"郑琳高兴地说道,"那儿可是清一色的共产党员!"

"找谁呢?"玉慧抢着又问。

"苏兆征同志跟邓中夏同志,你都熟吧?"

"熟的!……"玉慧兴奋地说。

"求准他们就能行啦!"郑琳笑道。

"谢谢你,琳!"玉慧兴奋地拉着她的手喊道,她这时连带信的事也忘了,转身就往楼下跑,一边说道,"我一定能求准,一定能……"

郑琳赶上去倚在楼梯旁边的栏杆上,望着跑下去的玉慧,也为她感到兴奋似的大喊道:

"慧,我们到前线再见!……"

"再见——!"玉慧那清脆的声音传过来时,她已经跑出门外好远了。

二十四

当广州的国民政府正式宣誓北伐，北洋军阀的首领吴佩孚命令他的直系军队接替湖南地方军阀的防御后，一场新的、庞大的战役就在平江地区开始准备和发生了。在这样的形势下，先遣团进驻到了平江南面的浏阳县城。

第二营营部，驻扎在县衙门左近的一座豪绅的房屋里。按照团部的命令，第一营作为先头梯队，在浏阳北面十多里外驻扎；第三营担任右翼；特别大队和新兵营驻扎在浏阳河以南，担任后卫；而第二营，就奉命驻扎在县城周围和靠河一带的公祠庙宇中。团部和直属队伍驻在东门大街。

革命军没到时，县知事就跟着湘军溜之大吉了。"树倒猢狲散"，知事一跑，手下的那些师爷、听差也都各拣了些细软，跑得精光。留下的，只有大堂外边那一对威风凛凛的石狮子；只是如今也变得黯然失色，像对丧了家的狗蹲在那里了。

一驻下来，樊金标就带了人，在知事衙门的里里外外寻了个遍，连只活狗也没找着。他想抓住几个狗官，痛痛快快地报一报血海深仇。这仇恨的火在心中烧了多少年啊！他无时无刻不想着被财主烧去的那三间草房，想着被狗官们打进死囚牢的父亲和哥哥。可是在军阀队伍里，一直没得到这样的机会。而今天，真应了那位老工人的话，他得到报仇的机会了！他们的目标，就是要革这些家伙的命，谁敢说个不字？更痛快的是，他自己成了这座县城的主宰！团部驻在东门，团长和团部的主要军官又都到前线的第一营或者别的营去了，各营也都驻在城外；这城里的一切，都能由他来支配了，这不是随他要怎样报仇就能怎样报仇么？!

那座宽大巍峨的知事衙门,空得像个坟墓;要不是怕连累四周的民房,他真想一把火烧掉它! 他回到营部,越想越气。正在这时,勤务兵于头来报告,说外头来了个师爷模样的人,说是跟"营长老爷"送帖子来了,还有一抬盒点心绸缎,看样子来头不小。

"去去去!"樊金标正在火头上,挥手怒斥道,"叫他快滚,这儿没他娘的老爷! ……"

可是当于头走出院子时,樊金标又喊住了他。"等等!"樊金标想着说道,"无缘无故,这家伙送什么礼来呢? 这里头定有缘故;你叫他进来!"

不一会,那师爷进来了,长袍马褂,尖顶瓜皮帽。樊金标越看越觉着跟家乡那个师爷的模样一般无二。只是他一进来便打躬作揖,开口一个营长,闭口一个老爷,笑得简直要往地上打滚。他后面跟着两个伙计,抬着一抬红漆描金的大抬盒。

樊金标铁青着脸,问:"你跟谁送礼来?"

"就是跟老爷……"那师爷嘻嘻赔笑道,"敝东翁久闻贵军乃仁义之师,营长老爷又……"

"你东家是谁?"樊金标不耐烦地打断他。

"是是……是这个……"那师爷把手伸进长袍里,很小心地摸出几张名片来,双手恭敬地奉上去:"就是……这个。"

樊金标拿过来一看,那第一张印着:

宝成银号

刘 岳 仙

湖南浏阳

他脑中不由一闪,刚才在知事衙门的大堂上,看到那一块最大的黑漆金匾,落款就写着"禀生刘岳仙敬书"的,大约就是这家伙了。好狗日的们,他想,正好送上门来了啊! 樊金标人虽粗鲁,在外这些年也磨得他粗中有细了。便向那师爷问:

"我跟你们东家素不相识,送这些礼作什么?"

"回老爷……"那师爷连连笑着,"要是您肯赏脸,把这点薄礼笑纳,我们东翁还想来亲自拜望……"

樊金标略一沉吟,说道:"好吧,你把东西放到这里。回去告诉你们东家,叫他下午来!"

"是是是……"那师爷躬着腰往后退了几步,叫两个伙计把抬盒放好,眉开眼笑地退出去了。

这位师爷刚走,另一位师爷又接踵而至了。一上午就来了五六个;又是抬盒,又是托盘,还有土产的夏布和珍贵的人参、白木耳。那些名片上的字号一个比一个显赫。樊金标老实不客气地都收了下来,一律的回话:下午来。

不大一会,这送礼的原因,就被勤务兵于头打听出来了。这于头拿手的本领就是做事利索,他机灵得能认出每一只苍蝇的面孔;肚子里似乎装着无穷无尽的"点子",别人搞不到手的东西,他能像变戏法似的瞬间弄到手来。他跟樊金标好多年了,很投合得来,这以后就一直没分开过。他把打听来的原因告诉樊金标:原来浏阳这地方,豪绅的势力最大,一直掌着本县的大权,送礼的这些家伙,都是本城最大的绅商。湘军一失势,他们都恐慌了;看了看风向,在混乱中进了几回长沙,一人买回一块铜钱大的银桃子搋在怀里,说是革命党的护身符,有翰林那一品的顶子。从此他们便都很释然了。这回知事大人一跑,他们觉得好机会到了;按照历来的规矩,地方官都是要靠当地驻扎的军官保举的。于头甚至还不知从哪里弄来几张省城从前出的报纸,那上面果然登着一片一片,都是"某军官保举某县长"。据说那送礼的意思,就是要想在知事衙门里谋个实缺。

樊金标一听,勃然大怒了。他真想立刻下令去把这些假革命党抓来,可是一转念又止住了。这样便宜了他们! 他想用一个更巧的办法,痛痛快快地来出一口胸中的闷气。仔细想了一会之后,便低声向于头吩咐一番，要他快快下去预备。又把书记官叫来，要他在县衙门外出一张告示。

那告示很快就贴出来了，十分简单。写着：

"有熟识下列各绅士者，请速进内一谈……"

那下面便贴着各位绅士的名片。于是人们都轰动了，却猜不透这葫芦里卖的什么药。那几位绅士暗暗自喜，都以为这是那营长老爷受了礼物的效果，"征求民意"，这大约是广东带来的官场派头，也许是营长老爷做作的手段，到下午，官印便可稳稳到手了。于是都代为张扬，劝左邻右舍、伙计债户们都去"一谈"，以示"民意"之多。

到下午，绅士们便都坐了大轿来拜访了。

下了大轿，一个个鱼贯地走了进去。他们几乎是一个比一个生得肥胖，肚子里都像怀了二十四个猪崽，肥脸上油光光的。相形之下，把那些跟班师爷们压得像瘪臭虫了。他们都穿着绸长袍、缎子马褂、大襟上挂了一枚铜钱大的银桃子——有的还在那上头牵了一根金链，怕它会突然飞去似的。

樊金标似笑非笑，站在院子里迎接他们；也不说话，用手把他们让进正厅。坐下之后，绅士们满面堆笑，一口一个"长官"，又有之乎者也之类，向樊金标问候了一通；樊金标似笑非笑，也不说话。

寒暄过后，绅士们又叫师爷拿出带来的"菲仪"：一人两百块大洋。请"长官"笑纳。

樊金标没有笑，但却纳了。他叫把这些大洋都收到桌上，然后，向站在一旁的于头喊道：

"老爷们来了，怎还不上茶来？"

"不必不必……"绅士们连连打恭，脸上却笑得更其欢了。

樊金标却没理会，他自顾站起来，径直走到里边的书案前，拿起一个粗花碗，从瓦壶里倒了满满一碗水，咕咕喝着，又走到桌前来坐下。

于头从后面出来了,他托着一个精致的黑漆描金茶盘,那上面放着六套白玉细瓷的盖盅,描绘得十分精美。他很有礼貌地灵巧地躬着身,在每一位绅士面前放了一盏。

"长官……"有个绅士受宠若惊,讨好地把一盏茶盅向樊金标面前移:"请用这个……"

"不必!"樊金标端起粗碗道,"我是贫寒出身,用惯这个的!"

"长官真正是……伟大之至,伟大之至!"绅士们绝不放过捧场的机会。

樊金标似乎无动于衷,只是端起茶碗道:"请!"

绅士们端起茶盅,眼睛只顾看着樊金标——怕失了礼——慢慢揭开碗盖,低下嘴唇来呷了一口……不觉猛一哆嗦,大叫一声"妈呀"!那股腥臊恶骚的臭气早钻进了五脏六腑,低头一看,只见茶盅里装着满满一杯从茅坑里舀上来的粪水,污黄的粪水上还有一层淤积的泡沫。这几位绅士一见,急忙放下茶盅,连肠带肚都往上翻滚起来……

樊金标声色不动,举着茶碗又道:"请!"

"……"那几位绅士鼻子眼睛都挤成了一团,苦苦地互相看了一眼,又不好开口;用手慢慢地去凑近那茶盅,像去拿一块灼红的烙铁,用两个指头费力地端了起来,却不敢去揭开那盅盖。

"老爷们远来辛苦了,请茶啊!"樊金标说。

绅士们几乎要哭了,你看我、我看你,把茶盅慢慢端到嘴巴下面,痛苦地去揭那盅盖……

"哇——"一个绅士刚闻到那刺鼻的臭味,就几乎要晕倒了。他把茶盅一放,悲苦地喊道:

"长官……这这这、这是粪水……"

"胡说!"樊金标脸色一沉,喝道,"这是你们送来的茶叶,怎会变成粪水?!"

"这……"一个见识广些的绅士急忙站起来,尴尬地笑着,"长官真会……嘿,真会开玩笑……"

"混蛋! 谁开玩笑?!"樊金标以拳击桌,跳起来喊:"你们这些狗娘养的,平日逼着穷人替你们受苦流汗,连心肝五脏都臭透了,大粪也比你们香! 你们这帮胖猪崽子,手不沾泥,肩不挑担,见了穷人还捂鼻子,可你们哪一点比大粪干净?! 这就是你们的茶叶! 来人!"他向里面大喊一声,顿时从后面冲出六七个士兵,端着上了刺刀的步枪,站到绅士们后边。

樊金标吩咐道:"给我看着! 五分钟不喝,扯住耳朵灌下去!"

那几位绅士做梦也想不到,天翻得这样快,又这样突然! 一个个面如土色,像被点了穴功似的呆怔着,更开不得口。站在离门口近些的师爷们见事不妙,拔腿想往外跑;于头早已笑呵呵地站在后面,在他们后脑勺上一人给了两巴掌,快快活活地说道:

"老实点! ×你姥姥,这不是在庙里敬菩萨,枪子弹没眼的!"

"是是是……"那几位师爷乖乖地哈着腰,浑身像在筛糠。

这时,胆大些的绅士终于清醒了,掏出手绢来擦着胖脸上的汗,说道:"长官……这这这、这是从哪里说起? ……我我我们,都是来拜访长官的……"

"拜访!"樊金标冷笑一声道,"老子从前是个穷佃户的时候,你们这些狗娘养的拿什么来拜访我?! 狗娘养的,看着今天世道要变了,老子有了枪杆子了,啊,你们就想起来拜访啦!"

"长官……"还是那位胆大些的绅士道,"长官出身寒微,我等实在不知。只是古古古语有道:冤有头,债有主,还请长官……"

"老子冤不着你们!"樊金标拉开抽屉,从里面拿出一大叠纸来,重重往桌上一丢,喝道:"看,这全是告你们的状子! 狗娘养的,老子跑遍了天下,到处老鸹一般黑! 哪一个财主不霸道? 哪一个东家不喝血?! 今天总算革到你们了,老子先从你们几个革起!"

几个绅士拿眼斜乜着状子,脸上现出苦相,哀求道:

"长官,这这,实在是冤枉……还求长官做主,要……这个,好说……"他们指指桌上的洋钱。

"放屁!"樊金标怒喝道,"你们拿穷人的血汗来摆门面,今天该还给穷人了!你们送的那些东西,全分给了受苦人,这些钱也要分!还有你们的田地家产,一点也跑不了!快说,喝也不喝?!"

绅士们看了一眼那白玉茶盅,连忙皱起鼻子摇手,苦苦求道:"长官稍待,有话好说……"

"长官,"那位胆大些的胖绅士指着自己的胸前道,"你千不念万不念,念你我都是一家人,我们——"他像捧起救命符似的捧起那块银桃子,用力地说:"我们、我们是在了国民党的啊!……"

"啊!好啊,真好极了!狗崽子们!"樊金标咬牙切齿地走近些,仔细打量着他们马褂上的那些银桃子,说道:"什么时候,你们也闹上这么块铜牌牌了啊?狗娘养的,真好啊,你们真会钻啊!'同志''一家人',你们又逞威风了!啊?"他愤怒地叫起来:"你们找错地方了!臭王八蛋,你们逞不了威风啦!叫你看看一家人——"他说着,一把扯下那位绅士胸襟上的银桃子,顺手扔到他脸上——顿时那胖得流油的白脸上,浮起了一道圆圆的红印,像猪皮上刚盖下的戳。他不待分说,转身向士兵们命令道:"给我绑起来!"

绅士们好像被雷击了一下,腿一软,扑地便跪下来,哭嚷道:"长官饶命!……"

不一会,这几位绅士和师爷便被绑到庭院里的树上了。一盅粪水灌下去,这几位一生连臭味都极少闻到的老爷,早昏得半死,连缎子马褂也弄得狼藉不堪;瓜皮帽歪戴,有气无力地靠在树上,像一只只刚放倒的死肥猪。

等他们清醒一些后,攀金标提着一条马鞭又出现在他们面前了。他望着他们说道:

"老子现在给你们算算总账!"

他从后面副官的手里接过账本子,走到一个绅士面前,看了看账本,拿鞭子点着他的鼻尖说道:

"刘岳仙:强占民田四百三十亩,逼死人命七条,高租盘剥,低价买进水田六百七十一亩。先打你五十鞭,三天之内,把本街上的大粪全给掏光,挑到北门外去;若有懈怠,加重判罪!"

轮到第二个,也是用鞭子点着鼻尖:"……强占民田三百亩,逼死人命八条,强占佃户妻女十一人……狗娘养的,先打你八十鞭,三天之内掏光了大粪,还要把你那条街扫得干干净净,背后贴上'劣绅'!"他说完了,又向下一个走去……

把绅士们的"总账"算完,又轮到那些师爷。樊金标拿鞭子一个个点着他们的鼻尖,骂道:

"你们这些狗娘养的! 铁嘴刀笔,甘心当财东的看门狗,一人打三十鞭,再拿绳子牵着,在大街上爬一个来回,学狗叫!"

吩咐完毕,他又走回正厅里去,命令士兵们开始用鞭子"还债"……

就在这时,一个佩戴少校军阶的军官从外面匆匆走进来。士兵们看时,都认得他是团里的一个党务干事,平时他常常到各连去给弟兄们讲演上课,宣传革命道理;战斗里也时常在激烈的火线上出现,给队伍鼓动精神。弟兄们对他都是十分熟悉和尊敬的。在场的一个上士班长立刻发出了立正的口令。

军官还个礼,看了被捆在树上的那些豪绅们一眼,问道:"樊营长在哪里?"

"在里边。"那个上士班长回答。

"你们先等一等。"那军官低声说了一句,便匆匆地走过院子,走进正厅去了。

樊金标正在客厅里向副官吩咐,怎样处置那些豪绅们,抬头看见匆匆走进来的党务干事,似乎觉到出了什么事情,便顿时沉默下来,怀着敌意地看着他。

军官向他敬了个礼,亲切温和地问道:"樊营长,团长要我来问一下,到底发生了什么事情?"

樊金标看了他一眼,低声而坚定地回答道:"在这儿打土豪了!……"

　　那军官看了旁边的副官一眼,终于直截了当地说道:"不能这样乱打,樊营长。你……"

　　"怎么是乱打?"樊金标拿起那叠状纸,理直气壮地放到他的面前,"你看看这个!"

　　那军官拿起状纸来翻了一下,又望着樊金标道:"我知道你的情况,樊营长。可是今天我们还不能这样做。我们的任务是打倒军阀、打倒帝国主义!不能干涉地方的事情。你这样行动,是违背革命军的纪律的。"

　　"违背?"樊金标愤怒地看他一眼,压住火气,轻蔑而嘲讽地说道,"要是这也叫违背,那就干脆不用搞什么革命了!"

　　军官为难地沉默了一下,似乎感到一下子很难把道理说得清楚。只好低声说道:"你以后都会明白的,樊营长。我现在是来传达团部的命令:请你马上把这批人放掉。"

　　"放掉?!"樊金标激怒地叫起来,"你要我把这些吃人喝血的坏蛋还用轿子抬回去?!这办不到!"

　　军官仍然耐心地说道:"樊营长,我知道这样做你很难过,可是为了革命军的纪律,又需要这样。……这是团长的命令!"

　　"这不是命令,这是投降!"樊金标冲他怒吼道,"可你们知道,庄稼人是怎么受他们的苦害的吗?!"他挥舞着拳头,"你们不知道,你们才这样命令!"

　　军官的脸色虽然仍很平静,可是心情也显然变得有些激动,他抑制着自己的情感,望着樊金标,低沉有力地回答道:"我知道,樊营长。我受过他们的苦,不一定比你少……可现在,我们还不能这样办……"

　　樊金标呼呼出着气,默不回答。

　　军官继续诚恳地说道:"你一定会明白这些原因的,樊营长。

团长的命令:请你马上把这些扣留的人全放回去。另外,还命令第二营今天下午移防到东门外驻扎,团部一会就派特别大队来这里接防。其余的问题,团长还要亲自同你讲的……请你执行命令!"他说完,望着樊金标敬了个礼,便转身走出去了。

副官和于头送他走出大门,他低声叮嘱他们回来好好劝一劝营长。当他们返回客厅里时,只见樊金标还愤怒地站在原地,一动不动。

沉默了好一阵,于头终于小心地试探着问:

"营长,外头的那些家伙……"

樊金标沉默着,握得拳头咯嘣发响,猛然往桌上狠狠击了一下,向他们喊道:"全放掉! 快放他们滚蛋,一个也别叫我看见! ……"

副官忙应声跑出去了。樊金标忽然像个被关在笼子里的困兽,在正厅上没头没脑地乱冲乱撞起来。他对一切都有气! 满腔的仇恨和怒火,无处发泄! 他猛地在中间站住,叉开双腿,举起手向于头吼道:

"机枪——!"

于头熟知他的脾气,似乎早已预料到的——却不去拿机枪,只把随身挂着的那把连发盒子枪迅速抽出来,递给樊金标。

樊金标连看也不看,接过来把机头往腿上一擦,举手就向书案正中那个嬉皮笑脸的大肚弥勒佛射去——只听"哒哒哒"一连声响,那个白玉细瓷的大肚佛像,顷刻就变成飞舞的碎片了……

二十五

天空蓝得发亮,没有一丝浮云,像一块透明而又洁净的水晶。七月里上午的阳光,光辉灿烂,远山近黛,绿铺红点,一切都显出欢愉、明朗的色彩。在那高大辽阔的碧蓝的天空里，只有一只矫健的雄鹰平稳地翱翔着。它时而上升，时而翻飞，时而平展着翅膀，一动不动，像一叶浮在平静的水面上的浮萍。它似乎正充分运用着这短暂的悠闲的憩息，积聚着力量，预备去迎接那即将到来的暴风雨！

万先廷走在路上，感到格外地轻爽、舒畅。他穿着一套洗得干干净净的军装，身上斜背着军毯，肩上扛着一个装得鼓鼓的口袋——那全是他这一段时间内所能买到的书。似乎只有在今天，他才深刻地感到一个人没灾没病、健康地生活着有多么幸福。二十多天的伤兵生活，使他如同经历了一个漫长难熬的冬天。北洋军的子弹没有使他叫苦，手术台上穿心的疼痛没有使他叫苦，然而那舒适安逸的病床生活，却使他实在难以忍受了。回想起那些天他为了早日结束这样的"磨难"，对看护小刘故意找出的那许多"别扭"来，他便感到又惭愧，又好笑。

从赵大叔向他讲过父母的遭遇和他自己的身世后，在他的记忆里就失去这个"家"的概念了。尽管赵大叔一家待他比亲人还亲，可是当他想起自己刻骨的仇恨来时，便有一个隐秘而坚定的愿望：不能受大叔家恩养一辈子，要为死去的父母争气，闯出去，寻找机会为他们报仇！后来在他到赵三公家做了长工后，这种时刻找机会出外奔走，为父母和穷人报仇的意愿就更强烈了。虽然在回到赵大叔家时就跟回到自己的父母面前一样的亲切温暖，可那情感上总有着一些"做客"的感觉。这种情感，在他进了革命军的队伍，在他跟自己的弟兄们一起生活了几天后，却完全消失了。他渐渐地感到，自己这才找到了一个真正的家。后来，当他从自己的同志们身上感到力量，从激烈的战斗中得到满足，他完全习惯了一个士兵的生活后，他对这个"家"的热爱和留恋就更加强烈了。

这就是他难以忍受那舒适安逸的病床生活的原因。

在那些离开了战斗和操练生活的日子里，那已经变得生疏的做长工时候的习惯,又慢慢回到他的生活里来了。每天天没亮他就起了床,悄悄地把房里收拾得干干净净,然后拿着把大扫帚到外面去扫地。开头几天,看护小刘为这个实在着了急。然而,她尽管着急地说,而且后来还变为斥责;万先廷却只老老实实地微笑地听着,过后该怎么做还是怎么做。这真叫小刘无法可想。后来她只得把这件事报告了队长。不过,队长并没有采取什么说服的措施;医生的对人细腻深刻的观察,使他了解了这个年轻人的心;如果他相信自己做这件事的正确,那么任何说服和阻止的企图都将是白费。善于体谅伤兵的何队长甚至感到,也许他这样的劳动,正是加快他恢复健康的步骤;虽然这样的奇迹在从前的病例中并未见过,然而正像有经验的医生也会在某些莫名其妙的病症前束手无策,医学上的未知数还是那样的多啊!他只是叮嘱小刘,多留心他在劳动后的伤情。

也许世界上真有违反科学的奇迹,也许科学本身就是由奇迹创造的,万先廷健康的恢复竟比何队长所预料的还要快得多。尽管他的身体还有些虚弱,尽管伤口的考验期还没有完全过去,但是何队长终于同意他归队了。

临走的前一天夜晚,万先廷兴奋得坐立不安。他所带的东西,都由看护小刘收藏着。他要她晚间拿给他收拾一下,但是小刘却不拿给他,只是说明天上路时准误不了,要他安心休息。

万先廷却怎能安心啊!他的心早就飞向了北方,飞向了自己的团队,飞向了那些亲切的弟兄们中间。浏阳的那一边,就是他的故乡——平江了。在那里,将要有一场更为激烈的战斗。他想起那哺育他成长的故乡的山水,那许多的朋友和乡亲;在那里,生活着赵大叔的一家,生活着他的亲人——赵大叔、大婶、小莺、黑牯,还有大凤……是啊,大凤现在又怎样了呢?她是否早已回到了家中?这样的夜晚,她又在哪里奔走呢?想到这里,一件最令他惋惜和心疼的事又涌上心来:在这次激烈的战斗里,他的那个最珍爱的荷包失去了。他始终记不起来是在战场上倒下后被弟兄们匆促包扎伤口时遗落,还是在被送往株洲再转到醴陵的这漫长的途中丢失的。当他在动了手术之后的第五天,才陡然发现荷包没有了时,他流露出来的那种焦急不安的心情,连小刘也非常吃惊。不过她始终也没有明白发生了什么事情。她只知道万先廷丢失了一件珍贵的东西。可是即使她完全知道了,她又能有什么最好的办法,来安慰万先廷那颗失去宝物的惋惜的心呢?……

在晚间八点钟光景,救护队的何队长来了。在军用马灯的灯光照耀下,他那文质彬彬的脸上显得十分疲惫,大约是刚从伤兵身边忙碌完就来的。他详细地问到了这些天对伤口的感觉,又进行了一次最后的检查;然后便叮嘱他许多回队后应当注意的事情。

"你要相信我,万先廷同志,我的每一句话都是对你说的。"何队长最后真挚地说,他特别加重了后面那个"你"字。接着,他爱抚地望着万先廷,充满激情地说道:"我感谢你。我们全队的同志也都感谢你。这一段时间你让我们懂得了很多。我干这个干了十多年。可是从现在才开始知道,有些病人是不能光用医师的观点来看的。"

"不,队长,我才真得感谢你们!"万先廷激动地说道,"说起来,我这条命也是你们给的。那么多同志为我操心、忙碌。可是我,"他不好意思地低下头道,"还净给你们添麻烦。"

何队长笑起来:"你今天才说了心里话。小刘是我们队里最厉害的姑娘,连她都喊起制不住你,可见你这麻烦闹的算不小了。"

"这些时,可真叫她受了累。"万先廷惭愧而又感激地说,"我这一辈子也忘不了她……"

他们又谈了一阵子话,何队长便起身回去了。小刘从外面走进来,像每天一样地督促他休息。

可是万先廷这时才开始感到,往常总是活泼而又爽朗的小刘,今天的神情却显得有些忧郁,满怀心事;而且说的话也显然比往常少了。那语气也比往常低缓、温和,似乎分手时反倒变得客气了。情感深重的人们常是这样的。

"小刘,"万先廷笑着问她道,"今天是跟哪个吵架了? 还是有人欺负了你?"

"才没有呢!"小刘微微一笑道,"革命军男女平等的,谁还敢欺负人? ……"

万先廷看得出来,小刘虽是口口声声在叫他休息,可是她自己却总想在房里多待一会。这是明明白白的。

"怎么样,还有事情要忙吗?"万先廷问。

小刘摇摇头。

"那就坐一会吧。"万先廷大哥哥似的向她笑着说,"这些时真把你拖累坏了,连坐的工夫也难得。"

"那有什么,我们的工作就是这样的。"小刘颇不以为然地说,却在床前刚才何队长坐过的凳子上坐下了。

"小刘,"万先廷真挚地说道,"临走我真得向你赔礼。你知道,我的这性子,只顾要回去,也不管别人的工作好不好做;叫你也受了不少委屈。"

"你真厉害。"小刘老老实实地微笑了一下道,"我见过不少要回前方的人,可就没见过你这样厉害的。"她无意之中叹了口气,这叹气泄露了她心中那留恋难舍的情感。

可是这一点万先廷并没有发现。他只是随便地说道:"就让你说个够吧。小刘,我明天就要走了,这些天你还有什么没说完的呢?"

然而,小刘却反而沉默了。过了一会,她突然站了起来,用平静的声音道:"你休息吧,万连长。明天你还要走路呢。"

"不要紧,"万先廷道,"反正睡也睡不着,再坐一会吧。"

"不,"小刘匆忙地说,"你快睡吧,天不早了。"她向房中迟疑地看了一眼,便转身走出去了。

……万先廷躺下了好一阵,还久久地不能入睡。这半个多月的伤兵生活,一一地在脑子里映出来。他睁着两眼,望着身上盖的洁白的夹被,和那被马灯光映在周围墙上的巨大的影子……

不知过了多久,他终于蒙蒙眬眬地睡去了。在模糊中,他似乎见到小刘又从外面走了进来,把一个蓝色的包袱轻轻放到桌上,又站在床前,默默地看了他一阵;然后捻小了马灯,走出去了……

临别的早晨终于来到了。万先廷起来的第一件事,就是打点行装。他发现床边的凳子上,早放好了洗叠得干净整齐的军装。他穿好衣服,便开始收拾行李——说起行李,那其实是十分简单的:一条灰色军毯,一个包了几件衣服的蓝包袱。可是,他忽然为什么事焦急了,他发现包袱里少了一双布鞋。就是那双早已磨破、又补了许多次的旧布鞋,然而对于万先廷来说,却比他身上所有的这一切都珍贵啊!那双布鞋,是他离开家乡到广州去时,大凤亲手把它同荷包一起,悄悄放进包袱里的。他穿着那鞋,跋涉过千山万水;到得广州时,那双格外厚实的鞋底和前后的鞋帮都已磨穿了。可是,因为那鞋上带着家乡泥土的气息,带着亲人的深厚的情意,他一直没舍得丢掉;出发时他还穿过一回,以后实在不能再穿,便包在包袱里了。后来,那双鞋又跟着他走出广东,踏上征途,经历过炮火激烈的战场,来到了这里。在荷包丢失以后,这双鞋也就成了他唯一的一件最珍贵的东西。然而现在,也没有了!万先廷的焦急是可以想见的。他竭力地搜寻、回忆:从准备进入战斗的那一夜起,他就再没有动过自己的包袱了。那么它到底是在哪里失落的呢?这些他却连一点印象也没有了。他怕的是小刘在为他清理包袱时,看见这双寒酸的烂布鞋,好心地帮他丢掉了。这实在是最可能的,因为她把包袱里的一切东西都洗得那样干净,叠得那样匀整,而单单没有了这双布鞋……他决定立刻就找小刘去。

在他刚走向房门口时,小刘进来了。她的两眼略为有些红肿,看来是熬了夜的。万先廷急问:

"小刘，我那双布鞋呢？"

小刘迟疑了一下，惊叫起来："哎呀，叫我丢了……"

"丢了？"万先廷觉得自己的声音是发火了，又急问，"丢在哪里？……"

小刘看着他，笑着问："那是什么宝贝啊？一双烂布鞋，老背着不嫌累……"

"嘿，你不知道！"万先廷焦急地摇头道，"快告诉我，丢在哪里了？"

"你得先告诉我是怎么回事，"小刘顽皮地歪着头说，"是什么人给你做的？"

"是……"万先廷急着去找鞋，又不好意思明说，只得搪塞道，"这还是我们家留下来的一双布鞋。我一直穿着它……"

"那样烂了还能穿？"小刘道。

"烂了就补呀！"万先廷忙道，"快告诉我，你丢在哪里了？……"

"就丢在这儿！"小刘说，一边把右手拿着的布包伸到他面前，"拿去吧……"

万先廷惊喜地接过来，打开布包一看，里边正是那双布鞋；不过已经洗得干干净净，而且那破烂的鞋帮都用新布缝补起来，磨得又薄又烂的鞋底上钉了一块崭新的皮掌，简直叫他认不出这就是原先的那双烂布鞋了。万先廷翻来覆去地看着，兴奋地问：

"是你？……"

小刘的脸似乎微微有些泛红了，她摇了摇头。

万先廷没有注意这些，只是兴奋地说道："谢谢你，小刘，谢谢你！真想不到，你还有这样的好手艺！……"

"快吃饭去吧，"小刘走到床前去收拾东西，她望着房内的那一切，似乎有着无限感触地低声道，"队长还在等你哩……"

就这样，万先廷上路了。

万先廷一面走，一面想起救护队那些同志送行的情景，心里充满了激动。他想起了小刘，那个热情真挚而又天真的少女，她有着多少跟大凤相似的地方；她那对人的细腻亲切的体贴，那性格的坚韧和倔强，都恰如大凤；然而，也许和她的经历和生活有关吧，她却没有大凤那样的深沉和坚强。是啊，最后，在临分手的时候，她为什么眼眶里游动着晶莹的泪珠？虽然笑着，那泪珠却止不住地从她的脸颊上滚下来；那时，真叫万先廷有些不知所措了……

　　不过，这一切都成为过去了。他觉得自己每往前走一步，就离那一段经历更遥远了。此刻更激动他的，是他的团队，他们连里那些亲切的弟兄，和他那越来越近的故乡的乡土和亲人。

　　七月的上午的太阳，愈往上升，便愈显得炎热起来了。那些山岗上的小树和花草，似乎也在阳光下挺直了身子，预备接受那中午的热力的考验。万先廷一口气走了二十多里路，还没有休息的意思。汗水已经透过了他军衣里的白布短褂，两颊泛出了红色。照说，从前在家走长路，那实在是家常便饭；一口气走个五十、六十里，面不改色。到了他们团里，那些艰苦的急行军没有拖倒过他，相反把他的腿练得更出色了。可是，这些天的病床生活，减弱了他的力量。当他再往前赶了十多二十里时，就第一次明显地体验到了劳累和腿疼腰酸。于是，他便到大路边的一家茶店里去打尖了。

　　歇过一阵，喝了一壶茶，吃了两块碗口大的芝麻糖饼子后，他又开始赶路了。这时他的精力又充沛了。看看太阳还没到当顶，他决心要在天黑前赶到浏阳。大路上，行走的人越加多起来；大都是挑了东西去赶集场的，男女老少，都用崇敬而又感激的目光看他，有的还露出和善的笑容。好几个地方，万先廷都看到成百上千的农民，在兴高采烈地挑土打夯；路旁边竖着农民协会的绣着白犁的大红旗，几张大标语是："修大路，架大桥，支援革命军！"万先廷看着，不觉想起自己的家乡来，要是革命军打到那里，一定会跟这边一样地热闹啊！……

他一路走，一路想；看着那些肩挑重担，兴高采烈地赶过他前头去的农友队伍时，不觉感到自己的肩头也发痒起来，那种跃跃欲试的心情也越来越强烈了。一来是这些时极少用肩挑东西，他这个用惯气力的人倒觉闲得发慌；二来是看到这些热烈的革命的景象，他的心里高兴、激动，忍不住想同他们一起结伴，共享那种革命喜悦的感情。后来，又赶上来了一队用箩筐挑满粮食的农友；粮食上都插着写了标语的红绿纸小旗，上面写着"打倒军阀！""支援革命军！"一些口号。万先廷趁他们停下来歇气的时候，跟他们一起聊天；上路时他就要求帮他们挑一阵。那些农友们哪里肯让？他跟好几个人拉拉扯扯争了半天，最后才算抢过了一位年纪大些的农友的担子。万先廷挑起箩筐，迈步就往头里跑，引得农友们好一阵赞叹，都说他从前在家一定是个种田的好把式。不过越到后来，万先廷就越觉得肩膀不如从前了；扁担压在上面十分疼痛。但是他依旧兴高采烈，和人们一起说说笑笑，竭力不让人看出他的吃力和难受来。好容易翻过了几道小山岗，到了一个石板路面的小集场模样的地方，前头的人才歇下来，大约是到汇合的地点了。这时，前面有人迎上来招呼这队农友，有些剪短头发的小姑娘们送过茶水来，又热情又真诚。万先廷放下担子，要继续赶路，那些农友只是拉扯着不放，硬要他喝过茶、吃了饭再走。正在纠缠不清时，从那边过来几个人，戴着农协的臂章，中间一个二十多岁年纪、穿蓝粗布裤褂、赤脚草鞋的人，只是留神地看着他；万先廷也看见了他，似觉很面熟，一时又想不起是谁。他们这样对看了一阵，那人终于忍不住走了过来，亲热地问：

"老总，你的老家是不是平江？"

"是呀……"万先廷迷惑地点点头，他似乎触起一点什么印象来，但又捕捉不住。旁边的人这时也都静下来，看着。

那人盯着他怔了一怔，接着就惊喜地大叫起来："哎呀，你不就是万同志？你还记得年初到广东去——"

这句话把万先廷的疑团一下子解开了。他猛然想起来，这人就是一同从省城到广东去的那些同伴中间的一个；于是惊喜地叫起来："你是杨同志？你们什么时候回来的？"

那人兴奋得涨红了脸，紧紧握着他的手，只是上下打量着他，大约是看他当了革命军了。过了好一会，才高兴地说道："你也回来了！我们先前都担心你走失了，怕你到不了广东，后来才听说你当了革命军。没想到这快就打回来了！……"

万先廷直点头，许多话都涌到口边，一时不知问什么好。顿了一下，才急忙地问："你们怎么也这样快回来了？不是说要住半年多学堂吗？"

"是啊！"老杨兴奋地点头道，"原说是要半年。可那时一听说革命军要打过来，就都火燎火急地赶回来了。"

"那些同志都回来了？"万先廷关心地问。

"嗯，都各回家乡去了。还有几个在县农协里办事呢。"老杨又迫不及待地问："你这是？……"

"我到浏阳赶队伍。"万先廷说，"还不知他们如今是不是驻扎在县城里呢……"

"在的，在的！"老杨连连点头说，"我昨天到县城去开会，还见到你们这帮红带子队伍的。那些弟兄真好，待人又公道又和气，跟那些凶神恶煞的北兵不能比！"又低声问："你们队伍在这块还招人吗？"

万先廷想了一想，说："我还不知道。我有个把月不在团里了。我们这队伍招兵跟别的队伍也不一样，不是三教九流都收；我们专招穷苦的工友农友，还要工会农协介绍的。"他想起自己当初想当兵时的那种急迫心情，不觉微笑地问："怎么，你也想进来穿二尺五① 了？"

_____

① 指军服。

378

老杨也笑了,说道:"先前我倒是有这个想法,可这回到广东住了这两个多月学,懂得这个道理了:光有革命军还不行,还要靠工友农友一起来奋斗,革命才能成功。我们乡里有好多年轻人想当革命军,我是帮他们问的。"

"哦,"万先廷应了一声,一面想着他刚才说的道理,很觉佩服,便欣喜地问,"你们是到广州的那个农运讲习所去了吧?"

老杨自豪地点头,说道:"到那里头才两个多月,可真比我们在家这二十几年还抵用。先前我扁担倒下来不知道是个'一'字;闹革命呢,也光知道打倒了军阀土豪有饭吃。如今才晓得有这些道理。我们在那里真是十八般武艺都学,天天认字,天天上操……哎呀,我在那里后来还当了个排长呢!……"

"排长?"万先廷惊讶地问,"你们那里头也兴跟队伍上一样啊?"

"闹革命不注重武装哪行!"老杨理所当然地说,"我们跟队伍上一样操练,可是最注重研究工农运动:讲演、上课、开会、调查……那些道理说得多好啊!我们这革命同志里头真有能人呢!……"

万先廷正想问是些什么能人时,只见一个穿白布短褂的小伙子急忙走过来,向老杨道:"杨委员长,南头的几个湾子都到齐了。等着你分派好了赶着送呢!……"

"好……"老杨答应着,一面为难地看看万先廷,有些舍不得分开地说道:"你看,我们……"

"你去忙吧,老杨。"万先廷也看看天色,说道,"我也要赶路了,要不,到县城怕还要摸黑路哩。"

"好吧,"老杨说道,"我要是到县城,就去找你。"

他们热烈地握了握手。老杨转身匆忙地随着那个小伙子走去,走了几步还回过头来热情地叮嘱:"队伍上要招兵就知会一声,要多少我们农协介绍去!……"

万先廷看他走远了,才转过身来继续赶路,一面想着老杨刚才说的那些话,觉得十分有道理。他已经从碌田和醴陵的战斗中亲眼得见,革命军和工农的武装结合起来,力量该有多么大啊!想到这些,他又感到满怀欢喜:有他们这些人在革命军里艰苦奋战,有老杨那样的同志们把这些道理告诉全国的工友农友们,革命的发展一定会越来越快,革命的胜利一定会早早到来啊!想到这一切,顿时精神更加奋发,浑身也充满力量,只想立刻赶上自己的队伍,立刻投进激烈的战斗。他一边想一边走,脚下也不知不觉地越走越快了。

二十六

太阳偏西的时候,万先廷到达了浏阳河边。过了河,就隔浏阳县城不远了。浏阳河的水本是清澈而碧绿的,可是这季节正是雨季,这些天山里发了水,清澈的河水变得浑黄了;两岸那宽阔的白色的沙滩也淹到了水底;那山水卷着浑黄的漩涡向下滚滚流着,似乎象征着这山区的革命的气势,河水也奔腾咆哮起来……

万先廷站在两道山口中间的河岸上,望着滔滔的河水,心中也不觉逐浪翻腾起来;这滚滚的河水中,也曾经流卷过他父亲的鲜血啊!他的脑子里,又浮起了赵大叔叙说过的父亲那高大坚定的英雄形象,浮起了那无数的起义农民的英雄形象;眼前那滚滚奔腾的河水,变成了浩浩荡荡的冲杀前进的起义队伍,正像赵大叔讲的那样,成千上万的无尽的人流,漫山遍野的向财东、向官府冲去……

是啊,父亲的起义失败了。起义农民的鲜血染红了清澈的浏阳河水。然而,这鲜血染红的河水,今天终于奔腾咆哮起来了,而且正以无可阻挡的力量,向前奔流着,奔流着……二十年前父亲在黑夜里举过的那条火把,今天已经被无数的先烈烧得更旺更亮了;

而且那光明也不复是火把,而是辉煌的太阳,照亮了万先廷前进的路,照亮着每一个穷苦农民应当走的路!……

"喂!上船啰——!"远处的河岸上传来一个洪亮粗犷的喊声。万先廷抬头向那边望去,只见在左边几十步远的地方,停靠着一只两头尖的木船;那船上已经上去了好几个人,似乎都正向着他这边望着。万先廷觉到了人们正是在喊他,便沿着山路大步向那里走去。

掌舵的是一位年过花甲的白发老人,精力却异常健旺;那满是皱纹的脸上,有两撇银白的八字胡,嘴里衔着一根竹头做的短烟管。撑竿的是一位十六七岁的姑娘,穿一身洗得发白的红格子布衫,额前一排齐眉短发,身后一条长长的大辫子。万先廷上得船来,先在船上的人便都含着笑起身让座——万先廷明显地感到这不是对"老总"的害怕,而是出自一种真诚的敬意——但是他怎能坐啊!倒是掌舵老人办法多,他在自己前面清出一块船板,热情地招呼万先廷坐到了那里。

那姑娘将竿头在石上轻巧地一点,尖尖的船头便燕子似的旋了过来,向对岸出发了。接着响起了均匀的船桨碰击水面的声音,河水在船旁潺潺地流过,乘客们都默默地吸烟、打瞌睡,大多的人则好奇地望着万先廷。

掌舵老人看来十分健谈。当船按着预订的方向进入正轨后,他便放下舵柄,蹲到前面的船板上,同万先廷攀谈起来。

"老总,吸口烟!"他装好竹筒烟杆,抹了抹烟嘴,双手送过去说。

"多谢你,大爹,"万先廷感激地笑着说,"我不会吸……"

"不会?"老人惊奇地看了他一眼,笑起来,"革命军尽这样的,烟酒不沾。"他想了一下,提起后舱板下的瓦壶:"那好,就请杯凉茶吧。"

万先廷倒真是有些渴了,他急忙用双手接过来,感激地说道:

"大爹，我来……"他端起碗来喝了一口橙黄的凉茶水，那带着乡土气息的山茶的清香透进了心里，他不觉舒服地呼了口气。

"你们这帮革命军，也太客气。"老人望着万先廷，也是望着船上所有的人说。"老总，听你的口音，像是我们这一块的人吧？"他热情地问。

"是，"万先廷道，"就是平江的。"

"哦，"老人更是兴奋起来，"平江哪块？"

"安平桥。"万先廷回答。

"安平桥……"老人兴奋地重复着，若有所思地顿了一会，又抬起头来问："那，有个人你认得吧？"

"哪个？"

"万东昇。"老人带着崇敬和骄傲的语气说，"你知道吗？"

万先廷望着他那兴奋的目光，他不想说出自己的身份，便抑制住激动，点点头道："听老人说过的……"

"是啊，你们这年纪的伢子，见不着他了。"老人感触而怀念地说。大约一来是认了同乡，二来万先廷也跟他谈得来，他说起话来随便多了。停了一会，他又抬起头来，望了望前面正在荡桨的姑娘，感叹地说道，"那一年，还没生她。万头领带着平江北乡的大队伍，住到了我们家里……"

"大爹！"万先廷的心猛一热，几乎叫出父亲的名字来，他竭力地抑制住激动，问道，"他跟你说话了？"

老人肃然地静默了一会，说道："说了。他说，穷人要活命，只有一条路，就是跟财主斗！……不错，就那样，我也拿着冲担跟他出去了！"

"后来呢？"万先廷迫不及待地问。

"后来，"老人的声音低缓下来，"万头领挂了彩。赵大哥和我们几个拼命抬着他过了浏阳河，又到了我家里。那时节，他流的血把铺盖的白被单全染红了，脸白得像黄蜡，谁看着都伤心。他知道自己不行了，就跟赵大哥托付了后事。最后，他跟我们说：乡亲们，斗下去！这回是我没领好头，穷人总有一天要站起来的！……说完这几句话，他就……"

这时，船上的人全都肃静地听着，只有船旁流水的潺潺声。船头上那位姑娘扶桨默默地望着这边，忘记了手里的动作……

万先廷用了好大力量，才没有使自己的热泪涌出眼眶，他紧咬着嘴唇，半晌说不出话来。

老人沉默了一会，又忽然抬起头用激动的声音说道：

"这一晃，二十年过去了！俗话说，二十年河东转河西。万头领的话今天果然应着了！不错，穷人要站起来，就得跟财主斗！二十年前，万头领在我家的时候，还送给了我们一样东西……"

"什么东西？"万先廷急问。

"一个颈箍①。"老人珍爱地说，"那是打到集场上的时候，一个大婶送给他的。上头刻着'长命百岁'；听说他那年有个伢子才满周岁，这是百姓多大的一番心啊。后来他看自己不行了，看见我的个伢子——就是她哥哥——"老人用烟杆指了指船头的姑娘，继续道，"就在旁边，他就叫赵大哥帮他拿出那个颈箍来，递给我说：'送给他戴吧，兄弟。为我们穷人，愿他长命百岁……'"

"大爹，"万先廷问，"那东西还在吗？"

"那不，小兰还戴着哩。"老人又用烟杆点了点船头前的姑娘，说道，"她大哥戴到十二岁，她二哥又戴到十六岁，她戴到如今。'为我们穷人，愿他长命百岁……'万头领的话，真应验了！他大哥就在前几天当了革命军，跟老总你一样的……"

"哦，"万先廷不觉也感到兴奋地问，"他在哪个队伍上？"

"可说不清，"老人自豪地笑着说，"这些队伍上的事，他可小心着哩！"

---

① 即项圈。

"他也是挂红带子的!"前面那姑娘这时突然地说,说完赶紧羞怯地低下头,大约她还很少跟生人说话的。

"哦,就是跟老总你一样挂红带子的!"老人也笑着说,又望着自己的女儿道:"别看这丫头拙嘴笨舌,没见过世面,她还想着当革命军哩!她大哥答应再过些时,看着队伍上缺女兵了,就带信要她去。"

"大爹,你舍得吗?"万先廷含笑地问。

"嘿嘿,"老人爽朗地笑了,"穷人自己的事,我们不干,谁干?"停了一会,他又感叹地说道:"这如今,谁要是光顾自己,怎么对得起死去的万头领?怎么对得起那些穷弟兄?我一看见伢子戴着的那颈箍,心里就像火一样的发烧啊!……"

"大爹,"万先廷在心中冲动了好久的一句话,终于抑制不住地说出来,"那颈箍我能看一看吗?……"

老人奇怪地看了一眼,接着向船头的姑娘道:"小兰,把那颈箍解下来给老总看看。"

"爹!……"小兰不好意思地叫了父亲一声。

"怕么事,"老人爽快地说,"这老总也不是外人,他是吃万头领那一块的水长大的,信得过的!"

小兰背着身子解下了颈箍,递到后面老人手中;万先廷看见她的脸上泛着羞涩的红晕。

老人把颈箍郑重地双手递给万先廷。万先廷感到,那上面还带着少女身上的温热。他仔细打量着这只颈箍,往事又一下回到了眼前。这是一只普通的银质的颈箍,在前面刻着"长命百岁"四个字,那字也并不很工整,大约出自乡村艺人的手。但是这一切,万先廷看着,却比千金还珍贵啊!二十年前,父亲用手拿过的这件遗物,现在又被他的手拿着了……二十年,艰辛而漫长的二十年,苦难的日子终于熬出头了,穷人终于要站起来了!他望着颈箍,似乎对着父亲宣誓似的在心里说道:"爹,你放心吧,如今我们已经找着了一条光明大道:这就是革命! 我们抓着枪杆,永远也不会放下了! 永远! ……"

"靠岸了,爹! ……"小兰的声音在船头上叫起来。

"哦。"老人急忙站起身,用手把住了舵。

万先廷从沉思中惊醒过来,看着船已经靠拢对岸了,他把颈箍递给老人道:"多谢你,大爹! 我一定永远记住你的话,对得起那些为穷人流血的前辈!"

"好,老总——小伙子!"老人高兴地忙乱地说道,"我知道万头领那地方的人,出的全是英雄! 你也记住这浏阳河边上的老船工吧! 只要我这老命还活一天,就一天为着革命军! 要伢子,我送伢子;要我去,我自己去! ……"

船上的人都依着次序上岸了。万先廷要给船钱,老人却怎样也不收。万先廷最后道:

"大爹,这是我们革命军里的规矩。你不收,我回去怎么说呢?"

"就你知道说!"老人生起气来道,"我收了革命军的钱,怎么去跟那些穷弟兄说? ……"

他终于没有收。万先廷感谢了这父女俩,他问清了他们家姓石,那个当革命军的大儿子叫石永忠。老人最后还再三嘱咐万先廷回队伍上后,一定去找他的大儿子,跟他交个朋友。

万先廷上岸向大路上走去,一面转过身来向船家父女告别。当他走上了大路好远,再回过头来看时,只见小兰那苗条的身影还倚竿站立在船头上;而在船尾,还站着老人高大结实的,微驼的身影。万先廷从他们那颙望的期切的神态上感到,他们对他,这个为穷人的事业而斗争的士兵中的一员,寄托了多么深厚而巨大的希望! 想到这里,他不觉更有力地加快了脚步……

万先廷走到浏阳城大街上的时候,已经是傍黑掌灯的时分了。

浏阳,是繁华热闹的山城。革命军的到来,更使这里充满了活力和一片蓬勃的气象。民众对革命军的到来,表示了多么大的热情和敬意啊!在二十多天后,当万先廷走在浏阳城的街道上时,还深深地感得到这一点。繁华狭窄的正街上,上面都用布幔作天棚——那该要多少布啊!天棚上挂着红布灯笼、五颜六色的彩球、琉璃灯、走马灯,还有一座座巨大的金碧辉煌的牌坊,牌坊两旁都写着对联,正面的大字是:"欢迎革命军"。街上还弥漫着一种节日后的鞭炮火药的强烈气味。这里是以盛产鞭炮闻名的;在这样喜庆欢乐的日子,浏阳人是从不吝惜鞭炮的。到处都有着一种喜气洋溢的气氛,这种气氛,很像那少有的五谷丰登的年节所带来的景象,但是却又比那更强烈、更欢乐得多。

万先廷在正街上走着。虽则已到夜晚,街上的人还是那样多。天棚上所有的挂灯都亮了,从两旁店铺里射出来的白色的汽灯光,映在街上,十分明亮。人们都格外快活、忙碌;虽则在狭窄的街道上有些拥挤,但是一切却是那样井然有序,毫不混乱。万先廷感到,仅仅二十多天,这里就安定下来了;他不觉想起容大叔和跟他一样的那许多党的领导人来,这正是他们多年辛勤奔走的结果啊!

万先廷走了好一路,开始有些感到奇怪:正街上,怎么连一个团里的弟兄也没见?在那样多的行人中,一个军人也没有;只有从两旁墙上那些"革命军宣"的大字标语上,从那一片热烈的欢迎景象上,从人们欢笑的脸上,才能感觉革命军来到了这里。但是,他们团里那些弟兄又到哪里去了呢?他一面走,一面疑惑地想,两眼向街道两旁寻找着,可是却依然什么也不见。他真有些担心团队又向前进军了。但是据何队长的说法,他们的团队一时是不会移动的……正想着,忽然听到前面响起了一阵热烈的锣鼓声。他抬头望去,只见一大群人簇拥着从一条街的拐角处转出来,后面似乎还有无穷无尽的人流。前面走出了好大一群人后,一条长长的红布横幅出现了,那红布上的几个大字最先映入了万先廷的眼帘,使他的心中顿时涌起了一股热流,心情也一下开朗愉快起来;那红布上写的是:"国民革命军北伐先遣团演剧宣传队"。那人群一直向万先廷这边的街上拥来,这条街上的行人也都立刻向那些人群围去;无数的人又从街道两旁的店铺里涌出来,顿时又汇成了一道巨大的人流。万先廷被拥塞在这欢腾的人流中,身不由己,随着那人流的巨大力量向前移动着;他一面用力地想进入到那人流的中心去,一面竭力抓紧肩上扛着的那个布袋子,这时候是很容易被挤掉的。

但是,人群又一下停住了。大约是那些宣传队的人看见围的人越来越多,走不过去,就在原地摆开场子,预备演起文明戏来。这时,后面的人群都用力向前挤,而前面的人又都铁桶似的围着,无缝可入。万先廷就在这一前一后的人流中被拥挤着。在那人群围着的圈里,只能看着一些戴在头上的大檐帽,和一顶特别高的纸糊的黑礼帽,一个竖起来的红色的冲天缨;万先廷踮起脚来,才看到那戴着纸糊黑礼帽的人的脸,又长又瘦,打着白粉,一个又高又尖的鹰钩鼻子;那明明是代表列强的洋鬼子。那戴冲天缨军帽的军阀,满嘴胡子,帽子上金晃晃的;旁边似乎还有一些戴瓜皮帽和礼帽的头,而且那位置时刻在移动变换着,前面的人群里便不时爆发出一阵快活的笑声和叫嚷声。

万先廷脚尖踮得发了疼,身上挤得出了汗;看来想挤到前面跟宣传队的人说话,怕挤到明天也难办到;他便失望地从人群里又挤了出来。

往外挤虽然也不易,但终于好办些。他挤到人群外边时,已经是歪着帽子,斜着武装带,草鞋也脱开了一只;在狂热的人流里被挤了一阵后出来,模样总是很不雅的。但是,万先廷却还是满心高兴;他看看自己,也不觉笑了。他在街旁整好军帽和服装,扎好草鞋,又继续向前走去。这时,大街两旁的石墩上、卖肉的案桌上、梯子上、楼房的窗口上,都站满了人,比起那些在人流里拥挤的人来,他们实在要算得天独厚了。万先廷看着这情景，又想起过浏阳河时那位掌舵老人的话，心中又升起了一阵激动的自豪的情感。

他又走过了一条街，然而还是连一个团里的弟兄也没有遇见，心里不觉更纳闷了。他穿过一条巷子，走到了临河的那条正街上。这街上的人虽不如那一边的多，可来来往往的也不算少。他不知不觉，走到了县衙门的那一块。远远看去，那一块也很热闹，原先的县衙门的大门外，点着几盏大红的宫灯；在那当初县太爷捉人戴枷示众的院子里，木槛都已经拆除；这时被两盏汽灯的光照得雪亮；在灯光下，院子里站满了人，正在听一个站在台子上的军人演讲。万先廷远远地就看见了那条红领带，在灯光照耀下，在那军人的脖颈下发亮。他顿时兴奋起来，大步走了过去，当走近那院子时，他不觉惊喜得差点叫出来了，那演讲的军人正是李剑。是的，正是他！他站在人群前面的土坛上，那文雅清秀的脸上，因兴奋而泛出红色了；他的左手自然地握着，提起在腰部；而右手则用力地挥动，姿态很优美。他的声音很富有情感，高低急缓，顿挫抑扬，他的话深深吸引着人们。这时，他大约正是在讲帝国主义列强对中国历年的侵略和剥削，和北伐革命打倒帝国主义的政策。只听他慷慨激昂地讲着：

"……同胞们！今天，醒狮终于怒吼了！从前，帝国主义叫我们是东亚病夫，说我们中国人是一盘散沙，是五分钟热度！可是今天，革命的怒火在中国的土地上燃烧起来了，沉睡了四千年的文明古国今天怒吼起来了！同胞们，谁愿意做奴隶？谁愿意做马牛？一切劳苦同胞们，在世界革命的大旗下团结起来吧，我们要用劳苦工农的铁拳，打碎旧世界的枷锁，打垮军阀和豪绅的统治，赶走一切欺负我们的帝国主义！我们伟大的中华民族，在不久的将来，一定要以一个自由、民主的新强国，在世界上站立起来！"

他的演讲结束了。那时还不大作兴鼓掌的，但是从人们热烈的情绪上来看，这场演讲是十分出色的，他们对演讲的人是既羡慕而又崇敬。人们渐渐在热烈的议论中开始散去了。

李剑走下土坛，同下面几个学生模样的人还在一面谈着，一面向外走出来。这时，万先廷穿过那些正在走散的人，大步走上去，兴奋地喊道：

"李副官！……"

李剑听到这熟悉的喊声，陡地一惊，同时抬起头来一看，不觉惊喜得发了呆，接着便张开两手奔上来：

"哎呀！万连长，是你回来了！……"他激动热情地紧紧握住万先廷的手，笑着，"你不知道，我们都多么想念你！连团长都常常提到你！……"

"弟兄们都好吧？"所有的问候一齐向万先廷的嘴上涌来，他不知先问哪一个好；他像久别之后遇到了第一个亲人，紧紧地握着李剑的手。又急切地问："团长和齐营长他们都好吧？……"

"都好，都好！"李剑兴奋地说。一面迅速地从上到下打量他，像找着什么奇迹似的，忙着问："全好了？伤口全好了？……"

"好了！"万先廷有力地说，"看，这不是全好了！"

"奇迹，万连长，这真是奇迹！"李剑兴奋地说，"据那些医官说，你的伤势至少得要半年复原。我们都担心你赶不回来了哩。"

"谁说的？把我不算团里人了？"万先廷急忙担心地问。

"没——有！"李剑兴奋地拉长声音道。"齐营长和团长都相信你能赶回来。告诉你，万连长，你已经被正式任命为第六连连长了。不过还没宣布。"

李剑料到万先廷知道这个消息，一定会很兴奋，可是万先廷却什么表示也没有，只是性急地问："我们的队伍在哪里？李副官，都在城外吗？"

"不，团部就在东门大街上。"

"那我们营哩？"万先廷急问。

"二营刚到浏阳也住在城里,可是后来搬到东门外去了。"李剑说。

"城里不能住队伍吗?"万先廷想起在街上没看见一个弟兄的事,问道。

"不是。"李剑微笑着摇摇头,说道,"那几天出了点事情……"接着,他就把二营营长樊金标在县城里闹的那件事叙述了一遍,最后道:"这样,团长才命令队伍都驻扎到城外去了。"

万先廷听了他的叙述,不觉也笑了。他想起樊金标那总是紧绷着的怒气冲冲的脸,不知为什么,他深深为营长感到难过,他更想早些能看到他。

可是,李剑劝他先到团部去歇一会。李剑还告诉他,齐营长今天也正从前方来到团部,看到了他的归队,一定会感到格外高兴;而且第二营营部的路远,在东门外,先到团部也是顺路。后来,李剑又有些不好意思地说明,他把上次朱亭的战斗写了一首诗,已经寄回广州去了,今天想请万先廷听一听。这样,他们一路走,一路谈,不觉就来到了团部。

团部设在东门正街上一个大豪绅的房屋里。在浏阳城,流传着一首家喻户晓的儿歌《东门黎,北门宋》。那"东门黎"便是指的这一家。这是一栋高大宽深的老式房屋;从正街沿着一条不宽的巷道走进去,向左一拐,便看见了那巍峨高大的正门。这里虽是临街,却十分安静。进门便是一座百十丈深长的大厅屋,中间隔着好几重天井,宽敞明亮。一层层大厅的粗大的横梁上,都悬着金碧辉煌的大匾额。大厅两旁,都一溜齐地排着几十间厢房;最后面是一个小花园。大厅的地面,都铺着圆溜溜的闪着光泽的玛瑙石;两边的厢房里又都是高出大厅一层的地板。这时,大厅里是十分忙碌的,军官们川流不息地来往着。靠里层的那间大厅里,几张大方桌并排在一起,上面铺着军事地图,墙上也钉满了地图;许多战斗目标和兵力火器的部署,用红蓝的颜色标志着。桌旁围着好几个参谋官和副官,正在热烈地讨论着什么。

一阵惊喜的问候,争先恐后的握手,简短而热情的寒暄之后,万先廷站到了那张铺满地图的大方桌前。从地图上那一个插着蓝三角旗的"平江"的周围,从那些密密麻麻布满了大大小小的据点和火力点中间,万先廷看到了一幅艰巨的、错综复杂的战斗画面。

对于平江的形势,万先廷可以说熟悉得就像自己掌上的纹路一样了。然而也正因为这样,他才更清楚地感到北洋军的布防是如何的周密、险要、坚固。真可以说是铁壁铜墙,风雨不透啊!在平江城南,也就是他们将要进攻的正面,形势本来就已经够险要了。宽阔的汨罗江成了平江的天然防线,在汨罗江的南岸上,横亘着一列高耸的山岭,长蛇似的蜿蜒着,变成了县城的最坚固的天然的城墙。而现在,北洋军又在这山岭上筑下了一道一道的防线:重重的鹿砦障碍、层层的铁刺网、蛛网般复杂纵横的堑壕、坟墓一般的堡垒群、繁星似的火力点;而那一片像用毛刷洒下的密密麻麻的红点,标志着无数的看不见的地雷……这一切,构成了平江正面的防线。看来,他们将要在平江遇到的对手,远比这一路的敌人都厉害得多了。

万先廷正在想着,只见齐营长的勤务兵小杨兴奋地从后面向他这里快步走来。万先廷向他迎了两步,小杨几步赶到面前向他敬了个礼,接过他的包袱,掩饰不住喜悦地说道:

"六连长,营长请你快去哩!"

万先廷一面跟他向后走,一面兴奋地低声问:"他很忙吧?"

"可不是!"小杨带着骄傲而心疼的声调说,他似乎也为营长分担着沉重的负担似的。接着又带着孩子气的夸耀,低声地说道:"这回的战斗可厉害着呢!北洋军连吴佩孚都向这儿发命令了,说一定要把咱们消灭在这里。咱们呢,也一定要把敌人消灭在这儿!……你没看见,这些天团长跟营长他们都瘦多了呢!"

"团长在家吗?"万先廷问。

“不在。”小杨道，“今天早上又到军部开会去了。”

从刚才一进团部时感受到的那种紧张的战斗气氛，和此刻小杨的简短的叙述里，万先廷预感到一场艰巨而复杂的战役就要在他的家乡展开了。他不觉又兴奋又性急：兴奋的是，刚好能赶回来参加这场意义重大的战斗；性急的是，他多么想立刻知道自己那个营和那个连里的情况啊！这时，他们已来到了最后面靠着小花园的一间厢房前，小杨推开房门，一面报告道：“营长，六连长来了。”一面站在门口让万先廷先走进去。

从小杨推开房门时，万先廷就已看见了齐营长那熟悉而亲切的身影。他正俯身在桌面的地图上画着什么，听见小杨的声音，他便迅速放下手里的东西，向他们转过身来。万先廷仍然站在门口，按照规定敬礼并大声报告道：

“营长，二营六连代理连长万先廷回团报到！”

齐渊已几步走到他身边，热烈地握住他的手，露出万先廷感到熟悉和亲切的那种动人的笑容，迅速地上下看了他一眼，喜悦地说道：“来，快坐下。”

万先廷打量这间房内：简单、整洁、宁静，一切陈设和布置，充满着军人的、战斗的朴实。房中间有一张大方桌，桌上铺着地图，上面放着几本书和红蓝铅笔、量规、小尺等。房内的几面板壁上，都张挂着地图，但都是同样的一份：平江。靠窗的一张桌上，摆着一套茶具。

李剑靠窗站着在喝茶，一面微笑地看着万先廷进来。这时他放下茶杯，向齐渊道：“你们谈吧，磊夫。我到前面去一下。”他又向万先廷道：“你坐着，万连长。等会有时间我再来找你。”说完，点点头，便走出去了。

小杨给万先廷倒了茶，也悄悄退出房去，带上了房门。

齐渊和平时一样，仍保持着端正而整洁的军容。一个多月没有见，万先廷仔细地看着营长；正像小杨说的那样，营长瘦了一些。

但他的精神却还是那样生气勃勃,勇武有力;在他的那对明亮闪光的大眼里,依然射出乐观自信、永远不会疲倦的光芒。在齐营长的面前,万先廷顿觉得一路的劳累和疲乏全都无形中消失了,只觉得浑身充满了一种更加坚定自信的战斗的力量。

齐渊站在万先廷的面前,充满着爱抚地打量着他,一面欣慰地说道:"好得真快啊!"又微笑着半认真地向他问:"是特为赶回来参加战斗的吗?"

"不,营长,"万先廷急忙站起来申明道,"是救护队让我出来的。你看,这里有证明……"

齐渊仍然微笑着,信任地点点头,说道:"别着急,我没有说你是开小差回来的。不过,"他打量着他,"救护队可没有让你赶得这么急吧?"

万先廷也不好意思地笑了,他的心情轻松下来,他低声承认道:"是的,营长……"

"这还是不好。"齐渊带着亲切的责备,低声说。他一手放到万先廷的肩膀上,让他坐下,又说道:"你的性子总是这样,为了做一件事,就容易忘记一切。以后要学会克制一些了。"他停了一下,望着万先廷道:"团长已经在军官会议上宣布:你被升任为第六连的正式连长了。"接着,他又为他感到喜悦地,"你们在朱亭打得很好。全连都受到了嘉奖。团长在总结战斗的军官会议上还特为提到了你。"

"不,营长,那全靠大家!"万先廷急忙红着脸说,好像面前就是正在嘉奖他的团长。听着称赞,他好像被人家揭了短,不知所措地沉默了一会,又带着自豪和不好意思的低声补充道:"在我们连里,长官都是被弟兄们推着前进的。"

"是啊,"齐渊点点头,感慨地说,"我们的弟兄,应该都成为这样的人。但是……"

往下他没有说下去了。万先廷却深刻地知道营长往下想说的是什么。他感到自己的脸有些发烧了。

"你还记得碌田那一回的战斗吗?"齐渊问。

"记得,营长。"万先廷惭愧地回答。想起那一次的战斗,总会给他带来许多深刻难忘的回忆。那一次,头一回参加战斗的士兵们,连他自己在内,都做出了一些令人脸红的举动。

"那一回,你挽回战斗危急的行动,很及时,很好。"齐渊望着他道,"可是,在对待弟兄们的从战场上逃跑时,就显得完全束手无策了。"

万先廷惭愧地听着,想起当时的情景,感到沉重。

齐渊沉默了一瞬,忽然望着他问:"如果现在又遇到这样的情况,你会怎么办呢?"

"我……"万先廷一时不知该怎样回答,他窘住了。

齐渊望着他窘迫的样子,微笑了一下,说道:"你的手在冒汗了。也许你知道该怎么做,可就是没有勇气去做到它。"

"是的,营长……"万先廷惭愧地低声回答。

"这正是你最大的弱点。"齐渊诚挚地望着他说。待了一会,他又满怀感情地低声道:"在我们的生活里,对自己的人执行纪律,往往要比打敌人困难得多。但是为了全局、为了胜利,一个战斗的指挥官必须像钢铁一般果断,他对一切违犯军纪的人都要毫不留情。"

万先廷感动地听着,点头低声道:"是,营长……"

齐渊继续温和地望着他道:"你能用自己的意志,强迫你在短时间内习惯艰苦的战斗生活。但并不是每个人都能这样的。这就要靠外在的力量去强制他。"他停顿了一下,又感触地说道:"一个弟兄,从战场上逃下去,害了大家,也害了他自己。可是如果有纪律逼迫着,跟敌人拼出来,他就会看到自己的力量,尝到胜利的喜悦。怕死和无畏,只隔着一道并不很远的界限;退缩就是死亡,跨过去就是胜利。"最后,他平静了一下自己的激动感情,低声说道:"这一切,是我们生长在这个时代的人的崇高责任。"

"我明白,营长。"万先廷恳切地点点头,又感激地低声说道。他想起了这一次残酷的然而对他和弟兄们都是终生难忘的阻击战斗,又真挚地说道,"这一回在醴陵养伤的时候,我想了很久,才终于懂得你留下我们在那里担负阻击的意义。"

"不过,还并不完全。"齐渊衷心地微笑道,"更重要的,是我相信你们这一次一定能够完成。"

的确,他是喜欢这个遇事爱用思想,爱给自己提出难题的年轻人。虽然他们之间的年龄相差并不多,可是不知为什么,齐渊却总感到他仿佛比自己要整整年轻一个时代。是啊,在自己身上,还有多少难以摆脱的习惯和因袭的东西;而这个在自己山村里就认识了革命的纯朴的年轻人,却完全没有这些沉重的苦闷和矛盾。也许若干年后,革命的军队真正与民众结合起来了,军官和弟兄们都会像他这样的吧;然而,齐渊感到,要熟悉那一切,对自己也许还需要经过一段极其痛苦的历程。可是他将满怀喜悦地去迎接;就像他曾经用自己的毅力和勇气,去强制地战胜过第一次踏进军营和第一次走上战场时的痛苦惶恐的感情。一个革命者,能够坚定地完成自己的历史使命,又能不成为时代前进的绊脚石;这就是他所能够建立的最大的功勋了。

齐渊望着万先廷,似乎感觉到自己的思路走得过于遥远,耽搁了不少时间。便回到正题上来,谈起当前团里面临的战斗局势。他走到地图前,微笑地望着万先廷问:"对平江的形势,你是很熟的吧?"

"是的,营长。"万先廷听着营长的问话,连忙兴奋地答道,"城里城外好些地方我都到过的……"

齐渊点点头,望着地图思索起来。万先廷望着营长,暗想:此刻他在想些什么呢?他多么羡慕营长在复杂的形势之前那冷静而条理清楚的头脑啊!望着故乡的那一片地图,他的心情激动起来,不觉脱口问道:

"营长,在这里要打大仗了吗?"

齐渊看了他一眼,笑着说道:"怎么,又坐不住了?"他点点头,

"是啊,这一仗关系非常重大。对敌人、对我们都是这样。"他走到万先廷面前,沉思片刻,忽然问:"你觉得,平江的四面,最险要最难攻的是哪一边呢?"

万先廷想不到,营长会突然间提出一个这样具体的问题来问他。凭他那熟悉而深刻的记忆,只稍稍回想了一下,便肯定地回答道:"营长,是北门! 不是我们主攻的方向。靠南门的鲁肃山这边,地势虽然也很险,可是比起北门那边,就要好攻得多了!"

齐渊点了点头,又陷入了沉思。万先廷想,这时在营长的脑海里,大约已经在进行着一场激烈而复杂的战斗吧? 要是自己也能参加这场主攻鲁肃山的战斗,那该多好啊! 正想着,只见房门推开,一个参谋官走进来向齐渊敬礼道:"齐营长,侦探队前天派到平江去的人已经回来了。"

"请他们到这里来。"齐渊平静地命令说。

"是。"那个参谋官敬礼,转身出去了。

"营长,"万先廷站起来道,"我回去了。"

"好吧。"齐渊走到他身边,亲切地说道,"回去好好休息一下。这几天一定要好好地休息,可能很快就会有重要的战斗任务的。"

"是,营长。"万先廷敬了礼,同营长握过手,便去拿起放在椅子上的包袱,向房门外走去。

齐渊走到门口,才平静而亲切地向万先廷笑道:"你看,一个多月的伤兵生活,又冒出一点在家种庄稼活的习惯了!"

万先廷不觉一下愣住了。他站住惶惑不解地望着营长:他怎么能这样快就知道自己在救护队的生活呢? 可是再看营长的目光,还是那样平静而友善地微笑着在望他。他慌忙地向自己身上看一看,这才发现在路上赶路时挽起来的裤腿,不觉自己也感到脸发烧,不好意思地笑了。他急忙把包袱放到地上,弯下身子把裤腿放下来。

这时,小杨从前面匆忙地走来,看见万先廷要走,惊讶地问:

"六连长,你怎么要走了? 我已经告诉伙伕班做饭了,就要好啦!"

齐渊在一旁笑道:"你看,我倒忘了。"他转向万先廷:"你就吃了饭再走吧,二营隔这里还有一段路。"

万先廷为难地看看小杨,又看看营长,只好敬礼答应道:"是,营长。"

出了房门,万先廷同小杨一面走,一面埋怨道:"你这小鬼真是,营长也没告诉你去做饭,要你那么多事干啥?"

小杨顽皮地一笑道:"都要营长吩咐,还要我这个勤务兵干啥?"接着,他又像抱怨又像夸耀地,"你不知道,他事情又多,一用起脑子来,常常连自己吃饭都忘了。还有工夫总想到这个?"

听着小杨的语气,万先廷不觉也笑了。他又想起刚才在房中发生的那一切;他知道,这些天里,齐营长肩负的担子是非常重的,可是他的神态,他的言语,还是那么平静,那么从容啊。甚至连他挽着的裤腿也都没有放过。他没有告诉小杨给万先廷做饭,也决不是没有想到;而是因为他完全了解万先廷此刻急于回队的心情,这一点从他的语气里也可以听出来。的确,万先廷实在没有吃饭的心情了,他只是急于想赶回连里去,见到连里那些朝夕想念的弟兄们。他不觉又想起齐营长最后说的那句话:可能很快就会有重要的战斗任务的。这句话明明是专门对他说的。那么,到底是有什么样重要的战斗任务在等待着他呢?

二十七

樊金标一脚踏进营部,就兴高采烈地大叫道:

"于头,来酒! ……"

于头看模样虽是糊糊涂涂,可他的心眼儿比谁都机灵,就像俗话说的:小葱拌豆腐——一清二白。他看在眼里,想在心里:营长多少天来心里的那个疙瘩,今天突然解开了。这是明明白白的。

这些天来,樊金标一直在火头上。要不是长期行伍生活养成的服从和纪律性约制着他,那他实在很可能在这山城里来一回全武行的。万先廷回来以后,使他高兴了一会;但是他们的谈话没有涉及那件不愉快的事情上。万先廷隐隐约约地劝营长把心放开些,服从党的章程,暂时忍住火气。不过,说心里话,要是那回打土豪劣绅时,这个小伙子也在眼前的话,他是不会袖手旁观的。

今天早饭过后,各营的营长就被召集到团部去了。这是一次紧急的、重要的会议。樊金标回到营部时,已经是晌午时分了。

二营的营部,设在东门外河边的一座瓦房里。房东是一个老搬运工人,只有老两口,跟樊金标还谈得来;住在这里,他就不觉得像在豪绅公馆里那样窝火了。

于头见营长心情开朗,自己也很高兴,一面拿酒,一面试探着跟他搭话。

"房东老大娘真好记性。"于头满面笑容说,"她知道你喜欢拿皮蛋下酒,硬送给我们二十多个……"

"那可要算钱噢!"樊金标大声地说,明明很高兴。他把军帽掷给于头,拿一条粗布手巾使劲擦着刚生出短发的光头,一面叮嘱道:"咱们是为世界无产阶级革命的。可不能像那帮军阀豪绅,喝老百姓的血汗!"

"那还用说!"于头很自豪地把头一摆,趁樊金标去换草鞋,他装着尝酒的味道,抿了满满一大口,擦着嘴装没事地说道:"咱们哪回小气过?总是加倍偿还!"他把酒碗和菜碗摆好,踮起脚把棚顶上吊着的一个小箩筐拉下来,从里边抓了两把花生堆在桌上,又把箩筐顺手送上去。据说这样吊着不惹老鼠,这些玩意是于头的拿手杰作。

樊金标入了席,端起酒碗来闻了闻,喜笑颜开,连声称赞道:"啊,这酒不错!……"

398

"那还用说!"于头不放过表功的机会,夸张地说道,"操他姥姥的,这鬼地方,找一家卖好酒的,比找一匹五条腿的毛驴还难。可我就连阎王爷那儿卖酒也闻得出来!我在外头一嗅:这儿准有好酒!进去一看,哪,哈,喷喷香……"

"得了,再吹一会,酒都叫你偷喝光了!"樊金标并无怒意地责备道,"你当我没看着是不是?三口了!要喝就坐到这儿,规规矩矩,别装那么一副穷酸样!"

"我这命哪,是属小孙猴的——专爱吃偷酒。"于头乐呵呵地说。他一转身,像变魔术似的把一碗切得很齐整的皮蛋放到桌上,一面摸营长的底,他装着很同情地说道,"说是说,笑是笑,可我还不明白,土豪劣绅为什么不叫打?操他姥姥的,往年我们当滇桂军,要杀个老财也悄悄干了。可如今是革命军,正要革这些坏蛋了,反倒不让了!这叫什么革命啊?你不是还告诉过我,那个大胡子老头儿……嗯,他,他叫什么来着?"

"马克思!"樊金标道,抿着酒。

"对呀,对呀,就叫马克思!"于头十分欣喜道,"他不是说,要把全——全天下的吸血鬼都枪毙?这话说得多好!我见过他的像,那真是个好老头儿……我一眼就看得出……"

"你当心点!"樊金标忽然愤愤地说道,"别再老头儿长老头儿短的,没大没小!"

于头似乎受到了夸奖,乐呵呵地点点头:"反正,那是个挺讨人喜欢的老……老大爷!他要是那么说,那就准得该照他那么做。可咱们呢?"他摊摊手,"喷喷,土豪劣绅打不得,东家老财碰不得,操他姥姥的,倒好像得拿八抬大轿抬他们来坐上席!这是,这不是明明欺负咱们么?!"

"是啊……"樊金标点头,端着酒碗,看住于头还要说什么,忽然又想起自己的身份,他警惕起来,眯着眼盯住于头道:"你唠叨了多少天啦!整天油汤油水,也不会看看世道。这革命又不是贴窗户纸——稀糊一盆就够了！你往后得看点书,学会长点心眼!"

于头仍然嘻嘻笑着,索性在打横的长凳上坐下来,满有兴致地研究着营长的脸色,一面说道:"我一猜就准,营长! 你呀,刚刚到团部去定是遇着什么高兴事了。"

樊金标呷了口酒,抹了一把络腮胡子,快活地说道:"什么事也瞒不过你,狗娘养的! 你知道我在团部见着谁啦? 咱们——"他往下本要说"咱们党"的,可一想到于头不是党员,连忙煞住,"咱们广州派人来了!"

"哦!"其实,于头心眼鬼得很,早明白了这"咱们广州"是什么意思,他喜滋滋地问:"是谁?"

"袁野同志。"樊金标神采焕发地说。

"哈,袁党代表!"于头打心眼里高兴地叫起来。袁野同志对他们是并不陌生的。在广州时,他经常到这个团队来上课,他的风趣幽默的讲话深为大家热爱。虽然革命军的编制上没有团党代表,但是士兵们都亲切地称他是"咱们的党代表",并且以这一点自豪。

"他昨晚才到!"樊金标把酒碗一放,说道,"他拉着我的手,就这样说:樊金标同志,我代表咱们的党,也代表全广东的民众来问候你们! 他说,你们用行动,打破了那些反动家伙的胡说八道,给劳苦的工农民众增加了光彩。"

"哦,那些家伙胡说些什么啊?"

"多啦! 狗娘养的,说咱们北伐是假公济私,扩张实力,要在湖南搞共产,要……要这个那个的,"樊金标觉着越说离自己越近了,赶紧支吾着端起酒碗,喝了一大口,愤愤地把酒碗一放,"狗娘养的,真不像话!"

"真不像话!"于头也愤愤地说。"可是,土豪劣绅叫不叫打啊?"

"当然打! 可得看怎么打!"樊金标教训地说道,"民众起来了,自己就会扫掉那帮乌龟王八蛋的! 可我们呢,还是国民革命军,不能叫那些家伙抓住话把子。咱们只管把天下打下来,民众起来了,还怕土豪劣绅不倒? 这么着,不比咱们自己去干还快得多啊?"

"等等、等等,"于头像发现什么奇迹似的问,"这话是那个老头儿——呃,马克思说的?"

"差不离,"樊金标肯定地说,"是他的徒弟。"

"是啊,是啊,这倒是个新鲜理儿。"于头摇头晃脑地说,"×他姥姥,可我也早就……"

"你早就!"樊金标是嘲讽他,也是嘲讽自己似的说道,"是谁把那帮师爷捆起来又骂又打? 哎?"

他们都不由相对着哈哈大笑起来。趁着樊金标高兴的工夫,于头又端起酒碗来咕咕喝了两大口,他愁苦地拉长脸子,但却很舒服地呼了口气。樊金标用巴掌拍着桌子叫道:"你怎么了? 觉着嘿嘿一笑就没事啦? 快去给我把六连长找来。别让人家闻着醉醺醺的。一副邋遢样!"

于头跳起来,又显得利索了:"你放心,营长,我喝酒就跟灌井水似的,谁也别想闻出个味儿! 可现在找六连长做什么啊?"

"团长要他去干一件要紧的差事。还要我想法让他今天好好睡一觉。"

"啊哈,要万连长好好睡一觉啊?"于头像是听到了什么天下奇闻,头摇得像拨浪鼓,"那可办不到,营长! 打他从救护队回来,这些时真连命也不要了哩! ……"

"谁说的?"樊金标瞪起两眼问。

"这全是他那勤务兵说的!"于头道,"你要他休息,要他睡觉,可他自个儿总得偷偷熬到鸡叫半夜。这回回来,听说又有几夜眼都没合哩!"

"这鬼家伙!"樊金标愤愤地思忖着,端起酒碗来慢慢呷了几口;他待了一会,忽然高兴起来,拍桌叫道:"好了,就这么办! 你快去找他来,叫他先把连里的事全交代给连副!"

"交代?"于头摸摸后脑勺,"啊哈,营长,你又出什么好点子啦?……"

"别管!"樊金标挥手道,"你给我快去!"

"是!"于头敬个礼,一转身敏捷地跑出去了。

第六连驻在东门外紧靠浏阳河边的一座大古庙里。天不亮起床后,他们在河边上跑完了步,上完早操,各班就开始做早饭了。从广东出发以来,万先廷为了锻炼全连弟兄的快速作风,规定在行军中除了吃一顿干粮,早晚两顿饭都把东西分发下去由各班自己做。这就要"八仙过海,各显神通"了。开头有好些个班不习惯,稍慢一些,就耽搁了时间,只好在路上边走边吃了。后来渐渐习惯起来,这规定倒格外受到弟兄们欢迎了。一歇下来,人们无事可忙倒像缺少了什么似的。开到湖南前线后,投入了艰苦紧张的战斗,一天三顿饭都由伙伕班做了;可是,只要稍有点空,他们还保留原来的习惯。哪一班都有了不少热心烹饪的人,甚至还有些是调味的能手。谁不想借此显露一下自己的手艺呢?各班领来了应得的一份,他们尽可以去搞自己的花样,只要不违犯军纪,即便吃得跟办喜酒一样也行哩。

早晨是美好的。初升的朝阳带着清新湿润的水气,在浏阳河上泛出了金色的霞光。各班都在河边搭好了泥灶,用树干支起三角架,把吊着铁丝的洋铁菜盆架到火上。在饭熟以前的这一会,是士兵们一天紧张生活中唯一而宝贵的悠闲时间。各班的弟兄都三三两两地在灶火周围谈天、认字、写信……士兵们的心中都格外轻松愉快。只有善于紧张工作的人,才能更深地体会到这种短暂憩息的乐趣。这时只有负责掌勺的人,在热气蒸腾的火旁边忙碌着;不少热心肠的小青年围在旁边,欣赏他的手艺,发出津津有味的评语和赞叹。

刘大壮和他全班的人也是这样。不过,他在自己班里有一种特别的令人信服的力量。他那稳重的八字胡和有条不紊的动作，就足以使你把一切都交托给他，而且觉得完全踏实放心。做饭当然也是如此，在他的分配下，一切都有条不紊地进行着；譬如做汤时放多少水，加多少盐，再配些什么佐料，还要放切好的菜叶、细细的葱丝，等等……他的动作准确而肯定，使你相信这一切都必须是这样，而少加一点或者多放一点，都会有损它的美味。当一切都安排完毕后，他便抽出他那从不离身的旱烟杆，装好烟，趴下身去点着了火，然后眯着眼，舒舒服服地吱吱吸起来。

这时候，陈欢仔便会好奇地提出各式各样的问题来了。

"班长，你看，那是什么啊？"他那双挺有精神的、深陷的眼睛，又发现了什么新鲜的事，惊喜地叫起来。

刘大壮顺着他的手指向河中望去，只见河面上飘着一只两头尖的双船身小船，船头上有几只黑老鹰似的大鸟，中间一个戴斗笠的渔夫用一根长长的竹竿把它们赶下河去，然后又从河中一只一只地把它们捞上船来。

"鸬鹚，"刘大壮从嘴上拿下旱烟杆，蛮有兴趣地望着他道，"你们家乡可没见过这稀罕东西吧？"

"嚇，我还当是大老鹰呢！"陈欢仔傻气地笑着说，"我说怎么这里大老鹰还洗澡哩！……"

站在旁边的谢万发嘿嘿地笑了，向他逗趣道："大老鹰就不兴讲干净了？这些大老鹰可是娇贵，它洗完澡还要穿衣戴帽呢！"

"真的，班长？"陈欢仔似信似疑地问。

刘大壮稳重地笑着，不厌其详地指点道："这又叫鱼鹰。你看，船上的人是拿它叼鱼的。往下你到了湖北那边，见到的还要多呢。"

"那——"陈欢仔更加惊奇地瞪着大眼，"它不早把叼的鱼吃到肚子里去啦？"

刘大壮看着他的傻劲，望着谢万发笑了笑，又向他道："船老大可没你这么傻。他们就靠它叼鱼换钱,临下河前早把它的脖颈扎住了。"

"啧,啧……"陈欢仔仍然惊叹不止,"真有意思。我们那儿要见着这么大的老鹰,眼皮子非跳不行!……"

"怎么的?"刘大壮问。

"倒霉呗!"陈欢仔认真地说。

他的认真的神态引得谢万发和旁边的士兵们大笑起来。谢万发笑得叫烟呛着了,涨红着脸,连笑带咳嗽地向旁边的弟兄们道:"你们听,当了革命军……他还信眼皮子跳呢!……"

"可不是,"陈欢仔严肃地证实道,"这兆头可灵验啦!有一回我爸爸就眼皮子跳啦,跳了一天,到下午我们家的牛就叫东家牵跑了!真的……"

士兵们笑得更厉害了。陈欢仔不好意思地望着他们,不知为什么这样好笑。他只好求援地望着班长。谢万发笑得捧着肚子弯下了腰,向弟兄们指着他道:"瞧他!还有牛……哈,牛……"

"牛就是牛嘛!"陈欢仔急得眼睛更大了,广东口音也更加夹杂不清起来,连说带比划地争辩道,"我妈老说,眼皮跳,没好兆……"

他的神态越认真,人们也就笑得越发厉害。谢万发支不住笑,站起来跑到一边去。刘大壮虽然也感到十分好笑,但他仍时刻不失稳重而庄严的仪态。他微笑着,装着烟,爱抚地向陈欢仔开导道:"小家伙,别尽说傻话了。你是个革命军,革的就是那些封建军阀的命,往后可得把那些神哪怪的收着点。"

陈欢仔虽然一向信服班长的话,这时却仍然有些疑惑地说:"可我们家的牛……"

"那是财东的过。"刘大壮亲切地开导说。他正要把自己知道的一些关于鬼神的道理讲给他听,可是忽然听得旁边一个士兵轻轻喊道:

"连长来了! ……"

刘大壮和陈欢仔都丢开争论,向河坡上望去,只见万先廷正陪着几个人,从他们住的那座大庙前向这里走来。距离渐渐近些后,刘大壮他们都看清了同万先廷并排走着的,是一个三十岁左右的人;这个人不是他们团里的,穿着整齐的青灰色军官服,但没有佩戴军阶,神态从容、镇定。他一面走一面亲切地同万先廷谈着话。随同他们前来的,还有几个在团部做党务工作的军官,和几名勤务兵。

陈欢仔看着那个人,似乎有些面熟,好奇地悄声问:"班长,这是谁啊? 看着好像……"

"这是袁野同志来了。"刘大壮也眯细眼看着,一面带着尊敬的语气道,"这么说……"

"啊——"陈欢仔明白过来,高兴地说道:"是他! 在广东时他还常去跟我们演讲的……"

这时士兵们也都注意地看着,谢万发低声惊喜地说道:"他来了? 他不是……"

谢万发的话虽没有说完,可是一多半人都明白他要想说的是什么。他们这个团虽是完全由共产党人建立和领导的,可是在全团说来,党的组织还是秘密的。不过,稍稍留心的人,对这些也都知道。他们心里清楚,袁野就是共产党常常派到这个团来做重要工作的那些人里头的一个。尽管那些人的身份对于无关的人从来没有公开过,可是只要一来到,弟兄们就知道是"共产党上头"派来的。

陈欢仔平时对这些不大关心,他疑惑地问道:"班长,他这么远来干什么的呢?"

"准是有紧要的事吧……"刘大壮含混搪塞地说,虽然他平时从不是这样的人。

"那是什么要紧的事呢?"陈欢仔看班长过去点烟,毫不放松地跟过去问。

刘大壮抬起身来,看了他一瞬,摇头叹口气道:"唉,你呀,怎么老这个脾气呢?该问的你问,不该问的你也问,总是要挖树寻根……唉,这是在咱们这个团,要换个别的队伍,像你这性子,耳光跟皮鞭都不知该要挨多少呢!……"他又亲切地向陈欢仔微笑着低声道:"这些事,你慢慢捉摸着就懂了。"

陈欢仔似乎从班长的话里明白了什么,又似乎什么也没有明白。他站在灶火边,瞪着大眼呆呆地想着,直到突然听见班长的一声严肃的"立正"口令,他才本能反射地、啪地立正起来。定神看时,正是连长陪着袁野同志来到他们面前了。

"弟兄们,辛苦了!"

袁野亲切地向他们还了礼,带着尊敬的微笑问刘大壮的名字。

刘大壮大声有力地按规矩作了报告。他的姿态剽悍而利索,神色威严庄重,完全没有了平日衔着旱烟袋时的那种缓慢和闲散的痕迹了。

袁野请大家稍息,他似乎从年龄和举止上看出了旁边的几个是新兵,微笑地问道:"离开了广东这样远,有些想家了吧?"

新兵们互相看了看,不好意思地笑着。有的低着头轻声道:"惯了。刚出发是……可现在好了。"

袁野笑着点点头,走到陈欢仔的面前,亲切地问:"你的家是哪儿?"

"报告长官:惠州小西江圩!"陈欢仔竭力像班长那样剽悍地挺起胸脯,红着脸大声回答。

袁野似乎很熟悉地问:"参加过东江暴动① 吗?"

"参加过!"陈欢仔骄傲地回答完,又赶快补充:"跟我爸爸参

---

① 一九二五年广东东江地区农民,在共产党领导下举行的反对军阀和豪绅的武装暴动。

加过!"

"家里人都好吗?"袁野关心地问。

"报告长官,都好!"

万先廷在旁边帮他补充道:"他爸爸现在是乡里的农民协会委员长,在我们出发前到团里来过。"

袁野赞许地点点头,向陈欢仔,同时也是向大家,说道:"我们的这个团跟别的队伍不一样,就因为弟兄们都是受苦的阶级出身,前来革命的。我们的长官和弟兄都能相亲相爱,我们大家都明了国民革命的目标和意义。这样的队伍就能够百战百胜。"他含笑地看着陈欢仔问:"你们说对不对?"

"报告长官,很对!"陈欢仔精神十足地回答。

"是的,弟兄们,你们的行动已经证明了这个真理。"袁野望着大家,两眼闪着热烈的光芒道,"这次我到前方来,亲眼看到了你们的力量,看到了你们的胜利。我一定要把弟兄们的精神带给后方的工友和农友们,带给一切革命的人们,鼓动全国同胞一起来完成伟大的北伐革命。"他停了一下,又继续讲道:"当然,前面还有许许多多更加艰苦的战斗。大家相信,后方的民众是随时和我们站在一起的;后方的工友和农友随时预备贡献出一切,支援我们。过两天我就要回到广东去;今天特地来看看大家,一面是表示慰问,一面也是想为弟兄们做些事情。"他环视了士兵们一眼,诚挚而亲切地放低了声音问:"看看……弟兄们有些什么困难和要求?"

士兵们一时都没有开口。有什么困难和要求呢?似乎谁也未曾想到过这些问题。要是有的话,也许就太多了,凡是生活上需要的他们也都应该要吧?因为他们从出发以来,一切都是非常的困难和缺乏啊!但是他们又都清楚地知道,他们不是普通的革命军队;从建立的那一天起,共产党就教导过他们:要为民众、为革命的主义勇敢奋斗、牺牲自己;决不是为了自己的升官发财而丢开民众和革命。从广东出征北伐的那一刻起,他们就记住了共产党的伟大号召,只有坚决北伐,直捣武昌,才是他们唯一的要求。弟兄们思索了一瞬,都不约而同地把目光转向班长。

刘大壮也接触到了每一个弟兄的目光,他从那些目光里了解到了弟兄们没有说出的话语。他沉默了一瞬,然后望着袁野,坚决而简短地说道:

"报告长官,没有,一点没有!"

这句话,袁野虽然已经从到过的几个连里听到好几次了;但从刘大壮嘴里发出的声音,却仍然使他感到一种由衷的崇敬和激动。多么淳朴而高尚的心啊!从这个团建立后,袁野和党在南方机关的其他一些同志是经常去演讲和上课的。虽然因为训练的时间很短,出征又极匆促,在那段紧张的生活中,弟兄们懂得的革命道理并不很多,但是,由于共产党员们的骨干作用,弟兄们那些朴素的革命思想已经同严格的军纪结合起来,并且在战斗中产生了巨大的力量。也许他们自己还不知道,他们今天所做的这一切斗争的全部重大的意义;但是,多少年后,这些看来可能是幼稚可笑的行为,却是多么的可贵和不易啊!

袁野望着大家,真挚地说道:"要说没有困难和要求,这恐怕不是实话,弟兄们。我知道,你们出发以来,已经遇到过很多困难了;这些困难是在后方的人们想也想不到的。可是,今天,在你们的前面,还会有更多更大的困难啊!"他停了一下,充满感情地说道:"弟兄们,你们是今天第一批真正的革命士兵,是真正能够为北伐为民众奋斗牺牲的人。这次勇敢北伐,你们给全国的民众争了一口气,给我们全体的国民革命军争了一口气。头一仗就打出了一个榜样,打得非常之好!后方的民众在望着你们,全国的民众也都在盼望着你们;你们每向前多走一步,我们伟大的北伐革命就向前多迈进了一步,就有成千上万的农友和工友挣脱了军阀和豪绅的铁链,成为创造革命时代的人。弟兄们,你们的功绩将永远写上革命的历史;今天,全广东、全中国的同胞也都会感激和赞颂你们!"

士兵们听着,心中充满热烈激动的情感,充满了坚定和自豪的信念。在袁野走后的一天里,大家都似乎感到自己更有力,更高大,肩上的担子也更沉重了。连陈欢仔这样素来不爱用心思的新兵,也久久地进入了回味和深思。

万先廷陪着袁野到几个班、排去过后,他在一个班里同弟兄们一起吃了早饭;然后全连便在河边上开始操练了。出发以来,只要一有点空隙时间,他们是从不放松操练的;在浏阳的这些天,更是没有空放过。天气热,太阳毒,不一会大家都练出了一身大汗;可是他们都有这样的工夫,个个都越练越有精神。到号兵吹号休息时,已经快到正午时分了。

万先廷刚解散队伍,就碰见于头来叫他了。说营长有紧要的公事,要他快去。他匆忙地向连副交代了一下,连汗也没顾得上擦,就赶到营部来了。

堂屋里,樊金标坐在方桌旁边,一条腿踏在长凳上,用一个粗花大碗喝着酒。桌上,还放了两个同样的大碗,一个碗里是切成块的皮蛋,另一个碗里是浇了酱油的五香豆腐干;还有一大堆炒花生。他旁边,放着那个常不离身的大肚军用水壶——那是他盛酒的"聚宝盆"。

万先廷在门口敬礼:

"报告营长,第六连连长万先廷奉命来到!"

"来,坐这儿!"樊金标没有起身,只是热烈地说。

万先廷遵命坐到打横的那边,望着樊金标。

"没什么要紧事。"樊金标在满腮胡子的下巴上摸了一把,说道:"叫你来……喝一点吧?"没等回答,他又大声喊:"于头,拿碗来!"

于头从后面走出来,笑呵呵地把一个粗花大碗放到桌上,还有一双筷子,也摆到万先廷面前;动作干净利落,像个熟练的堂倌。

他又拿起水壶来倒酒,万先廷用手拦阻着,想说什么。樊金标按住他的手道:

"打了几个大胜仗,还没好好高兴过。我们当兵的时候,"提起往事,他容光焕发地说道,"打完一仗,总得喝它好几天!"

"我不会,营长。"万先廷看着水壶里哗哗倒出的白酒,为难地说道,"从小没沾过……再说,我伤刚好……"

"我知道,好酒除百病!"他看着于头倒酒,说道:"好了。不让你多喝。打了胜仗,凡是到我这儿来的,每人半碗。"他说着,把倒好的大半碗酒放到他面前。

一股烈性烧酒的气味冲进鼻孔,万先廷皱了一下鼻子,他端起酒碗尝了一口,不由辣得吸了一口气,放下碗道:"营长,这酒太厉害了……"

"酒嘛,哪能没一点味道? 快下点菜!"樊金标把菜碗往他面前推了推,端起自己那碗酒来,咕咕两口喝干,又拿起水壶摇了摇道:"看,我也快完了! 要照先前,这样壶我还能来四五下!"他拔开木塞,把最后一点酒倒入碗中,把水壶重重地往桌上一放,长长舒了口气。

"营长,这些我实在喝不了,"万先廷端起酒碗,恳切地请求道,"都给你吧!……"

"得了,叫你喝就快给我喝干!"樊金标几乎是命令地说道,"不让喝的时候,谁沾那么一滴我也饶不了!"

万先廷心中费猜疑,难道叫我来,就是为了喝这半碗酒吗? 他望着樊金标问:"营长,叫我来还有别的事吗?"

"有。"樊金标道,"喝完再告诉你。喝呀!"

万先廷迟疑着,樊金标在一旁又道:"可是件要紧的差事;你呀,连这半碗酒都不敢喝,还有什么胆量去做大事呢!"

万先廷本来好强,听了这话,心一横,端起碗来,冲着刺鼻的浓烈酒气,仰着脖大口灌了下去,好容易忍住辣出来的眼泪,把碗往桌上一放,呛得连声咳嗽着说道:"营长,现在说吧!……"

"好样的,是个好军人材料!"樊金标高兴地称赞着,把菜碗更往他面前推着,说道:"吃吧,吃吧! 喝寡酒是容易醉的……"他逼着万先廷每样都吃了一些,然后说道:"好,现在再谈正事。"他向后面喊道:"于头,收回去!"他迅速地站起来,离开桌边,走到万先廷面前道:"刚才逼你喝下半碗酒,就算我替你饯行吧!"

"怎么?"万先廷惊讶地问,"营长……"

"一营长要你!"樊金标的眼圈有些红,不知是泛上了酒意,还是舍不得放他走。"你来时,连里的事都交给连副了吧?"

"是的……"万先廷点了点头。

"那好,"樊金标道,"你今天回去什么事也别干,好好睡一觉!明天上午再做出发的准备……"

"上哪儿?"

"我也不很清楚。"樊金标点了一支烟,说道,"越往前走,不是离你家越近了吗? 明天到团部就都知道了。"

万先廷低下头去,似乎在猜度这件事的重要,又似乎留恋着不愿离开。

"好,我不留你了。"樊金标说道,"你回去吧……"

"营长,"万先廷站起来,脸色因激动而发红,也许是酒性发作了,清澈的眼白也显出了红色,他忍着头上的晕眩问,"你还有什么指示吗?"

樊金标默默地望了他一会,用一种与他那严厉凶猛性格极不相称的柔和眼光望着他,尽量压低了声音道:"去吧,别给咱们二营丢脸……你不会的! 你先回去,等会我再到你们连里去!"他抚着万先廷的肩膀,一同走向门口,嘱咐着说道:"要是撑不住,就到床上躺着吧;连里的事有人管,别担心!"他还了礼,看万先廷走出门后,转过身来,见于头也正站在他背后笑看着,便板起面孔,装作严肃地喝道:"笑什么? 大惊小怪!……"

万先廷走出营部,一脚高、一脚低;烈酒直往上涌,嘴唇发枯,嘴里也干得厉害。他是个好强的人,不愿让人看出他不胜酒量的狼狈模样;他仍然保持着和往常一样的步伐,竭力抑制着晕眩欲呕的恶心。开始他还能想着回去要做些什么,后来一切都渐渐模糊起来,似乎整个世界都变得淡漠而又遥远,自己的身体就像个在混沌茫茫的太空里飘浮的风筝……就这样,好容易走回了六连住的那座大庙。当他走近庙后头自己的那间小房前时,整个大殿似乎都像风浪中的小船摇晃起来,周围的一切都只是影影绰绰,似乎与自己隔住了一重难以摸到的障壁——他隐隐约约看见自己那个小勤务兵不知所措地跑出来,想扶他,他推开了伸过来的手,不知说了些什么——总之,他是把勤务兵吓跑了。他尽力想使自己的身体平衡,可是头重得厉害,大得像磨盘,怎样也站不住;他觉得自己的脑子还很清醒,他警告自己:不要醉倒,不要醉倒……可是后来,房子的旋转越来越快、越来越快,他自己也在这其中剧烈地旋转起来——终于,他就什么也不知道了……

万先廷醒过来的时候,房里已经点上了灯。周围是一片奇异的寂静;外头大殿上的弟兄们大约都睡熟了,传来一阵阵香甜而均匀的鼾声。他摸摸身上,不知什么时候,上衣和草鞋都脱掉了,身上盖着一条军毯。他向灯光处看去,自己的勤务兵张小鹏还伏在桌旁,聚精会神地看着写着,没发觉连长醒来。万先廷从床上坐起来,铺板"吱呀"的响声惊动了张小鹏,他转过头来惊讶地问:

"连长,你醒了!"

"醒了。"万先廷回答着,他觉得自己的声音很嘎哑,头还重得厉害,嘴里干涩无味,像害过一场大病。他穿好草鞋,走下床来,张小鹏倒了杯开水递给他。万先廷接过水来漱了漱口,一面问:"我睡了多久?"

"嘿,这回睡得真有劲!"张小鹏孩子气高兴地说,"现在门岗都点完一袋香了,你从躺下到现在,连身也没翻一下!……"

"外面有什么事吗？"

"没有。"张小鹏摇头说，"营长傍黑时来过，他跟我们旁边的人说，谁要是把你叫醒了，他就要军法从事！"

"那么厉害？"万先廷不觉也笑了。

"可不，"张小鹏得意地说，"那是他想出来的好办法呀！……"

"什么好办法？"万先廷问。

"这，嗯……"张小鹏发觉自己说走了嘴，吞吞吐吐道，"也没什么，反正是……真的没什么！"

"小傻瓜。"万先廷看着他那模样，不觉好笑道，"连撒谎也不会，话不是你自己说的么？"

张小鹏窘迫地叹口气，无可奈何道："这是老于头偷偷告诉我的。他说，营长叫谁也不让告诉的……"

"我就算最后一个，行吧？"万先廷笑道。

"是这样，"张小鹏只好讲了，"他说，营长知道你要去做一件很重要的差事，要让你好好休息；可又怕你不听命令，回来还是不睡。他就想了这个办法，把你……"

"灌醉了！"万先廷充满感激而又惋惜的心情说。"那你呢？"他看着勤务兵问，"你怎么还不去睡？"

"我……"张小鹏慌慌忙忙道，"我怕你要喝水。再说，你每天规定我学的一课还没上，我想自己对付着……"

万先廷拿过他的书来看了看，抱歉地说道："今天，就记我一次缺课吧；现在快睡觉去！"

"不，连长！"张小鹏恳求道，"给我上了这一课吧。你不是说，战斗再苦也不能耽误一回吗？"

"这回，是我的不对。"万先廷到床头去拿了上衣，一面穿着，走过来说道，"我还得看看弟兄们去。明天一走，还不定哪天能再看到哩！"

张小鹏无可奈何地点点头，站起来去墙上取下枪，过来递给万先廷。

　　"就在我床上睡吧，"万先廷接过枪，对他道，"免得回去把别人吵醒了。"

　　张小鹏还犹豫着，万先廷把他的帽子取下来，推着他走到床边，说道："快睡吧，天亮了我会来叫你的。"

　　看着勤务兵在床上睡好，万先廷才戴好军帽，拿了电筒，把油灯吹灭，轻轻走出来。

　　他在大殿内查看了一遍，便走出庙门。深夜的清凉使他酒后胸中的窒闷消失了，顿时精神焕发。看看天空，一片青碧；金色的长庚星已在东方升出了，光芒耀眼，预示着黎明的即将到来。

　　他转身向北方望去，那青碧的天空下，静静躺着一群巍峨重叠的大山。在那重叠的大山中，就是他的家乡啊！他不觉想起从家乡出走的那一夜，不也是这样的黎明前的暗夜么？大叔的谆谆的叮嘱；大凤那站在山口上的美丽动人的身影，又清晰地在眼前浮现出来……他想，她如今该早已从株洲平安地回到家里了吧？现在可是在甜蜜的梦里？对故乡对亲人的深厚情感又激起了他心中的回忆和怀念。他又想起了营长白天说过的话，明天等待着他的是什么样的任务呢？不过有一点是十分明白的，那就是一定会同未来艰苦的战斗有关。每往前一步，不是就隔家乡隔亲人更近了么？想到这里，他抬眼望着空中那金色的长庚星，不觉激动地在心里暗暗说道："亲人啊，你们的漫长的苦难就要到头了！……"

二十八

　　山路上，有三个人在赶路。天色挺好，远山近岭，一片青翠，阳光和煦地普照着。这样晴朗的天气里，行路是快活的。

　　三个人，有两个穿着白麻纱长衫、布鞋，打洋伞。他们的年纪都在二十四五岁上下,生得英俊、文雅;有一个还戴着眼镜,长发留到后颈。他们像是在大码头读了洋书,而今要到乡下去办学堂的教书先生。

第三个像是他们的脚伕。他穿一套打了补丁的白粗布短褂裤,戴一顶宽边的破斗笠,扎着腰带,裤管挽到腿弯上,赤脚草鞋。他挑了两只装满东西的大网篮,里边大约是两位先生的行李和书籍。他的一切都像个做活下力的穷苦庄稼汉子;只是他那英武机敏的脸上和炯炯的目光中,有一种主人般的扬眉吐气的神采,看着不像那些被生活重担压得透不过气来的脚伕。

这就是齐渊、李剑和万先廷。他们是在昨天到达浏阳北面十多里的第一营营部,今天早晨又从那里出发的。

当万先廷到团部后,知道团长是要派遣他和李剑跟随齐渊一同到平江他的家乡去时,他心里真是又兴奋又激动,恨不得立刻就动身。可是,团长要他们在动身之前,每个人都必须完全熟悉平江的情况,特别是现在的。万先廷和李剑听齐营长详细讲解了他们这次到平江去的任务,了解了平江北洋军的兵力和部署,看了好多从平江回来的侦探的报告记录,和各乡农民协会送来的关于北洋军的书面情报……如此等等。这一切,使万先廷逐渐明白了团长的用意。率领他们去的齐渊是将来进攻平江时的主攻营长。进攻平江的战斗是艰巨严酷的。这次派遣他们到平江去的决定,就是按着齐渊的请求作出的。团长要他们在大队出发之前先去实地视察一番平江的坚固城防,同平江外围的农民协会联络——那里的农民协会有着很大的势力——然后再对进攻的方案提出意见。他们的责任是重大的。

万先廷一路走,一路看着周围的景色。他的心情是复杂而激动的。他怀着一种又亲切又难过的心情,看着周围到处是疮痍和灾难的土地。虽然他离开这一带只不过短短的几个月,眼前的景况却使他像回复到一场久远而可怕的梦里一般。他觉得,这一路,比起他在醴陵到浏阳那一路上所看到的景象,就像隔着一重世界了。尽管今天也是青碧的天空,周围也是一片葱翠的山岭,路旁也有着红绿的野花,然而,却是路静人稀,田野荒芜。偶尔见到的人也都是面黄肌瘦、愁苦抑郁,就像万先廷在家时见惯的人们那样。当看到那些被苦难折磨得近于麻木、黑瘦而布满皱纹,像石雕一样没有变化的脸时,万先廷就想起了过去的一切,心中感到一阵阵难以抑制的痛楚。人们生活得多么苦啊!没有亲身尝到那一切的人,很难想像得出他们的痛苦到了什么样的程度,这就是他们为什么迫切要求革命的答案了。

中国的民族,是世界上最能吃苦耐劳的民族;中国的农人,又是中国的民族中最能吃苦耐劳的人。他们的希求是多么微小,他们的幸福的欲望又是多么简单,他们终身追求的也只是:劳动和温饱。他们纯朴,易于满足;他们善良,易于受骗;这是他们的优点,也是他们的弱点。

然而,正像暴雨是炎热的积聚,霹雳是沉默的触发;当他们一旦到达忍无可忍的地步时,那反抗和报复的力量也是巨大可怕、无法遏止的。他们纯朴,易于接受;他们善良,易于信任;这是他们的弱点,也是他们的优点。

巨大的力量,只有跟真理结合时,才是无敌的。中国的农人,正用他们无数代的生命和鲜血,在开辟着真理的路。在今天,这条路还只是刚刚开始。

想到这些,万先廷感到欣慰,也感到肩上担子的沉重。对故乡的忧思,对亲人的怀念,加以天空的逐渐炎热,使他不由自主地重重吁了口气。

“怎么样,有些累了吧?”万先廷的心事没有躲过齐渊敏锐的眼睛,他这样微笑着问。

“哦,不,没有。”万先廷连忙打起笑容,摇头道。但是他不善于掩饰自己,正如同他那纯朴的心灵里容不下一点瑕疵一样。他的笑容显得不自然。

李剑也从后面赶上来,他刚才正陶醉在那山明水秀的诗情画意中。他听到他们的谈话,也笑着打趣道:

"万连——老万,你大约是有些'近乡情更怯,不敢问来人'了吧?"他引了两句唐诗的典。

万先廷只是一笑,没有回答。李剑觉得很索然:这样诗他本来不懂的,反倒显示了自己的书呆子气。他也只好讪讪一笑,沉默一下,又热情地说道:

"老万,你是累了,这担子让我来挑一挑吧。"

"那怎么行?"万先廷望他笑道,"哪见有教书先生下乡自己挑铺盖的?"

"那我们就换一换衣裳!"李剑真诚地说。

齐渊在一旁笑了,向李剑道:"我看,换上也不会像的。就跟老万再也穿不惯长衫一样。"

万先廷也笑道:"头一样,我们庄户人就没有戴'二品'的。""二品"是他们乡下取笑戴眼镜人的话。

"那、那……"李剑好强地分辩道,"我可以把眼镜拿掉的。"他说着就要动手。

"好了,子剑。"齐渊一旁叫着他的字,微笑道,"摘下眼镜倒容易,可要是真变成个农人就不易了。你那头长发,可就不大好摘掉吧?"

李剑叹了口气。他摸着那一头披到后颈上的长发,现出一丝苦笑。这头长发是他十年前生活的唯一纪念,也是他从军后诗人气质的仅有保留。他真想说决心从明天就一刀把这一头烦恼丝儿全除掉,可是又终于没有勇气开口。

万先廷似乎为了安慰他地说道:"这点东西算得了什么?再重几斤也不够我挑的。看,再走一阵就过平江界了。"

据侦探和农民协会的报告,北洋军为了便于固守,在叶开鑫的湘军从长沙一线撤退后,便把平江南边的队伍全部缩回到汨罗江北岸去了;南岸只是在鲁肃山一线驻有重兵。因此,他们从浏阳出发的这一路,也才能有这样的轻松。

"老万,"李剑望着远处,忽然问道,"汨罗江离这里还有多远呢?"

"那还远得很哩。"万先廷道,"要到城跟前才能见到。往东近一些,那也隔我们那块有大几里路。"

"你们往常过端阳节都去赛龙船吗?"李剑有趣地问。

"年年都去。"万先廷想起往年的情景,又不觉充满幸福感。每年到五月下秧的时节,人们也怀着对丰收的向往,来迎接端阳。只有那时人们脸上才有些笑容。挂艾松、包粽子,到处充满着苦艾的清香和雄黄的药味。最快活的当然是赛龙船了。小时他总是同大凤一早就赶往江边去,挂着婶娘缝的雄黄荷包。大了后,大凤便只同姑娘们一起去了。不过万先廷也顾不上,他已经是龙船上的一名最年轻最强壮的水手了。他们那条船每回都要抢第一的。赛完后,大凤总要托个事情跟姑娘们分开,在江边的一个茶店里等他。她给他泡好了那带着清凉苦味的车前草茶,手巾里包着几个白糖点心,含笑地守在旁边看他吃下去。那时候……

"老万,"李剑感到兴奋地问道,"那时候你读过屈原的诗吗?"他对这节日有一种纯真的诗意的看法。

万先廷摇摇头道:"没有。"他有些不好意思地笑了,那时候他还不很懂得诗,虽然在塾馆里读过一些,可是先生的讲书又不求甚解,他根底不好。

"你该读一读的,老万!"李剑热烈地说,"你一定会爱上他的!"接着,他朗诵了几句屈原的诗,又解释了一番。诗歌激发了他的情感,使他陶醉在一种幸福的境界中,周围的景色也成了这些情感的一部分。

齐渊为了使万先廷的心情变得轻松,也间或插话,也谈到诗。

不过,他的话虽简短,却总有很精辟的见解。后来,他忽然又问起万先廷的家事,问起他早年的生活,问起他们先前的斗争。这就使万先廷显得随便热情多了。他用兴奋的语言谈到容大叔、赵大叔、黑牯,还有大凤。谈到他们山村里的苦难和觉醒,又怎样结成一个团体跟东家斗争。这使李剑也听得十分激动、出神。

傍午时分,他们走了离安平桥将近一半的路程了。山势越来越高、越来越险,日头火辣辣地晒得烫人。他们爬上了一道高而陡的山坡后,便在山顶场坝里的一家小店里打尖了。

荒山僻野的小店,曾给过多少远行游子旅途的慰藉和温暖。当黑暗的夜色笼罩了人间,一切是寂静、冷冽、恐怖、荒凉。这时候,因赶路错过宿头而疲惫焦急的旅人,在孤单无告、茫无边际的黑暗里,突然发现了一点忽隐忽现的灯光——那是一个多么大的力量!你会感到这荒野又复充满了生命,这黑暗陡地平添了温暖。那狂喜的心情将为你一生的旅行增添色彩;而那破晓的残月,茅店的鸡声,也将久久地、久久地给你留下美好的回忆。

这家小店也便是这样的。在山上的一块平坦的场坝上,有两间前后相连的茅屋。茅屋周围围绕着一棵棵圆桌粗的大树。无论就这茅屋或者大树看,年代都是十分久远了。大树的枝叶茂密,根藤环绕,像一些家族旺盛的老祖父;有的树干都裂开了洞,里边足能坐下几个孩子。小客店的门正对山路,门旁有两棵大树,似乎专为安排下似的,枝叶相接,为门前搭下了一个宽阔的凉棚。想想吧,一个经了长途跋涉,刚爬上陡峭的山坡来,被毒热的阳光晒得面红气喘,汗流浃背的人,一下坐到这大树遮掩的清凉的石墩上,喝一碗澄碧的带着清凉苦味的车前草茶,吃上几块碗口大的芝麻糖饼;或者再肯多花几文,切上一碟卤味可口的野兔肉,剥开几个皮蛋,慢慢地喝着几两酒。这时,你的心会觉得怎样地飘飘欲飞啊!

在店外的树荫下,摆着几张古老的方桌,桌旁摆着石板墩,桌

419

上有筷筒和盛酒的角子,表示这里也是卖酒饭的。茅屋的右边敞开,有一个一字形的小柜台,柜上放着酒坛、卤野味和一些廉价的糖食点心。一面黄色的酒旗高挂着。进去向左拐,便有一个圆门,用布帘隔着,里边摆着两张方桌,几条长凳,这便是雅座了。雅座部分同外面是隔开的,只有一个小小的用芦苇秆夹成小方格的窗户,窗口高而且小,从里边望出去,只能望见大路上行人的头顶和草帽。

为了不招路人的注目,齐渊、万先廷和李剑便进到雅座里坐定了。店主人是一个四十上下的男子,十分客气。他矮矮胖胖,圆团团的面孔,抹着淡黑的油污的围裙。他把那张方桌抹了又抹,让他们点了几样热菜。看不出这样的僻岭野店,竟还有湖南出名的米粉蒸肉、爆炒鳝鱼之类。他着力地介绍了一番,看着客人点了菜后,才欢天喜地跑了出去,用堂倌的声音大声喊着什么人量酒来。齐渊看出,这样的盛典大约在他们很难有,这是明明白白的。

于是,外面响起了女人说话的声音,喊喊喳喳地。又飘进来酒的醇香、卤肉的香味。不大一会,一个十六七岁的小姑娘托着一个木盘走了进来。

李剑不觉惊住了:这小姑娘简直像是玉慧的模型。她的身材窈窕,肤色洁白,细眉秀眼,像是玲珑的雕刻。只不过她有一条油黑的垂到腰际的粗辫子;一幅蓝底白花的布围裙,拦腰系着,越发显出了她的清秀。只是她那村姑的羞涩,跟玉慧的火一般的热情和纯真大不相同。啊,明珠的闪光!在生活中,看到这样美好的人时,人们也会在无形中感到幸福、甜蜜、美好;像眼前突然闪现出一幅明媚秀丽的山光水色图,像读到了一首优美而意味深长的好诗。小姑娘大约也常常觉察到客人们对她的注意,她垂着眼,把盘里的几样卤味碟和酒角全放到桌上;放完后,李剑看到她那长长的睫毛闪动了一下,明明是好奇地偷看了他们一眼,便匆匆地走出去了。

后面响起了刀勺的叮当声。那中年人是店主兼堂倌又兼厨师;他跑前跑后,好像耐不住片刻的寂寞,总想跟客人们说几句话。万先廷刚才在路上就有一个疑问:这一路上,他似乎没有看见几个坐轿子的;记得先前这山路上坐小轿的人不少啊,他自己也抬着东家走过很多回的。这时便拿它来问店主。店主听了笑道:

"是哩,坐轿子的前好些天就少了。"他弯下腰,神秘地压低了声音道,"听说是南边的革命军要过来,坐轿子的人不敢坐,抬轿子的人也不肯抬了!……"

"为什么呢?"李剑感到兴奋地问。

"坐轿子的人都有钱,还不怕?革命军不是专革财东、打轿子的么?"店主瞪着眼道,"抬轿的都是些穷苦人,听说都预备去欢迎革命军了,哪还有工夫出来抬轿?"

李剑笑着点头,忍不住又微露得意地问:"老板,你是拥护革命军,还是拥护北洋军的呢?"

伶牙俐齿的店主,突然尴尬地呆望着他们。万先廷看见齐渊的眼色,急忙在一边岔开道:"老板,菜快做好了吧?吃了饭我们还要赶路呢。"

"哦哦,"店主得救似的点头笑道,"我去看看,先生们坐一会,我去看……"说着,飞快地向后逃走了。

李剑不觉红了脸,很懊悔自己刚才说话的唐突。齐渊和万先廷虽没有责备他,心里也颇觉过意不去。一时沉默下来,便转眼去望那外面的柜台。刚才那小姑娘出去低声和一个妇人说了几句话,已经走进后面去了。那妇人大约是她的母亲,年纪四十多岁,看样子是很精明能干的,待人也十分亲切。这时她从量酒的柜台后走过来,到齐渊他们坐着的雅座门口,笑着说道:

"刚才我打的是红苕酒,几位先生怕喝不惯。还是菊儿看得到,她要我来换一换……"

"不用,婶子,不用劳神。"万先廷忙道。他们约定过,到了这一带,都是万先廷来答话的。这时他笑着道:"谢谢你,我们都不会喝酒,尝尝这一点就行了。"

妇人看他们执意不肯,便只好感激地笑着,转身放下那打了许多补丁的门帘,回到柜台后去了。

他们也实在是不胜酒量。才只一小杯,李剑那白净的脸便泛红了。刚才他爬到山上,本已热得出了汗,可他为了保持文质彬彬的仪表,还是坚持着没有脱下长衫。这时酒性一发作,他觉得更躁热了。趁着后边的饭菜还没有做好,他站起来走出去,想到外边的树荫下乘乘风凉。

大树荫下,显得宁静而又幽雅。一群懒蝉在树丛上吱吱地叫。李剑背着手,昂着头,徐徐踱了几步,他忽而诗兴勃发了,不觉低声吟哦道:

"啊,你神秘的可爱的荒山……"

他陡地觉得眼前一亮,却见一个刚爬上山的人向这里走来。他仔细看时,这是一个少女。她穿一件合身的淡蓝色的布衫,戴着发黄的旧草帽,洗得发白的红格子布鞋上,灰尘仆仆,手里挽着一个蓝布包袱。看样子是经过艰辛的跋涉的。李剑不觉暗暗惊奇,这样的年月,这少女还能有这样大的胆量,单人独身,在外头东奔西跑。这实在是一件叫人钦佩而又奇怪的事。

似乎这茅舍小店是一道必经的关卡,爬上山的人都得往这儿来。那少女也往这里来了。李剑便坐在一边的一张桌旁,装作不在意地看着她。这少女走近来了,李剑才看到,她虽是那样的朴素,风尘仆仆,然而正像泥土掩不住明珠的光辉,她身上却有着一种惊人的自然的风韵。她那匀称的、健美的身姿,那水灵灵的、漆黑深湛的大眼,都使人看得出这是一个妩媚里隐含冷峻,温柔里带着刚强的姑娘。啊,大自然的造物者啊,你是多么善于塑造美丽。刹那间,李剑不由得想起了那一段熟悉的赞美的诗句:

> 当青春展露她娇美的容颜,
> 人儿的面貌,宛如天仙,

它光彩四射：比春天更艳丽，

比贞洁的玫瑰还要香甜……

她在离李剑远远的另一张桌旁停下，放下包袱，摘下草帽，李剑不觉一惊：她是盘着髻的。李剑听说过这里的风俗，这么说，她已经是出了嫁的少妇了。李剑暗想，看模样她才不过十八九岁啊。不过，在这山乡里，早婚是不足为奇的，何况她也不很小了。

那少妇坐下擦着汗，她的脸泛红。挽了髻，倒越显出她那丰满的、苹果般红润的脸的妩媚动人。这时，中年妇人已经提着壶碗走了过来。李剑听他们用这里的口音问答了几句，他也不很懂。大约是那中年妇人问那少妇用些什么点心，因为他看见那中年妇人在桌上放下了一把装凉茶的瓦壶和一只茶碗，便又走回去了。那少妇倒了一碗茶，喝了几口，便从提着的那个小包袱里拿出一个纸包，打开纸包，才露出了两块家制的荞麦饼，她慢慢地吃起来。

李剑受一种好奇心驱使着。他觉得，从这少妇行路的方向看，他们是同路的。那么她究竟要往哪里去呢？那一边的情形怎样？他很想上去同她攀谈一下，也许从她嘴里可以知道许多意外的消息；那样一来，齐渊和万先廷都将钦佩他这种机敏的行动了，也能弥补一下刚才说话不留神的过失了。但是他又不敢再冒昧，这山乡的风气，不知该多闭塞。一个陌生的男人上去说句话，她不知会羞成什么样哩！

不过，正像俗话所说：吉人自有天相。这样的方便终于来了。忽然——这个词常常是救人的法宝——一阵风吹来，把她放在桌边的那顶草帽吹下来，滚了几滚，便到了李剑面前。李剑赶紧俯身拾起来。那少妇已站起来，走到李剑这边拾草帽，见他已拾起来，含着羞涩的微笑道：

"谢谢，先生……"

"不要紧。"李剑把草帽递给她，看那草帽上有一个"赵"字，一面问道，"请问，你到哪块去？"

"嗯……"少妇犹豫地拖长着声音,她倒未十分害羞,只是警惕地看了他一眼,说道,"到东门市。"说完,便走回自己的桌边去了。

"先生!菜都做好了。"店主兼堂倌和厨师笑嘻嘻地站在门口,他的圆脸通红、放光,用围裙擦着手。

李剑看了那边的少妇一眼,见她就当没听见这些话似的,仍然喝着凉茶,吃那一块家制的荞麦饼。不知为什么,李剑突然对她生出了一种崇敬的感情;而且觉得她那干硬的麦饼,实在是世界上最好吃的东西。

李剑走进里间,看见万先廷正显出有些心神不宁的样子。他的座位是背着窗户的。刚才李剑在外面跟一个女人搭话时,那声音虽是隐隐约约,却震动了万先廷的心弦:多像大凤的声音啊!可是只说了一句,往下他竭力集中注意力,想准确地捕捉住那声音,却再也没听到了。停了一阵,他再也忍不住,便转头从窗格里看看,只看见了一个头部的后影,盘着圆髻——这一下他那热烈的心变凉了。在这山乡里,只有出嫁的妇人才盘髻的,大凤那一条粗大的黑亮的长辫子,叫人一看就认得是她啊。这一来,他又觉得刚才听到的那声音有些渺茫了,不觉心中惭愧地暗笑:自己想她想得太厉害了,才生出了这样的幻觉。

店家的菜炒得十分可口,品得出是下了功夫的。万先廷吃着饭,想把刚才的事问问李剑,却又不好意思。齐渊在吃饭的时候不说话,是多年军事生活养成的习惯了。李剑那一双多愁善感的眼睛,总像在凝思,这时大约又在酝酿什么幻丽的诗句了。万先廷决心打消那些想法,专心地吃饭……然而,外面那个亲切熟悉的声音又响起来;比刚才还低,但说得多了。听得出,这是她在跟店主的小姑娘菊儿在说话;时不时地,还响起菊儿那活泼的开朗的笑声,她们明明谈得很亲热。这是不是大凤呢?他刚想肯定是,然而那"不是"又钻了出来:当然,她从株洲是早该回到家乡了的,可是她又怎么会挽髻?而且她又怎会从安平桥跑这样远来?何况刚到家乡,听着声音相同的人也不稀奇。他刚想到不是,那声音却又越听越像,那是他听得多么熟悉亲切的声音啊! ……这样地矛盾着、犹豫着,却不起身。万先廷终究是万先廷,虽则他在战场上那样地勇敢,在追求知识时那样地如饥似渴,不达目的,誓不休止;然而当外面是两个女人时,他却没有站起来出去看个明白的勇气。

饭吃完了。外面的谈话声也停止了。李剑是吃得慢些的,他最后放下碗,端起茶杯来漱了漱口,走到窗口前,一面喝茶,一面望着外边道:

"她走了……"

"谁?"齐渊不在意地问。

万先廷心中突突地跳,等待着回答。

"一个妇人。"李剑仍然没离开窗口,答道,"真不简单,这样的兵荒马乱,她还一个人出门。我听她的口音倒跟万连长的很像哩。"

"哦,"齐渊望着万先廷笑道,"说不定是乡亲吧?"

"哪会那样巧。"万先廷掩饰地淡然笑道。

"不过,我倒真是了解万连——老万说过的话了:穷人比富人要高尚、美好不知多少倍。"李剑有些激动地说,"这是一个平常的妇人,她的健康和美丽,我实在在布尔乔亚中间很少看见。而且,她虽然穿着素净,吃得也很简单,可她在精神上,总像比我更理直气壮似的。她刚才看我的时候就是这样的。她那双眼睛,那种对穿长衫的人的目光,我永远也忘不了。"

"你问过她究竟是哪里人吗?"齐渊问。

"没有。"李剑道,"我本想探听一点情形,可她大约看我穿长衫,神态十分警觉。我只从她那草帽上看到,她姓赵……"

万先廷心中猛然一动,急问道,"就一个字?"

李剑看着他,不解地点点头:"嗯……"

万先廷更快地问:"草帽边上烧了一块的?"

李剑想了一下,惶惑地点头:"好像是……"

万先廷用力握紧拳头,极度兴奋地叫出来:"是她,是她!……"他转身要跑,又突然站住,向李剑问,"她往哪边去了?"

李剑似乎敏感地觉到了什么,但又茫然地望了齐渊一眼,道:"她说的是……东门市……"

再没有第二句话,万先廷扭身就向外跑去。

外面的大树荫下,只有店家的小姑娘坐在石墩上,正在做针线。她看见万先廷跑出来,十分惊讶,不觉也站起来。万先廷急向她问道:

"那个女人呢?"

"刚走一会……"小姑娘惊惶地回答。

万先廷飞也似的向东边那条大路上跑去。那条路是通往东门市的,他很熟悉。他跑啊、跑啊,跑出了好远,可是竟连一个人影也没见,他终于失望地站下了。他站在一道高坡上,向前望去,前面曲曲弯弯的山道上还是空无一人。那女人上哪里去了呢?……

他沮丧地走回来,才感到了刚才跑得太急,有些劳累了。在半路上,他遇见了赶来的齐渊和李剑,望着他们那关切询问的目光时,他只是苦笑着摇了摇头:

"不是她……"

二十九

大凤一面匆匆地走,一面不时回过头去望望:没有人赶上来。她不觉在心里得意地笑了。

那个戴眼镜穿长衫的先生,看着虽不是凶眉恶眼,不像军阀的侦探,可这样年月,什么样的坏人都有啊!况且他那样的盘问,也不像个安守本分的教书先生;他明明是想从她嘴里问出什么事情。

可是，大凤不是个简简单单的姑娘啊！她是跟着容大叔闯出来的，风里雨里都见过。她只跟他耍了个小小的花招：让他往东门市那边白赶一趟吧，他要真是坏人的话。

大凤从株洲回到家，已经有一个多月了。这几个月来，家乡的复杂艰巨的斗争，出外当伕子那一路的各色各样的遭遇，使她磨炼得更加机智坚强了。这难忘的斗争的岁月啊，虽然充满着坎坷和辛酸，然而对勇于斗争的年轻人来说，它甚至是一种宝贵的幸福。只要不是醉生梦死的庸碌之辈，他就能深深体味到这种幸福。离开了为美好目标所作的奋斗，生活里还有什么更高的意义和乐趣吗？

这几个月来，大凤对先廷哥的思念也是多么的深重和长久啊！

在"驱赵运动"失败后那些苦难黑暗的日子里，北洋军气势猖狂，广东的革命军又硬是没有一点消息。人们的生活多难熬啊！大凤也格外思念去了广东的先廷哥。常常在梦里，她就梦见先廷哥当上革命军回来了！穿着红军装，戴着红军帽，穿着红草鞋——她那时就以为革命军都该是穿红的啊！——背着洋枪，骑着高头大马。他打回到家门口来，大凤认不出来了！后来，他就叫大凤也跟着去，到革命军里头当女兵……可是，每回在狂喜的激动中醒来，周围依旧是黑暗的夜，只有村外的野狗在怕人的寂静中狂吠。她不觉心事沉重地叹气，焦急地盼着天亮的来临。有时，吃过夜饭以后，她还跑到通往省城那条大路的山头上去，长久地站在那棵伞盖一般的老松树下，向远处凝望——那一夜，她送别先廷哥，就是在这山头的松树下分手的啊！——可是远方只有苍茫的暮色，和长长的曲曲弯弯的大路。她却很坚定地相信，先廷哥一定会打回来，一定会从这条大路上打回来的……

在株洲，她虽然没有赶得上看见先廷哥，回到家后，她还是迫不及待地把这个喜讯告诉了爹妈；连小莺也狂喜得要把姐姐从省城里带回来的两筒饼子留下来，等先廷哥回来吃。那一夜，母亲还特为在神位前和后门外烧了两炷香,许了三个月斋,求菩萨保佑先廷在革命军里清吉平安,早些打完那帮害人的"北兵"回来。尽管大凤平日总吵着要"革"去母亲的迷信,对母亲的这些举动不满;可是这一晚,不知为什么,她却对母亲的这举动感到分外的亲切、如意;那缭绕的淡蓝色的香烟,悠缓、平稳,似乎正预兆着吉祥;那幽幽的清香闻着心里痒酥酥的,似乎也令人格外舒适。这感情,连大凤自己也觉得好笑。

等到她的想念一天比一天迫切的时候,一件使她万万料想不到的噩耗传来了。那一天驼五哥也来开会,说他们村子里一个给革命军当了伕子的人,因为要把那些红带子队伍缴下北军的枪炮送给驻在铁路这边的湘军,刚从省城回来。他说他在醴陵时看到过先廷。不过人们从火车上把先廷抬下来的时候,人事不省。旁边的人说,他已经昏死过去一天一夜了。谈起他在火线上带着重伤打北洋军的情形,人人都流眼泪。从围在他担架边上那些医官看护小姐们的神色看来,只怕……

这时,驼五哥只顾原原本本地向下说,却没有留意到大凤的脸色变得有多厉害!直到他猛然看见了大凤的脸时,才陡地把话声咽住……但是已经迟了,他的话已经生出了非凡的影响。啊,悲痛!心灵的创伤,就像已经损裂的白璧,是再也无法缝合的啊!然而人们看出,大凤,这在风雨里成长起来的刚强的姑娘,正用着多么大的毅力来承受这意外的打击。她咬紧着牙关,强忍住泪水,脸上却出现着从悲痛中抑制出来的强作的微笑,一面喃喃地安慰别人似的说着:"不怕,不要紧,不怕……"

她不知当时自己是怎样站了起来,也不知道还对人们说了些什么样的话,后来又怎样地走了出来。那压抑的沉重的悲痛,像暴风雨前的窒闷,叫人喘不过气。她竭力不使那奔突着的酸痛的泪水涌上眼眶,几乎是一口气地跑回了家里。她什么也没看,什么也没回答,一直冲进自己的房里,关上门,一头扑倒在床上,脸紧紧偎着枕头,让酸痛的泪水从沉重的压抑中舒畅地奔涌出来……

有人说,哭泣是软弱的表示;然而有时候,它却正是坚毅和顽强的迸发啊!

这以后,在人们面前,她似乎仍然一如过去。只有从她那双深湛的大眼中,时而隐隐露出的忧郁和凝思,才使人看得出少女的心事是多么深沉。小时候,她听讲善书的老人用悲伤的唱歌的调门讲过"孟姜女万里寻夫"的故事。可如今,世道不一样了;她在心里暗想,要是革命军还不来,不管多远,她就找到那个挂红领带的队伍上去,打听先廷哥的下落,要是当真的他……大凤就求那里的长官把自己收留下来,还背着先廷哥的那根洋枪,到火线上去。她一定要走完先廷哥还没有走完的路。

到七月尾上,革命军打到浏阳的信息才传到这边来。容大叔也从省城到过一回平江。回去路过安平桥时,他在赵家歇息了一夜,跟赵柄清谈了满满一夜的话。第二天动身,赵柄清要早些赶到东乡去,叫大凤送送容大叔。容大川也没有推辞。

在路上,容大川问起先廷的事。大凤忍不住,便把听到的跟自己想的都一口气说出来了;在大叔面前,她就完全是个孩子了;她觉得有些在爹妈跟前不好讲的话,只有在大叔跟前才能畅畅快快地说出来。容大叔听她说完,就温和而严格地说起她来。先说这个信息并不是坏的,只是被人们传话的口气和她自己的担心想得坏了。火线上死伤的人那样多,既是昏死了一天一夜还用火车送到醴陵去,那就是必定能救的。再说,看到的人只是看到那一眼,怎能知道人的好歹呢?况且在革命军里,不像军阀队伍,不管弟兄的死活;那里头一切都是为革命奋斗的,像先廷那样明了党的主义、明了革命信仰、有勇有谋的好青年,能不想方设法地救好么?最后,大叔还提醒大凤,她是最知道先廷哥的,那就应当相信先廷哥一定能战胜一切难关;他的身体底子也强壮,他是一定能够回到队伍上的。

不知为什么,大凤听了容大叔的这些话,觉得就像堵在心口多少天的一个塞子突然被拔去了,眼前又感到了说不出的豁亮、畅快。容大叔这些话都是实实在在、明明白白的,可自己那时怎么就一些也没有往这上头想呢?她想起先廷哥的秉性,又想起在株洲帮革命军抬伤兵时,那些医官和弟兄们对伤兵的细心、体贴和照应,还有那个戴眼镜的医官说的话……容大叔看得多准。她的心底升起一种喜悦和后悔的混合的情感,她真想一个人到房里笑一阵、骂自己一阵才好。

容大叔又向她说,她那些孟姜女寻夫的想头是不对的,即便是想到革命军里去当兵也不对。她已经不是一个普普通通的姑娘,是为党的主义、为世界革命奋斗的战士。要处处想到全盘的革命工作,不能为了个人去牺牲。要服从党的支配,服从团体的意志,这才能完成革命。听到这些,大凤不觉惭愧害羞地低头笑了。

他们走到通往省城那条大路的山头上,大凤真想还跟着大叔多走一会,可是容大川再也不让她往前走了。大凤长久地站在山上那些伞形的老松树下,目送着容大叔渐渐地远去。朝霞跟随在他的后边,照着他那高大的壮实的背影,和扎实稳健的步伐。远处,是沐浴在绚丽的霞光里的宽阔的大路和重叠的群山。这些天来大凤似乎才头一回感觉到早晨是多么美。她觉得跟容大叔在一起,眼前的一切都显得那样广阔高朗;那些巍峨的峰峦也低矮了下去,似乎一脚就可以跨过。大凤也充满了一种从未有过的勇气和力量,她心情开朗、脚步轻松,转身向山下的村里走去……

从此,大凤又恢复了往日的毅力和精神。她把那对亲人的怀念和盼望,变成了力量,更加忘我地投入了斗争。甚至连赵柄清也有些暗暗惊奇:这些时来,女儿的变化多么大啊!

七月过去,八月又来,天气炎热得厉害了。那些天的局面,也越发紧了。外头传来革命军打胜仗的消息越来越近了;有从省城回来的人说,看见了城里的湘军正在卷铺盖;而且叶开鑫总司令的太太三天没进戏院看花鼓戏了。停在湘江里的日本兵舰也生了火，看来革命军是真的要打过来了。可是在平江县城里，倒却格外安定，跟省城好像隔着一重世界。安平桥处在跟省城和浏阳搭界的地方，消息多，人心惶惶。赵五公进了一趟县城，带回一张小方桌大的布告，贴在村中心那个小酒馆门口，顿时围了一大堆人。认得字的人摇着头哼，不认得字的人歪着头听。那上面的字足有酒盅大小，四个字押韵的一句，有些文绉绉的，谁也看不懂。最重要的几句是："区区南军，小丑跳梁；本帅坐镇，自有主张。工事堡垒，铁壁铜墙；保我平江，固若金汤。"这韵文虽有点蹩脚，但那口气却实在决断自负，不愧为吴大帅的高足说出来的。那后面的官衔足足占了布告的一小半，写着"讨贼联军湖南前敌总指挥兼北洋第五十混成旅旅长兼蒲平镇守使兼平通防御总司令"等等，下署茶杯大的两个楷字："鲍鄂"。

　　人们关于鲍鄂将军的传说非常多，因此也都有些担心。有些到县城亲眼看过的人，说那鲍鄂将军的防御也实在够厉害，虽没有真正的铜墙铁壁，可那阵势怕插上翅膀也难得飞进去。后来，又有人从省城回来，说是叶开鑫已经坐日本兵舰跑到了湖北，起义湘军的总指挥部又开进了省城，到处挂起了青天白日的党旗和革命的红旗，官府衙门办公事的人也全都换了。可是真正打得最狠的先遣团这一路——攸县醴陵这边，消息倒渺茫些。只有一天半夜，安平桥一带的大路上，涌过来一群一群的败兵。奇怪的是，这回他们连东西也顾不得抢了，一个个夹尾巴狗似的，只顾往县城那边跑。鸡飞狗跳，败兵们直到五更天才过完。

　　可是，这以后好些天，并没有传来革命军从浏阳出发的消息。农协的探子从那边回来，说是驻在浏阳的正是革命军的先遣团。他们为什么又不动呢？人们猜测、盼望、惴惴不安。似乎革命军也真被这平江的"金汤"和鲍鄂将军的威名所恐吓住了。

　　当然，人们并不会晓得，这次战役将要付出的代价。人们也不会晓得,为了战役的胜利和牺牲的尽可能减少,有多少人早已就在为它进行着辛勤的奔走和周密的策划了。叶挺的考虑派遣齐渊他们先到平江,容大川那回的从省城到平江和安平桥,都正是为着在这一带进行决定性战役的征兆。

容大川回省城后,根据县特委的决定,赵柄清担负起了领导安平桥四近——平江南乡工作的责任。他更加忙了,不分日夜地在山里各处奔走、谋划、开会,极少有在家歇息的时候。在短短的时间里,秘密的农民协会发展得越来越壮大了。他们还成立了支援北伐军的军事委员会,担负协助革命军攻打平江的动员准备工作。这天,他正到南边靠浏阳县界的一个村子里去跟农协的人开会,商量建立农民自卫军的事。大凤就是从那里要赶回安平桥去的。

那些天,山里很不平静。北洋军的探子东钻西撞,财东的走狗也四处活动。他们都知道这一块是"赤化"窝子,可就是摸不着行踪,抓不到把柄。大凤出门来,为着不惹人注目,故意挽了髻。这些时,她在山里闯来闯去也惯了,倒不觉害怕了。只是想起刚才在小茶店里遇到的那个先生,不觉又好笑,又有些担心。

虽是后响,烈日依旧晒得人生疼。山路上的黄土烤得烫脚,空气里像有火星。一切都懒洋洋的,树叶纹丝不动,野草无精打采地歪着身子,似乎一切都在炎热中静止了。四周都是火烫烫的,使人真想一头钻进清凉的河里,永远不出来,那才够痛快了。大凤的布衫汗湿透了,仍然赶着路。这时天空隐隐响起了闷雷声。俗话说:"六月的雨,隔牛背。"不大一会,乌黑的彤云便滚滚卷来了;阳光像一个匆忙赶路的行人,被阴影向前推送着,越来越快、越来越快,终于完全被阴云笼罩了。山谷里更显得阴森晦暗,孤寂荒凉。大凤只是急着赶路。她在这山里长大,荒山深谷闯得惯了,倒也并不害怕。只觉得没有了烈日曝晒,更加凉爽舒适,好快些赶路了。担心的倒是出来时只戴了顶草帽,怕赶不到家里就要淋上一阵大雨。

又走了一程,雨没下来,乌云却愈见浓密,山谷里愈显得阴气森森了。暴风也越来越紧,山上的老树都呜呜地号叫,树枝哗啦啦地摇动着;这其间,似乎还夹杂着野兽的嗥叫,使人听得皮肤一阵阵起栗。大凤壮着胆子,竭力不去看那两旁被乌云压得昏暗的山谷,只顾赶路。

风愈加紧,乌云滚动也愈快;刮过一层,又卷来更浓厚的一层,云层似乎无穷无尽,愈卷愈厚。大凤爬上一道山坡,走得太急,不觉头上又沁出了汗珠。草帽早已被吹得挂到背后,额前飘着的"刘海"也被汗粘住了。她喘着气放慢脚步,看看前面树丛旁,有块高大的突出的岩石,像伸出的廊檐,正好进去歇歇,就是下起雨来,也能躲过一阵。她想着,走到岩石前,一面拿毛巾擦着额上的汗,长长松了口气,刚往里边走了一步,只听"哎哟"一声,她踩在了一个什么东西上面;她吓了一跳,赶紧低头看时,不觉往后倒退了两步。那个用短褂蒙头睡觉的矮胖汉子跳起来大吼道:"什么人?!……"

他们两个同时对面之后,不觉都呆了一下:正是冤家路窄,这汉子就是本村的帮闲癞皮松宝。

这癞皮松宝,是奉了赵五公的命令,到浏阳去探听了革命军的消息的。赵五公虽然从县城带回了鲍大将军的布告,心里总有些惴惴不安;他跟三公他们商量后,决定派个人到革命军那边看看虚实,一来访访云亭少爷的那个队伍是否到了前线;二来要是得了点侦探们探听不到的情报,也可以到鲍大将军那里邀功请赏。哪知癞皮松宝实在不堪委以重任,他刚到浏阳的那天就看到了全副武装带着兵的万先廷,这一下他吓坏了,赶紧溜出城来;回来早了又怕五公责骂,只好在浏阳北面的几个小镇子里胡混了几天,无精打采地走回来。走到这里,又热又乏,他就钻在这岩石下睡着了。被人踩醒时他吓了一跳,怕是革命军追了来;跳起来一看是大凤,他顿时又惊又喜,惊的是想不到在这里遇上她,喜的是这一路憋着的气,能在她这里发泄出来了。松宝咧开嘴怪笑道:

"怎么?凤妹子,你也想到浏阳去吗?!……"

大凤开头有些吃惊,她望着松宝那嬉皮笑脸的怪相,一阵憎恶和愤怒涌上心来,她厉声答道:"我上不上浏阳,你管得着?!"

癞皮松宝狞笑着,露出满嘴发黑的牙齿,他两手叉腰拦在大凤面前,短褂敞开,露出一丛黑茸茸的粗毛。他戏弄地笑道:"管不着? 你别以为如今兵荒马乱,安平桥就成三不管了! 只要抓着了你们的把柄,县城里就要派兵出来。你这不就是把柄? ……"

"你小心些,军阀的威风没有几天了!"大凤厌恶地看了他一眼,扭身要去赶路,松宝却跳过去挡在路上,越发得意地说道:"你想回去? 哼,今天只怕有你来的,没有你去的了! ……"

大凤气愤地看着他道:"你想做什么? 清平世界,你拦路行抢?!"

松宝仍然涎脸笑道:"大妹子,同乡同里都好说话。人人都说你长得像颗鲜桃……"

大凤气得全身发抖,她顾不得多想,一掌把松宝推了个仰八叉。那松宝恼羞成怒,连声骂着从地上爬起来,伸开两手直扑大凤。大凤看他来势汹汹,忙向旁边一闪,癞皮松宝扑了个空,他狼狗似的猛旋过来,一把抓住了大凤的胳臂。大凤被怒火冲激着,丢了包袱,不顾一切地扭住他,挥起拳头狠劲擂在他的头上、肩上。那松宝贴近了大凤身边,看着她那泛起红晕的圆润脸,那丰腴的身姿,两眼火一般地发红了。他拼出蛮力,不顾大凤的拳头,用力把她紧紧抱住。大凤自小就是做活下力的,也颇有力气,一手扠住他的颈子,一手抵住他的胸脯,用力猛一推,松宝站立不住,一退便跌出了丈余远。松宝站住脚,他浑身被火烧着,拼出全力又冲上去,同大凤扭到一起。这回松宝使出了吃奶的劲,只是抱住她不放;大凤气火攻心,和他厮打着。两人都摔倒地上,翻滚起来。大凤挽着的髻散开了,那条长长的辫子吃了亏,常常被松宝压住,施展不开;终于,她被按在地下了。那松宝也累得喘吁吁地,他按住大凤的双手,正待直起身来,大凤猛抬起双脚踢去,把松宝踢了个仰面朝天,趁他爬起来时,大风转身就跑。跑着跑着,不觉一下呆住了——前面正是万丈深的绝崖。她才知道,急慌之间,跑错了路,走上三面峭壁的刀背崖上来了。她回过身去,只见癞皮松宝已向这里追来;他露着恶毒而得意的冷笑,向大风慢慢地逼过来。大风又憎又恨地转过身去,看了烟笼雾锁的绝崖下一眼,想道:跳下去吧,宁死也落个清白!她想着,不由向家里的方向看了一眼,难过地想起了爸爸、妈妈、妹妹;她最后想起了在革命军里的先廷哥,不觉浑身充满力量,暗想:死也不能白死,要消灭敌人!……她想着,镇定地站立在崖上,看着癞皮松宝狞笑着,一步一步走拢来。大风的心也跳得更快了,思潮像海水一般的在心中起伏汹涌;她挺起胸脯,高昂起头,要像容大叔说的那样,做一个勇敢的巾帼英雄!松宝越来越临近了,他伸着那一双爪子般的手,一步、两步,就到面前了……大风刹那间忘记了一切,只有仇恨和愤怒的热血沸腾在全身,她猛地伸出双手,冲上去正要抓住松宝,只听"呜——啪!"一声清脆的枪响,癞皮松宝那狞笑张开的嘴突然僵住了,像被一只无形的手扼住了喉咙;他向后踉跄了一步,双手向空中抓了一把,便木头似的扑倒在崖背上了……

　　这一切都发生在一瞬间,大风疑心这是在梦境中。她茫然地望望四周,四周一片神奇的寂静——风,不知在什么时候停了;她再看看地下,癞皮松宝像一条死狗扑卧着,嘴巴仍然那样张开,只在他那后颈处有一个小伤眼,流出黑红的淤血来。她不觉有些惊骇了,低头看了深渊万丈的崖下一眼,小心地绕过尸体——怕那是伪装似的——退回到路上来。她正在惊疑未定时,只听崖对面的树丛里有个声音大喊:

　　"喂——!大姐,你是什么人？……"

　　多么熟悉亲切的平江口音啊!大风的心头不觉一震,急忙转身向对面山上望去,只见那边岩石上站着三个人:两个穿长衫、一个穿短褂的。她隐隐约约,看出那穿短褂的青年,不正像先廷哥的身影么？她的心扑扑地跳起来，怀着兴奋和惶惑的心情，大声问：

"哎——！我是安平桥的！你们是什么人？……"

"你是大凤吗？……"那个亲切熟悉的声音响起来，似乎连所有的山峰也应和起来，大凤全身都哆嗦了，她用尽全力应声道：

"是我——！你是——"大凤觉得一股热泪涌上眼眶，"先廷哥"三个字没叫出来，她就不顾一切迎着那边跑去了。

不知是大凤拼命往那边山上跑，还是万先廷拼命地往这边山上跑——他们很快飞一般地跑到一起了。先廷哥，日夜梦想过的先廷哥，就在眼前了！大凤只觉得全身一阵发麻，被出乎意外的兴奋激动得心也忽地飘荡起来了；她只觉得鼻子异样地发酸，泪水止不住往外涌，她不顾一切，狂喜地冲上去，扑到他身上喊：

"先哥，你回来了！……"

不知什么时候，乌云已经消散了；苍翠葱郁的山峦上，又出现了一片青碧开阔的天空。阳光显得那样绚丽灿烂，一切都像用水洗过那样的清净明朗；树林里那些活泼的小鸟吱吱啾啾地叫着，似乎在为这美好的大自然配上和谐悦耳的音乐……

大凤和齐渊、李剑都认识了。那种对同志的亲切的爱，使她战胜了山村少女的羞怯。她望着李剑，不好意思地笑道："我还把你当成……"

"当成军阀的探子啦！"万先廷笑着望了齐渊一眼道。这时他们也都笑了，李剑挺不好意思。

"你们往东门市那边赶了吗？"大凤含着得意地问。

万先廷笑着点点头道："可叫我们跑了一场冤枉路。后来还是齐营长判断对了，要不，我们还不会赶得这样巧呢。"他又接着向大凤问："村子里如今怎么样？"

"北兵来了是五公他们的天下，北兵一走又成了我们的天下。"大凤兴奋地说。"六月间村子里遭了很大一回坎坷。从容大叔来过后，我们又搞得比先前还更好了。我们从里里外外堵住了军阀的空子,县城那一路都派了农协的耳目。五公想搞垮我们,常派人进城去报信;可是派了几回兵来,我们早得了信息,一点把柄也没让他们找出来,这往后那些鬼家伙跑得也不耐烦了,反怪五公这班人大惊小怪……"

他们都不觉兴奋地笑了。万先廷热烈地问:

"容大叔还在村子里吧?"

"来没有几天就赶回省城了。忙得厉害。"大凤关心地说,"他比那时还瘦了,老是不顾自己。听到省城回来的人说:他整天又是开会,又是讲演,夜里一写文章就写到鸡叫五更。幸亏他底子还好……"

万先廷带着些歉意和失望地看看齐渊。齐渊来时就有着一个迫切的愿望,想能尽快地看到那个听说已久的容大川同志。然而,想不到这一次机会又错过了。

"站着干什么?我们回去吧!"大凤热烈地望着齐渊和李剑道,"这里隔我们村子也不远了,快回到家去歇息吧!"

"营长,你看……"万先廷微笑地望着齐渊道。

"我们也一起沾你的光吧。"齐渊看看李剑,向万先廷笑道,"只是有一件,你们两个要在前面先走。"

万先廷和大凤对望了一眼,他们都羞涩然而幸福地低头笑了……

他们两个慢慢地走着。山野的景色变得那样的甜蜜、幸福。他们的心中暂时忘记了周围的战争和灾难,有的只是一种难于表达的复杂而愉快的情感。

这时,大凤才仔细地看看先廷哥:他比在家时变得更黑了、更瘦了;眼睛也显得更大、更明亮。但是在他那清癯的目光中,有了一种更坚定更顽强的东西。

"你变了,"大凤含笑地低声说,明明是想用言语表达心中的幸福,"变得更粗了,真像个兵……"

"嘿,你说我像个兵,倒真夸奖。营长还常说我像个扛活的庄稼人呢!"万先廷憨厚地笑道。忽然又想起来问道:"你怎么挽起髻来了呢?"

这句话引起了少女敏感的联想,大凤的脸羞得飞红。当她为着在外面工作方便,第一次挽起髻来时,母亲惊讶得几乎叫出来了。然而,后来她慢慢习惯了这种革命者的生活。这时,一种女性的自豪和在最亲密的人面前幸福和娇憨的情感,使她说出了一句在平时想也不敢想的话:

"出嫁了!……"她羞涩而又大胆地笑着说。

万先廷是听得出这话的意思的,他兴奋地问:

"嫁给谁?"

"你说呢?"大凤笑着看了他一眼,猛然顽皮地向前跑去。万先廷怔了一下,不觉在后面衷心地快活地笑了。

三十

母亲正在厨屋里忙碌。今天的夜饭火烧得早,她惦记着丈夫和女儿都出外奔走去了,这时怕也都该回来;他们一定又是跑得又累又乏了啊。她今天特为多下了些米,合着小女儿挖来的新鲜的野菜,煮出的饭一开锅就闻着香喷喷的。母亲的心里,唯一的心愿就是要让丈夫和孩子吃得舒服热和啊。只是那天色,一会儿晴,一会儿又阴;母亲的心,也随着天上的云层变化着。她担心丈夫和女儿在路上淋了雨,他们连斗笠和雨伞也没带啊!她一会到后门外去望望天色,晴朗了,她的脸色也欢悦明亮;乌云卷过时,她的脸色也随着阴郁下来。这些时,在母亲的生活里,渐渐像有了一种新的不可捉摸的东西;她从丈夫和女儿的言语行动里,开始接触到了一个宽阔的天地。似乎那日常的做饭做菜也有了新的含义,她觉得能把自己的一些微小的力量融合在丈夫和女儿的行动里,是她作为母亲和妻子的义不容辞的责任。

天色渐渐从阴霾中射出了光明,晴空战胜了乌云。母亲暗暗盘算着,他们现在总该动身了;在外头,他们总是连块饼子也舍不得买的。饭已经做好了,她想先盛起来,把菜汤做好;等他们一进屋,热菜热饭就端上桌,那不是再方便不过。

九岁的小女儿小莺,坐在灶门前帮母亲的忙。她跟姐姐一样的秀美:鸭蛋型的脸、大大的眼睛、高高的鼻梁、薄薄的嘴唇,头上扎着一对双丫角。她是一个听话的孩子,她那丰满的两颊被灶火映红着,格外好看。母亲刚往锅里添了水,放下水瓢,就听门外有个声音喊:

"妈!……"是女儿的声音,可又只喊了一声,往下就像被人止住了,没喊出来。

母亲盖上锅盖,心想:回来得这样快啊!她忙在围裙上擦着手,高兴地迎去——还没等她走近后门口时,突地从外面闯进一个年轻人来,挡在面前,连门口的光亮也遮住了。

母亲吓了一跳,不知又是发生了什么事,张口结舌地问:"你,大哥,你找哪个?……"

"婶娘!"

那青年喊出了这熟悉的声音,使母亲的心弦也顿时震动了。她急忙拉起围裙,擦了擦被烟熏出了泪水的眼睛仔细看时——呆望在一旁的小莺早已燕子似的飞过去,张开双手抱住他的脖子,欢悦地大声叫喊道:

"先哥!……"

母亲哭了,含着笑哭了;她那苦涩凄楚的两眼和嘴角,现出了那样幸福甜蜜的笑意。她找不到什么恰当的言语,来表达那对孩子们饱经忧患归来的复杂心情。直到大凤带着另外两位客人走进来时,她才从兴奋和激动中清醒,赶紧手忙脚乱地张罗起来。

客人们都让进了堂屋里。母亲喜气洋洋,忙碌地前后跑着,不知该用什么隆重的情意来款待这几位贵客才好。她一时跟先廷和客人们搭几句话,又到后头悄悄吩咐大凤去借些米,拿纺出的棉线去换点油、酱。小莺正在堂屋里倒茶,刚跟同先廷哥一起来的客人们混得熟了;母亲悄悄把她招到后面,要她到河边陈三爹家里去,看看三爹有没有新鲜鲤鱼,有就赶紧赊两尾回来。

这时,万先廷走到后头来,笑着道:"婶娘,你别劳神了。这几位先生都不是外人,他们要我跟你说,随便在这里吃点饭还亲热些……"

"那怎么行?"母亲喜气洋溢地低声说道,"你的同事们都是稀客,山南海北,要不是你,请都请不上门啊!……后头的事你不用管,不要把客人丢在前头……"

"不要紧,婶娘。他们在这里也跟在家里一样。"万先廷说着,看看水缸里水不多了,便熟悉地到老地方去拿水桶。说道:"趁这工夫,我去挑两担水……"

"啊,那不行,那……"母亲慌忙抢上去,拉开万先廷的手道,"这事用不着你,先廷。你如今是……"母亲想说他已经是吃了饷的人,怕失了官格。

万先廷笑着道:"婶娘,我们这兵跟北洋军可不一样。穿了军衣,扛上了枪,还是老百姓的长工。你忙吧,婶娘,别管我们。"他挑着水桶,兴高采烈地出去了。

母亲望着他的背影,又想起了他往日在家时的情形。心想:他投的这队伍可真好啊!往常多少出外当兵吃粮的人,穿了一身"老虎皮",回来耀武扬威,连亲娘老子也不认;哪像他们这样见了人欢天喜地,人情世故一点没变呢。她联想起容先生在这里说过的一些话,看着丈夫和女儿的行动,这世道真的是要大变了。她心里一高兴,做事也麻利顺手;她一个人忙了灶前,又忙锅里,出了一身汗,还一点不觉热和累。前面堂屋里是静静的,她忽然想起那两位贵客,没有人陪着,一定会很觉寂寞了。她自己又是个妇道,在生人面前拙嘴笨舌,陪不得客人。她悄悄向堂屋里看了一眼,不觉很有些纳罕:他们都文质彬彬地坐在桌旁,一个在看,一个在写;他们的神情是那样精细,那样专心。母亲暗想,要不是先廷跟她讲,哪还看得出来他们是打仗的兵啊。

万先廷挑了一大担水回来,母亲再也不让他去了,一定要他到前头去陪着那两位客人。万先廷拗不过,怕伤了母亲的心,便把桶放好,到前头去了。

他走进堂屋里时,见齐渊和李剑正为一件什么有趣的事谈笑着。李剑手里拿着一张报纸,见万先廷进来,笑着向他道:"来得正好,万连长。看,这里有奇迹了。"

"什么奇迹?"万先廷凑过去看时,见那是不知从哪里找出来的一张省城出的旧报纸,那第一版下面有一条标题,写的是"总指挥部嘉奖王营长"。"王营长?"万先廷抬起头来,望着齐渊问:"是那个王重远吗?"

齐渊含笑未答,李剑念道:"'该营长王重远,于碌田一役,奋勇反攻,克获全胜,核其战迹,嘉慰良深,特晋级中校衔,以彰勋劳,而示优异。此令。'"李剑念完,忍不住笑出来道:"我看,妙就妙在奋勇反攻这一句上。"

"按他那样的奋勇,我看只该枪毙。"万先廷笑道。

"听说那一仗下来,总指挥就要下令枪毙他的;后来我们团长讲情,才把他保下来了。"李剑放下报纸说。

"好了。"齐渊把那张报纸拿起来,叠好后又放回壁上原处,说道:"咱们知道就行了。不应该,也没有必要去管它。"

万先廷点点头,正要说什么,忽然听到后面响起了赵柄清那熟悉亲切的声音。他急促地问着:"人呢?……"

接着是母亲的喜悦的声音:"都在前头……"

"赵大叔回来了!"万先廷兴奋地向齐渊和李剑道,一面往后头厨屋里迎去。

　　齐渊刚走到通后面厨屋的门边，就看见一个壮年庄稼人满面笑容的走了进来。从他那黧黑的饱经风霜的脸上，那善良诚实的笑容里，齐渊就认出了这是万先廷多次讲过的赵大叔——赵柄清。他的身材高大，骨骼壮壮，一看就是从沉重的劳累中成长起来的，多年的苦难已经在他额上刻下了深深的皱纹。只有从他那爽朗的声音和善良的笑容里，才可以看出他是那种敢于同生活和命运斗争的人。

　　万先廷几步迎上去，一把紧拉住他的手，激动地叫：

　　"大叔！……"

　　"先伢子……"赵柄清喜悦地看着他，止不住两颗眼泪从眼眶里涌出来。此刻，当他看着眼前这样健壮有力的万先廷时，他似乎又面对着二十年前的万东昇。为了抚养朋友的遗孤，二十年的心血没有白费：更强壮的、更使人感到希望和兴奋的新的一代，成长起来了！如果他那情同骨肉的朋友也能看到今天，该会多高兴啊！

　　赵柄清同齐渊和李剑见过，在堂屋里坐着刚谈了几句话，只听后头响起了小莺清脆的声音：

　　"妈，三爹来了！"

　　"哈哈！……"三爹人还未到，那爽朗而乐观的笑声先响起来，他走进来道："听说我们的先伢子当革命军回来了，我喜得差点跳上了屋顶！……"

　　三爹姓陈，一个孤老，住在河边的一间茅草屋里。他是靠打鱼和挑卖水生活的。他为人开朗风趣，最喜欢孩子。从前万先廷在家时，也常和大凤去跟他帮帮忙，他那个茅屋常常是青年们聚会的地方。三爹的通今博古，也是为那些小伙子们最喜爱的。

　　这时，赵柄清、万先廷和齐渊、李剑都站起来向后面迎去，三爹已经走了进来，抢到万先廷面前笑道：

　　"先伢子，戴了革命军的顶子，还认得三爹这个孤老头子不？"

"三爹!"万先廷兴奋地拉着他,尊敬地说道,"你老人家还是这样的健旺啊!"

三爹呵呵大笑道:"看了你们的天下,我还要活他一百岁哩!"他望着先廷,又转头看看赵柄清道:"看他这模样,多像东昇年轻的时候!东昇的话对:穷人是杀不绝的。看,这不又是他起来了!……"三爹说着,鼻子有些发酸,赶紧掩饰地笑道:"来,穿上军装你三爹好好看看!我要看清楚,看仔细,看我们穷人是怎样直起腰杆子来的!活到如今,也有我们的兵了!……"

"这你别忙,三爹,"赵柄清在旁边笑着道,"过几天革命军都来了,让你好好看个够!"

三爹得意地将着下巴上那根花白的胡辫子,向赵柄清笑道:"老大,俗话说,穷人骨头金不换;只要硬,穷骨头能成大事啊!看,有这样好出息的一辈人,什么五公六公,大少爷小少爷,还不该垮台?……"他爽朗地笑着,转身一找,从旁边的小莺手里接过那个提篮来,里边躺着两尾二三斤重的金鳞大鲤鱼。三爹提起一尾来,那鲤鱼还活蹦乱跳。他对万先廷道:"这是你三爹留了几个月的,有钱人拿金子也买不去!容先生那回来硬只吃了一尾,要我留下给革命军接风。今天果真应着他的话了。先廷,你们怕不讲究这个,这还图个大吉利兆头:鲤鱼跳龙门!"

大家都欢悦地笑起来,在热烈的喜气洋洋的气氛中,他们陪着三爹拥进了堂屋。

夜晚,安平桥静悄悄的,鸡不叫狗不咬,似乎一切都睡着了。然而,在这样的深夜,还有两处亮着灯光。

一处就是本村的权威——赵五公家里。素来以悭吝著称的赵五公,平日里睡觉做活都不许长工们点灯的,今天突然破例地点起了客厅里的那盏琉璃保险灯罩的洋油灯,这实在是极少有的事。活过三十岁的人,在他们的记忆里,点过这样灯的时候大约只有两回:一回是万东昇在青龙寺门前举旗造反,县城里派来了绿旗军,在五公这里商讨围攻大计的那夜;再一回就是容大川来后,村里兴起了农民协会,赵五公召集阖族中最有声望的几个长辈商议对策的时候。

今天的客厅里,在琉璃保险灯的照耀下,坐了不少的人。缎子瓜皮帽和缎子马褂在发光,那些胖胖的油脸也在发光。干瘦如猴的赵五公,背着手,躬着腰,在客厅里来回走动。自从那回在祠堂里失去了辫子,他足足有三个月气得没法出门见人。他那只剩了小半截的头发还整齐地梳在脑后,看着像一只被人剪掉了尾巴的秃老鸦。太师椅上坐着年纪最大的三公,他将着自己的白胡子,苦皱着脸,似乎预备着打喷嚏。在烟榻上,躺着一位村里极少见的人物,他就是在省城里当议员的四公。革命军进长沙后,他就回乡下来避风头了。最近他十分注意局势的发展,就像一只在混乱的搬家中躲进了墙洞的老鼠,在悄悄注意着新来主人的脾气和喜好。革命带给他的震动是不小的,他那肥胖的体重减轻了,这是最好的证明;然而据说,他最近胃口又变得挺好,体重又在开始回升。另外的几位绅士,不是什么闻人,恕不一一地介绍。

这样地沉默了一会,终于还是五公先开了口:

“三哥,”他那脸十分愁苦,皱小得像个拳头,“万家这小杂种回来,不是好兆头呀!他还带了几个生人——那明明是南军的探子!依我看,先下手为强,今夜里就抓起他来!”

三公只是咂咂嘴,表示模棱两可地摆摆头。

“不可造次。”四公从榻上仰身坐起来,摸了摸那两撇漆黑的细胡须,说道,“来者不善,善者不来。他们也是有防备的。我看,他这回回来,倒是个好机会,”他思索着,慢慢道,“不妨请他一请……”

“请他?”五公仿佛挨了一闷棍,惊叫道,“请那小杂种?”他咬着牙,“除非日出西方……”

"老五，"四公笑道，"得看看这潮流。顺天者昌，逆天者亡；你看如今外国人的嘴脸，就知道风头往哪边刮了。蒋介石不是个简单人物……"

"那你为么事还要躲到乡下来?"五公有些愤然道。这些时他回到乡下来，很破费了五公的几顿酒饭，却连一文钱也没留下，这是五公最发恨的。而且老四是维新派，他喜欢的事，不一定对自己也是好事。

"凡事不能不退一步想。"四公悠悠然道，"你道我这些天就只是吃喝睡玩了么? 省城的事我天天都一清二楚。嘿嘿，"他从马褂里面的长袍里摸出一个纸包来，小心地打开，然后拿出了一枚核桃大的放光的圆牌子，笑道，"我如今也参加国民党了哩。"

"国民党?"三公和五公同时睁大了眼睛，旁边的那几位也张大了嘴巴。

"我起先以为这好比唐僧取经，总要经过九九八十一难的。"四公道，"今天省里有信来，没想到竟是这样地易得。"他那圆胖脸放光地笑了。

五公摇摇头道："你当心撞了鬼。湖南的国民党全是那帮共产党搞的，那个姓容的外乡佬就在省城里，他什么风头看不出来?"

"他们? 他们忙北伐还忙不过来哩。"四公笑着道，"妙就妙在这里，听说共产党上头有命令：他们的人，只管打天下，不准坐天下。那就还得让我们来吧。听说革命军一进省城，只要先前跟总指挥没结过怨的，这回都没事。好些都官复原职了。"

"可这边不行啊!"三公这时开口道，他咳嗽，"这边是赵老大跟万家那小杂种的天下……"

"这只是一阵风。"四公道，"照我看，他们这帮队伍定是打前站的，打完又走了。听说蒋介石亲口许了总指挥的话：湖南的地盘还是他的。只要过了眼下这道关口，还得九九归一。"

在座的人都舒了一口气,实在对这个蒋介石崇拜而且感激了。五公连连叹气,他悲哀;不管什么蒋介十蒋介九,他还是盼望吴大帅跟赵省长永坐江山。这也勾起了三公的心事,他叹口气道:

"云亭这些时也没带个信……"他又咳嗽。

"他们就要打回来的。"四公端起茶盏来,喝了一口,皱皱眉头——茶有霉味,茶叶自然不可吃,便索然地放下,"他不是在黄埔军么?听说蒋介石先前带兵,就带的是他们,日后这可就是御林军啊!"

这样地又谈了一通。最后,权衡得失,五公还是在"潮流"的面前低了头:他同意以接风为名,请那"万家小杂种"的客。不过这费用要由参加商议的人分摊。并且他还暗自盘算,要从这次预备酒饭的公用钱里,"省"出几块钱来预备参加国民党。人们刚出门,他就赶紧吹熄了琉璃灯。不过,他一面暗地想:今天这一盏洋油钱没有白花。

这时在河边陈三爹的茅屋里,几盏明亮的油灯还在燃着,已经添过好几回灯油了。农民协会正在向革命军派来的人讲解平江的情况。

为着不引人注意,也便于防备万一,会议临时决定在陈三爹的茅屋里开;这是齐渊的意见。农民协会又在四面八方都派上了放哨的人,村子里和通县城的那边也布置了可靠的力量,会议就在深夜开始了。

这时,正是赵柄清在向齐渊他们三个介绍这些天来农民协会得到的情报。这些情报的详细和具体,足以使任何一个最精明的军事家吃惊。齐渊越听下去,就越是对容大川、对赵柄清、对农民运动在这里所产生的那种巨大的力量感到惊奇和崇敬。

方桌上,摊开着一张农民协会自己画出的大地图。那是墨笔仔细画出的,虽然不很合乎比例规格,可是那每条小路、每条河沟

446

都标明得清清楚楚。围着平江那个大圆圈，做满了密密麻麻的记号；那上面记下了平江城和附近各据点驻扎的军队；从师到班的代号、具体的人数和火力、官兵的喜好和特点、战斗力，甚至就连他们的伙伕班长一天揩多少油也知道得一清二楚。县城周围的防御阵地和工事，更是明白得像自己巴掌上的纹路；大到每一门大炮的位置，小到每一颗地雷的距离，都用圈圈点点、横横竖竖的记号标志着。这上面，是多少人冒着生命危险打探的成果；是多少人日夜奔走跋涉、艰苦劳动的结晶。

齐渊的面前，也摊开着带来的军事地图。这地图上只是以军人的熟练和准确的笔法打着几个红蓝色箭头，也做了不少记号——但是比起农民协会的那一张来，就显得稀疏宽绰多了。

赵柄清在仔细地讲解着，他并不看地图。从平江的总指挥鲍鄂的根底直谈到每一个阵地的布置和兵力。他谈得那样细致，那样熟悉；以致使人产生这样一种感觉：就像原先看来是一个错综复杂、神秘莫测的迷宫，经过一番指点后，却变得像孩子们玩的游戏那样一目了然了。接着，他又谈到了农协方面组织的力量，从住房、战场救护到送茶送水；一句话，革命军要什么，农协就有什么。最后，赵柄清谈起农民请求直接参加战斗的事，他说："这回听着打平江，人们就跟要过年一样高兴。现在，南区各乡报上来参战的人，就已经超过了三万人，还有好些农协没答应的人不在内。我们区农协的委员商量了一下，"他笑着看了看大凤、驼五哥和别的几个人，"预备从这些人里挑选出最年轻力壮的，编它五个大队。这回有了你们来，那就更好办了。"

赵柄清讲完了，他们都好一阵没开口。连万先廷是在这里土生土长起来的，都没有预料到农民协会的准备会这样完美和周到。李剑呢，认真说，他对到这里来抱的希望是不很大的。他想，自古以来，农民总是落后自私，打起仗来不跑就算好事了；打攸县醴陵时，他跟在团长身边，看见了不少向导和报情况的人，就感到那已经是了不起的事了。然而现在,他听见了这样详尽周密的安排布置,感到真正是千古奇迹。望着面前这些面色黧黑、皮肤粗糙、衣裳破烂,看来粗俗无礼的农人,他真想立刻大声地为他们朗读一首最好的崇敬颂扬的诗歌。看着他们那在长期苦难生活的折磨中仍然没有被压倒的坦然的气概,他不觉又感到自己的渺小,隐隐生起一种莫名其妙的惭愧难受的感情。

沉默了一会,还是赵柄清笑着向齐渊道:"齐营长,你说一说吧。这回还得要全靠你们哩。"

齐渊思索地微笑着,沉默了一瞬,终于说道:"我都觉得没有可问的了。实在的,我没想到农协的同志们准备得这样周密、仔细。这实在也对我上了一课。"

的确,齐渊说的完全是衷心的话。他的心情也是激动的。在他们从浏阳出发的前一晚上,团长向他们三个人谈过话后,已经是深夜了,他还把齐渊单独留下来,在他的房间里谈了很久。齐渊还清楚地记得,团长那时的语气和脸色虽然看来仍一如平时那样冷静、从容不迫。可是,熟悉团长性情的齐渊却看得出来,他那严峻的眼神里隐含着沉重的忧虑;他的语气,显出了他对他们先到平江所寄托的巨大希望的心情。他告诉齐渊,广州的国民政府虽然已经正式宣布誓师北伐了,但是许多人对于能不能战胜吴佩孚,还存在严重的犹疑和动摇。而平江,才是真正同吴佩孚的嫡系北洋军的第一次对垒。平江在整个南北军事中所处的重要地位,和它险要的形势、优厚的兵力、周密的部署,这一切都给北洋军带来极大的优势,置革命军于不利。因此,人们的注意力也就集中到了这里。面对这种形势,党和民众要求他们:这次战役必须胜利。是的,对于他们的团队来说,没有第二条路;或者是完全消灭敌人,或者是被敌人消灭在这里。当然,全团的每一个弟兄都会回答:后一种结局是决不可能的。但是,要在这次战役中得到胜利,这需要多么大的勇猛和智慧。这一切首先又要决定于指挥官的决策和行动;而决策和行动的正确,又首先取决于对敌情的全盘周密的了解。这就是叶挺要想让齐渊充分明白他们这次行动的道理。

一路上,齐渊分担着团长的忧心和决策的重担。团长的深谋远虑是正确的,尽管他自己已经有了成熟的想法,他还是派齐渊他们到平江来,并等待着他们的结果,来最后决定战斗的部署。听到了农民协会准备的这一切后,齐渊在路上为自己提出的许多问题都圆满地得到了解决;但同时,许多新的思想也随着出现。这时,他望着赵柄清道:

"这些情况,我们要马上派人回去呈报团长。另外,我自己还想实地到平江城的附近去看一下。"

赵柄清有些为难地看了看农协委员们,还没开口,万先廷在旁边说道:"大叔,你放心吧,有我跟着齐营长去,不要紧的。"

"你说不要紧就行了?"大凤坐在最边上一直没说话,这时含笑地抢白他道,"光叫你们去冒风险,那还要农协做么用?"

驼五哥这时也衔着叶子烟笑道:"凤姑的话是。你们到了这里,农协是要跟革命军打下保票的。"

"这样子办,"赵柄清转身跟几个农民协会委员们商量了一阵,说道,"我们先去人跟县城附近的几个农协的人联络好,把那里这些天的动静打探清白,回来再陪你们起身。"他用征询的目光望着齐渊,为怕他焦急,又加了一句:"今夜里人就赶去,回来蛮快当的。"

"就这样办,大叔。"齐渊点点头说。

他们又商量了一些别的事情,谈了一阵子话,外头已经是鸡叫二遍了。赵柄清看夜色很深了,回去还是很多事情立时要办;齐渊他们赶了一天路,又熬了大半夜,极累了,就劝大家各自回去安歇。陈三爹已经把自己住的那间房让出来,铺盖都预备齐全了,一定要齐渊他们在他屋里睡。齐渊他们哪里肯。争执一番后,赵柄清悄悄对齐渊说,这老爹性子蛮倔强的,这是他好大一番敬意,别伤了老爹的心。齐渊便只好答应了。三爹这才又把给他们预备的东西一一指点一番后,兴高采烈地到青龙寺后头跟那个打更的聋老头子做伴去了。

第二天,李剑被派回去向团长报告一切。军部的作战会议就要召开了。农协也派了驼五哥一同到浏阳去。他们天刚亮吃过早饭就起身了。

早饭后,大凤到河边他们的住房来。她今天穿了一件洁净合身的阴丹士林蓝布衫,脸色红润,喜气洋溢。她兴奋地告诉先廷他们,说村里姐妹们听说革命军就要来,好些都拿起剪刀到外头闹着要革头发、革裹脚;她一大早就赶忙到街上去劝阻她们,好容易说得她们忍住了:先放裹脚,老人不强迫;等革命军到了后再实行剪头发。其实,大凤自己也早恨不得把那根长长的辫子剪去,像先廷哥讲的革命军里头那些女兵一样,留起短短的发盖。可是,她清早听了父亲的话,又想起先前容大叔说她的,便顺从了父亲的意见。

齐渊站在窗口,望着周围的群山,望着那坐落在盆地中央的村子,心想:在这看来僻静沉默的山村里,蕴藏着多么巨大的革命力量。他不觉又想起万先廷讲过的那些发生在这里的烈火般的斗争,和那个最先来这里进行着辛勤耕耘播种的人。不知为什么,他突然引起了一个想法,想到他们早先办农民协会的那座青龙寺去看看。

中饭时候,先去县城的人赶回来了。已经同那里的党的组织联络商量好,傍黑挑柴送米的人进出很多,那是最方便的时机。齐渊和万先廷就决定立即赶往县城去了。

靠了那边周密的安排和保护,他们的出进倒很顺利,收获十分圆满。回来时,一个大胆的攻击方案形成了。齐渊便决定立刻连夜赶回浏阳去,尽快地向团长陈述这些新的看法和意见。万先廷留下来——这也是团长原来的意思——随时注意北洋军的变化,一面帮助农民协会组织自卫军。齐渊只匆匆吃了一点饭。赵柄清晓得军情急如星火,也不强留,叫两个得力的年轻人给他做伴,趁夜动身了。

两天平静地过去了。只有各村的铁匠铺里"乒乒乓乓"地不分日夜在赶打梭镖矛子,满村的娃娃们都在唱着一个儿歌:"张打铁,李打铁,打把梭镖送农协。"人们在暗地里喜气洋溢地准备着迎接革命军。五公派狗三到赵柄清家去跟万先廷攀娘舅亲,请他到家去洗尘,还特为送了一张半尺长的大红纸黄伞格帖子。不过,那结果是可以想见的。

但是,在第三天,一个偶然的、令人意想不到的原因,竟差点使安平桥遭受一场突然的浩劫。

三十一

北洋军的平通防御总司令兼蒲平镇守使鲍豳将军,身高七尺,肥腴白皙。他约有四十大几岁;像许多鸦片烟瘾很深和经常熬夜打牌的人那样,他的眼泡和身体都显得臃肿。但由于多年行伍的磨炼和经常的良好保养,他仍然魁梧、强壮,不失早年的威风。跟那些后起的直系将领们一样,他多年来便一直是吴玉帅的忠诚部下。鲍豳将军自幼虽未饱读诗书,却跟随大帅学会了斯文之风;因此虽则多年的戎马生涯,仍不失早年的飘洒闲逸。特别是当他光着头,穿起一身雪白的纺绸长衫,摇上一把白纸折扇,踱起方步的时候,他甚至觉得自己很像个戏台上的小生。

鲍豳将军又颇自信。这也是吴大帅足以自豪的门风之一。据说,大帅和他的将领们,是只知道打胜仗的。训练官兵时,只教前进,不教退却。退却的结局只有一个,那就是枭首示众。无论多大将官,败退就等于灭亡。不过,这些年来,鲍豳将军靠着大帅的栽培和祖宗的荫庇,虽则久历沙场,饱经风险;却一直战功卓著,所向披靡。他的沉着足以使人相信：即使炮弹落在脚下，他也能不改色、不眨眼的。

鲍酆将军是吴玉帅器重的将领之一。被派到举足轻重的湖南前线来独当一面，便是铁证。鲍酆将军没有辜负大帅的信任。从他在蒲圻接到大帅的急电，出师湖南的那一天起，他就全力以赴地担起扭转湖南战局的重任了。他先把带过来的北洋军驻扎到平江湘阴一线，依山据险，沿着汨罗江修筑了坚固阵地；又命令湘军和赣军继续向南推进。这是一着绝妙的布局：进可以轻取长沙，控制全省；退则又能依平湘之险，以逸待劳；把湘赣军作钓饵，引出广东军来，一举消灭，直下南方。他忙碌多日之后，这才把一切报告大帅。不久便接到回电，那虽是短短四个字，却寓意深长，电文说是：知吾心也！

往后这些日月，鲍酆将军便完全陶醉在得意中了。前方每天都传来捷报，攻击最勇猛的是谢文炳和唐福山的赣军。他们见叶开鑫又进了长沙，十分眼红，拼命抢在前面，长驱直入，想在湘南和粤北弄点油水。这时的鲍酆将军正坐镇平江，按大帅的秘计行事。他每天看着前线的报捷电；虽是快意，却更加隐忧，他怕的是喂肉养虎，壮大了异己。不料这时，正在赣军指日可下广东的时候，突地杀出个先遣团来。前线的战局顿时来了个倒栽葱，谢文炳和唐福山连八抬大轿也跑丢了，好容易留条老命回了江西。鲍酆将军每天看了这些告急电，虽是为这帮饭桶生气，更多的却是感到快意；暗想大帅果然神机莫测，一显身手的时机到底来了。他是胸有成竹的，看了他自己布下的阵地后，他更加坚信了这一点。

今天，鲍酆将军起来的很晚——而且也不只是今天。他有打麻将的嗜好，而且那瘾头竟和抽大烟不相上下。平江的乡绅们摸清他的脾气后，都把这一惊人发现当作了拍马屁的法宝；接二连三地为他举行盛典，每一次当然使他满载而归。在鲍酆将军来说，自然是相信他的牌运好——这是要打胜仗的预兆；然而对于那帮乡绅们,每一次虽是赔着笑脸,心里却又像刀子剜。他吃过燕窝粥之后,便开始诵读关岳全书——这也是吴玉帅的"门风"之一。想继承他的大将们,都凛遵着"万古忠义"的训教,对关岳的书也都奉为圣典。这其中最重要的一部便是《反三国》。那是在几年前,一位"舔碗底"的文人异想天开,花了三百六十九个白天和晚上,"写"出了一部反三国演义。那演义中,关云长不仅没有失荆州,走麦城;倒以一柄青龙偃月刀,出祁山,定中原,再下江东,完成了大汉一统的霸业。于是阿斗太子在"关皇叔"的庇护下登稳了宝座,天下太平。吴玉帅一见,惊为奇才,亲自拿去圈点了一番,加了"蓬莱吴子玉"的序,用制钱大的字印了出来,廉价出售;这位文人从此也被请进大帅府吃平安饭去了。看过一会,已是正午时分了,鲍鄅将军又喝过一杯清炖白木耳,这才要到他的司令部去,处理军机大事;他要到那里吃早饭的。他穿着白纺绸长衫,黑缎面鞋,溜光的圆头——北洋系统里,光头是最时髦的样式;那风头就好比多少年后,人人都留"西装头"一般。他鼻子底下有两撇细细的八字胡,直挺挺的,像从鼻管里插出来的两根葱。走路时一摇一摆,他自己觉得很像小生,然而别人看着却觉得更像老旦的。

他坐着金顶辉煌的八抬绿呢大轿,几十名骑了高头大马的卫士簇拥着,到了他的司令部。在一些将校军官们的恭迎下,又一摇一摆地踱进小客厅,阅览各处的电报和探子报来的军情——这当然都是象征性的,大部分事情都由参谋长代拆代行了。即便这些他也无心去看,因为他是那样自信,觉得一切都在股掌之上了。他一看见那些东西就打呵欠,这是烟瘾发作了。于是他便照例往特设的凉榻上一躺,那里早预备了烟灯和烟泡。霎时,一派潇洒的鲍鄅将军,又变作吞云吐雾的神仙了。

然而今天,他没能很快就舒舒服服躺下。大帅的一封急电,使他不得不赶紧依令而行。那电报,是大帅得了个梦,然后卜了一卦就拍来的。原来这时的奉直两系谈判,经过许多人的暗底撮合和调停,已经大功告成了;在互通了一阵电报之后,两大实力派的领袖——吴玉帅和张雨帅,终于在北京会见,共同商定了一统中国的大业。这以后,吴佩孚就驻到了长辛店,北面对付冯玉祥的国民军,南面就是广东的革命军。他是很有番雄心的;很想在这两面重振直系的声威,好叫"张胡子"知道他吴佩孚是能够控制中国局面的!北方有他亲自调派,而南方就只有靠锦囊妙计了。大帅是很信周易神课的,每逢行军作战,遇有疑难之事,总是沐浴熏香,一片虔诚,打了卦后,一个人关起门来推半天,然后就依计而行。当然,部下也很难知道哪些是神灵相助,哪些是大帅自己的主意。这回的急电,就是因大帅在长辛店夜得一梦,梦见一个西瓜滚进了大帅的花车厢里,而且越来越大,大帅叫了一声,就醒了。第二天上午大帅从车站附近的别墅到花车上去办公,把这一梦讲给秘书长孔文周听;他一听,不觉击掌叫好,说这是大吉之兆;正是直系重将兴旺的象征。夫西瓜者,地球也,地球滚进车厢,正是大帅将拥有天下;而西瓜又自南而来,说明了这吉兆应在南方。吴佩孚心中大喜,便立刻更衣焚香,开始卜卦了。

这一卦,便决定了这急电的内容。电文说道,明天正是黄道吉日,丧星犯南;要他迅速控制平江外围的阵地,以攻为守;趁广东军在浏阳迟迟未动,作好一切准备,等大帅二次令下,立即挥戈向南!

鲍酆将军看过电报,容光焕发,觉得正是英雄用武的时候了。他从大帅那充满自信的电报中,似乎已看到眼前的胜利,而大帅授予的勋章也在眼前闪着毫光了。他学着大帅的姿态,以非凡自信的魄力,向参谋长发令:把最精锐的三个团调到南面,防御阵地要扩展到三十里外。他又知道那一边是"赤化"最深的地区,又特别传令:如有阻挡和捣乱破坏者,全部赶出外围,烧掉房屋。他命令队伍要在今夜做好准备,先头部队在明天清早出发。

这一切当机立断,确也显出了鲍酆将军的雄才大略。参谋长受令退出后,他这才轻松地吁了一口气,从太师椅上坐起来,看了烟榻一眼——他实在疲倦了。两个马弁赶紧过去燃着了烟灯,打开了装"土"的金漆盒盖;另一个则为他宽去了长衫,露出里头圆领对襟的白绸小褂和宽腿的白绸裤。他顺手从上面衣袋里,摸出金壳怀表来,看看已过下午两点钟了;他把怀表放进衣袋,整好了露出来的金晃晃的表链,这才打个呵欠,摇摇摆摆地向烟榻走去。

北洋军要出动的消息,当夜就传到安平桥来了。这消息颇引起了当地人们的恐慌。很自然地,穷人们那颗满怀着希望和得救的心,都向着了农民协会。

一切来得是这样的突然,重担落在万先廷身上了。这里只有他是军人,大大小小总是革命军的指挥官。尽管赵柄清是老一辈,是这里党组织和农协的领导人,但是对于打仗的事,他也要听万先廷的了。

这对于万先廷来说,也实在是艰难的。在团里的时候,上有团长营长,下有排长老兵;他坚决地执行命令,不怕"失体面"地请教下属;虽也遇着些困难,也有一筹莫展的时候,然而都不知不觉地过来了。今天,只有他一个人在这里,一切都要靠他来决定。他深深记住齐渊在他当排长时说的第一句话:革命军打仗,就是成千上万民众穿衣吃饭的事。这就是一个革命军指挥官的崇高的责任。

深夜,在赵柄清家的堂屋里,坐满了人;灯光,人影,烟雾腾腾。万先廷、赵柄清和几个人坐在方桌旁边,低声地商量。周围的人们嗡嗡议论着,虽是不大的会议,也分着主战与主"和"两派。主"和"的大抵是怕吃北洋军的亏,主张隐蔽起来,等革命军开过来再说。

这时,大凤、母亲和小莺都坐在厨屋灶旁的黑影里。她们默默地坐着、听着,等着为前边的人添茶水;她们也焦急地关怀着农协和全村人的命运。小莺已经倒在母亲的怀里睡去了。母亲和大凤的双眼,都不约而同地经过那通往堂屋的门,注视着方桌旁边的万先廷和赵柄清。大凤的心情更有些异样,她几乎是怀着骄傲的欣赏的心情,望着万先廷的一举一动,每一个动作,都引起她的长久的回忆和联想。

是的,只有这时,她才觉得先廷哥这几个月来的变化是多么大啊!她记起农民协会刚成立时,为着对付赵五公从城里请来团防兵的事件,在青龙寺的大殿里商量办法,那时他那急躁的、冒失的劲头比黑牯也强不了多少啊。那天,容大叔稳稳地坐在方桌旁边,微笑地看着他,听他讲。后来,等大家都说完了,容大叔才说出自己的意见。听完那些意见,先廷哥挺不好意思地笑了。但是今天,先廷哥也像容大叔一样地坐在方桌旁边,听着旁人的话;他虽没有容大叔那样的沉着、老练,可是谁又看得出来,这就是一年以前那个急躁冒失的当长工的小伙子呢?然而,他又是先廷哥;当看到他时不时为着什么问题着急,伸起手来搔一搔自己的生出了短发的光头时,大凤不觉从心底发出喜悦的骄傲的微笑:先廷哥还是多么像先廷哥;跑了那样多的大码头,当了革命军的官,他那颗朴实的心还是一些未变啊!

经过了一顿饭工夫的争论、说服、商议,那些主"和"的人终于放弃了自己的主张。万先廷从北伐战场的形势,讲到平江战役的重要,说明这回北洋军的出来,不只是搜索骚扰一番,这里头定有更要紧的诡计。他又从革命军的行动,说到这里农民自卫军的力量,足以把北洋军挡在安平桥的北边;这样等革命军赶到时,就可以减少进攻平江外围的损失。这番话说得人们很悦服。赵柄清也止不住暗暗地高兴:这孩子长进得真快啊!

当天深夜,农协就把一切都安置好了。一面派人骑着快马到浏阳给革命军报信。赵柄清和万先廷又带着附近各村的人,在各山口要隘设置了滚木擂石,挖了隐蔽壕沟。最好的猎手都集中起来,由万先廷带领,叫作奋勇队;除了猎枪,还有不少上回拣的从这里过路的败兵们的洋枪。山上有树林子的掩蔽,真变成一座天然的防御阵地了。还有好些位木匠和铁匠师傅齐心合力,做了好几门一两人合抱粗的大松树炮,架到山顶上;那效力虽不很大,可是声音格外响,一点着引子,又喷火又冒烟,真是山崩地裂,胆小些的人吓也会吓得昏过去。又有很多鞭炮工人,挑出最大的鞭炮,用箩筐抬了好些到山上来,预备当机关枪用。

这一切都预备妥帖了。赵柄清、万先廷、大凤又同着农民协会的委员们仔细巡视检查了一番,挺满意。万先廷又按着在队伍上打仗的办法,把那些自卫军编了队,由各乡的农协委员们分头指挥。又派大凤到时带着妇女解放会的姑娘们,在各村子里安定人心,送茶送水,抢救伤号。

北洋军的先头部队,在晌午的时候才到。看样子,只有两三百人。天热,他们都有些像牵骆驼的,稀稀拉拉;大约也是受了他们总司令鲍郹的传染,全是大模大样,不很在意。他们没有发现这一带山隘上的农民自卫军,气喘吁吁地往那道山冲口爬。刚爬到半中腰时,只听得惊天动地一声响,又是号角又是锣,一块块大石头和圆木暴雨般地顺着大路滚下来。这一下,那些北洋军可吃了苦头,前面的就跟着那些石头圆木一起往下滚,后头的见势不妙,转身就往下跑;跑不及的也都鼻青脸肿,像一群打了架的醉鬼。他们一直跑到对面那座小山坡上才收住魂。可是又摸不清这些石头圆木的来历,气火攻心,端起枪都朝那山顶上射击起来。山顶上无声无息,人们听了万先廷的叮嘱,北洋军放枪的时候,就躲进沟里休息。这样劈里啪啦地乱放了一通,北洋军看见没一点反应,都很委屈了;大约手也很有些酸,便停下来泄气地向那里望,真是活见鬼!这样地伤了半天脑筋,上又不敢再上,指挥官没有了主意。磨蹭了一会,终于决定依三十六计里的上计,先转去再说了。

十分奇怪,他们转去之后,大半天都没有消息。天渐渐黑下来了;那时节打仗还很讲究,除了偷营摸寨,是不大兴夜战的。这一夜又平平安安过去了。

可是,第二天刚到早饭时光,北洋军的大队人马就出现了。除了步兵,还有骑兵,摆开阵势向这里冲锋。这时漫山遍野,一片枪声和喊杀声;农民自卫军的猎枪步枪也一齐放起来,松树炮也轰轰地响,夹杂着劈里啪啦的爆竹声。打得虽很热闹,却都没有死什么人,只有些带了轻伤。这样打了一阵,北洋军终究因地势不利,施展不开;那时节大炮又还不很猛,从山下往山上放,简直像娃娃扔石头。这把北洋军气坏了,就在山坡下的几个小村子和稻田里放起火来。这一下可就闹得鸡飞狗跳了。稻田里的庄稼都将能收割了,这时冒起了一片腾腾的烟火;村子里哭喊连天,枪声不断。在山上的农友们,又气又恨,一个个咬牙切齿,有好些愤怒地要冲下山去,跟北洋军拼个你死我活。万先廷也又气又急,可是农协的自卫军究竟没打过仗,不能冲下去跟北洋军硬拼,只好忙碌地跑来跑去,同农协的人向大家劝说,山头上也变得一片混乱……

正在这要紧的关口,突然,后面响起了一阵激动人心的、雄壮嘹亮的军号声!

那号声在山谷里回响着,像沉闷的冬天之后突然来到的云雀的歌声,人们的心陡地被震动了。都兴奋地转身看时,只见安平桥的村头上冲来一彪青里带红的队伍,勇猛、严整,闪电一般迅速。队伍前头有一面蓝色红飘带的军旗,骄傲地迎风飘扬着。看见那熟悉而亲切的团旗,万先廷狂喜地跳起来大喊道:

"乡亲们,革命军来啦——!"

人们都激奋地跳起来,欢呼声震动了山野。锣声当当地响,号角呜呜地吹,松树炮也轰轰地放着,大爆竹又热闹地劈里啪啦响起来。在人们狂喜的欢呼声中,革命军箭一般地冲过青龙寺门外那道石桥,冲上山口,又一直向山下的北洋军扑去。这时,那些农民自卫军的小伙子们,都兴高采烈地加入了革命军的行列,一直向山下冲去了。

从士兵们中间,一个提着驳壳枪的青年军官大步走了过来。万先廷老远就认出,这是他们二营的四连连长卢德铭。便和赵柄清一同迎上去。

这时,卢德铭正跑得脸色通红,满头大汗,可仍是高兴地笑着,同万先廷互相敬礼。又经过万先廷的介绍,向赵柄清敬过礼、握手,望着山下骂道:"这些龟儿子们!"又转头问:"乡亲们还没吃亏吧?"

"来得正好。"万先廷向弟兄们冲去的方向看了一眼,说道,"我们还担心送信的没这样快呢。"

"我们在半路才碰到送信的老乡。"卢德铭道。

"怎么?"万先廷惊讶地问,"你们早就知道敌人会出动的?"

"这是齐营长估计到的。"卢德铭胜利地笑着说,他擦了擦汗,"果真不错。这些背时龟儿,碰到钉子上了。"

"营长来了吗?"万先廷问。他问的是樊金标。按士兵们的习惯,谈起自己的直属上司时,是不冠姓的。

"来了。那个霸王啊,一路都在发火!"卢德铭笑道。尽管他们这些初生的"牛犊",与樊金标的性情和习惯都不很相合,然而樊金标为人的耿直、勇猛、宁折不弯的火暴性子,都很使他们尊敬。他们背地里开玩笑时,都管他叫"霸王"。

万先廷看看周围,那些农民自卫军的小伙子们早就跟革命军跑光了;只有陆续开到的革命军队伍还在向山下的小村子冲去。他向赵柄清道:

"大叔,我到下边去看看。大队就要来了,你先回村里去,预备房屋粮草。"

"早就预备下了。"赵柄清笑道,"好,我先回去看看,要各乡农协把东西都送过来。"

他们告别以后,赵柄清同着农协的几个人回安平桥;万先廷和卢德铭高兴地向正在混战中的小村子跑去。

山冲北面那块盆地上烟雾弥漫,北洋军溃散了。田野和村庄里还是一片嘈杂和混乱,革命军的士兵们一面向敌人射击,一面冲进燃烧着的村子里。这时,大凤也不知从哪里领来好几百人——大都是妇女和老人——担水提桶,冲到村子里去救火了。

万先廷跑进靠大路不远的那座小村里。小村子只有十多户人家,都着了火。烟雾弥漫。人的哭喊、牲畜的叫声、木材燃烧的劈啪声,一片混乱。还有些溃散的北洋军还在边跑边捞一把;牛和毛驴在烟火中乱窜,小猪吱吱地叫,鸡飞狗跳,又夹杂着零乱的枪声、叫声。革命军士兵、北洋军、老百姓在烟雾中奔跑着、搏斗着,乱成一片。

万先廷用驳壳枪击倒了两个逃走的北洋军,他们都抱满了抢来的衣物;有一个怀里抱着一头小肥猪,人死去了,可是他的两手还把猪紧紧抱着,那小猪就拼命地在他怀里挣扎、尖叫。万先廷厌恶地转过身来,正要向村子那头走去,忽听脑后有什么嗖的一声,他急忙飞快地将头一闪,一道刺刀的寒光闪电般地从身旁飞过去。万先廷立地转了个身,插上驳壳枪,就同那个端刺刀的北洋军搏斗起来。在他们团里的训练中,拼刺刀是最重要的课目之一;然而测量这拼刺刀本事的高低的,就是白手夺刃。凭着这一手,万先廷在几个回合之后,就把那个北洋军摔倒在地上,夺下了他的步枪。直到把那个北洋军刺死在地上后,他才轻松地舒了一口气;这时,他才发现在这短短的一瞬间,他的衣服都汗湿了,脸上和手心里满是汗水;看着敌人的尸体,他的心中充满了胜利的喜悦。他不觉想起刚到团里时,齐营长向他们反复讲拼刺刀和白手夺刃的重要;那时他还觉得这不过凭一把力气,没什么难学。这一点被齐渊看出来了,便亲自和他作了一番较量。那时万先廷看齐渊身子并不很壮,甚至有些文雅,心想凭自己这肩担一二百斤的庄稼汉,实在连他举也举得起来。然而结果呢?万先廷每逢想起来时就不觉好笑自己了,那一回自己不但没有擦着齐渊的衣服,反被他弄得眼花缭乱,最后枪也丢了,人也倒了……“样样都会有用的。”不知为什么,万先廷这时突然想起了刘大壮常说的那句简单而又意义深刻的话,并且想起了他说这话时那摸着八字胡的样子和稳重的慢悠悠的语气。他常常用感慨的语气向新兵们说道：

"别看团长营长严，他们不也一块在泥里滚雨里爬？要在别的队伍上，想学点本事，不知该要挨多少军棍和枪托啊！……"

"哇——"

一个孩子的哭声惊动了万先廷。他急忙看时，见一个抱着孩子的女人倒在烟雾里，后面有一个北洋军端着枪从房子里冲出来，他那高颧骨的宽脸上被抓出一条条血痕，显得格外狰狞凶恶。他冲到死去的母亲前面，气恨地看了一眼，对着死去的母亲怀中哭叫的孩子举起了刺刀——

万先廷又气又急，他隔那里还有十来丈远，赶不上，便急忙举起步枪，推上子弹，正要击发时——只见烟雾中陡地出现了一个革命军士兵，他像突然从地下长出似的，出现在那北洋军面前，用手里的步枪坚实地架住了那北洋军刺向孩子的刺刀。万先廷惊喜地看时，这士兵正是刘大壮。

万先廷赶到他们面前，见孩子还在侧卧着的母亲怀抱里哇哇哭叫着——万先廷想到，当母亲临死倒下时，还深恐压住孩子啊——在她身边，鲜血染红了地面。万先廷从血泊里抱起孩子，他感到死去母亲的怀抱还是那样有力，把孩子抱得那样紧。他站起来看时，只见刘大壮的脸色变得怕人，眼里冒着极度憎恨和愤怒的火焰。万先廷还是第一次看到，这个平时亲切慈祥，人们几乎连想也不会想到他还有脾气的老兵，竟会显露出这样可怕的仇恨。半晌，才听到刘大壮用那异样低沉的、切齿的声音道：

"狗养的，你，你还算个人吗?!"

那北洋军被刘大壮的力量和脸色吓呆了，这时手一松，步枪落到地下，双膝扑通跪下，哀叫道：

"老总，饶命！……"

万先廷鄙夷地看了那北洋军一眼，真恨不得一刀把他戳死在地上;但是,他们一路严格执行着不杀俘虏的纪律,他为着压抑自己的愤怒,也为着提醒刘大壮,便用力地命令道:"带走!"

烟火还在弥漫。万先廷抱着失去母亲的孤儿,大步向村子那一头走去。

"我枪毙你! 快滚! ……"

他走过一座冒着烟火的房子时,听到里边有这样愤怒的喊声。声音好熟,他听出来了:这是营长! 他停下步,往里边探看,只见一个矮胖的人灵巧地从房子里飞出来,万先廷看时,正是于头。

"老于!"万先廷大喜地喊了一声。

"哎呀,六连长!"于头站下来,拍手大叫,冲过来敬了个礼。他虽然搞得满身是灰土,可还是那么乐呵呵,满不在乎的劲头,刚才挨骂的显然是他。

"营长到了?"万先廷仍然掩饰不住兴奋地问。

"嘿,把我骂惨啦!"于头朝房子里扁扁嘴,接着,又委屈又像是夸耀地诉说道:"看见骑兵,他打骑兵;看见火大,他又救火! 他冲进这座房子,像个救火队员,说把前头这层大梁砍掉,还能救下后一层。我说这不是他营长干的事,他就骂娘,要我滚! 我帮他忙,他也不干,说我笨手笨脚,会叫房梁砸死,硬逼着我先出来……"

这时,只听房子里轰的一声。万先廷急忙看时,房上火苗没有了,腾起一股尘土和烟雾来。

"塌了!"于头乐呵呵地望着那里道,"我说的,他倒真有一手。嘿,火灭了……"

万先廷担心的倒是樊金标的安全,急忙向房子门口走去。刚到门口,里边冲出一个人来,差点撞个满怀。万先廷看时,正是樊金标。

樊金标简直像从土窑里刚出来的,眉毛和络腮胡上都是灰尘。他挽着袖子,军服上也满是灰,有好几处烧伤和弹痕。他的精神却还很饱满,总是那样气冲冲的。

"营长!"万先廷兴奋地喊了一声,立正敬礼。

樊金标揭下军帽,擦着光头上的汗水,一面让于头拍打去军服上的灰土。他兴奋地看着万先廷,正要说什么,忽然注意到他抱着个孩子,眉头顿时打起结来,没好气地问:

"你在干吗?"

"营长,我正想进去呢!"万先廷没领会到他问话的意思,依然兴高采烈地说,"看,火都灭了……"

"都灭了!"樊金标声音大起来,他的火可上来了,盯着万先廷吼道,"可你呢,倒在家抱起孩子来了!"

万先廷这才知道,樊金标是误会了自己怀中的孩子,不觉又急又好笑,赶紧申明道:"营长,这孩子不是我的,这是……"

"我知道不是你的!"樊金标粗暴地打断,他养成了不容下属插话的习惯,"是你的就更放不下来啦!"

"营长,"万先廷着急地辩解道,"这孩子一点不关我的事……"

"得了!"樊金标大声道,"不关你的事,你干吗抱着他?!……"

"先哥!"随着声音,大凤提着水桶,跑到了他们这儿。她这时脸颊泛红,十分兴奋。万先廷怀里的那孩子刚才叫樊金标一吼,又乱挣乱扭地哭起来。大凤没注意到樊金标那边,放下水桶,笑着向万先廷道:"来,给我。"

"大嫂!"樊金标忽然开口,尽量放平和了声音,"这孩子是你的吧?……"

大凤没想到那个人会问出这么一句,脸一下红到耳根,恼火得说不出话来,只是莫名其妙地看着他,又不好发作。

"营长,你——"万先廷急忙想制止他。

"你别说话!"樊金标瞪了他一眼,又继续向大凤训斥道:"大嫂,他成了军人啦,不准再抱孩子……"

还是于头有眼力,他在旁边看出了些苗头,急忙在后悄悄拉着樊金标的衣角,使眼色。樊金标回头瞪了他一眼——他对于头是绝对信任的,便咳嗽一声,向万先廷也是向大凤严肃地说道:"下回看见,可不行!"他车转身,同于头大步向村外走去了。

大凤莫名其妙地受了这么场委屈。她不是个放赖撒泼的姑娘,心里再憋火也发作不出来,何况又是在革命军面前。至于往下万先廷如何向大凤解释这场误会,大凤会说些什么;那一边于头又怎样向樊金标谈这些关系,樊金标又会有什么看法,那就有劳读者诸君自己去想像啰。

三十二

第二天,一切都平静下来了。

北洋军在外围没站住脚,只好又统统回到那"金汤"里面去。预备用坚固的阵地消耗了革命军的力量后,再趁势向南方反攻。那一场争夺战虽然使鲍鄹将军有些扫兴,然而也无法可想;要怪只能怪大帅的梦做得晚了一些。不过,当他退一步想到这样也并未打破他先前的部署时,便又觉得很释然了。

预备投入这个战役的广东军的各个部队都陆续到齐了。先遣团以第一营和第三营作前卫,控制安平桥北面那个山冲口和前面的那一带地区。第二营、新兵营和特别大队都随着团部驻扎在安平桥一带。潘振山主力师的一个团驻在安平桥一线的邻近地区;另一个团随着师部靠后一些。属于广东军另一个师的两个团进驻在右翼方面,同时对江西边境进行警戒。左翼接近省城的那一线,驻扎着广西军和起义湘军,他们预备在平江这边得手后,趁势向湘阴和岳州方面推进。

齐渊从士兵们驻扎的村子里回到营部,还没有来得及擦干汗水,李剑就骑马来到了。李剑向他传达了团长的命令:军长请团长到军部去;团长要齐渊立刻到团部,暂代他处置一些团里的日常公务。按照当时的军中规定,长官出缺时,同级的副职无权代理;而下面一级的第一名主管军官,才是当然的代理人。在第一营,一二连的连长对三连长高洪生都十分尊重,齐渊也总是把自己的代理权交给他。这时,齐渊简短交代一下,便匆忙骑马赶到团部去了。

先遣团团部就设在河边上陈三爹的那座草房子里,外边又临时搭起了一些草棚。革命军到后,农民协会正式搬到青龙寺的大殿里办公。那边很忙,来往人多,陈三爹就专门在那里给来往办公事的人烧水煮饭。他把自己的铺盖和用具家什都搬到那里去,说农协就是家了。他那草房子,一定要革命军去住,不管住多少人,就是喂马烧饭他也光彩。因为他那房屋不靠村子,很安静,周围地势也开阔,叶挺便决定选来作团部了。

团部门口,照例插着他们团的飘着红飘带的蓝军旗,两个卫兵持枪在门外的两旁守卫着。门外不远的大树下临时搭了个马棚,来去的人很多。有些是各营的传令兵,有些是从师部或军部来的副官;他们都是那样匆忙地跳下马来,匆忙地走进团部去;又同样匆忙地走出来,匆忙地跨上马飞向各个方向。这一切,都是紧张的、艰苦的战斗前的预兆。

团部的外屋里十分安静,一切显得忙而不乱。几个团副正在向副官主任和主任军需官交谈什么事情。团长叶挺已经全副戎装地大步从里面的房里走出来,看见齐渊,还了礼,简短地交代了几句,便带了几名参谋官和杨副官、李剑、勤务兵等走出门外,上马走了。

在上次从平江回到浏阳后,齐渊向团长提出了两个大胆而重要的建议:一是根据平江的城防工事,他建议把主攻突击的方向改在敌军背后的北门,那里的地形虽然也十分险要,但却是敌人部署最薄弱而且也最料想不到的地方;而以正面的南门鲁肃山一线作为佯攻。二是他看了那里农民协会的势力,建议团长利用农民自卫军的骨干组成预备队,把原定作为预备队的力量投入正式战斗;

465

以弥补战斗力的不足。齐渊的建议虽然关系着战役全局的胜利，但实现起来却是困难的。因为：敌军在北门的部署固然薄弱一些，但狡猾的鲍鄂早已防备到了革命军的偷袭；他已经沿着汨罗江布下了防守的重兵；并设想假如革命军的偷袭队伍一旦渡过汨罗江后，他又在平江的外围布下了好几处火力十分强大的据点。突击的部队想要从这里通过显然是困难的。至于后一点也十分冒险，这样的事情在军事上是没有先例的。而且要说服军部和师部的那些人，显然格外困难。但是，叶挺仍然感到了齐渊这些建议的无比重大的价值；这是一条导致胜利的最好的道路。他要齐渊继续考虑细节。几乎一整夜，团长房里的灯光都亮着。早晨，齐渊再去向团长诉述自己的更细致的想法时，他从那里的地图上看到，一个完整的、周密的战斗方案已经形成了。

现在，一切就等待着最后的战斗命令的发布了。

齐渊是个最善于安排时间的人。团部的一切工作都在紧张而正常地进行；他不愿打搅那些副官和参谋官们，便走进团长的房内。陈三爹先前的那间房收拾出来，三面又开了三个大窗户，房内显得明亮、宽敞、清洁多了。靠墙只有团长的一张行军床和一张方桌，床头的凳上搁着他军中随带的两只轻便的铁皮箱子，那里头大都是装的有关军事方面的书籍和资料。墙上钉着地图，一边挂着望远镜、军用水壶。桌上，摆着从浏阳带来的那两件菊花石的雕刻品，被勤务兵擦得非常光洁、明净。齐渊也十分喜爱这两件东西；但是到浏阳时他们没有停留，又立即开往北面警戒了，以后又一直忙碌不停。这时，他不觉随手拿起那个欢眉笑脸的童子像来，看着，越发被那生动的模样逗得笑了。

已到了正午，外面的阳光正毒。齐渊站在窗前，可以看见在青龙寺旁边那一片开阔的场地上，一队队身穿白短褂，戴着斗笠，佩红臂章，拿着洋枪或红缨梭镖的农民自卫军，还正在那里苦苦地操练。万先廷帮农民协会从几千人的农民自卫军中挑选出了五个大队;这些天,他正以在革命军里学到的全部本事来教他们瞄准、刺杀和一些队伍上的规矩。那些年轻人听说让他们跟革命军一块去作战,都喜得不得了;都把自己最好的短褂穿出来,换上新草鞋,跟要去吃喜酒一样。能够亲手去消灭那些骑在百姓头上横行作恶的强盗,是他们多少日子来迫切的愿望啊!

今天上午,齐渊曾陪着团长去看过他们。并且还补充了他们一批缴获来的枪械弹药。听说团长要去,万先廷很有些紧张;但是他们的队伍显然使团长感到了很大满意,这从他那明亮的目光中就看得出来。团长还对他们作了简短的训话,看了几名青年猎手的射击。看见团长这样满意,齐渊自然也很高兴。他听李剑说,团长原先对农民自卫军的使用也不无隐忧;但是他却果断地决定下来了。在军部的作战会议上,不少人怀疑、反对,无法说服。这使副军长方维镇也十分为难。最后,团长站起来说:

"这件事是经过我们党决定的。我必须执行。"

因为在广州出征前就已经商定过:先遣团在名义上隶属广东军,并在作战中接受统一的指挥;但属于这个团队内部事务的,例如军官的任免、兵员的增加——只限于一个团的编制内——等等,有权直接经共产党的南方军事委员会决定执行。因此,有些人虽然仍很不满,但也没有办法。

齐渊从窗前走回来。他在房内有些待不住,真想到青龙寺旁边的场上去看看他们的操练。可是他知道这是自己的弱点,团长也为这个说过他不止一次了。他自己微笑地摇摇头。有些人把战斗前的紧张看做像上紧发条的钟;其实,紧张中是有沉寂的。而且,沉寂往往比紧张更难于忍受。他坐到桌旁,翻开一本大约团长刚看过的记述欧洲战争的书,预备看下去。

他刚看了几行,就突然听见村子那边响起了第二营的紧急集合号声。他连忙站起来,走到外屋,只见副官和参谋官们都有些惊动。齐渊问明没有发生什么新的情况后,便命令一个副官迅速到村子那边去看一看出了什么事情。

事情是这样发生的。

第二营在今天下午休息。昨天一到就打了胜仗，人人都是兴高采烈的。在村外露营，到了正午，树林子里也热得厉害，好些弟兄们就跑到安平桥那条清凉的小河里去洗澡、剃头、洗衣服。他们游了水，又剃光了头，在河里痛痛快快地喝了个饱，心眼儿里都觉着凉爽、舒服，全身轻飘。他们笑笑闹闹，有的还"唔罗唔嗨"地唱起了广东戏。他们实在从来没有过像今天下午这样宝贵的休息了。陈欢仔游水游得很好，他游到了河中间，一会儿把头扎进水里去，半天才从另一个地方钻出来，快活地摇头，呼气，大声叫着：

"顶呱呱！……"

刘大壮照例是不下水的。他只脱了半截光膀子，在河边上庄重地站着洗了一洗。他微笑地望着远处的陈欢仔，赞赏而羡慕地摇头、叹气。

可巧，这时有几个弟兄赶了十多匹马到河边来洗刷饮水了。那些马都是在昨天的战斗里房获来的。肥壮、高大，一匹匹滚瓜流油、光泽耀眼。不用说，河里洗澡的弟兄们看着，心都发痒了。俗话说：南兵擅水，北兵擅骑。南方的兵见了马，更觉新奇有趣，忍不住想上去试试了。

"喂，老哥这差事不错啊？"士兵们开始跟马伕搭腔了。

"有什么不错！"管马的士兵叼着旱烟回答，"洗好刷好，全得往军部送哩。"

陈欢仔也急忙游到岸边，惊叹着："啧啧，这样好的马，就全送给后头的那些人？"他们一面走上去。

"什么前头后头！"管马的士兵教训他，"老弟，你往后得好好儿听听长官们训话。咱们是什么队伍？可不能跟别人一样争地盘、争粮饷，咱们是'天下为公'。你还没见呢，这一路缴下了多少好东西,还不全都交给后边了。"

"我说老哥,"陈欢仔嬉笑着,开门见山地问,"能不能把马先给我们骑一骑,尝一尝……"

"那可不大好。"管马人说,一面望着刘大壮那边求援,"再说,这事咱也不能做主,咱只管洗马……"

"别胡来,弟兄们,"刘大壮见好些弟兄都不是本班的,不好怎样阻拦,"这是……"

小伙子们都已热烈地围到了马群周围,只有陈欢仔和别的几个听了话。那些人还热烈地请求:"坏不了事,老哥,还怕咱们把你的马拐跑了?骑完了,咱们包下给你洗,准把它刷洗得干干净净,跟搽了油似的……"

"这也不行,弟兄们……"管马人直摇头,可又说不出更多道理来。他阻挡不住,有几个毛手毛脚的小伙子,已经开始爬到光溜溜的马背上去。有些爱凑热闹的人在马屁股上狠劲揍了两拳,那些马便箭也似的往人群圈外冲出去了。

这下子,可就热闹了。十几匹快马撒开四蹄冲出去,像十几颗疾速的流星。有些人头一回骑马,在稻田里摔得鼻青眼肿。爬起来连声"哎哟"也不喊。这个团队的小伙子,练出了这股子顽强劲。摔下来,爬上马背再冲,还眼泪汪汪地直笑。那些马越跑越欢,又都从北方来,在平川上撒开四蹄冲惯了,哪里还有个界限?一时漫山遍野都是,山坡上、稻田里,穿梭一般地打着圈。陈欢仔看得眼红,可是看着班长默默在一边,他也只好看着。那些骏马直像长了翅膀,腾云驾雾地过来过去,看的那些人一迭连声地喝彩叫好,打唿哨,跳高……

这情形,早有人报告到了营部。樊金标正喝了点酒,一听,气得暴跳起来,怒气冲冲地骑马赶到了河边。看见那些马还在横冲直撞,那一带田里的庄稼,也被糟践了不少。他再也忍不住怒火,转身向于头吼道:

"紧急集合！快，全营给我集合——！"

于是，紧急集合的号声就响起来了。

随着这号声，在一切地方休息着的第二营官兵们，都急忙迅速地带着全副武装跑出来了。这个团队的动作是快速得惊人的，前后还没有喝一杯热茶的工夫，全营的官兵就都跑步到响起号声的河滩上来了。

正午，太阳正当顶，河滩上晒得发烫，阳光火爆爆的，连河水也似乎蒸发出了蒙蒙的热气。第二营的队伍严整地背着河水排列起来。他们的心都很沉重，跑步到这里，已经是全身大汗了。但是，他们的精神还是那样振作，在炎热的骄阳下，连眼也不眨。

营值日官——四连长卢德铭整好队伍，向樊金标报告了人数，便跑步站到队前。樊金标气呼呼的，鼻子里哼了一声。他瞪着眼，怒冲冲向队伍走了几步，盯了士兵们半晌，才带着压抑的嘲讽的低声问道：

"你们是北洋军，还是革命军？老百姓风里盼，雨里望，就盼着你们也跟那些狗娘养的军阀一样糟践人？在广州，团长都说了些什么？……"他突然爆发地大声道："可你们的脑袋就全都长锈啦?!"他痛苦地看了士兵们一瞬，突然一下首先摘掉自己的帽子，接着大声命令道：

"脱帽！"

一阵齐崭的、轻微的响动，士兵们都把军帽摘下来拿在手里，露出一律的光头。陈欢仔站在队里，晒得眼泪汪汪的，他满肚子委屈，想嘀咕；可是看着旁边的班长刘大壮，还是今天新剃过头的，大汗顺着头顶流到八字胡上，军衣透湿，可他依旧庄重地站着，毫无怨色，他立刻也振作精神，笔挺地站好了。

骄阳高高地悬着，射出芒针闪闪的灼人的炙焰，叫人不敢睁眼。要是娇嫩的皮肤，顷刻便能晒得通红脱皮。在训练和战斗中饱经日晒雨淋的先遣团士兵们，虽是锻炼出了铁一般刚毅的意志和体格,在烈日下也感到了刺痛的毒热。但是他们一动不动。他们那青灰布的军装,那黑瘦的、庄严的脸,在阳光下,像一座座屹立的青色的铸像……

这时,在团部,被派去探问情况的副官已经赶回来了。齐渊听了他的报告,不觉又好笑、又难过。这样毒热的阳光,一定会晒坏人的。团长又不在家,齐渊焦急地想,必须毫不迟缓地马上制止这种行动。

这时,万先廷匆匆走进团部,向齐渊敬了礼。他面红、喘气,很着急。他因为被团长派遣去训练农民自卫军,才没有回到营里去集合。可是他看见弟兄们在毒热的阳光下晒着,心疼难受,再也忍不住,便急忙跑到了团部。

"齐营长,"万先廷听见齐渊知道了这件事,焦急地说道,"你快下个命令吧,这样晒会晒出病来的呀!"

齐渊点点头。他的焦急和难过并不下于万先廷。现在,作为全团的代理指挥官,他当然有权力用命令制止二营长樊金标的这种错误的惩罚。但是,他知道樊金标的脾气;这样一来,必定会造成他与樊金标之间关系的裂痕,甚至结果更坏。他考虑的当然不是个人的方面;这将关系着两个主管军官之间的团结,关系着今后的更多的战斗行动。他们的关系不好将使铁一般的团队出现不能容忍的裂痕。而且,从个人关系上说,他一直真诚地尊重着樊金标;这也是他不愿运用命令的原因。但是,不这样又能怎么办呢?在这样的烈日下,弟兄们每多站一分钟,就是他对于团长的责任的严重失职啊!他沉思了一会,忽然望着万先廷问:

"赵大叔在家吗?"

万先廷听他问出这一个与眼前这紧急事件毫无关系的问题时,不禁惊疑地看了他一眼,但同时点了点头。

"就这样办。"齐渊果断地点了点头,同着万先廷一面谈着,一面向团部门外走去。

河滩上，第二营的队伍还在骄阳下一动不动地站着。

忽然，他们听见村子里响起了一阵阵锣声。但严格的军纪要求士兵在队列中目不旁视，他们仍然一动未动。

不一会，村外的大路上、小路上、田埂上，急急忙忙地走出来一群群老乡，向河滩赶来。男男女女，老老少少；他们有的拿着草帽，有的拿着斗笠，有的拿着油纸雨伞和黑布洋伞。人们赶到隔河滩不远时，士兵们才在自己的视线内发觉。连樊金标也惊讶了，正不知道这是怎么一回事情时，那些老乡们就都纷纷带着亲人般的疼爱的目光，抢着围拢了队伍。

原来，当队伍上突然响起紧急集合的号音时，村子里的人们都惊动了，不知发生了什么事。只见队伍都排着队跑到河滩上去，站在毒热的阳光下，脱了军帽在晒，更不知为着什么。人们在村里远远看着，只是替革命军难受，可又不晓得这是队伍上的什么规矩，不敢走拢去。后来听赵柄清跟农民协会的委员们一说，才都明白，不觉又是感激又是难过，急忙跑回家去拿了东西，赶到河滩上来。他们渗进队列，看着被烈日晒得满脸通红、军衣透湿的士兵们时，心里发疼，眼里含满泪水；拿伞的赶快在士兵们头顶撑起伞，拿草帽斗笠的也都赶忙给士兵们戴上。看着在毒热的阳光下站着一动不动的士兵们，老人们像心疼自己的儿孙辈，妇女们像护着自己的亲人，一面激动地向他们说着安慰的话，一面拿出手巾来为他们擦汗水。

行列里虽然混乱了，士兵们没有得到稍息的口令，依然一动不动地站着。他们的脸上露着感激愧赧的神情，眼里噙着激动的泪水，只是说不出话来。

樊金标正在摸不着头脑，一位白发苍苍的老婆婆颤颤巍巍地冲到了他面前。嘴唇发颤地叨念着，声音因激动和难过而低得听

472

不出来。她哆哆嗦嗦地撑开那把补过的旧黑布洋伞,用颤动着的双手举起来,遮挡在樊金标头顶上。

樊金标是个铁石心肠的人,见这情景,也感动地急忙扶住她,把伞移到她头顶上,说道:"老妈妈,你们来干什么啊?"

"你们遭了孽,老总……"老婆婆的眼中闪着慈祥的光,泪水和汗珠混在一起,她着急地说道,"我们来,是要跟你们求情。要晒就让百姓替你们晒吧,把你们这些救苦救难的革命军晒坏了,我们指望谁呢?"

"不要讲情,老妈妈,我们该晒!"樊金标扶住她沉重地说道,"刚才糟蹋了老乡们的庄稼,那还叫什么革命军啊!?"

"这打什么紧?几颗谷值得什么啊?"老婆婆打断他道,"也不是你们有心踏的……"

"这也不该!"樊金标说道,他本来还想跟老婆婆谈一谈革命军的军纪,可又觉得一下说不清,便要求道:"老妈妈,你们还是先回去吧……"

"你们呢?"老婆婆疼爱地望着他问,"你们不散,哪个能放心走啊?"

樊金标激动地望着老妈妈,看着她那在烈日下闪亮的白发;又看看队列中一动不动的士兵们,一股酸痛的情感从全身往鼻子里涌来,他再也忍不住了,便用那与平时绝不一样的大嗓门喊道:

"解散!……"

在河滩上的队伍解散后大约一个多钟头,齐渊特为到第二营营部去看了一次樊金标。

樊金标从河滩上回来后,心情一直复杂而不平静。那个慈祥的白发苍苍的老妈妈,那满怀着心疼和爱抚的目光,那亲切的颤动的声音,都交织在樊金标的眼前,印在樊金标的心里。他觉得,心里似乎突然有了些异样的发酸的情感;不知怎么,多年没有出现过的故乡、亲人、家门口的那两棵大槐树……又和眼前的这一切联系起来；他想起了先前的、自己的家，想起了那遥远的、记忆模糊中的母亲；在多少年的强烈的仇恨和怒火中，那几乎被遗忘了的对故乡和亲人的热爱和怀念，又这样渐渐地在他的心底燃烧起来。可是，他找不出这是什么原因，只是对自己不满，对自己的周围也不满；他只是想摆脱，却又不知道该摆脱什么，只好生闷气。因此，当齐渊来看他时，机灵的于头就暗暗断定，哪怕是齐营长，他也会在这儿碰上一鼻子灰的。

可是，于头的断定似乎嫌早了些。固然，樊金标开头好一阵对齐渊也是冷漠、应酬，甚至还有点不耐烦的。但当于头第二回再走进去时，情形就完全不一样了。樊金标那样专心、诚恳、驯良地听着齐渊的谈话，这实在连素知自己营长的于头也暗暗惊异。当然，于头还不了解此刻营长的心情：那是一种惭愧和愉快的混合。齐渊的话帮助他，开始逐渐找到了那苦恼着他的想要摆脱掉的东西。在齐渊那亲切、真挚、坦白的友情面前，他感到自己的固执、渺小、心胸狭窄。他害臊，倒不是因为这些毛病本身，而是因为自己到今天才开始发现它们。

齐渊走了以后，樊金标又一个人在房内默默地坐了很久。这情形在于头印象中也是极为罕见的：既不生闷气，也不喝酒，就那样一声不响地坐着。营部从来没有这样的安静过；以致好长的时间里，于头都得踮起脚尖来走路。

三十三

革命军与吴佩孚的嫡系北洋军相遇的第一个回合——平江战役即将开始了。两方面都经过了长期而周密的准备，两方面都怀着必胜的信念——这一战对整个北伐战局将起着重要的影响。两军实力的刀尖集中到了这里,全国民众的注意中心也转移到了这里,还有那些十分"关心"中国局势的外国人的希望和期待也寄托到了这里。

一场恶战,一场血肉与智力的搏斗即将开始了。

对平江的总攻击,预计在八月十九日——也就是后天的拂晓开始。前敌总指挥是广东军的主力师长、盛气凌人的潘振山。主攻部队仍然是先遣团。安平桥一带格外忙碌,军部和师部的副官、传令兵不停地从大路上疾驰而过,一直奔向河边那座独立的茅草房屋。先遣团的士兵和农民自卫军的小伙子们,正在河滩上紧张地操练。

团长叶挺昨天半夜才从浏阳的军部赶回来。团部的人一夜都没有休息。第二天上午,半夜才回到自己营部去的第一营营长齐渊又奉命从第一线赶回了团部。

团部门口忙碌异常。军官们进进出出,他们的标志是很明显的:戴软檐大盖帽,穿草鞋和士兵粗布军服的是先遣团的;穿马靴和马裤、斜纹布军官服的是军里和师里来的。马棚里挤满了高头大马。它们嘶叫、踢腿、喝水,嚼黄豆和切碎的稻草。马伕们的吆喝,亲热的谈话,手忙脚乱,烟雾缭绕,使这里充满了战斗前特有的热闹。门外弥漫着一种马料和士兵们身上散发出来的好闻的气味;甚至一闻起这特有的味道,就会引起你的遥远的幻想,你会想起他们走过多少传奇似的征途,经过多少艰苦的战斗;你会不知不觉地对他们产生一种亲切的、充满力量的情感;并且羡慕他们,如果你热爱战斗生活的话。

齐渊在团部门前跳下马,勤务兵接过缰绳,他便同副官大步向门里走去。在门口他停了一下,站岗的正是刘大壮,剽悍地向他立正敬礼。他还了礼,站下来看着他,尊敬而亲切地问候道:

"你好,老刘。"

"你好,营长。"刘大壮立正站着,尊敬地回答。

齐渊望着他,过去那些珍贵的回忆又一下全都涌现出来,他似乎觉得心里有许多话要向他说——然而他们的身份又被彼此的官阶隔阂着,这无形的网,左右着人们的意识和行动。尽管齐渊想突破它,然而刘大壮那多年行伍养成的习惯,使他自己也不得不稳重起来。这时,他望着刘大壮,只是充满情感地说道:"我们好久没在一块谈谈了。老刘,打完仗到我那儿去玩玩吧。"

　　"是,营长。"刘大壮仍然立正着回答。

　　齐渊转过身,看见另一边站着的陈欢仔,笑着道:

　　"哦,我们也是老朋友啦!"他想起朱亭前线的那一次见面,热烈地问:"那一回打得痛快吧?"

　　"是,营长!"陈欢仔可比刘大壮随便得多,他立正站着,接着又笑着补充道:"可是,这一回,还会痛快得多的。"

　　"你怎么知道呢?"齐渊十分感兴趣地问。

　　陈欢仔看了一眼对面的班长,不好意思地笑着低声道:"什么也瞒不过我们班长的。"

　　"嘿,"齐渊看了刘大壮一眼,满意地笑起来,又向陈欢仔问,"准备好了吗?"

　　陈欢仔似乎巴不得有这一问,挺起胸脯大声骄傲地回答:"报告营长,早准备好了!"

　　"好样的,真是什么样的长官带什么兵。"齐渊亲切地邀请道:"你也去吧,打完仗,同刘班长一起到我那儿去玩玩。"

　　陈欢仔得意地大声道:"报告营长,一定奉命!"这句话是他跟班长学来的。

　　齐渊笑了,转身向刘大壮道:"一定去啊,老刘。我进去了。"他又望着陈欢仔笑了一笑,见他们还立正站着,便又还个礼道:"稍息吧。"他走进去了。

　　"嘿,齐营长真棒,班长!"陈欢仔望着他的背影,赞叹着说。

　　刘大壮稳重地微笑着,说话前先抹了抹八字胡,就像夸奖自己亲兄弟那样,亲切而带些谦逊地说道:"团长要是调他来,那就是说,要把最沉的担子交给他了。早先……"他正预备向陈欢仔叙述一些人们传说的齐渊的战斗故事,可是又忽然意识到自己现在的责任,便立刻煞住话头,庄严地咳了一声,说道:"注意,别说话了。"

齐渊跨进门去时,团部的外屋里正在忙着。副官、参谋官们挤了一屋子,分别在钉着地图的墙前和铺着地图的方桌边,仔细而紧张地忙碌着。看见齐渊走进来,都尊敬而热情地向他招呼问候。李剑迎过来说道:

"磊夫,你来了! ……团长正在等你呢。"

齐渊同他握手,一面低声问道:"我们的战斗方案已经确定了吗?"

李剑得意地点点头道:"军部的作战会议已经批准了。很多地方都是根据我们原来和农协商量的情况确定的。听说还有过争论呢。"

齐渊微笑了一下,仍然低声道:"有些人天天都在喊唤起民众,可就是两眼看不见民众的力量。让事实来教训他们吧。"

李剑又高兴地说道:"磊夫,根据我的请求,团长已经同意我这回到第一营去参加战斗了。"

"哦,"齐渊也感到喜悦地说,"我代表全营的弟兄们欢迎你。"

李剑反倒有些不好意思地笑了笑,扶一扶自己的眼镜,说道:"我预备办完了这边的事情,明天就到你们那里去宿营。"他看看团长的房间,又说道:"你进去吧,反正这两天我们还有时间好好谈的。"

他站在那里,看着齐渊推开里面那个小房间的房门,走了进去,一面暗想:压在团长肩上的那些艰巨战斗的重担,有多少要靠齐渊来为他分担啊! ……

齐渊走出团部的时候,已经快到吃午饭的时候了。他又匆忙骑马赶回自己的营部去。

在马上，他就一面想着团长刚才对他谈到的那一切。他们即将进行的这个战役是十分艰巨复杂的。这是他们同吴佩孚所直接指挥的北洋军的第一次正式较量。敌人已经有了长时间的准备，以逸待劳；又凭借着平江外围的天然地势，构筑了坚固的防御工事。层层的堑壕、地堡、铁丝网、鹿砦、明暗火力点和数不清的暗布的地雷，像蛛网一般的包围着平江。而在我们将要进攻的正面，又有着险峻的鲁肃山和宽阔的汩罗江，成为敌人防御的最可靠的依托和屏障。在这里，无论就地势、兵力和火力来看，敌人都居于绝对的优势。从敌指挥官鲍鄂过去的战绩和今天的许多部署，也可以看出他是顽强果断、老谋深算的。

然而，他们所面临的艰巨和复杂的情况还不止于此。在军部作战会议所确定的作战方案上，由于主力师师长潘振山的坚持，许多具体战斗都要由主力师和先遣团共同担负，这就给作战的指挥和配合上都带来许多不便；特别是第一营，担负着整个战场的突击任务，他们的行动对全局的胜利是一个决定性的关键。由此带来的困难也就最大了。

他们的进攻部署大体上是这样的：由主力师的一个团担任正面佯攻；他们摆开总攻的架势，向敌军正面防御的主要阵地鲁肃山一线进行猛攻，力求把敌军的火力和注意力都吸引到正面方向来。广东军的另一个师，则从敌军正面阵地的东边，强渡汩罗江，进行迂回进攻；敌军在这一带是早有防备的，已经派有重兵在这里预备堵击我迂回的部队，这样就迎合了敌军主将的预计，一方面吸引住敌军堵击迂回部队的力量，一方面麻痹敌军主将的思想。而真正进行迂回突击的部队，却由先遣团和主力师的另一个团担任；他们趁着正面阵地和东边的部队发起进攻之后，在敌人忙于应战的时刻，从一条预先侦察好的小路偷渡汩罗江。渡江以后，两个团各派一个突击营绕到敌军侧背，进攻平江的北门——这也是关系到整个战役的突破口。其余的几个营，就全力对付这一带外围的敌军据点，使他们不能向平江支援，并且为突击部队同后方的联络扫清一条通路。同时，在平江的外围，由四乡的农民协会自卫军布下了一道密密层层的包围圈；他们组织了冲锋队、侦探队、担架队、慰问队……为革命军增添了强大的力量。

不过，齐渊这时所想的，倒不是关于即将进行的战斗本身。在这个战斗方案中的许多细节，都是齐渊曾经亲自参加制定的；对于将要在战斗中担负的任务，无论是他自己，还是全营的每一个军官和弟兄，都早已作了准备。刚才在团部，团长正式向他交代了第一营的战斗任务后，他们又对这一切进行了详细的研究。他们都知道，作为一个战斗的指挥官，应当是大胆而又谨慎的；大胆，意味着必要的冒险；谨慎，则意味着充足的把握和准备。每一次战斗前，他们都要竭力地把一切安排得尽可能周到的。而现在，盘旋在齐渊的脑海里的，是将要同他们一起作战的那个主力师的突击营。齐渊明白潘振山这样安排的用意；他知道，同他们一起作战的这个团是潘振山的一张王牌，而这个突击营据说又是那个团里战斗力最强的。不管怎么说，齐渊希望他们都打得很好，不管他们的用心怎样，只要是对革命、对民众有好处，他都会像对自己的胜利一样感到高兴的。但是，他出于对整个战斗的责任感，也向团长提出了自己对两个营之间指挥与配合关系的担心。团长只是说命令已经确定了，要他特别注意跟主力师突击营的关系，该让的让，该争的也要争；没有说更多的话。因为他相信，齐渊是能够把这一切处理好的。最后团长又告诉他，那个突击营今天下午就会向他们的驻地靠拢，那位营长会来找他的；有些事情他们还可以一同多研究一下。后来，齐渊也不好意思再提起这件事了。说起来，在广东军里，他也有许多熟悉的，甚至亲密的同事和朋友；他了解他们的特点。然而现在他们的位置不同了，在战斗中又会出现些什么样的情况呢？他竭力思考和估计着可能出现的一些问题，并且预备着如何向全营的军官和弟兄们提出来。

　　两小时以后,齐渊回到了自己的营部。匆匆吃过午饭,在营部召开了军官会议;除了部署战斗,听取军官们的意见外,齐渊又特别提出了同主力师的突击营配合的问题。他提出全营的官兵一定要记住四个字:谦让、谨慎。要预备担当最艰巨的任务,要能够容忍一切可能受到的委屈。

　　果然,晚饭后不大一会,主力师的那位突击营长骑马来到了。他足足带来了一个卫士班。一色的高头大马,乌油快枪,十分威风。他身材瘦长、结实、轮廓分明;小尖脸、尖鼻子、瘦嶙嶙的,要是他安静地坐着或者站着,便很像一尊削得棱角方正的木偶——然而这种时候是很少有的,他不是嘴动便是手动,闲不住。他约摸三十大几岁,没有胡子;喜欢笑,但笑起来总有点使人感到不诚实;不过给人的印象是很热情的。他那姓是百家姓上挺别扭的一个字,他姓"乌焦巴弓"的焦,单名一个虎字。

　　他跟齐渊一见如故,不到两分钟便夸夸其谈起来了。他大约看见齐渊很年轻,觉得自己负有指导的责任,便用长辈的口气说话。他讲他过去的经历、战斗;带过多少兵,走过多少战场;一五一十,明明白白。他讲他有一回攻一座很厚的城,死的人不少,攻不进去,师长都没办法了,他想出办法:从狗洞里钻进去。终于把敌人都消灭了。他又讲有一回黑夜里行军,过河时遇见了敌人,他们齐胸脯泡在水里,从此得了气喘病。他热情地讲这些经验、教训,告诉他怎么躲子弹,好像齐渊是七八岁的小学生。

　　齐渊费了好大的耐力,听着他的这些话,为了礼貌,还得不住地点头表示赞同。这的确是再苦不过的事了。这时他真宁愿在枪林弹雨下干一个通宵,也不愿直挺着身子在这里听他的废话;而且他又是那样热情,使你连个呵欠也不好意思打。这样谈到掌灯的时候了,才终于谈到正题——突击队的战斗计划。

焦虎没有带战斗计划来,他要齐渊先讲。齐渊摊开地图,认真地给他讲起来。但他讲不了两句,焦虑便打断他,给他指出某一处严重的错误;又回忆起自己的经历、战斗,讲起他有一回攻一座很厚的城⋯⋯搞得齐渊昏头涨脑,不得不打断他。于是,他又发火,辩论,争得面红耳赤;直到他说不出道理来了,便一定坚持某一个细节,要齐渊改过来,争回这个面子。然后他又转过来称赞这些计划:"看,我说就是这样的啊!⋯⋯"齐渊也无心跟他计较这些,只想早点结束这场"磨难"。就这样,他把这位热心的焦营长送走的时候,已经是半夜十二点钟了。

第二天,齐渊照常起得很早。他把昨晚上写好的战斗计划报告又仔细看了一遍,作了几处修改,然后交给书记官,要他立刻誊写出来,派传令兵送到团部去。早饭后,他又向军需官和参谋官们布置了几项立即要办的事情,便带着副官和勤务兵到各连去了。

齐渊花了很长时间,仔细检查了各连的战前准备工作。他在第三连待的时间格外久。他跟三连连长高洪生在一起商量了很多问题。

高洪生是一个稳重、敦厚、沉默的青年。他的老练和沉默的性格,跟他的年龄很不相称。他善于思考,是那种行动重于言谈的人。他就像一颗被矿群包藏着的钻石,那瑰丽四射的光芒,都被掩盖在那平庸的、默默无闻的外表里。

每一次战斗前,齐渊都喜欢把自己所想到的方案,以及在战斗中可能遇到的情况都谈出来;然后再听取高洪生的意见。虽然高洪生总是谦逊地说他所谈的全是齐渊早就想过的东西;但是齐渊却感到,他那冷静深沉的思想,虽然决定问题慢一点,可是却能常常发现一些出人意外的问题,弥补了齐渊敏锐果断的不足。而且每一回都没有落空过。

当把这一切事情都做完的时候,已经是下午了。一切准备工作,都做到了引弓待发的程度。齐渊回到营部不久,团长就带着好几个副官和参谋官骑马来到了。

叶挺听取了齐渊的口头报告,然后,又根据他送去的书面战斗计划,提出了一些新的问题,不放过每一个细节——其中有一多半,正是那位焦营长为了争面子而坚持改动的。关于这方面齐渊一个字也没有说。他只是根据团长的指示,重新充实了自己的计划和部署,有一些他又作了必要的解释,直到团长感到完全满意。接着,叶挺便到各连去检查战前准备工作。他们在第三连的一个班里吃晚饭,结果是非常满意的;这些天,农协的犒劳十分丰富,简直叫他们吃不了。今天是一大盆红烧牛肉,又香又烂;一大盆猪肉块燉粉条;外加一小桶鸡蛋青菜汤;甚至经过营长批准,根据不同的分量,每个人还能领到一份喝不醉但是感到舒服的酒。

天快黑的时候,团长要回去了。他握着齐渊的手,坚持不让他送出来;叮嘱他今晚一定好好休息。他又说,这次战役的意义非常重大,前方和后方都有千千万万人等着胜利;特别是第一营的战斗任务又更加艰巨复杂,一定要格外谨慎小心。他们对了表,重复了预订进攻的时间;一切完全妥当之后,叶挺才带着随从人员上马奔驰回去了。

三十四

第二营的军官会议,晚饭后继续下去,直开到了掌灯时分。万先廷是以农民自卫军指挥官的身份参加的。经过万先廷教练的农民自卫军,挑出了五百多名最精壮的小伙子,编成了五个大队。他们明天将跟随革命军投入战斗,接受先遣团第二营的指挥。

万先廷坐的位置正靠近窗户。在会议将要结束的时候,他忽然听到背后有个十分熟悉的、轻轻叫“先哥”的声音。他有些惊讶地回头一看,窗口上便露出了小莺那扎了双丫角的半个丰圆的小脸。她看见万先廷回过头来，便高兴地用小手招他，一面还喊喊喳喳地低声喊着，大约是要他出去。

这时正是樊金标在讲最后几句话，万先廷实在为小莺的出现急坏了。他驻防到了自己的家乡，最怕的就是让人家说闲话。虽然弟兄们都只有为他的这一点高兴，但他是个好强的人，处处格外小心。这时见小莺冒冒失失地在窗口出现了，他深怕引起营长的注意，便急忙向小莺使了个眼色，要她赶快走开。小莺是个机灵孩子，虽则看了万先廷的眼色有些委屈，也还是立刻不见了。

樊金标最后简短地讲了一下战斗中要注意的事项，便宣布散会了。军官们陆续向外走去。万先廷故意最后走出来，刚走出门，就见小莺从屋旁一堆高大的稻草垛那边跑出来，笑嘻嘻的。万先廷走到她面前，又高兴又恼火，笑着责问：

"你怎么跑到这里来了？……"

"姐姐也来了！"小莺得意地抢着说。

万先廷急忙向她后面望去，只见大凤正有些不好意思地从稻草垛那边磨磨蹭蹭地走出来，手里还拿着一个小包袱。万先廷嘴里"啧"了一声，迎过去埋怨地说道：

"你怎么也跑来了呢？小莺不懂事，你也不懂事？"

"妈要给你送干粮来的……"大凤说着——声音里略带些委屈，但却明明是情愿的——一面把手里那个小包递给万先廷。

万先廷无可奈何地接过来，包里好些圆溜溜的，大约是煮熟的鸡蛋，热气还烫手；万先廷不觉又想起婶娘那慈祥善良的眼睛和勤劳忙碌的身影，心中满怀感激。这时，小莺又在一旁向万先廷道：

"妈还在为你拜菩萨哩！她叫我买了一袋香，一对蜡烛，到吃夜饭都烧过一半了……"

"嘿，"万先廷不满地皱起眉，向大凤道，"你也不知道劝劝。军阀都要打垮了，婶娘还在烧香拜佛！"

"我劝破嘴也不听。"大凤笑着说道，"她总是说：我也晓得菩萨没有农协灵,可就是觉得,不了一了这点心愿,总像少做了一桩什么大事,总像对不起孩子。这叫我有什么办法?"不过,凭心说,大凤虽则对母亲这迷信的举动也劝说过,然而只要是为着先廷哥,她又暗暗衷心地感激和赞同,她觉得母亲那些对不可知的神明的祷告,虽则可笑,却又正好表达了自己的心愿。

"妈还给黑哥烧了香的,"小莺在一旁嘴快地说道,"她要菩萨保佑革命军把黑哥救出来。"

提起黑牯,万先廷和大凤的心不禁又沉重起来。这些天来,他们一直怀念着那个在监狱里的憨直而又诚实的兄弟,他们多想早些打进县城去把他救出来啊!……

小莺看见万先廷和大凤都沉默了,她望着他们,眨了眨那双明亮的、黑宝石般的眼睛,突然想起什么事,天真地叫起来道:"哎呀,我忘了! 妈叫我陪姐姐来了,找到先哥就回家有事的,我忘了!"她挺懂事地向大凤道:"姐,我先回去啦!"她说完,不等万先廷拉住,就飞快地跑了。

万先廷和大凤又都被小莺的动作逗笑了。万先廷感觉到,母亲先把小莺支使回去,明明是要让他和大凤一起多谈一会。老人们的心,时刻都在为孩子们想着啊。可是此刻,他们面临着紧张的战斗之前,又谈些什么呢? 是啊,要打仗了,他还是头一回地体会到,在战斗前夕同亲人告别时的情感。不错,这是有些难受的;也许这一次的话别,就是永别? 战斗中什么情况都会发生的啊! 然而,当他一想起过去的那些苦难,想起那些还在苦难中渴望革命军的民众,想起周围那些同甘共苦的弟兄们的时候,他就为自己这些多余的想法感到脸红了。为什么要想到永别之类的事情呢? 应当想到的是胜利!

"大叔还没有回家吧?"万先廷为了驱散头脑里的那些多余的想法,这样问道。

"几天都没有回家了,"大凤道,"农协的事忙得脱不开身。"接着又补充道:"我也是今天才回去了一下,爹怕家里没人,要我回家看看……"

"你就专为送东西来了?"万先廷笑着责备道,"婶娘一个人够忙的了,你还要劳神她为我操心。"

"这是她自己要做的嘛。"大风抢白地说。

"你带回去算了,"万先廷道,"往队伍上送包送裹的,多不好看……"

这时,只听后面有人咳嗽一声,万先廷回身看时,见是樊金标从门里走出来。他急忙把拿着小包袱的手背到背后,连连焦急地向大风伸去,示意她接过——但是大风却没有接。

樊金标看了这边一眼,走过来,他没有笑,却用很平和的语调向万先廷道:"还递什么,人早跑了!"

万先廷这才回头看时,大风早没了影,他不觉窘迫地笑了,把小包袱拿到前面来,不好意思地说道:

"营长,这是她带来……带来给你吃的。"

"给我吃的?"樊金标闷声闷气地说,看了他一眼,带着明明是开玩笑的样子道,"给我吃的早就请农协送过来了,还等如今!"

"不,营长。"万先廷急忙认真道,"这真是大风她家特意送给你的……"

"得了吧!"樊金标摸着下巴上的络腮胡子,向他道,"别在这儿闲扯了。有工夫去追上她,跟她说几句话儿。别叫人家说咱们革命军尽是没情没义的!"

"营长,"万先廷为难地说道,"我还有好多事哩。"

"误不了!"樊金标不容分辩地说道,"再顺便看看,村子里有剃头的,给我找个来。"

"剃头的?"万先廷惊奇地望着他问,"营长,这会儿要剃头的干什么?"

"叫你找就给我找!"樊金标瞪了他一眼,截断他道,"别废话!"

"是!"万先廷敬了个礼,愉快地跑了。

看着万先廷的背影,樊金标还摸着自己的下巴在想什么。于头不知什么时候出现在他后面,乐呵呵的。樊金标回头看见了他,忽然用十分亲切的口吻问道:

"你看,这么做没错儿吧?"

"哪能呢!"于头肯定地说道,"我说的,咱们做事,有哪回错过?"

"得了!"樊金标觉着他没理解自己问话的意思,叹了口气道,"你呀,简直是个糊涂蛋!又喝酒了吧?"

"嘿,说的!"于头仍然乐呵呵道,"你不喝我哪还敢喝啊?"

樊金标看了他一瞬,感慨地说道:"要喝你就喝点吧,这毛病也不是一天半天能去掉的。"

"得了,营长!"这回轮着于头来教训了,"你还说我呢,你的瘾头早先不比我还大?"

"是啊。"樊金标老实地点点头,又摇摇头,似乎无限感慨,却又满怀骄傲地说,"可我不比你啊,我不能慢慢来,我是——"他说着,看了于头一眼,似乎觉着话又说多了,便用另一种截然不同的口气道:"快给我收拾一下,一块到连里头去看看!"

他们从几个连里转回来时,已将近半夜了。樊金标一路沉默着,在想什么。于头看得清楚:营长这些天的心思重啊!回到营部,樊金标又没头没脑地命令于头马上到农协去把六连长叫来。于头知道他的脾气,就赶快去了。那时万先廷还正在青龙寺的大殿里跟农民自卫军的小伙子们谈着明天的战斗。听说营长叫,赶紧到了营部。樊金标带着抱歉的神情告诉他,说要请他到赵家去把那个从战斗里救出来的孤儿抱来,让全营的弟兄们都见一见。万先廷虽然不很明了他的意思,但见了他的神情,暗想一定是他打下什么主意,便立刻领命回去了。过一阵,当他同大凤抱着那个熟睡的孤儿回来时,樊金标已集合好全营队伍在场子上等着了。于头提着军用马灯,樊金标在灯光下亲切而沉默地看了孩子一阵,便叫万先廷跟弟兄们讲一讲这孩子的来历。

万先廷讲完,樊金标走到队前开始讲话。

"弟兄们,"他十分庄严地说道,"咱们为什么打仗呢? 就是为他们,为他们的父母,为全中国全世界的工人和农民弟兄! ……从前,当兵的光知道听长官命令,可就不知道他的枪口对谁、打谁! 我就是这么打了他娘十几年糊涂仗! ……可这怎么行呢? 咱们都是穷苦的工人跟农民出身,军阀财东就是咱们的死对头,不把他们从世界上全干掉,咱们就翻不了身,咱们就不算革命成功! ……"他觉得说了不少,说得有些远了,咳了一声,接着说道:"眼下,咱们就要打平江城,杀死这孩子一家的坏蛋就在那儿! 弟兄们,说说咱们该怎么打?"

"拼命打! 为孩子报仇!"弟兄们争抢着大喊。

"说得对:拼命打! 不打下平江,咱们就不回来!"他把大手一挥,斩钉截铁地说,"完了!"

队伍一解散,弟兄们激昂极了,都想多看看这孩子几眼。樊金标和万先廷站在一旁,他带着头一回做了自己不习惯的事的那种心情,不好意思地低声问道:

"你看,我讲得对不? ……"

"你讲得好极了,营长!"万先廷兴奋地说道,"对极了! 你看弟兄们的劲头多大! 太好了! ……"

樊金标不好意思地挥了挥手,又问道:"我要你找个剃头的师傅来,找来了吗?"

"我叫他在营部等着了。"万先廷答道。停了一会,又不解地问:"营长,你怎么偏这会子要剃头呢?"

"不是剃头,"樊金标摩挲着自己的络腮胡子,说道,"是刮一刮……"他接着仰起头来,眼睛发亮,开朗地说道:"得洗洗澡,换换衣服。他娘的,打了这些年窝囊仗,这回,该干干净净地打个明白仗了!"他看了那边抱着孤儿的大凤一眼,向万先廷道:"你们去吧。"

战斗之前的夜是宁静的。一切都安排好了,只等着进攻时刻的到来。

万先廷和大凤顺着玛瑙石的大路从村子里向青龙寺那边走着。他们刚才把孩子送回家里,又在家闲谈了一会,使母亲那紧张的担惊受怕的心情变得轻松下来后,才一起出来往青龙寺去。虽然万先廷看夜已深,不让大凤送出来,可她还是默默地一起走出来了。

在路上,大凤的心情是复杂而激动的。什么话都显得多余了,还说点什么好呢?这战斗前的夜啊,她觉得自己的心里有一种捉摸不定的、异样的情感。然而到底是什么,她又难以准确地表达出来。走了一会,她忍不住骨突地问:

"先哥,开头打仗的时候,你心里头也害怕的吗?"

万先廷不觉微笑了一下,在暗夜里,他看见大凤那双清澈明亮的大眼在发光,便亲切地问:

"你有些怕啦?"

大凤笑着叹了口气,不好意思地低头道:"哪能没有……"

"哪能没有,"万先廷学着她的声音说了一句,"刚才在家时跟婶娘讲得那样好,我还真以为又出来了花木兰呢,可这会儿又唉声叹气起来了……"

"谁叹气了?"大凤嗔责地抢白道,这会只他们两人在一起时,大凤的孩子气又上来了,"人家都是不中用的,好像就你们革命军才是英雄哩!"

"我也没那个意思。"万先廷衷心喜悦地笑了,他知道大凤的脾气,停了一会,又真挚地问:"说真的,大凤,你的心是有些跳快了吗?"

大凤没有回答。停了停,她忽然说道:"要是有一样药,一吃下去心就不那么跳了,那该多好!"

"有啊!"万先廷热烈地说道。

"你瞎说!"大凤又抢白他道,"在哪里?"

"就在这里。"万先廷指指自己的心口说。他深怕大凤以为他是开玩笑,又急忙道:"真的,大凤,你只要想想我们为什么要打仗,为什么要革命,你就会什么也不怕了!我开头就是这样的。"

"我也这么想的。"大凤骄傲而向往地说道,"早先北洋军满处抓办农协的人的时候,我一个人在外头跑也真有些胆怯。可后来我想起容大叔的话来,拼着一身剐,敢把皇帝拉下马。穷人活着也是受罪,豁出自己一条命,换得子孙万代再不受我们这样的罪,那该多值得。这么一想,我就什么也不怕了。可这会子真临着打仗了……"

"又有些胆怯了?"万先廷亲切地笑着道,他是理解大凤这时的心情的。

"也不是胆怯。"大凤含笑道,"就是心里老像是有什么东西悬着,叫人胡思乱想……"其实,她这句话没有说完;她为万先廷想的比她自己要多得多。

"打仗也跟办农协一样,这更得过惯。"万先廷说道,"往后,这日子还长远得很哩。"

"只怕还能打一辈子?"大凤开玩笑地反问。

"怎么能不呢?"万先廷认真地说道,"你想想,为子孙万代打天下是简单事情?打完了军阀,还有洋鬼子;中国没有吸血鬼了,世界上还有!你说,我们还能光顾了自己,不管天下还有那么多的受苦人吗?"

大凤望着他,那一双大眼在黑暗里闪着热烈的明亮的光,她听得十分激动。

"大凤,"提到打仗,万先廷话多起来,他热烈地说下去,"容大叔说,我们这一代的责任,就是要用枪杆子来消灭枪杆子。到有一天,人们就再也听不见枪炮声响了,再也不会听到人喊狗叫就担惊受怕了,再也不会有族长跟三公他们那些欺压穷人的坏蛋了! 你说那该有多好啊?"他又回忆地兴奋地说道:"开头,我去当兵,还只是盼着跟革命军打回家乡来,打垮军阀跟五公他们的天下。可是这些天来,我越想容大叔说过的那些话,就越是觉得肩上担子不轻,可干起来又觉得力气更足了。我常想,得到这根枪杆子好不容易,这辈子算是抱定了;只要这世道上还有一个坏蛋,我就决不放下它!"

"先哥,"大凤激动地望着万先廷,过了一瞬,突然低声问,"你看,我也能跟你们去吗?"

万先廷望着她,点点头道:"能的,大凤。革命军里也有女兵……"

"当女兵,别的我全都不怕,"大凤犹豫地低声说道,"可就听说当了女兵,都得穿裙的。在外头露出半截腿来,那还不得把人都臊死了……"

"哪个讲的?"万先廷认真地说道,"女兵还不都跟我们一样的裹腿草鞋,一样严的规矩。进了革命军,那些先前在学堂里穿惯了裙子的都不让再穿了哩!"

"那就好。"大凤松了一口气道,"到了队伍上我就跟你一样:穿上军装,扎上皮带,打上裹腿,穿上草鞋,还在胸前扎上红带子。……再把头发掖到军帽里去,背上一杆洋枪……"她说着,似乎已经在面前看到了自己的这样装扮,不觉得意而羞怯地掩着脸"噗哧"笑了。

"不,你们女兵有女兵的差事的。"万先廷也兴奋地望着她道,"女兵都作看护。还有的到街上去作宣传演讲,演文明戏给人看的……"

"还要做戏子?"大凤惊异地说道,连忙推辞,"那我是做不来的……"

"亏你还是妇女解放会的委员长哩！"万先廷笑她道，"你还瞧不起戏子？人家才贵气哩，走到哪里都是鞭炮连天的，最受人敬重了。"

"那我也做不来。"大凤含羞地笑着说道，似乎眼前就真是要她去做"戏子"了，"我那回到省城也见过的。在街上当着那样多的人装疯卖呆，女的还要擦胭脂抹粉，想想都叫人……"她用双手捧着自己的脸笑了。

"那你就当看护蛮好。"

"看护能到火线上头去吗？"她问。

"打仗的时候，都是男看护去得多。"万先廷说道，他怕她失望，又道："可要是伤兵多了，也有女看护去的。"

"那我就求长官派我到火线上去。"大凤欣喜地说，"要是你——"她急忙咽住口，她本来想说"要是你受了伤，我就到旁边服侍你"的，可是怕不吉利，改口道："要是你们的队伍也在火线上，那就好了。"

听着她的话，万先廷不觉又想起了这一路的那些艰苦但是可贵的战斗生活。是啊，要是大凤也能在那里，那该多好啊！他不觉深情地仔细地望了望大凤，她那剪短了的齐整而黑油油的头发，配上她那健康、丰润的脸，显得更加妩媚、秀丽。弯弯的新月、明亮的星星，把这山村的夜色点缀得越加甜蜜、宁静。万先廷觉得，他走遍天下，再也不会有别的地方比自己的家乡更好的了；正如他在外头也看到了许多美丽动人的姑娘，可是，那身姿、那容貌、那情感，甚至就连那微细的言笑坐站，都没有一个能和眼前的大凤相比的……

"先哥，"大凤那双明亮的黑眼睛，在那齐眉的"刘海"下面闪着晶莹的光，她满怀热望地问，"你们的队伍上哪一天才能收女兵呢？"

"那要……"万先廷自己也回答不出,可是他又十分肯定、十分自信地说道,"那不会长的。革命发展了,我们的队伍也要发展了,那看护也就要得多了。"

"那时候你就赶紧带个信给我。"大凤叮嘱说。

"到那一天,"万先廷充满幸福地说道,"我们就抬一乘八抬大轿来,把我们的看护小姐接到火线上去。"

大凤孩子气地抿着嘴唇笑了。他们对这一天的必将到来充满着喜悦和自信。在他们那纯真的思想里,革命的发展,队伍的发展,都完全是无可怀疑的;这一切,不正如他们自己的生活道路:当他们已经完全看清这奋斗的未来和前途的时候,有什么力量能够使他们从这光明正大的道路上退回去呢?……

夜深了。在小村周围露营的士兵们,都已经入睡了;只有草丛里传出的蟋蟀和纺织娘有节奏的叫声,在清静的夜空里震动,似乎在为士兵们甜蜜的梦境配着音乐。

村头的一间农舍里,一个窗口还亮着灯光,这是第一营营部。靠村外那间简陋的堆房,临时收拾出来成了营长齐渊的卧室。房里设备是非常简单的,靠窗一张旧方桌,靠墙架起一副不很宽的铺板,上面就只铺了一床白色的床单,床单上叠放着一条青灰色的薄军毯,一个装满书的挂包便是枕头;这一切,便也是他随身带着的全部行装了。今天,在齐渊的铺对面,又加了一个铺——这就是预备李剑睡的;那上面也是一张白床单、一条灰军毯,只不过枕头是很讲究的,绣着花。

现在,房间里只有李剑一个人,他靠窗站着。齐渊检查了弟兄们休息的情况后,又带着副官和勤务兵到前边察看警戒去了。李剑本来要求跟他一起去,可是齐渊说现在又没有战斗,用不着那样多人,要他在家好好休息。他们已经去了好久,李剑却怎样也无法平静地睡下,他脑子里翻腾着明天战斗的复杂情景,说不上是胆怯,还是兴奋。他站在窗前,望着外面那辽阔的清澈的苍穹;四周如潭水一般地平静,远远的山影巍峨高耸,峰沿像参差不齐的锯齿;那些尖尖的山峰顶上,正顶着一片蓝天上闪闪的繁星。夜色是这样的清爽、纯净;村外那静静的明镜般的水塘,映照出繁星点点,那样神秘幽深;水塘旁边,在露营的弟兄们中间,一堆堆尚未熄灭的篝火,闪着暗红色的光。李剑的心情,充满着战斗前的激动。这迷人的仲夏之夜啊,要不是看着墙上挂着的军服和手枪,他真会忘记这里是北伐战场的最前线了。

不知什么时候,小杨轻轻地从外面走进房来,低声地问:"李副官,你还没有睡啊?"

李剑回头看见他,问道:"你没有跟着营长去?"

"没有。"小杨回答,他带着天真而神秘的表情道,"我们在家要开会,营长没让我们去。"

李剑从他的话里明白了,他所说的"开会"指的便是秘密的组织会;小杨是参加了中国共产主义青年团的。便"哦"了一声,又感到兴趣地问:"你们每回打仗以前都要开这样的会吗?"

"嗯,"小杨点点头,一面收拾着齐渊的床铺,一面又带着骄傲的语气,低声告诉李剑:"这是营长规定的:每回作战前,就是事情再多再忙,这样的会也得开的。"

李剑点点头。他不觉愈加对齐渊的思虑周到感到钦佩了。来到营里,他才真觉得带领一个营的弟兄是多么不容易的事。可是齐渊却能够把一切处置得那样周密,那样有条不紊;即便是在战斗的前夜,士兵们还是这样平静和从容。这一切的力量是怎样产生出来的呢?李剑似乎从小杨的话里开始有些明白,这就是齐渊所说过的:懂得革命的主义和革命的目标的士兵,所能产生出来的力量,是任何军事家也无法估量的。

这时,小杨已经为齐渊和李剑铺好了床铺,他拿起李剑放在床上的那支洁白的玉笛,喜爱地抚弄了好一会,终于忍不住稚气地要求道:"李副官,你能不能吹一支啊?"

李剑看着他那孩子气的、期待的笑脸，犹豫了一瞬，点头答应道："好吧……"他接过笛子来，轻轻地试了两个音，仰头想了一想，便吹起那首他觉得与眼前气氛相称的《满江红》来。那雄壮激昂的笛声，由低而高，在这农舍里萦绕，在这宁静的山野里回荡；笛声又飞向周围巍峨高耸的群山，飞向那湖水一般深湛的天空……他自己的感情，也完全沉湎在自己吹奏的笛声中了。

小杨靠窗站在李剑的对面，醉心地听着笛声，眯着眼，一动不动地望着。他被那动人的笛声带入了一个梦境中的天地。当笛声的最后一个余音，在宁静的夜空中袅绕消失后，小杨才好像从梦中醒来，孩子气地惊叹道：

"哎呀，你吹得真好，李副官！真好像……好像做梦一样！……"

李剑微笑着，不觉开玩笑地问道："有你喜欢的那些轮船上的笛声好听吗？"

小杨笑着认真地回答道："不一样，可都好听！"他停了一下，似乎有些不好意思，但又感激地低声道："李副官，那回在攸县我问你的话你还记得啊？"

李剑也不觉想起了那次深夜的谈话，他深深喜爱这个心地纯朴、天真活泼的少年，只是后来一直没有更多的接触。这时，他看着他那孩子气的脸，亲切地问道：

"小杨，有一件事我总想问问你，可是这些时又一直没有时间……"

"什么事？"小杨天真地问。

李剑说道："你的家庭究竟是怎样的呢？离开的时候，你懂事了吗？"

小杨顿时变得沉默起来，他凝思着，好像突然间老成了十岁。沉默了好一会，他才低沉地说道："不记得了……家里，早没有人了……"

李剑关切地问:"父母呢?"

"都死了。"小杨的回答是冰冷的、生硬的。这时他完全不像是刚才那个天真活泼的十七岁的孩子。李剑听得出来,在他的话里,蕴藏着多少深埋在心底的仇恨,和为着克制自己的仇恨所表现出来的惊人的冷淡和毅力啊。他忍不住进一步问:"怎样死的?"

"不知道……"小杨仍然生硬地说。李剑听出他明明不愿意回答这样的问题,然而他的声音里又隐含着难以抑制的辛酸和痛苦。过了一刻,他似乎也感到了自己的生硬,便像要挽回僵局似的,用依然冷淡的声音说道:"还不是财主逼的……"

李剑已经完全明白了他的苦痛,也沉默了下来。他看着小杨那变得严峻的稚气的脸,暗想:这样深刻的仇恨同这个刚刚接触生活的孩子多么不相宜啊;可是,他却多么坚强地承受了这一切。为了让气氛变得缓和一些,李剑便转开话头,亲切地问:"后来呢? 你是怎么到团里来的?"

小杨似乎在回忆着,他的沉重和压抑也渐渐舒展了一些。他怀着一种混合着痛苦和幸福的感情回忆道:"我逃出了杂耍班子,就想当兵。我会爬树,还会自己做饭、补衣服……可是那些队伍都不要我;嫌我脏,嫌我小,还当我是偷东西的……后来,刚好团里在招兵,长官就是现在的营长。他问了我的家、我的父母,和我从小到跑出来时的一些事情。我都给他说了。他听完了,默着脸好一阵没有说话。我心想这回准是又不要了;没想到他突然那样亲热地摸着我的头,说:'小弟弟,我们收下你。……'我当时忍不住鼻子一酸,眼泪水就直往外涌出来了……"

听到这里,李剑也止不住心情激动了。他为小杨感到喜悦地说道:"后来你就一直跟着齐营长了?"

"不,起先我们都在特务大队。"小杨的声音逐渐变得活泼起来,"操练了几个月,后来团部到我们队里挑勤务兵,挑出来了四十多个一般大的,我刚好就分到了这个营里。"

李剑夸奖地微笑道:"这么说,你的操练和品行都一定是很好的了,要不……"

"不,"小杨连忙不好意思地摇头道,他的脸上又出现了稚气而天真的笑容,"刚来,我什么也不会,什么也不懂。营长说:不要紧,慢慢来;革命军都是亲弟兄,你在这儿也就像是小弟弟一样,不会就学着做,不要害怕。说是像小弟弟,可平时他倒真像我们的妈妈一样,反过来照应我。那时操练真紧张,从天不亮练到月亮老高,有时我回营真累得动都不想动了,他还督着我洗脚洗脸;半夜他总要起来看几回。那时我们睡觉真不老实,一夜光是蹬毯子就蹬掉多少回啊!……"说到这里,他不觉失声地笑了。

李剑也感动地点着头,一面低声道:"是的,这正是一种最珍贵的爱……"

"还不光这些呢,"小杨带着一种自豪的声音说,"他格外注重教给我们革命的道理。刚当上革命军,我就只想着给爹妈报仇,只想着亲手杀掉拐我的那个骗子和那个杂耍班子的胖老板。可是营长教导我说:你的仇不是你一个人的,是我们全体穷苦工农阶级的;你跑过不少地方,不是也见到天下的坏人都是一样坏吗?只有把天下的穷苦工农都联合起来,才能把一切坏人铲除干净,我们才能够扬眉吐气。他的公事那么忙,可总还常常给全营的弟兄上课,讲演革命的道理。刚到队伍上时,我连自己的名字也不会写;他就亲自把着手教我们,规定我们一天学几个字。到如今,我都能自己看书了哩!……"

李剑也为他感到喜悦地"哦"了一声,他不觉想起了在碛田北面的那个小村外,遇见的那个第六连的挂彩的弟兄,他们不都是一样的具有这样顽强的精神吗?他听着小杨在述说这些话时的语气,看着他那稚气而充满激动的神情,不觉更加了解和热爱这个纯朴坚强的孩子了。来到这个团队后紧张忙碌的一个多月里,他知道的东西还是太少啊,特别是关于人们心灵深处的。从前,他对士兵的看法多么简单;想不到,这个瘦小单纯、完全不引人注目的孩子,身世竟会是如此的复杂坎坷,心底竟会蕴藏着这样丰富而深刻的情感。像他这样的年龄,不正是少年的黄金时代,不正该在宁静的校园和温暖的家庭里,度过那最珍贵幸福的岁月吗?是啊,在这样的年龄,该有多少美好的事情等待着他们啊!然而,他却已经过早地跨越了自己的年龄,担负起为祖国和民众的命运而战斗的责任了。他那颠沛流离的、充满辛酸的岁月,代替了家庭和亲人的温暖;那沉重艰险的士兵的生活,代替了舒适而宁静的课室和校园。然而,在这紧张艰险的战斗岁月里,他们那朴实的求知的欲望是多么强烈,他们那坚韧的不倦的毅力又是多么的令人吃惊啊!知识,并非对人人都是同样有用的;正像权力不能使卑劣的人变得高尚,知识也不能成为衡量人们心灵美丑的标准。它正如自然界的花果,可以被酿作造福人类的蜂蜜,也可以被化为伤害人类的毒液。虚伪的知识远比诚实的无知要可怕得多;因为后者仅仅为害自己,而前者往往贻害别人。啊,把最大的尊敬给予这样的士兵吧;尽管他们今天所得的知识还是极其有限,可是能够将这一点一滴贯串在自己行为里的,不正是他们?啊,把最深厚的阶级之爱,给予那些在多灾多难的岁月里,跟着自己的父兄们并肩苦斗的孩子吧;尽管他们那幼小的心灵里过早地装满了复杂的情感,可是那些从残酷的斗争里得来的知识,不是比一切学来的知识更加深刻和珍贵?李剑怀着激动敬佩的感情想着,好一阵说不出话来。

这时,外面响起了一阵由远而近的脚步声,小杨听着,喜悦地说道:"营长他们回来了。李副官,你歇着吧,我出去看看。"他说完便走出去了。

李剑仍然默默地站在窗前,凝视着窗外的山野,心如潮涌。他想着小杨刚才的那些话,想起明天那场必然是激烈艰险的战斗,又想起了在平江这闭塞的山村里所接触到的那许多人和事……越想越多,越想越不能平静。

他听见，房外的堂屋里，响起了齐渊的声音。大约是他正在跟值勤的军官说话。又过了一会，房门轻轻推开了，齐渊走了进来。

"你还没睡啊?"齐渊的声音仍然是那样的乐观有力，似乎一点也未感到疲倦。

"睡不着。"李剑笑了一下道，"都检查完了吗?"

"完了。"齐渊一面解着武装带，脱下军帽和上衣挂好，一面看着桌上摊着的日记本问，"在写吗?"

"随便记一点。"李剑望着窗外，凝视着。

"心情有些激动吧?"齐渊亲切地问。

"是啊，令人激动的事情太多了!"李剑站起来走到窗前，感慨地说道，"想不到，看来像死水一般平静的乡村里，会蕴藏着这样奇怪的力量。"

"我先前也很奇怪。"齐渊也走到窗前，望着外面说道，"可是后来，我从六连长的身上找到了答案。"

李剑思索着，点点头，又想起什么似的微笑道："六连长本身就是一个奇怪的人。我曾经把那次碌田的战斗写成了一首诗，主要是写他的;先请他看看。可是他看出是写他，脸都臊红了:好像别人冤枉他做了什么坏事似的，发急地说:你怎么拿我的名字登报呢? 那都是弟兄们做的事情! ……闹得连我也不好意思了。"

齐渊也笑了，说道："你要是拿这样的事情去请教他，那当然要碰钉子的。他刚到营里的时候，我也常问他一些家乡的斗争生活，可他总是谈容大叔和赵大叔;要问他自己的，他就不好意思，一句也说不出来。"停了一会，齐渊又道："这不是做作，更不是虚伪。这样的人，他们只有在为别人献身的时候才能心安理得，而一切称颂和赞誉对他们都只不过是沉重的负担。生活就是这样:贡献得最多的，往往也正是要求得最少的。"

李剑回味着他的话，忽然叹了口气，道："我总觉得，六连长有些不大像农人。"

齐渊笑问:"你以为农人是怎样的呢?"

李剑没有回答,仍然在思索着。

"是啊,"齐渊也感慨地说道,"农人留给我们的印象,总是麻木、愚昧、自私和粗野。可这只是贫困的生活给他们蒙上的灰尘。也许再过很多年,这样的灰尘也难以扫净;旧世界在他们善良朴实的底色上打下的烙印太深了。但是,六连长已经让我们看见,农人的本色就应当是这样的。"他沉默了一瞬,接着道:"当然,六连长今天也已不是纯粹的农人;他已经把那些农人中最宝贵的品德同共产党员的特质融合到了一起。他的值得我们羡慕,就因为从他接触革命的那一天起,便只具有着农人的质朴和单纯。"

李剑听着,默默点头,感叹地说道:"涅克拉索夫也歌颂过俄罗斯的农民。可惜他没能够看到今天。"

"那正是他的伟大:因为他在昨天就已经看到了今天的某些东西。"齐渊微笑地说。他拿出怀表看了看,说道,"夜很深了,睡觉吧。"他走向自己的铺前去。

李剑仍倚在窗前,凝视窗外,留恋着那迷人的夜色。一会,他又回头道:"磊夫,你还记得李益的那首《夜上受降城闻笛》吧?"他低声地吟诵出来,"'回乐峰前沙似雪,受降城外月如霜。不知何处吹芦管,一夜征人尽望乡。'你看,这境界与我们今夜多么相似啊。"

齐渊已坐在铺上解着皮绑腿,向他笑道:"你忘了,我们这个团所望的目标只有一个,那就是武昌!"

李剑也微笑着感慨道:"是啊。我在想,这样明净的月夜,本来应当——"他不愿再说下去。

"你是想说,这样的夜色,跟明天的战争气氛很不相称吗?"齐渊平静地问。

李剑点点头:"你不觉得是这样吗?……"

齐渊迅速脱下脚上的草鞋,换上布鞋,走到窗前去。他站到李剑的身边,真挚地说道:"可是,你只是用'诗人'的眼光在看这个世界。同样是月色、星星、池塘、垂柳；多少人在这中间流着血泪，呻吟辗转；多少人又在别人的血汗上面，过着寄生虫一样的享乐生活。这就是斗争的起源。"沉默了一会，他坚定地说道："死亡和战争，并不是事情的本质。我们这一代，承担着人类历史转折的使命；要从世界上永远消除死亡和战争，就必须彻底消灭那些制造死亡和战争的人！那些连正义战争也一概反对的人，实际上就是要劳苦民众放弃自己争取生活的权利，永远做那些剥削阶级的牛马，永远让世界在战争和死亡的威胁中生活……"

"我不是那个意思。"李剑脸上发烧了，辩白地说道，"革命的战争当然完全是正义的，可这里也总有牺牲，这不也总是一个残酷的现实吗？"

齐渊似乎也觉到了自己的激动，便缓和地一笑，望着他道："这是因为你还没有真正理解我们的战斗。是啊，我也不是很快就理解的。当你全心为着一个崇高的目标奋斗的时候，你是不会想到你自己生命的长短的；一个人倒下去，千万个人站起来，这就是生命火花的延续。虽然他们明明知道，今天，或者明天，他们可能在战场上牺牲，可是他们的精神，会和这个光荣的时代永存；他们所毕生奋斗的目标，一定会被同志们完成，这也就是他们生命的最崇高的责任。"停了一会，他十分感慨地说道："有些人把活着当成目的，这只不过是懦夫的借口；真正的人所更珍视的是怎样活着，为什么目的活着。生命，如果跟时代崇高的责任联系在一起，你就会感到它永远不朽；要是只想到自己，行尸走肉，纵使能活上千年百岁，也不过等于短暂的昙花一现。"

"这些年的磨炼，磊夫，你的改变更大了。"李剑惭愧地笑着说道，"我现在才感到，从前那些幻想战斗的诗句，多么可笑！……"

"我们都走过这一步。"齐渊也亲切地笑着说道，他望着窗外，"斗争，不像有些诗人们叫喊的那样可怕；当然也没有他们形容的那样浪漫。斗争，是老老实实的工作，有欢乐也有眼泪，有胜利也有牺牲。只有意志永远坚定的人,才能不为暂时的欢乐陶醉,也不会因暂时的痛苦屈服。"

"磊夫,"李剑崇敬地望着齐渊那清癯刚毅的脸,忽然问,"当你亲手杀死第一个敌人的时候,你的手颤抖过吗?"

"颤抖过。"齐渊低声地点点头道。

"很难?"

"也仅仅是在第一次。"

"我多么羡慕你啊,磊夫。"李剑两眼闪着激动的光芒道,"只有真正的勇士,才敢于在血淋淋的敌人尸体前面不改色。"

"当你更深地了解了我们斗争的意义,你也一定会变成这样的人。"齐渊平静而真挚地望着他道,"车尔尼雪夫斯基说得好:制造历史的人,是不应当怕弄脏自己的手的。"

李剑沉思着。深夜是这样的宁静,空气里似乎还萦绕着齐渊的声音。圆月走进了一片洁白的絮云里,刚才还在草丛里嘈杂的昆虫也似乎感到夜深的疲倦,停息了鸣叫。这时,纯净的寂静中,突然从对面房里爆出一声婴儿的啼叫,接着是母亲哄慰的唱歌一般的声音;婴儿又立刻沉沉入睡了。只有母亲那带着睡意的、温柔亲昵的声音,还唱歌一般轻轻地哼着,像敲磬后发出的余音,久久地、久久地在空气里荡漾,浓酒一般香醇……

"这样的气氛,不正是对我们明天战斗的回答吗?"齐渊抬起头来,眼里闪着焕发的光;他重复地说道:"多么好的回答!……"

"磊夫,"李剑忽然望着他问,"你每次在战斗之前心里想些什么呢?"

"什么也不想;好好地睡一觉,明天打胜仗。"齐渊笑着说道,"当然,刚开始也常想,子弹会不会碰着啦,敌人会不会抓住你啦……可是后来,我跟一些老兵们混惯了,从他们那里学到了很多东西。你瞧,打了这么些仗,我还没负过一回重伤呢!"

"像你这样的人,子弹是不敢碰你的!"李剑崇敬地说。

"这未免说得太早了。"齐渊笑道,"也许明天,就会让一颗子弹碰着……"

"别说了,磊夫!"李剑急忙制止道。

"怎么,你还相信命运吗?"齐渊开玩笑地问。

"不是……"李剑不好意思地说道,"这样说终归是不好啊。……"

齐渊看看窗外的天空,说道:"天不早了,我们也该睡觉了。"他向自己的铺前走去。

李剑也走回自己的铺旁边,一面又留恋不舍地望着窗外道:"这样的时候,在广州的人们会怎样想起前线的生活来啊?……"

齐渊正在铺开军毯,随便问道:"慧又有信来吗?"

"从浏阳出发前来过一封。"李剑脱着鞋,说道,"她说想要参加省港罢工委员会组织的救护队,快点到北伐前线来。她还在怪你,说你不给她回信哩。"

"我不是托你问过她吗。"齐渊微笑着说道。他问李剑:"还用灯吗?"

"不用了。"李剑摘下眼镜来放好。

齐渊吹熄了桌上的风雨灯。房里漆黑了一会,渐渐又轮廓分明;星光映进来,床铺和方桌都现出模糊的暗影。他们都躺在铺上,李剑睁着两眼,睡不着,许多复杂的往事在他的头脑里翻腾。四周一片寂静。

"磊夫!……"李剑忽然叫了一声。

"什么?"齐渊在自己铺上回答。

"我想起了你在海边送走我们的那个夜晚。"李剑的声音说,他觉得有意思地笑了一笑,"时间过得多快啊!……想不到七年以后,我们还能一块儿躺在这个山村的小房子里。"

"革命的路就是这样。"齐渊的声音说道,"说远就远,说近就近。"

过了一会,李剑感伤的语气道:"我后来才知道,你为我们作了那样重大的牺牲……"

"牺牲?"齐渊笑了一下,说道,"不,你完全想错了。也许,我当时是有些痛苦;可是当我想到,你们都能走上革命的道路,那一点痛苦就完全被兴奋代替了。今天,你们两人都成为了共产党员,参加了革命的战斗,这难道不是我最大的幸福吗?……"

李剑没有说话了,似乎很感动,又似乎后悔不该这样问。他想着那一夜海上出走的情景;想着在广州,或者已经在火车上的姚玉慧;想着战场;又想起拜伦和普希金的诗……后来,不知过了多久,他才渐渐地在那些复杂思想的漩涡中昏昏睡着了。

三十五

第二天,李剑醒过来的时候,天色还没有大亮;桌上那盏风雨灯已经点着了,四周仍然是一片寂静。他看看齐渊的铺上,空荡荡的,军毯跟昨天一样放在原处,叠得整整齐齐。李剑心想,他起得这样早啊,离出发的时间还有多久呢? 为什么还连一点动静也听不到? 从前他参加的几回战斗都是跟团部在一起,人们都对他格外照应的。这种真正的火线的生活还是非常陌生……反正再也睡不着了,他撑起胳膊来,想倚在铺上看看书。

房门轻轻推开了,进来的是营部的一个勤务兵,他手里端着一盆洗脸水。看见李剑起来了,他恭敬地笑道:

"你醒了,李副官。"一面把脸盆放在凳子上。

"齐营长呢?"李剑戴着眼镜问。

"他跟队伍开走了……"

"什么?"李剑惊讶得差点连眼镜也掉下来,"开走了多少? ……"

"除了留守的,都开走了。"勤务兵把一瓷缸子水放到桌上说道,"刷牙吧,李副官……"他看见李剑忙乱地穿衣服,找绑腿,穿袜子,便在旁边道:"别着忙,李副官。营长叫我等你准备好了,再带你去赶他们。你放心好了,我们一定赶得上的。"

李剑这才吃了定心丸,不那么慌忙了。他一面打绑腿,一面问:"他们出发,怎么连点儿动静也没有啊?"

"打起仗来,常这样的!"勤务兵不在意地笑着,给他拿了毛巾放在脸盆里,说道,"李副官,刷了牙你先洗脸,我去给你打饭来。"

"不不,"李剑连忙道,"我自己到伙伕班去吃好了!……"他觉得自己是来前线尝试一下战斗生活的,这样很过意不去。

"没什么。"勤务兵道,"外头雾挺大,你找不到的。"他说着,很快就走出去了。

李剑匆匆吃过饭,就跟着勤务兵一块去赶队伍。太阳还没有出来,山野里弥漫着乳白色的浓雾,草丛里都是湿漉漉的露水。他们尽走小路,崎岖、陡峭;那勤务兵在前面跳跳蹦蹦,似乎并不觉得累;李剑紧跟着他。雾气太大,几步外就看不清人,他又戴着眼镜,更间着一层,怕拉下来了赶不上;又不好意思喊勤务兵慢些。一会就累得汗淋气喘的,分不清东西南北,只是急急忙忙地跟着赶。

这样走了一阵,爬过两道山坡,李剑只觉得腿软,心里发虚,冒汗。幸好勤务兵停下来了,他转身向李剑问道:

"歇一下吧,李副官,好不?"

李剑只有点头的份。不管路边的石头上有露水,坐下去,擦着汗;他这才觉到绑腿和鞋袜都被露水打湿,上衣也透了汗。他那披着长发的后颈像火烧。

勤务兵向他讲,他昨天跟营长到过这里,旁边不远就有北洋军的防御阵地。他又同情地看着李剑那齐后颈的长头发,问他累不累,李剑喘气,点头,又摇头。

歇了一会,他们又走。这回地势稍稍好走了些,勤务兵的脚步也像慢了。他们走了不久,就听左边远远的地方响起了枪声,开始还零散,渐渐越来越激烈,步枪、轻机枪、炸弹、水压重机枪,炒豆般地连在一起,远远听着像一阵阵排山倒海的瀑布。李剑这时才知道,他们的方向是在右边;那枪响的地方,就是正面的队伍开始向平江的鲁肃山那一带阵地进攻了。这时,枪响的地方似乎渐渐在扩大,一会儿很远,一会儿又很近;接着又传出一连串"轰隆轰隆"的声音,这是北洋军的大炮开火了;又夹杂着激烈的枪声,冲锋号的应和声,持续不断,像大海掀起的怒涛,一浪接着一浪。

　　他们匆匆地走着,勤务兵说快到突击营等待渡河的地点了;在那里他们就可以赶到队伍。他们走了不远,前面突然闪出了一个持枪的士兵,他像从浓雾中幻变出来似的,没有声息地就挡在了他们两人面前。勤务兵向他说了几句话后,他也指着前面说了一番,接着又隐入旁边的雾里,不见了。他们又继续往前走,勤务兵兴奋地告诉李剑,他们已经进了一营的后卫,这一路都是他们的队伍了,营长就在前面。李剑惊奇地竭力向两旁看,可是看不到一个士兵的影子,甚至也听不见丝毫的声息;周围只是一片荒凉和寂静,使李剑感到神奇而又幻异。他们又走了一会,勤务兵站下听了一听,便叫李剑在原地等待一下;他过去找人打听打听;他便向旁边的雾里走去了。这时,天空已渐明亮,远处青色的山峰露出在白雾上,像一些浮在大海里的岛屿。如果没有战争,这是一幅多么富于诗意的水墨画啊!可是,此刻李剑却顾不得去欣赏这些。他等了一会,很有些孤单,又受着好奇心的驱使,便信步向另一边的路旁走去。周围的雾虽然渐渐淡了些,却仍然迷迷蒙蒙;路边的山沟里,长着齐腰深的灌木,湿漉漉的,一片荒凉寂静。他向远处望着,竭力地望着。突然,似乎一株灌木陡地从地上蹿起来,挡在他的面前——他不觉吓了一跳,仔细看时,原来是一个持枪的士兵,同时也传出低沉的声音来:

"口令!"

"我,我是团部……"李剑慌忙之间,没有预备,把事先告诉他的口令也忘了。

差点闹了一场误会。等李剑记起口令来的时候,勤务兵也找来了。他没有埋怨,只是兴奋地说,营长就在前面不远。走这一段路时,李剑的脸还一直是红的。

在一个山岩的背后,他们见到了齐渊。这时李剑才真正感到,齐渊的职务是多么不简单。他仍然是那样平静、自信、勇武雄壮,旁边站着高洪生和别的几个军官,勤务兵小杨,还有一个农协的向导——驼五哥,他们都认识的。

齐渊手里拿着一块怀表,旁边有两个副官摊着地图,拿着铅笔,似乎注意地倾听着什么,周围站着几个勤务兵和传令兵。齐渊见了李剑,也没问什么,只是向他道:

"来得正好。等右边的部队打响以后,我们就要渡河了。你先了解一下情况吧。欧副官,"他向那个拿铅笔的军官道,"你向李副官介绍一下现在的情况。"

李剑听了欧副官的介绍,更惊奇他们掌握敌我动向的精细了。他们是凭枪声的方向和位置,凭各个部队的号声,再根据战前的计划来判断情况的;这需要多么丰富的战斗经验。李剑头一回才实地听到了,在那些杂乱的枪声和号声中,竟有这样大的学问啊!

"三连长,"齐渊向高洪生命令道,"右边的部队就要打响了。你回去预备一下,等这里的敌人注意力向那边集中后,马上涉水渡河,占好地形,掩护全营和友军的突击营过去。"

"是!"高洪生敬礼,转身要走。

"齐营长,"驼五哥在一旁道,"我跟第一批队伍过去吧!……"

"你等一等。"齐渊温和地对他道,"我们后面队伍还多,都全仗着你呢。"

"我知道,营长。"驼五哥道,"我跟第一批队伍过好些,哪里水

506

深、哪里水浅,我摸得清楚。打仗的事人命关天,错一点就不得了啊!"

齐渊略为思索了一下,便点头道:"好吧。张同志,有事还请你多跟高连长商量……"

"那是自然的!"驼五哥高兴地把斗笠一背,向高洪生道:"走吧!"

他们刚走,团部的杨副官就带着两个传令兵赶来了。他向齐渊报告说,第二营的队伍已经接近了他们的后卫,第三营和特别大队也正在向他们的两侧前进;团长要他们不必顾虑,放心向北门行动。齐渊也向他谈到了本营的行动情况,要他向团长报告,第一营已经按预订计划开始渡河,请团长放心。

"敌人方面有消息吗?"齐渊最后问。

杨副官回答道:"敌人已经探知了我们进攻的消息。据昨天深夜农民协会的探子从平江赶回来报的消息,鲍鄂又向北门和东门增加了兵力……"

"他得到我们的迂回计划了吗?"齐渊问。

"团长判断,他们可能探到了我们右边队伍的行动。"杨副官笑着说道,"而这一点又正是我们希望的……"

一个站在高处的司号长跑下来,兴奋地说道:"报告营长,我们的右边打响了!"

果然,右边,比刚才那些枪声更近些的地方,响起了逐渐激烈起来的枪声,这是以准备渡河迂回的动作来迷惑吸引敌人的广东军的另一个师,被北洋军"发现"了。

齐渊看看手中的怀表,向旁边的一个军官道:"命令一二连,准备渡河!"那军官敬了礼,带一个传令兵跑去了。齐渊又向要走的杨副官道:

"请你向团长报告,我们已经完全按计划渡河了。"

在第一营向北门进发的同时，二营、三营和农民自卫军的大队也都接连地开始行动了。他们的任务，是要在正面佯攻和右翼吸引敌人的队伍之间，扫清北洋军的外围据点，去掉北门突击部队的后顾之忧，也为突击队跟团部的联系扫出一条通路。

天还没亮时，万先廷和自卫军的那些小伙子们就起来，把一切准备停当了。万先廷又再三叮嘱他们，一定要守军队上的规矩，要听命令，不能随便乱来。那些小伙子们都憋足了一身劲，三扒两碗地吃饱了饭。终于天也渐渐亮了，等来那一声命令后，他们就趁着大雾出发了。

他们是在二营的后边。这一段等待的时间是够受的。特别在两边的枪炮声响起来以后，那些小伙子们更是沉不住气了，坐不住，站不安，伸头探脑，都想看看热闹，有些还嘁嘁地发起议论来。这实在使万先廷着了急，不过他摸透了那些人的脾气，便传下一道命令：谁要是再说话走动，交头接耳，就不许他参加战斗。这一下果然有了效力，那些小伙子们都老实了。

好容易第二营的副官来传令，说第一营已全部渡河，向北门进发了。他们才开始向汨罗江边前进。

等他们全部渡过河时，雾气已渐渐散去。红红的朝霞和青碧如洗的山峰，从那迷蒙的乳白色的纱幕中显露出来，那景象是十分好看的。然而他们此刻却无心想到这些，激烈的战斗就要开始了。

队伍都按着预订计划，运动到了北洋军占据的山头下边；要听统一的号令，一齐发动进攻。然而，这时万先廷带领的自卫军大队，却出了点不大不小的漏子：一个小伙子不知是紧张，还是过于兴奋，手里的洋枪走了火。那静悄悄的清晨，只听"叭呴"一声，枪声格外清脆，这一下可就热闹起来了。

北洋军的枪炮一齐开火了。顿时轰隆轰隆、劈劈啪啪的枪炮声响起来，爆炸的烟尘搅和着正在消散的雾气，升腾起来，弥漫在坡地上和山峦中。

这可把万先廷急坏了。幸亏他早就选择了那一处掩蔽的地方,北洋军一时还看不出目标,只是那些流弹和附近爆炸的炮弹,使几个人受了轻伤。然而,情况是十分危急了,队伍没经过战斗,一开头就处于挨打的局面,现在已经显出些慌乱了。营部的进攻信号还没有发出。一刻的迟延,也许就会使整个自卫军大队在进攻前就被北洋军的炮火消灭掉!怎么办?在这决定性的关头,怎么办呢?

"当机立断!"万先廷忽然想起齐渊说过的那句话,"'一切决定于指挥官的当机立断!'"他要迅速扭转局面,夺取胜利!

万先廷再也没有别的考虑——那一瞬也不容许他再有别的考虑——他猛地挺身站起,高举起驳壳枪放了一响,同时用尽全力地叫了出来:

"弟兄们,冲啊——!"

自卫军的牛角一齐吹响了,绣着白犁的大红旗招展了起来。那些小伙子们兴奋地站了起来,忘了恐惧,忘了北洋军的炮火;他们此刻只意识到一点:跟着万先廷就是胜利,前进就是胜利!他们端着洋枪和猎枪,拿着大刀和梭镖,像在深山打野物似的高声吆唤着,漫山遍野,奋勇地向山头上冲去。

万先廷举着驳壳枪冲在最前面。他在炮火中转头往下看时,只见那些小伙子们都跟着他冲了上来,一个个小老虎似的,有些比他跑得还快,冲到了他的前面,似乎毫未感到枪弹的可怕。万先廷不觉格外轻松地笑了,仿佛一副重担卸了下来,全身也变得更有力量,几天来的辛苦和劳累全都一扫而光了。他们几乎一口气就跑到半山坡上。这时,万先廷听到邻近山下的枪声和冲锋号声也响起来,这是营部发出总攻击的号令了……

在城外的战斗正进行得热闹的时候,城内的一场"战斗"也正在难解难分;主将当然是鲍鄂将军,对手便是那些麻将桌上的陪客。

这实在是相映成趣！

本来平日除了床底下失火，鲍酆将军总要睡到日上三竿才起身的。可是今天，他却破例在天不亮时就起来了；这倒决不是因为害怕。他，鲍酆将军，实在还从未体验到"害怕"这两个字的。他这样早早起来，只是要看看一旦广东军杀来，到底有多大本事。然而县城里的那些巨富绅商们却很不经吓；他们原本要在这天举行一个隆重的盛宴，来为鲍酆将军预祝胜利的；一听到攻城的消息后，又赶紧慌慌张张地把这个宴会取消了。这件事在昨晚上被鲍酆将军得知后，立刻传出命令：明天的盛宴必须举行，而且从天不亮便开始，要办得越热闹越好。他自己要亲自来"与民同乐"一整天。

接了这个命令，那些素日里巴结唯恐不及的人们岂敢怠慢，又加倍地紧张忙碌起来；张灯结彩，悬匾挂联，乱哄哄地直筹办了大半夜。第二天五更时分，请的戏子和唱小曲的瞎子都来了；不大一会，全城的豪绅商宦、名媛雅士，也都骑马坐轿地云集而来了。

出乎人们的意料之外，鲍酆将军也光临得比哪一回都早些。八抬大轿前面一长串大红灯笼，写满了将军的官衔，后面又是几十名身背大刀钢枪，骑着高头大马的威武卫士。大轿被人们一直迎进正厅。今天，将军穿了一身金晃晃的军礼服，头戴冲天缨的金边军帽，挂着精致的短剑和指挥刀；红光满面，精神焕发，那景象是十分凛然而又威严。

略略吃过茶点以后，早宴就随即开始。

鲍酆将军显得格外高兴，他吃到几分酒意时，便举杯站起，向大家宣布道：

"诸位先生、女士：今天是广东军进攻的一天，也是他们自投罗网的一天。我的主力大军，早已在南门外的鲁肃山等待着他们！我要在这里陪着诸位，坐观战事的进展；请诸位看看，我鲍某是怎样收拾广东军的！"

这番话引起了狂热的欢呼和掌声。一时席间桌椅挪动,步履杂沓,跑过来敬酒的、道贺的,把鲍翾将军那一桌围了个密不透风;大杯小觥,丁零当啷地一阵碰响着,鲍翾将军也满面含笑,坦然地领受这些赞颂。

这时候,南门外的进攻也正好开始。

机关枪、炸弹、大炮的轰隆劈啪声,从汨罗江那边传来,人心都有些震动。但鲍翾将军却早在预料之中,一切胸有成竹。酒筵以后,主人们又陪着他过足了烟瘾,他这才又慢慢踱到大厅来。大厅里又摆好了一张张红漆方桌,明桌亮几,桌上整齐地摆着麻将和筹码。在鲍翾将军的麻将桌旁边,另放了一张围了红桌裙的书桌,上面供着一只红漆斛桶。斛桶里插满黄纸套着的"大令",这代表着指挥的权力。于是,同南门外那场真正的攻城战相应和,大厅里一场激烈的"雀战"开始了。在最上首那张方桌上陪鲍翾将军的,是全城里三位最娇艳的名门闺秀,据说都以善用媚眼闻名。

南门外战斗的情报,接二连三地有副官们来报告。骑着快马的传令兵,穿梭般地在大街上冲来冲去,随时把司令部的消息报告给鲍翾将军,又从麻将桌旁把鲍翾将军的大令带回司令部去。这是一个奇特的指挥战斗的场面,鲍翾将军沉着自如地应付着两个战场。

一切都进行得很顺利。开始,鲍翾将军还有些担心敌军的迂回部队,可是,接着就从右翼传来报告:

"汨罗江对岸发现大批广东军,有渡河迂回的企图;已遭到我猛烈炮火的阻击!"

这时鲍翾将军手里的牌面快凑成"清一色"了,他高兴地甩出一块杂牌:

"集中兵力和炮火,把敌军消灭在汨罗江对岸!"

天渐渐亮了,大厅里依然灯火辉煌。牌桌上,鲍翾将军面前堆着的筹码越来越高;南门外,一个跟着一个跑来的副官和传令兵,

红光满面,精神抖擞,几乎都报告着同一类话:

"正面敌军猛攻,阵地稳如泰山!"

"敌军增加兵力,无法越阵地一步!"

"我军炮火猛烈,敌军损失惨重! ……"

鲍鄂将军也笑得一次比一次欢。他想起"关公温酒斩华雄"的典故,更觉得意非凡;关公固然神勇,终须得亲自出马;而他,鲍鄂将军却安坐在牌桌旁边,运筹帷幄,料敌于股掌之上;他得意地想,要是有一天,有人来写"反三国"之类的书,关公自然非大帅莫属,而他鲍鄂将军这一段战功,也足以传为千古美谈了。他传出大令:

"预备队向南门靠拢,待令反攻!"

不一会,又一个副官进来了;他是从司令部来的,走到鲍鄂旁边,诚惶诚恐,恭而敬之地报告:

"将军大人,大帅急电! ……"

电报是昨天半夜拍来的。大帅在任何时候,都不忘卖弄一下文墨;反正打电报不用掏腰包,因此字数尽可多些。鲍鄂接过来一看,电文上写的是:

湖南平江　鲍镇守使　万急密

　　湘境战事何如? 京津一线,我第一联军即可攻克南口。望鄂兄与将士共勉,奋勇向前。以期南北同奏凯歌,振北洋之声威。此中厚望,慎勿辜负,则中国幸甚,天下生灵幸甚! 佩孚感怀之余,将八年前旧作一首,赠鄂兄与将士勉之。附诗录后。吴佩孚巧

后面附有一首七言诗,那是当年大帅直下湖南的时候所作,这番用意当然是明明白白的。诗云:"元首余威加海内,偏师直捣下衡阳。寄汝征南诸将士,此行关系国存亡。"鲍鄂将军是参加过那一回战役的。那一回,大帅以他决策的果断和士卒的骁勇,震惊了南北。那一战奠定了日后大帅把握中枢的基础。

鲍鄮将军看罢,大为欣喜,当场将大帅的诗电在大厅内朗读,博得了满堂的欢呼和掌声。他又传令将这份电报遍谕全军,以示大帅的关切。最后,他一面洗牌,一面向站在旁边的副官道:"立即回电!"

副官笔挺地站着,迅速在手上摊开文卷来,拿着铅笔,作了个要写的姿势。

鲍鄮将军口授。他跟大帅多年,也学了不少八股。

北京长辛店　帅座　万急密

　　　帅座勋鉴,巧电敬悉。南军已全面发起总攻,我外围阵地稳如泰山。明晨之前,当有捷音飞报帅座驾前。南方军事,万无一失;帅座尽可稳镇京津,以握中枢;区区小丑,望勿分心。倚戈再拜,敬候起居。鲍鄮叩皓

副官敏捷地合上卷夹,插上铅笔,敬了礼,挺直着身子向后转,匆匆向大厅的外面走去。刚走到门口,不防同外面冲进来的一位副官撞了个满怀,差点连胳肢窝下的卷夹也掉了下来;他赶紧把定两腿,看那人:神色张皇,满脸油汗,一句话也没说便冲进大厅去。夹文卷的副官觉得很委屈,无可发泄,嘴里喃喃地骂着走出去了。

进来的那副官惊魂未定,慌慌张张绕过那些劈里啪啦响的麻将桌,到鲍鄮身边敬了礼,凑上耳边悄悄道:

"大人,北门外不远,发现广东军……"

这声音虽微细如丝,可是听到的人都觉得大如霹雳,头脑里嗡地一下发了麻,附近的几张牌桌顿时停止了声响。鲍鄮将军一向是沉着的,这时他正打出一张牌去,那举起来的手也在空中僵了一瞬,然后才落下来;他立刻扫了周围一眼,觉出自己流露了一丝慌张,立地振作起来,威严而平稳地说道:"知道了!……有多少人?"

"看样子,有千把人左右……"

"哼,千把人也值得这么大惊小怪!"鲍鄮冷笑一声,轻蔑地说

道,"命令蓝团长,按昨晚上我部署的计划,全部消灭!"北门的兵力虽然少一些,但鲍酆将军安放的是一个主力团,而且地势奇险,那位蓝团长又是他器重的将领。他能放心。

那副官似乎还想问什么,见鲍酆横眉竖目,把话又吞了回去,弯着腰应道:"是,大人……"他敬了礼,又匆匆退出去了。

鲍酆自信他那命令,是会有镇定人心的力量的。果然,人们又都欢笑地继续摔起牌来,不过又似乎像有些勉强,心里都怀着鬼胎。鲍酆将军这时的心,也像有点什么牵挂,虽然他仍旧是镇定自信的。老实说,这北门外出现敌军,是他所预料,而又极不希望这预料实现的。鲍酆将军在军事上并不是一个盲目自信的庸才,他跟随大帅多年,是特别懂得"兵不厌诈"这四个字的利害的;因此他在部署上特别小心。除了正面坚固的工事,他又在两翼布置了防御偷袭后方的兵力;为了更有把握,他昨晚上又把一个主力团派去加强东门和北门,免得低估了对手。然而现在,这估计竟成为现实了;使他感到可怕的,倒并不是北门外这支千把人的奇兵,可怕的是这个对手!是啊,他鲍酆半生戎马,一向是料敌如神,从来没逢到过敌手的。今天,他感到这对手的可怕了。他们还会耍出什么花样来呢?……他犹疑地想着,顺手打出一张牌去……

"碰!……"下首那位陪客突然尖叫一声,同时把面前的牌摊下。她已经凑成一副牌底很大的"十三幺"了。

"唷!"对面那个满身珠光宝气的少妇娇笑着,"鲍大人真看得起王小姐,这张牌不是明明成全她吗?"

另一边那个瘦女人也抿起红嘴唇笑,斜乜着眼道:"这副牌就这一张了,倒好像王小姐先约好了的哩!"

"死鬼、死鬼!……"王小姐撒痴撒娇地嗔着,把牌抹得山响。

鲍酆是庄家,得拿双份的钱;钱他倒不在乎,反正都得让他赢回来。只是他的脑子里突然闪过一个不吉利的感觉:妈的,刚好这副牌输了,该不是……要不亏那几位"小姐"会撒娇,局面一定是会很难看的。

不一会，鲍鄂将军又很释然了，因为他一连凑成了几个"一条龙"；而且，北门那边又传过来了好消息；他才觉得刚才实在是自找虚惊。"那个对手也不过如此！"他暗想着，不觉好意地瞥了下首那位娇媚的王小姐一眼。

三十六

城外的战斗，正在激烈进行。

从平江的左翼、正面、右翼到侧背，广东军的部队和北洋军都开始了激烈的交锋；在这条广阔的战线上，应和着一片嘈杂的枪炮声、喊杀声、激昂的冲锋号声，连空气也为之震动。在这一带起伏的丘陵上，到处是士兵、旗帜、弥漫的烟火，人喊马嘶；农民协会的红底白犁大旗，在那些革命军的蓝底红边军旗中格外显眼；有革命军的地方，就有他们。

这些防守平江的北洋军，到底是吴佩孚的嫡系，十分凶恶、顽强。他们的武器又都很好，弹药充足；固守的阵地又占着很有利的地势，进攻显然很困难。革命军和农民自卫军虽然很勇猛奋发，可是进展却仍然不很大。

先遣团和主力师的一个团，除了派突击部队进攻平江北门以外，其余的部队，便要在平江城的东面——正面战场和右翼战场之间——打开一条通路，使进攻北门的突击部队和后方连接起来，免掉他们的后顾之忧。这中间要消灭掉好几个北洋军的坚固阵地和据点。先遣团进攻的目标是朝着县城和正面这边方向，主力师的那个团是朝着右翼战场那边的方向。这条通路就在他们的中间。

经过好长时间激烈的争夺和白刃战后，先遣团和农民自卫军终于完全控制了北洋军的阵地；而主力师那一团进攻的那一边，还正在相持不下。

樊金标带着几个军官,在刚刚占领的阵地上巡视着。他今天显得格外容颜焕发,刮了胡子,洗了澡,又换上了一身新军衣,似乎一下变年轻了许多。

这一仗打得不错。第二营指挥的部队和农民自卫军,最先攻下了北洋军的坚固的外围阵地,全部消灭了阵地上的北洋军。樊金标满面春风,一面看着弟兄们在清理战场,一面向军官们部署警戒和防御兵力。士兵们来来往往,都兴高采烈地忙碌着。

这时,万先廷从另一个阵地上走来了,他后面跟着五六个农民小伙子。他们穿白短褂,扎蓝腰带,头戴斗笠或扎着包头,带着红臂章,打着布绑腿,赤脚草鞋。他们背着新缴来的汉阳造新枪;有的还背着舍不得丢下的大刀和梭镖,上面飘着大红穗子,一个个显得雄壮、精悍,威风抖擞。

万先廷老远看见营长,心里就想着:一场严厉的斥责恐怕是绝对免不了的。他想起刚才的那场战斗,虽然是冲上去了,胜利了;但严格地说来,实在没有打好。第一是攻击之前走了火,暴露了目标;第二又没有按照预订的命令,擅自开始了行动。无论就哪一点说,都是纪律所绝不容许的。他虽然在当时也想到了这一点,却又不得不这样做;一种比想到个人得失更强烈的责任感驱使着他。他们已经走近了樊金标面前,万先廷立正敬礼道:

"报告营长,自卫军五个大队全部集合好了。"他等待着营长的怒斥。

樊金标却满面笑容,还了礼,走近前同他握手道:"好啊,你们干得不错!……"

"营长,我们发生了意外,没按照命令……"

"我都听到了!"樊金标打断他道,"这种事队伍上都会碰到的。你处理得很好。"他又低声道:"你知道,我原先还怕他们上不去呢。可——"他说到这里,大步走到那几个小伙子面前,用力地握着他

516

们的手道:"干得好,弟兄们! 都是好样儿的,谢谢你们。"

这时,一个军官跑得气喘吁吁,汗流满面,跑到樊金标面前敬礼道:"报告营长,他们那边还没有进展! 有地方还顶不住,看样子要被敌人往这边压过来了!"

"这帮饭桶!"樊金标又发作起来,望着主力师那边担负的阵地,气冲冲地说道,"他们的脚是叫人裹住了吗?! ……"他不知是对谁说,挥起拳头,"叫他们下来,咱们上去!"

那军官还站着没动,他眼里惶惑地看着樊金标,不知该怎样执行这个命令。

"站着干吗!?"樊金标吼道,"执行!"

军官为难地皱起脸来:"营长,可、可这怎么好跟他们的长官说呢?……"

"有什么不好说?"樊金标怒火未熄地问道,"你问问他,拿不下阵地来,砍谁的头?!"

"营长,"万先廷在一旁想着,终于开口道,"我提个意见,好吗?"

樊金标看了他一眼,出乎意外爽朗地点头:"说吧!"

"梁副官说的也是难处,对友军,这样做会产生误会。可是,现在战斗又紧急,要是他们向这边退下来,情况就更严重了。"万先廷望着樊金标,期望地说道,"我的意见,还是让我带领自卫军上去!"

樊金标看着他,考虑了一下,似乎自言自语地说道:"你们去,……人够吗?"

"我们人不少了。"万先廷看了旁边那几个小伙子一眼,兴奋地说道,"再说,全是农协挑出来的好小伙子,一个能顶几个用呢!"

"好!"樊金标兴奋地说道,"你们去吧,可一定得小心。随时派人来联络!"

"是!"万先廷精神抖擞地立正敬礼,转身向那几个小伙子道:"走!"

樊金标看着他们的背影,满意地把手伸到下巴上,去摩挲那毛茸茸的络腮胡——可是那儿光溜溜的,他不觉天真地摇头笑了……

在这附近不远的一座山头上,就是先遣团设置在前线的临时指挥所。这时候,主力师师长潘振山和他的参谋长——那个独眼干瘦的老上校,正站在那里,向远远的战场了望着。他是以前敌指挥官身份来这里视察的;但他来时,先遣团团长叶挺已经到最前面的二、三营那里去了,只留着几个副官和参谋官在这里守着。一个少校军阶的参谋官向潘振山报告了全团各营现在战斗进展的情况。潘振山也说不出什么话来,只是鼻子里哼了几声,就站在那里向周围了瞭望。他时刻都是那样高傲地挺着胸脯,昂着头,一脸骨头里挑刺的神气。他那矮瘦结实的身上穿着一套洗得发白的旧军服,不扎武装带,穿一双旧胶鞋,大檐军帽软塌塌的,帽舌朝天。他这样装束,与其说是艰苦,不如说是为了在那些高级军官中间显得与众不同。他们站的地方,可以很方便地看到远处那些激战中的阵地。

潘振山从旁边一个副官的手里拿过望远镜,举起来向远处那些阵地望了好一阵,突然好像发现了什么问题,拿下望远镜来,向先遣团的那个参谋官问:

"那边是些什么人?怎么乱七八糟的!……"

那参谋官举起望远镜来望了一望,回答道:"那是农民协会的自卫军,他们正在配合队伍作战。"

"哼,"潘振山似乎显得有些得意地哼了一声,故意向老参谋长问,"这是哪一个团进攻的阵地?怎么到现在还没有攻下来?"

只要一张嘴,老参谋长就能明白他的意思;这时不觉在心中暗暗叫苦,想阻止也来不及了。师长以为有农民自卫军参战的一定是先遣团负责进攻的阵地了,他是想用这一点来证明先遣团的不中用,终于落在了他们师那一个团的后面。可是参谋长心中是明明白白的:他不用看地图,就肯定还没有攻下的这一边阵地,是属于他们师里那一个团的。但这时他又不能不回答,他故意在面前两个副官摊开的地图上仔细看了半天,然后缓慢而低声地说道:

"这一边……是属于……廖团长他们那一团的……"后面那几个字他说得低到只能让站在旁边的潘振山勉强听见。

"为什么农民跑到那边去了?"潘振山勃然地问,"谁命令他们去的?"

先遣团的参谋官仍然平静地说道:"刚才二营的樊营长有报告来:因为那一边的攻击很长时间没有进展,农协的自卫军才赶到那边去助战的。"

"哼!"潘振山又哼了一声,这回可是很不愉快。

老参谋长明白潘振山的心情:师长在这次战斗之前,是抱着很大雄心,要跟先遣团见个高下的。他不相信,他潘振山这么些年用从日本学来的全部精神练出来的队伍,竟会比建立不过半年多的先遣团差些。在广东,当别的那些军还在操场上大练英国式的鹅步操的时候,他的队伍就已经在演习着进攻最坚固的堡垒了。他用甚至残酷的纪律去约束士兵,竭力把他们练成一个个黑瘦结实的铁人;然后,他潘振山就可以在所有的革命军里目空一切了。仇恨和嫉妒,都可以使人产生可怕的力量。潘振山的力量就是来自后者。在醴陵战役,由于他们师是配合先遣团主攻,没有显出什么本领。这一回,他特意在许多地方把自己的队伍同先遣团放在一起,就是为着比一比高低。所以,在军部的作战会议上,他是不主张让农民自卫军直接参加战斗的;理由是一来怕有奸细,二来会搞坏秩序。后来因为先遣团的坚持,加上如今又正是"民众革命"的口号喊得最响的时候,他才总算有保留地表示同意了。

想到这一些,老参谋长就知道潘振山这时的面子的确过不去,便眨着那只多皱的独眼,解嘲地笑着说道:"嘿嘿,这种打法实在有些……有些那个的……杀人一千,自死八百……"

"说不定还要多!"潘振山肯定地说。

这时候,那边几个副官忽然用兴奋的声音小声说道:

"看,攻上去了! 敌人全垮了! ……"

先遣团的那个参谋官最先举起望远镜来,老参谋长也跟着慢慢地举起望远镜;潘振山起先似乎根本不想举,可是后来又像赌气似的,猛一下举起望远镜来:最先映入那圆筒里的,正是飘扬在敌人阵地上的农民协会那面绣着白犁杖的大红旗,那样刺眼夺目。他不想再看,愤愤地拿下望远镜来。

正在这时,后面响起了一个兴奋而急促的问话声:

"师长在哪里? 师长在哪里? ……"

潘振山立刻回头望去,只见一个卫士带着一个牵着马的军官匆匆走了过来。潘振山认得那军官是师部的,他已累得满脸通红,一头大汗,但面露喜色。潘振山预感到他一定带来什么好消息。果然,他过来就敬礼报告道:

"师长,焦营长派人回来报告,他已经带着队伍攻进了平江北门!"

潘振山这一喜非同小可,他转眼看看老参谋长,交换了一个得意的眼色,又立刻进一步向那军官问:"是他们单独攻进去的吗?"

"是的,"军官也得意地点头,"他让先遣团的第一营担任后卫,没有使用他们。"

潘振山那总是紧绷着的小青脸上,立时充满了明朗的阳光,连连得意地点头道:"很好,很好。"又关心地问:"他派来的那个人呢?"

军官回答道:"正在师部休息。他赶得太急了,找到师部的时候,他累得连马都下不来了……"

潘振山又接着问:"他从那里动身的时候,突击营的进展情况怎么样?"

"队伍一攻进城去他就回来报告了,后来没来得及看。"军官回答说,"反正是肯定打进去了。焦营长说,正在扩大战果,来不及详细报告……"

"很好,很好。"潘振山又一次得意地点头说。他转向先遣团那个参谋官道:"派人去请叶团长回来,到我的前敌指挥部去一下。"

那参谋官还没来得及回答,只见从山下飞一般地奔驰上几匹马来。这座山头正由潘振山的卫士排森严地警戒着,也没有拦挡得住。那几匹马直接奔驰到山头上他们面前,先遣团的参谋官认出正是团长带去的副官和勤务兵,知道一定是带来了什么紧急的命令。那副官跳下马来,看见师长在这里,便连忙走过去先向潘振山敬礼。

潘振山绷着脸点点头,问道:"你从哪里来的?"

"报告师长,从三营的阵地。"副官尊敬地回答道,"团长命令我回来……"

潘振山皱起眉头,打断他道:"叶团长为什么要把主要精力放到次要地方上去呢? 现在关键是在平江的北门,是在那里的突击部队!"

"是的。"副官仍然尊敬地报告道,"团长正是因为从这边到北门的通路没有打开,才亲自赶到二、三营去,帮助他们尽快解决两边阵地的敌军,以便跟北门的突击部队取得联络。"

"他接到突击营的报告了吗?"潘振山问。

"刚才接到。"副官回答。下面他却出乎意外地说出潘振山完全没想到的话来:"北门的情况非常不好……"

"什么? 非常不好?"潘振山粗声地打断他道,"这是谁报告的?"

"是一营齐营长。"副官有些迷惑不解地回答。

潘振山不觉又看看老参谋长,眼里闪出的嘲笑似乎在向他说:看,他们嫉妒了吧! 他故意转向副官问:"他没有报告焦营长的部队已经打进城内去了吗?"

"先是这样,"副官点头道,"可是他们刚冲进去,没有防备,就让北洋军埋伏的队伍从几面反击过来,把他们全堵截在城里,经过激烈战斗,损失很重……"

"出来了吗?"潘振山不觉猛然一惊,但仍用平静的声音问。

"他们退出来了,可是下落不明。"副官说道,"现在齐营长正在重新组织力量,准备反击。"

潘振山绷着脸,愤怒地沉默着,又像自言自语似的、很快地说道:"这不可能,这不可能! ……"他又突然向副官问:"叶团长怎么布置的?"

副官道:"团长现在已经亲自赶到北门去了。并且让六连长带着农民自卫军几个大队去支援他们。"

潘振山又沉默着,过了一瞬,才突然问道:"你回来干什么的?"

副官回答道:"传达团长的命令:要特别大队和新兵营从后面开上来,准备紧急使用。"

潘振山那紧绷的脸上现出不大自然的笑容,嘲讽地说道:"这样紧张干什么? 要先把情况弄清楚。怎么会变得这样突然呢? ……"他又用决断的口气指示道:"一定要先弄清确实的情况!"

"是。"副官只好立正回答。

潘振山思索着,看了老参谋长一眼,又向先遣团的参谋官和副官道:"我们走了。派人告诉叶团长,北门有什么新的情况,马上来人报告我!"

"是。"参谋官问,"到什么地方?"

"我的前敌指挥部。"潘振山说了一句,立刻转身。后面的副官卫士们赶快忙碌起来,一迭声叫着:

"带马,带马! ……"

大约是马弁们牵马上来慢了一些,立刻传来潘振山边走边暴躁地骂人的声音：

"混蛋！上哪儿去了？人都死绝啦?! ……"

只有老参谋长心里明白：师长大发雷霆的原因是什么。如果先遣团的这个情况是假的，当然最好；万一真的是这样，反正焦营长的队伍是已经打进去过了——这一点连他们也承认，那么挽回也还不晚。他骑在马上，还一面想着应当在怎样的时机，向师长进些怎样的忠告。

实际上，这时在北门，第一营的处境比团部和师部的人们所知道的要艰巨困难得多。事情是这样的：

第一营在清晨渡过汨罗江后，又立刻摆开阵势，掩护主力师的突击营偷渡了过来。有驼五哥领路，他们很快便悄悄靠近了北门。在路上，那位焦营长见到齐渊，十分高兴；他称赞齐渊还干得不错，不过也指出了某几点错误，说他今后前途远大云云。本来按照计划，要有一个营担任主攻，一个营担任后卫掩护和支援。焦营长便提出要由他们那一营担任主攻，齐渊带部队担任后卫；他为了说服齐渊，又讲起他从前的经历、战斗，讲起他有一次攻一座很厚的城……齐渊心烦得要命，也不好说什么，便同意他们主攻。并且把驼五哥介绍的情报告诉他，又向他提出了许多忠告，把自己原来作好的主攻计划提供他参考。焦营长似乎对那些并不热心，他只是讲自己的老谋深算，不让别人插嘴；他觉得拿他过去所攻的许多城来比，平江只不过是个小鸡蛋而已，他又讲他的经验和办法。凭他那些话，齐渊就猜想他八成要打败仗。但是他又是那样固执、自信、滴水不透；齐渊觉得现在要说服他，恐怕比要他打开平江还难些。

他慷慨激昂地带着队伍上去了。齐渊便在后卫进行了坚强的部署，他命令高洪生率领第三连，在接近焦营长的突击营的地方警戒，随时注意前边的情况，相机支援；又命令第二连在突击营的侧翼进行警戒,一方面保证他们的进攻安全,一方面预备他们万一失利,溃败下来后,便可从侧翼楔入,截止敌人的追击。

前面打响以后,根据枪声判断,齐渊发现焦营长是一下把全部力量都投入进攻了。敌人的炮火也很猛烈,显然是早有预备的。这样相持了一会,敌人的火力突然变得松弛下来。齐渊怀疑这其中有什么文章。不一会,接到高洪生的报告:焦营长的突击营已经攻进北门,要我们跟着前进,请示如何执行。齐渊这时更觉怀疑了,他根据驼五哥的讲述,知道北门的形势十分险要,两道山口紧紧锁住大路,地势又高陡,如果敌人不是到了完全绝望的时候,决不会轻易放弃阵地的。他思考了一下,果断地向二、三连传出命令:可以向他们后卫靠拢,但决不能轻易跟着进城;要更加注意前方的情况,加强警戒;同时,要立刻派人去提醒他们,预防敌人的伏击,注意城内的地形。

齐渊开始考虑下一步的行动。万一真像所想的那样,他们中了敌人的伏击,一定会很快从城内退出来。我们的二、三连就立即接上去,把敌人堵回城内;然后请他们整顿一下队伍,按照统一的调配,协力进攻。等把敌人消耗到一定程度后,再像尖刀一样地插进城去!……他同驼五哥仔细研究着城内的地势和街道,敌人的司令部、兵营;他细心地把这一切和未来的战斗联系到一起。但是,他更加希望的,是前面的突击营能顺利地进展下去。

这时候,前面又传回了高洪生的紧急报告:突击营进城不远,遭到敌人的四面伏击,已经开始混战。齐渊听着,感到一切已经是那样可怕地实现了。他立即命令:二、三连迅速发起进攻,掩护突击营突围。他自己也带着第一连向前靠拢,准备趁敌人混乱,开始第二步行动。

这时,前面的二、三连已经按命令向敌人猛攻了。先遣团主力营的士兵,果然与众不同;他们的准确而猛烈的火力,立刻使敌人慌张混乱了。趁着后面动摇的机会,焦营长带着部队冲开一条路,急忙向城外跑出来。先遣团的士兵们两旁闪开,让他们冲过;从城里跑出的那些士兵都差不多吓掉了魂,焦营长也让这个"小鸡蛋"碰得晕头转向了,只顾往前逃去;以致跟着他们屁股追出来的一股北洋军,也混在其中冲出来了。先遣团的队伍要专心对付城门两边的阵地,也顾不得管他们。战斗又成为两军对峙了。

齐渊带着第一连赶到离北门不远的一座小山包上的时候,二、三连正在原来突击营的阵地上待令冲锋,时不时地跟上面的敌人进行一场射击。可是没有见到焦营长和他的部队;二、三连的报告也只是说他们冲出来了。但是又到哪里去了呢?

焦营长和他的部队这时又渡过汨罗江了。他们冲出来以后,并没有朝着正北——那边有山;他们朝着东北方向跑去了。汨罗江是沿着平江的城南经南门、东门绕向东北方向流去的;焦营长和他的部队跑了不久,前面便横着了这条江,这是不用犹豫的,他们立刻就冲进水里,幸而水不很深——其实水的深浅对逃命的士兵来说并不重要。他们很快就到了对岸,转攻为守,那岸上的高地正是有利的屏障。跟着他们追出来的那股北洋军也被搞得蒙头转向,进退不得,便也在这边对峙起来。就这样,焦营长的"鸡蛋"没有吃成,只好蹲到汨罗江边去捞螃蟹了。

不过这一来,却给先遣团第一营的行动增加了很大困难。

齐渊对着摆在面前的地图,凝神不动,默默沉思;外面偶尔传过几声呼啸的枪声,这是北门阵地上飞来的流弹。一营的临时指挥所,就设在离北门不远的一间草棚里。这草棚原先大约是农民在田间车水时休息或者避雨的;低矮、简陋,有干牛粪和稻草的味道;不过这味道并不难闻,在烽火连天的战场上,倒很使人感到一种特别的亲切,引起人们对自己乡土的回忆和思念。靠了副官和勤务兵们的努力,不知从哪里弄来一张三条腿的旧方桌,靠墙放着,那上面铺满地图;没有凳子,所有的人都站着。

本来,一场看来很容易转败为胜的战斗,却被这样的意外打乱了。焦营长的行动,不只破坏了原定的计划,而且使第一营的处境感到困难。齐渊思索着,按照现有的兵力,也许他们可以担起两个营的重担;靠着每一个弟兄的以一当十,战胜敌人——根据以往战斗的经验,这种胜利的可能性很大。但这又是多么冒险啊!而且这里的地势又那样险阻,阵地那样坚固,敌人那样顽强,这一切都要考虑在内啊!然而不这样又怎么办?他知道,整个战役的胜利,要取决于北门的战斗;只有从这里插进敌人的心脏,才能使他们南面坚固的阵地全部瓦解。而且现在,就从他们这个局部来说,每拖延一分钟,就只有对敌人有利,增加了我们的困难。他想起团长的话,这种责任感和荣誉感就更加强烈。他站在桌旁,一动不动地看着地图,把各种利害得失都考虑到了;他这时想到的不是自己,也不是这一个营;而是整个战役,和这个战役对全国的影响!他不觉又想起那个焦营长来了。他刚才已经派人去找他们了,要他们立刻赶回到北门来。等他们来了再进攻么?不,不能再把希望完全寄托给他们了。要采取坚决果断的行动!他已经不止一次地向驼五哥了解了北门阵地内外的详细地势和情况,连一座房子也没有放过。他决定了:就利用现有兵力,以突然而猛烈的进攻插进城里去。他反复思考着进攻的方法,假设着敌人一切可能的对策;他绞尽脑汁地想着,竭力要迅速地从那些复杂的思绪中,找出一条既大胆又稳当的道路来……

副官参谋官们看着营长在思考问题的时候,都悄悄地站得远些。他们在靠门不远的地方站着,小声地谈话,或者向那里探看,互相交换眼色。桌旁只站着齐渊和驼五哥。

李剑和那个欧副官站在一起。大约他们都是戴眼镜的,很合得来。他们正在小声紧张地谈着。李剑对眼前的处境十分担心,他觉得他们现在是处在强大敌人的包围中孤军作战了。

“敬礼!……”外面那些勤务兵和卫兵们中间,突然响起了一声紧张急促的口令。

李剑心中一震:谁来了?还没等他的思想拐过弯来时,叶挺已大步地从外面走了进来。

"团……"李剑顿时觉得浑身充满了力量,感到一下子全团都跟他们在一起了。

叶挺仍然是那样严肃、冷静。他用手制止了李剑要喊出来的声音,一面向屋内的军官们还礼。他径直向齐渊那边的桌旁走去。他身后跟着万先廷、几个副官和农协自卫军的人。

齐渊背向着门,他俯身在地图上一动不动。直到叶挺站在旁边,他才猛然抬起头来,看见团长,立刻惊喜地直起身体,立正敬礼。

"情况严重吗?"叶挺同他握过手,仍然严肃地低声地问。

"没什么,团长。"齐渊平静地说道,"困难是有,并不是无法克服。"

叶挺的眼里闪过一丝赞佩的光,他看着地图,问:"前面怎么样?"

"我们在准备进攻。"齐渊说道,"焦营长的突击营退过汨罗江去了,我们已经接替了阵地。"

叶挺的眉头微微攒动了一下,似乎这一切早在意料之中,而一旦实现又使他感到那样愤怒。他依然声色未动地问:"下一步呢?"

"进攻!"齐渊果断地说道,"只有迅速的进攻,才能改变现在的情况。我们不能等待。"

"完全对。"叶挺简短地说道,目光没有离开地图。

"我想,"齐渊望着团长,低声然而坚决地说道,"亲自去指挥突击队。"

叶挺抬起头来,射出略似惊讶又略似不满的目光,看了他一会,问:"你以为,只有指挥官亲自上去,才是唯一的办法吗?"

"没有犹豫的时间了。"齐渊也严肃地说道,"一切决定于我们行动的快慢。部队是少了一些,只有用指挥官的行动去弥补。"

"你为什么不请求支援呢?"

齐渊望着团长那严厉中含着亲切的目光,真挚地说道:"我知道,你的负担比我更重……"

"因为重才需要我们。"叶挺的语气仍然平静地说道,"可是,你只说对了一半。"他回头看了万先廷一眼,转向齐渊突然地问:"你要多少人?"

齐渊怔了一下,他惊喜地望着叶挺,似乎一切都明白了,他热烈地说道:"团长,只要再有两个连——不,哪怕是一个连呢,情况就完全不同了!"

叶挺的目光在地图上停了一会,然后抬起头来,简短而平静地说道:"我给你一个营。"他转向万先廷:"过来领受任务吧。"

齐渊高兴地握着万先廷的手:"六连长,你们?"

万先廷立正道:"报告营长,自卫军五个大队听候命令!"

"信任他们吧。"叶挺在一旁不无喜悦地说道,"他们比得上任何最优秀的士兵。"

"那还用说!"齐渊望着万先廷兴奋地说道,又跟那几个戴红臂章的小伙子握手,"我们都认识。"他望着叶挺,立正问道:"报告团长,我可以开始行动吗?"

"开始吧。"叶挺仍然那样声色未动地站着,只是语气里充满关切地说道,"要迅速、果断。每一分钟对我们都是宝贵的。"

"是。"齐渊坚定地答应着,拿起桌上的地图,向万先廷道:"走吧,我们一起去看看那些老朋友!"

三十七

大厅里,麻将桌上的"战斗"仍很激烈,不亚于城外传来的枪炮声。快要举行午宴了;从后面那层大厅里飘出一股股好闻的冷盘——卤猪肝、小肠和红烧牛肉之类——的香味,使人胃口大开,想流口水。这时,人们的心又渐渐平静了。他们确实见识了鲍鄷将军的雄才大略,原先怀着的鬼胎无形中被强烈的崇拜所代替,他们才知道大帅这样信任鲍鄷将军不是没有原因的。

鲍鄷将军真是福至心灵,他的牌运格外好。他这才真正悟到刚才输那一盘的兆头了,正预示在小挫之后,必有大胜;这道理是明明白白的。他红光满面,精神焕发,除了过烟瘾外再没离开过牌桌。本来主人们怕他疲倦,想吃了午宴以后再战;可是鲍鄷将军兴致正浓,他要再赢几牌,凑个整数。这当然是没有人敢说"不"的。

从前线和司令部来的副官和传令兵,还是川流不息地在这里来往着。几处的情况都很好,只是东门外的几个外围阵地失去了联络——当然,这是一场大战役中少不了的。而他所最关心的北门,又早传来了捷报。那位蓝团长略施小计,把广东军打得失魂落魄,再也不敢进攻了;这个胜利足够抵偿了东门外发生的一切。正在他只差最后一牌,就要凑够整数的时候,突然——这是个危险的词——从外面匆匆走进一个副官,就是先前报告北门出现广东军的那个人。他似乎属于丧门星,专为带来坏消息。他慌慌张张地走到鲍鄷旁边,低声报告道:

"将军大人,蓝团长告急!北门又出现大队广东军,攻势很猛,看样子是他们的主力……"

鲍鄷将军浓眉一皱:他的情报做得不错,广东军有多少部队,早已在他的算计之中。而今……他脖子一拧,不假思索地吼道:"疑兵!告诉蓝团长,这是疑兵之计!不要被他们吓着,好好防守!"

那副官代替蓝团长受了一顿教训,又匆匆走出去了。这里鲍鄷将军一面摸牌,一面暗想:疑兵,是这样吗?他现在头脑里虽然热得发昏,然而鲍鄷终究是鲍鄷,从刚才广东军的悄悄出现在北门来看,他的对手是不能忽视的。他们还会要出什么花样来呢?一想到这些,他的心便颇有些忐忑了;他觉着那太师椅的椅垫太硬,靠背太热,他甚至觉得对面那位"小姐"的媚笑也不十分顺眼了。他心里发热,肥胖的身体上像生出了许多芒刺。他觉得需要向蓝团长交代一点什么情况——虽然连他自己也不知道,万一真像想像的那样可怕,他的办法能不能有效;但是终归需得交代。他知道那里的重要:北门一丢,他便连条退路也没有了。他这时,对眼前的麻将牌都不很觉得兴趣;就像一个突然得了重病的人,对他感到最好吃的东西都变得寡淡无味了。他越这样想得深,就越感到前景的可怕,他甚至后悔,当初为什么没有把北门作为主要的正面阵地——废话!他不能再这样想了,他得赶快行动,暗暗地把这种局面扭转过来!想到这里,便向一旁侍候的副官递了个眼色;那些副官都似乎经过察言观色的专科大学毕业,看长官的眼色准得跟乌龟的敏感天气晴雨一般,急忙毕恭毕敬地站了拢来。然而还没等鲍酆将军开口,又一个副官从大厅外面冲了进来,他似乎是丧门星的爹,比先前那一位更糟;他满脸油汗,慌慌张张,冲到鲍酆身边,连礼仪也不顾,结结巴巴地说道:

"大人,蓝团长告急!……广东军实在厉害,他、他们快守不住了!……"

俗话说:怕吃西瓜的人忌凉水。鲍酆将军最怕的就是这个消息,而这消息却又偏偏这样快就来到了。他这一怒非同小可,再也顾不得镇定和冷静了,一拳擂在桌上,涨红着脸吼道:"胡说!他连那一点残兵败将也挡不住,还有脸告什么急?!拿我的大令去,告诉他:丢了北门,提头来见!"

"大、大人!"副官更惶急了,他哀求地说道,"广东军攻得实在猛,比南门外厉害得多,他们……"

一向沉着自信的鲍酆将军,这时也搞得心慌意乱了;身上那些芒针一齐刺起来,他觉得血在往上涌,脑袋胀得发昏。他觉得这北门的奇异的幻变,简直像是一场噩梦。失败,他能够想像么?大帅面前的海口,北洋军的声威,更重要的是他的地位、荣耀、财产……所有的一切,都要随着这失败完蛋了!不,这是不可能的!他还相信自己,相信自己的实力,足以稳定战局,转危为安。什么镇定人心,什么绅士小姐,什么"凑整数",全去他妈的吧!他现在需要的是不能失败,不能失败啊!……

他顾不得再想许多,猛然站起,向一旁的侍从们大声命令:"搭轿!"

侍从副官们像一些被开动了发条的机器人,眨眼间便进进出出地奔跑忙碌起来了。亲随副官们有的为他穿礼服,有的捧军帽,有的替他挂指挥刀,换长统马靴。不一会,便把潇洒飘逸的鲍�ツ将军又装备得威风凛凛、杀气腾腾了。

一个副官跑进来报告:"将军大人,大轿在外面侍候!"

鲍鄷将军离座,正待向门外走,忽见三个副官从外面冲了进来:两个是在门外侍候的,中间那一个从司令部来。他像个得宠的王子,昂首挺胸地在旁边两个人的簇拥下,大步走了过来。鲍鄷一怔,不知是凶是吉。那军官走到鲍鄷面前,立正敬礼,报告道:

"大帅急电!"

鲍鄷心中一跳,急忙扯过他递来的那张纸,瞪大两眼看去;看着看着,他几乎高兴得要喊"万岁"了!他激动,拿着纸的手打抖,他觉得像正要掉进深渊里时,抓住了一只有力的手——这便是大帅。他长长呼出一口气,额手称庆,他觉得大帅伟大极了。那电文上写的是:

> ……平江战事,关系至大;望兄首树战绩,勿负厚望。特令驻通城湘鄂边境一混成团前往助战,已克日轻装出发,约皓日午时可达……

不管大帅的希望怎样,这一团从北面赶到的部队是救了鲍鄷将军的燃眉之急。他知道广东军只有两个师加一个团,分散在那样广阔的战场上,而又拔不出脚来;他们的一切希望都在北门。而通城赶来的这一团,正对着北门广东军的后路。这种威胁是致命的,然而又无法解脱,因为纵使让他们知道了这个消息,他们也无法从别的战场上抽出一兵一卒来,更何况去抵挡这一个加强的混成团呢。鲍酆将军给他们想到的唯一办法,便是北门的广东军赶紧撤退,如果他们还聪明的话。而这一来,他鲍酆将军就将接受先前的教训,把北门的外围控制起来,保持一条连接湖北的通路,这样他就进退裕如,再也不怕广东军的诡计了。他这一想,顿时精神焕发,向那个送电报来的副官命令道:

"告诉参谋长,马上派人冲出北门,和通城方面来的部队联络。要他们火速赶到!"

"是!"那副官敬礼转身,回去了。

鲍酆又向另一个副官命令:"把西门那一营预备队调往北门,听候蓝团长调遣!"

"是!"第二个副官也敬礼转身,跑出去了。

鲍酆又向第三个副官命令:"告诉蓝团长,援军马上就到。大帅又从通城调来了部队,要他们固守阵地,准备向城外出击!"

"是!"第三个副官胸脯一挺,跑出去了。

鲍酆将军这时又恢复了一贯的自信和骄矜。他昂首向大厅内扫了一眼:只见那些麻将桌旁的绅士小姐们,早已吓得糊里糊涂,目瞪口呆了;他们都呆呆地站着,看着,说不出话来。

鲍酆将军面露笑容,向人们大声道:

"诸位,大帅来电,他从通城调来的大军就要到了!"他把手里的电报扬了一扬,转而庄重地说道:"鲍某亲临前线,定当早奏凯歌!请诸位在这里稍候,不出黄昏之前,鲍某解甲归来,再与诸位痛饮!"

大厅内的人们都长吁过一口气来,面露欣喜,额手相庆,只听一片膝盖骨弯曲和环珮叮当的响声,男男女女都拱手屈膝,似乎要蹲下去；一面嘈杂地说着：

"托大人洪福……"

鲍鄂将军也俨然像临阵前的英雄，豪迈地向人们拱手为礼；一转身，被副官卫士们簇拥出去了。

二营长樊金标满头大汗地带着两个连赶到团长指定的集结地点时，团部的一个参谋官和新兵营营长、特别大队的副大队长已经在那里焦急地等待他了。他连汗也顾不上擦，就要参谋官向他讲述这个紧急命令的详细内容。

原来，团长刚从一营回来后，就接到了团部侦探队和农协——他们的队伍一直放过了湖北地界——送来的万万火急情报：通城那边有两千多名北洋军正向平江开来，已经翻过了幕阜大山，行动很快。这给当前决战的局势带来了意外的变化。这个变化是极端危险的。要是让这一股北洋军靠近平江，北门的突击部队就会受到腹背夹攻的威胁；纵然他们能奋勇突进城去，也有被敌人堵截在城内消灭的危险。让第一营退出吗？这是想都不能想的！从整个战役来说，敌人这支援军也带来了巨大的影响；即使几面进攻都取得胜利，占领了县城，鲍鄂也必然会狡猾地与来援的一团生力军配合起来，向通城方面撤去。那么，多少天来千千万万人辛勤劳碌和艰苦奋战的结果，只不过得到一座敌人丢弃的空城。而这样一来，又将为前面的行程增加多少阻力和障碍呢？不，这是决不能的！一定要按照原定的计划：要把全部敌人一个也不漏地消灭在平江城里。这是全国民众的期望，也是他们团队的不可动摇的目的。现在唯一的办法就是：派一支部队迎头赶上去，占领平江北面那个通往湖北的要隘——团山铺；锁住平江这个口袋，并且击溃——至少是击溃——那一股增援的敌人。

而现在，能不能在那股增援的敌人到达之前赶到团山铺，能不能有把握击溃那股精锐的敌军，就成了决定整个平江战役的关键。

团部的预备队,只有新兵营和特别大队的一小半兵力了。从路程的距离和地形情况来看,从敌人的兵力和锐气来看,要完成那两个决定性的任务都是相当困难的。但是,在一场大战役的关键性的时刻,有时候应当更多考虑的往往是需要,而不是可能。农协的委员长赵柄清,决定亲自去带路,他向团长保证,一定要带着革命军在敌人前头赶到团山铺。可是兵力由哪里抽调?指挥官又由谁担任呢?第一营正在北门担负突击任务,第二营和第三营也都还在广阔的战场上进行着艰苦的战斗。眼前的行动又是刻不容缓!团长经过冷静的反复考虑之后,果断地决定:让第二营营长樊金标去执行这个紧急而艰巨的任务;把他们在这边还没有完成的战斗,全部交给第三营担负。他派人传令,要樊金标留下一个主力连和新兵连给三营田营长指挥,火速带领其余两个连赶到这里集结,并且在最短的时间内做好一切轻装急行军的准备工作。

负责传达团长命令的参谋官向樊金标报告了配属给他指挥的另外两个部队的情况,以及团部估计的敌人到达团山铺的最快的时间。他又告诉樊金标:团长还准备向他们亲自作一些交代,但是刚又被潘师长请到师部去了,大约也是为了这个紧急的情况,要商议对策。因此请他们暂时等一下,听候团长的命令。

听了参谋官的详细叙述,樊金标的心情变得比团部的人们还要更加着急。他一面派人到各连去下命令,叫尽快做好急行军的准备;一面拿着地图向赵柄清了解到团山铺这一路的情形。他平时看地图就有些吃力,这时碰上任务这般紧急,头顶上烈日曝晒,又热又累,他那黑红的脸上早已大汗淋漓。可他也顾不了这些,只顾根据赵柄清的指点,在地图上吃力而认真地做着记号。他一面皱紧眉头,看着那些标志着大山、险峰的小黑圈圈,一面烦躁地不时用手往刮光了络腮胡子的下巴上摸一把。他嫌那些山路绕来绕去太费时间,希望赵柄清能带着队伍走一条最直最短最省时间的路,哪怕这条路最难走也不要紧。赵柄清对这一带是十分熟悉的,他根据樊金标的意思,到一边仔细思索起来,想着怎样带队伍走一条最快最方便的路。

的确,如果在别的情况下,从人的正常体力来说,要在这样短的时间里走完这一段路程几乎是绝不可能的。但是现在,战斗需要,胜利需要,他们应当考虑的不是可能与否,而是怎样能够更快地到达那里,怎样能够更彻底地消灭敌人。对于樊金标来说,多年的行伍生活,已经在他身上养成了牢固的服从命令的习性;对他来说,在士兵面前,无论再艰巨再复杂的事情,只要一声命令就足够了。然而现在,他樊金标不再是过去的那个樊金标了;他现在带的是为民众为主义奋斗的革命军士兵。这样的士兵,首先应当注重养成他们的为民众和主义牺牲的精神。他已经从经历过的几次战斗中信服地看到了,这种精神有时甚至是比命令本身更有力量的。在各连报告了已经做好一切轻装急行军的准备,弟兄们正在持枪待命的情形后,樊金标又同新兵营营长和特别大队副大队长商量了一下,命令各连在待命的时间里,分头向弟兄们作一些鼓动精神的工作,要大家对这次急行军的艰苦都作充分的准备。又根据特别大队副大队长的建议,要各连长官亲自做一番仔细检查,把挂彩的弟兄坚决地留在后边。

不一会,杨副官骑着一匹湿漉漉、冒着汗的白马赶回来了。他跳下马就向樊金标报告:团长现在还正在师部商议事情,不能很快赶回来,要他立刻按照刚才的命令,开始执行,并随时向团部取得联络,报告执行情况。又告诉樊金标,整个战场现在都在关心着他们的行动,为了加强他们的力量,潘师长已经从自己那个师靠这里最近的部队调出一个营来,给他统一指挥。杨副官重复了团长最后的命令:不顾一切,赶在敌人的前面就是胜利!

当樊金标命令号兵集合好了出发的队伍后,主力师的那一个营也已经从后面跑步赶了上来,向他报到。老实说,樊金标是不大欢迎这个营的到来的;他瞧不起潘振山的队伍,觉得带着他们反倒碍了自己的手脚。但是既然团长有命令,他也不能违抗。来不及同那位营长多说什么,他只是匆忙挥挥手,把他们安排到队伍的最后;然后便立刻同赵柄清走到队伍的最前面去,一个马伕牵着马让他骑,被他火气冲天地吼开了。他向后看了队伍一眼,大声发出"跑步前进!"的口令,便带领第二营的两个连最先开动了。

队伍开始了急速的跑步行军。战斗,这是力量与智慧的对比,也是意志与精神的对比。此刻,他们就正是在和敌人作体力和耐力的竞赛,作意志和精神的竞赛。胜利的关键,一切决定于士兵的两条腿,一切决定于士兵们承受艰苦的体力与耐力!

樊金标和赵柄清跑在队伍的最前面。他们的步伐几乎是一样地快速。久经行伍锻炼的樊金标,步子迈得又大又猛;他今天也跟士兵们一样穿着草鞋,虽然在刚才的激战中已经把后跟磨破了,可是他根本没有工夫去顾这些,他只是性急地迈开大步跑着,黑红的脸上冒着汗,喘着粗气,但是他越跑越有精神。赵柄清自幼生长在山里,挑着二三百斤的担子翻山越岭是常事。他是跟得上的。后面的士兵们,特别大队有老兵,但他们的侦探队和担架队大都担负了战场勤务,只剩下孩子们组成的特务队作主力了。那些十四五岁的娃娃,在后边听着枪炮声早就憋不住了,这时兴奋得恨不得在身上插上翅膀。新兵营虽是驻浏阳后才从广州赶来的——第一新兵营早已补充到了各连——但他们却还是能紧跟着樊营长的步伐。在过去的训练生活中,长官们那严厉的要求,那恶劣天气中的长途急行军,那炎热阳光下的全副武装跑步,已经使他们磨炼出来。他们具备了这个团队的精神。今天,正是需要的时刻来到了。在这样的山路上长途跑步,而队伍还是那样的整齐,士兵们还是那样精神饱满——就是这种精神,也足以战胜任何敌人。

然而,对于主力师的一个营来说,就显出这种训练素质的哪怕极其微小的差别了。这个军的训练,在广东革命军中公认为首屈一指。潘振山又最为好强,他对士兵一向以苛刻和严厉著称。但是,严厉只有在同爱护结合时,才能产生巨大的力量。这一营的队伍在坚韧和耐劳的竞赛中,就显得大为逊色了。他们体力不支,队伍出现了混乱;但是,他们受着命令的压力,还是勉力紧跟着。

队伍在急速地前进。赵柄清走遍了这一带的大山小岭,他带着部队,抄着最近捷方便的路,向团山铺前进。

他们刚走过一半路程时,前面突然出现了意外:路上横着一条三丈多宽的小河,水很深,岸很陡。赵柄清清楚地记着,先前这里只是条很窄的河沟,上头还有一座小木桥的;而现在,大约是上月的山洪把小桥冲掉了,冲宽了河沟。兵荒马乱,人们也没心思把小桥修起来。

队伍全都停下来了。怎么办?情况是这样的紧急。一个副官测量了一下,向樊金标报告:水深将近三米,河底有很深的泥沙,两边的河岸都被山洪冲得十分陡峻,没有倾斜的坡度。徒涉是困难的。

怎么办呢?涉水不可能。游过去?造成混乱不说,纵使人能过去,武器弹药又怎么办?何况还有很多不会游水的人。樊金标站在河边,望着哗哗流淌的河水,急得眼冒金花,他竭力使自己冷静下来,摸着下巴,思索了一阵。架桥!这是唯一的办法,虽然他知道此刻工具和材料都很困难,但是命令催促着他,一分一秒都不能延捱啊!他即刻把这想法告诉了赵柄清。

赵柄清站在一旁,正急得要命;开始一刹那他感到束手无策,只觉得这一切都是他一人造成的过失。只顾抄近便路,却没有考虑这些意外的情况。他痛悔自己当初为什么没想到这一切啊!虽然他不知道别的路上是否也有这样的意外,他还是后悔没从别一条路上绕过去。然而这一切都晚了;队伍,停止在这里;敌人,正在向这边前进。一分一秒都决定着战争的胜败啊!……他在万分的焦急、追悔中,忽然想起容大川在遇到困难时的镇定和果断,顿时自己也增添了巨大的力量;并且联想起容大川的话:要时刻想到民众！他不觉充满了勇气和决心，立刻向樊金标提议道：

"樊营长，这近处有几个湾子，我马上去招呼些人来，一定有办法的！"

樊金标瞪着一双大眼看着他，一时说不出话来。从安平桥的驻防和在战场上农民自卫军的行动来看，他是完全能相信农民协会的力量，相信民众的革命热情的；可是现在情况是这样紧，这里又是在军阀占领的后方，老百姓毫无准备；他们能不能很快就来？即便来了，又能不能很快把桥架好？这些都是没有一点把握的。但也没有别的好办法，他急忙地向赵柄清道：

"这样，老赵同志，你带几个军官到村子里去，找些老乡们来帮忙；我们就在这里动手。要是老乡们不能来，就请求他们借一些材料，打完仗以后我们一定按价赔偿。"

"好，我们就去了。"赵柄清答应着，同樊金标指定的几个军官跑去了。

部队开始在河边动起手来。这里没有大树，甚至连小树也不多；也没有可以填河的大石头。士兵们随身带的都只有一把挖工事用的小洋锹。他们开始砍伐一切可以找到的小树，预备用绑带连接起来；但是用小洋锹砍起来是很费力的，而且很费工夫。樊金标急躁得不行，火气也越来越大，他把跟在他身边的于头也吼去帮着砍小树，自己带着一把小铁锹在士兵中跑来跑去。

当他们刚砍下了几棵小树时，就听后边那几个村子响起了当当的锣声。樊金标只顾紧张地指挥着士兵们在河边上忙碌着，他的心情焦急如焚，但是竭力不让弟兄们看出来。他一面同后面赶到的几个营的长官们商量办法，一面看着手里的怀表，只是催促快些。他看着士兵们抬着一根绑好了的细树干架到河岸上，那长度虽能勉强够上，可是细挑挑的，需要好几根并在一起才能顶用；而架起一座过一两千人的大桥来又需要多少这样的树。在这周围，用望远镜找也找不到多少大树啊！他正在焦急地想着能不能用别

的办法时,忽然听见有士兵喊:

"来了! ……"

"看,那样多的人啊!"

樊金标和军官们也急忙向那里望去时,只见从旁边那座山背后、山坡上,都拥出一大片一大片的人来,越往外人越多,抢火一般地向这里跑来。他们男男女女、老老少少,足足有六七百人;有的背着门板,有的扛着木头、梯子,有的拿着麻袋和草包,越跑越近,渐渐地来到面前了。樊金标心中止不住一阵喜悦和激动,他望着跑在最前面的赵柄清,他想像不出,一个人在群众中竟会有这样巨大的威望和号召力啊;不靠命令,也不靠严厉和约束,却能这样一呼百应,人们都全心地信任和服从他,这是一种多么奇异而伟大的力量啊! 他衷心地钦佩、激动,大步向跑过来的人们迎上去。

士兵们看着自己营长的行动,看着跑来的人群,也都一齐向他们迎去;两支大队很快地会合到一起了。士兵们争抢着替他们接门板,扛木头,抬梯子;他们哪里肯让,都一齐朝河边上涌去。

不过一两盏茶的工夫,木桥就搭起来了;而且搭起了三座。老乡们先在搭好的桥上跑了几趟,看看完全结实之后,才请革命军通过去。

队伍迅速地集合整齐了。樊金标站在队前,激动地看了新搭上的木桥和两头的老乡们一眼,他不善于用热烈激昂的言语表达自己的情感,一切都在他那无限感激和亲切的目光中表示出来,融贯在未来的行动中。他只是大声地向部队发出一个口令:

"继续前进!"

前进的号声响起来了。没有热烈的欢呼,没有激昂的口号和掌声,只有士兵们跑过木桥时发出的急促而整齐的声音;然而,从两旁站着的老乡们充满热爱和期望的目光里,从跑过的士兵们满怀感激和胜利信心的目光里,他们互相说出了一切要说和应该说的话。

当樊金标带着队伍赶到团山铺时,增援平江的北洋军还离这里有一大段的路程。他立刻根据地形,把队伍部署在险要的山隘上,给敌人布下了一个口袋。士兵们虽然都已累得汗流气喘,但仍以最快的速度挖好了掩蔽的战壕,严阵以待。第二营和特别大队为正面,新兵营为左翼,主力师的一个营为右翼;他们从掩蔽壕里注视着敌人的来路,像从脸盆沿上看着盆底。

樊金标巡视过了所有的阵地后又赶回来,和赵柄清一起站在正面阵地的壕沟里,也专心地注视着下面。他刚才检查了几个主要的阵地,向各个阵地的长官交代了战斗中要注意的情况和冲锋的时机,也对万一出现意外时的解决办法作了布置。一切都按照团部研究的部署准备好了。

不一会,两千多名北洋军才满头大汗地赶到了这里。他们做梦也想不到在这里就会碰到广东军的子弹。他们一路上就要够了威风,发了不少洋财,准备进了平江好好享享福的。当他们差不多全部钻进了这条早已张着口的口袋时,一阵冰雹般的枪弹和炸弹,从四面八方的山头上飞下来;还没等那些北洋军来得及向枪膛里推上子弹,一阵尖厉激昂的冲锋号声,就从四面八方的各个山头上响起来。在一阵震天撼地的喊杀声中,革命军的士兵们就端着刺刀冲进了混乱慌张的敌人中间。

山头上,樊金标那黑红的脸上虽然还是显得那样严厉,带着火气,但是熟悉他的军官们都从他那用手摸着下巴的动作上看出来,营长这时的心情明明是喜悦和轻松的。于头站在旁边喜笑颜开,他一面把水壶递给樊金标,一面望着他脚上沾满了血迹的草鞋道:

"营长,你的脚走成这样了!该包一包了吧……"

樊金标正脱下军帽,一手拿着扎在皮带上的粗布手巾用劲擦着光脑门上的汗水,一面并无怒意地骂他道:"他娘的,你现在管我干什么!……副官啦?快派人回团部去报告,我们已经在这儿截住了敌人!……"他摸着自己的下巴,又低声有力地咕噜着补充了一句：“狗娘养的，叫他一个也跑不了！”

　　几乎在这同一个时间内，齐渊指挥的第一营在经过艰苦的反复博斗后，也终于胜利地攻进了北门。

　　这场攻坚战是十分艰巨激烈的。通城方面增援的消息和鲍鄂派来的一支生力军，给北门的战斗带来了新的形势。已经接近于动摇的敌军又巩固下来了。他们拼命顶住了革命军的勇猛进攻。

　　这时，条件的不利显然又转向了革命军。齐渊深深明白这一点：当前的形势是危急的。从后边，传来了通城方面敌人增援的消息；敌人的生力军一分钟一分钟逼近了。而前面的突击部队，尽管他们攻得那样勇猛，可是因为进攻的地势不利，还没有进展。高洪生从前面送来报告说：万先廷几次带着敢死队冲进了北门；可是因为地形狭窄，后续部队跟不上，而敌人又集中着强大的兵力，十分顽强，最后只得又重新退出来。要不是高洪生在那里指挥着，万先廷一定会带上那几个人一直打进城里去的，齐渊这样想。那里的战斗还在激烈的反复中。

　　草棚里异样寂静。那块怀表的声音显得格外大，沉重、刺耳。时间不等人，战斗的瞬息都会发生更可怕的变化啊！齐渊焦急地想着，只有这时，他才觉得自己的力量是多么不够用啊！

　　齐渊深深地感到：现在决定战斗胜负的关键是，能不能迅速争取主动；如何把自己的不利变为有利，如何把敌人的有利变为不利！

　　然而，决定这一切的因素又在哪里呢？

　　草棚里异样的寂静。从前面北门的突击部队那边，传来一阵阵激烈的枪炮声和喊杀声。然而，齐渊的头脑里，交织着的却是另外一场更为复杂的战斗。他正在那些错综纷扰的思绪中清理着、寻找着，想抓住那根此刻还是捉摸不定的线头……

　　“营长，”欧副官在一旁轻声道，这时他和李剑都站在近旁，显得十分焦急,看着目前的处境,他们也格外为齐渊的负担担忧,"通城方面的北洋军已经不远了。我们的后卫要不要进行一下部署?"欧副官自己也知道,他所说的"部署"就意味着放弃北门的进攻。

齐渊看了他一眼,果断地说道:"不。团长告诉我们可以不管,一切按原定计划。"

欧副官看了看地图,又为难地说道:"营长,从位置上看,从团部那边赶到敌人前面,实在有很多困难,而且团长的预备队……"

欧副官的话显然使齐渊激动了。然而即使在十分复杂混乱的思绪中,齐渊的理智也是很清醒的,他平静然而严肃地打断欧副官道:"难道你不了解团长吗?"

这句话表达了此刻齐渊的一切心情,也表达了作为齐渊对叶挺,一个部属对指挥官的高度的信任。是的,他们的胜利正是建立在这种相互间高度信任的基础上的。

"磊夫,"李剑在一旁看到欧副官的脸红了,感到了愧赧,便想打开这窘境,提醒道,"我看,要赶快告诉前面的突击部队一下,好让他们也有个准备。"

齐渊注视了他一会,说道:"不用。这消息让我们负担已经够了。他们的担子更重啊。"

李剑沉默了。他十分感动,又有些惭愧。他敏感地想:这是否会让齐渊以为自己是怯懦了?

然而此刻齐渊却全然没有工夫想到这些,他正在为那个决定胜利的因素苦恼着。他似乎隐隐约约地感到了,那个头绪就在眼前;关键就在于这北门的地形! 可是,当他更深一步地捉摸时,却又变得十分遥远和模糊了。

这时,草棚外忽然响起了一阵嘈杂声。勤务兵小杨带着一个背枪的士兵走进来——只要从他那满是灰尘和弹痕的衣帽上看来,就可知道他是从艰苦战斗着的前沿回来的。他满脸汗水和硝烟,但还是挺有精神。他向齐渊敬礼道:

"报告营长,连长命令我送一个俘虏回来。这是连长的报告。"他把一个折叠的纸条递过来。

报告是高洪生写来的。虽是简单潦草的几句,却使齐渊陡地觉得那不可捉摸的东西一下变得临近了。那上面写着:这个俘虏是北洋军防御司令部的副官,他奉命冲出城外去联络通城开来的增援部队。这已经是第三名了。前两名在他们刚出城时就被打死了。这一名是高洪生觉得这其中说明了什么情况,特为捉了活口送来的。

"带进来。"齐渊向小杨命令道。他又向那个前沿回来的弟兄道:"你休息一会,回头我还有事情。"他命令另一个勤务兵:"领他下去吃点干粮。"

"是。"那个勤务兵立正回答。便领着那个弟兄走出去了。

俘虏被带进来了。他穿着革命军的军服,帽子弄丢了,光着头。他是一个细挑个子,又长又瘦,像根钓鱼竿。他那神气还是挺嚣张的,瞪着一对大眼,睃巡着,像一只关在笼子里的饿老鹰。

"你出城干什么的?"齐渊开门见山地问。

"联络大帅派来的队伍!"俘虏毫不掩饰地说,他的眼睛里闪着骄傲的光。

"你们刚才派到北门来多少援军?"齐渊问。

"不知道!"那俘虏干脆而傲慢地说道。

"你们的预备队还有多少?"齐渊又接着问。

"不知道!"那俘虏傲慢地看了齐渊一眼,眼睛里似乎说着:你什么也休想从我嘴里问到。

齐渊也冷静地看着俘虏。刚才那些问题他实际上是没有抱多大希望得到回答的,但是他从俘虏的态度里,却看到了一个更为深刻的有价值的东西。这个愚蠢的家伙,以为他的强硬十分聪明,可是他却没有想到,他的这种傲慢正好泄露了一个齐渊所迫切需要得知的情况:城内敌人的一切希望都寄托在通城方面的援军身上。

为了证实自己的这个想法，齐渊故意逗引地问道：

"你们已经死到临头了，还想顽抗到底吗？"

"哼，你们自己快完啦！"俘虏冷笑地叫道，"别以为抓住我，你们就得救了！告诉你们，等会儿大帅的队伍一到，你们一个也跑不了！……"

"带下去。"齐渊平静地挥挥手，简短地说。他转身对着桌上的地图沉思起来。

那俘虏一时傻了眼，他的脑筋还没拐过弯来，就被勤务兵带下去了。

"欧副官，"齐渊从地图上抬起头来，命令道，"你马上请农协的张同志和三连的那个弟兄到这里来。我们一起到北门去。"

"是。"欧副官答应着，匆匆走出去了。

"磊夫，"李剑惊喜地问，"你想出新的计划了？"

"还要到前面看了才能决定。"齐渊折叠着地图，一面似乎自言自语地说道，"也许他们的希望，正好就是他们的灭亡。"

三十八

万先廷伏在北门外那座小山岗上的战壕里，两眼冒火，充满着愤怒和激动。从出征以来，他还是头一回临到这样的处境，在敌人的防御阵地前停滞不前。他觉得这简直是给自己的团队带来了耻辱。

北门的地势实在险峻。城外地势低洼，靠近城街处又陡地隆起，两条山脊像两只手臂似的紧紧围抱着街口。那条窄狭的石板路就是唯一进出城内的孔道。北洋军就倚着这样的地势，配备了强大的火力，进行顽抗。

城外正对着北门不过三四百公尺的地方，有一座圆形的孤立的小山岗。第一营的突击队就掩蔽在这里。他们从这里可以清楚地看到北门上的一切情况，许多人已经好几次地冲到过那里了。

当齐渊同着李剑、驼五哥、欧副官来到小山岗上的掩蔽壕里时，高洪生、万先廷和一连连长施奇标正在一起热烈地讨论。由于齐渊的指定，前沿阵地是由高洪生统一指挥的。他鉴于前几次的攻击，伤亡过大，便决定暂时停止行动，重新商量办法。但是万先廷不大赞成这样做。他是尊重高洪生的，这不只因为高洪生是他的老上司；也由于高洪生的年龄和处理事情的沉着老练。但是现在万先廷却不大忍得住了。他认为高连长固然想得周到，但是，既然还没有更好的办法，为什么要停止进攻？他们团是永远不怕"硬"的！哪怕牺牲到最后一个人，也应当冲进城去。停止不前——这实在是他们的耻辱。当然，有些话他还没说出来。那位一连长施奇标，广东人，瘦小的个子，嗓门却挺大。他热烈支持万先廷的意见，要求立刻再组织敢死队进攻！每一个弟兄都懂得战斗的意义，他们珍惜全团的战斗荣誉，宁可牺牲自己，也不能在敌人面前退缩。

然而，高洪生还是那样默默地听着。然后诚恳地给他们解释：这不是退缩，这是为了更好更快地胜利。但是，他却又说不出一整套加速胜利的办法；于是，他那平缓的湖北口音还是说不过万先廷那激昂的湖南口音和施奇标的高亢的广东口音。

就在这时，齐渊来到了。

那段掩蔽壕小得可怜，站下六七个人就转不开身了。尽管时间显得那样紧迫，齐渊还是首先听完了他们三个人的意见。他们三个人各自讲完了以后，就沉默下来，等待齐渊的决定。不过，万先廷暗想：齐营长决不会赞同停止进攻的；停止，这就等于退缩。

齐渊听完了他们的话，思索着，转身举起望远镜，向北洋军的阵地上望去。好一会，他才放下望远镜，转过身来，平静地向他们问：

"敌人向这边停止炮火射击有多久了?"

"差不多一个钟头。"高洪生立即回答,大约他也很细心地注意到了这个情况。

齐渊望了他们三个人一眼,问道:"这一点说明了什么呢?"

说明了什么?万先廷惊讶地想,刚才完全想着怎样冲进城去,却没有注意到这个情况。这说明了什么呢?

"营长,我这样想。"高洪生仍然平缓地说道,"一定是敌人方面又发生了新的变化。这明明是让我们进攻,拖住我们,然后——争取时间。"

"不错,争取时间。"齐渊不觉自言自语地说出来,他实在佩服高洪生的仔细和看问题的深远。虽然高洪生此刻还不知道敌人方面发生了什么变化,但却已经看到这些变化带来的后果了。他转向万先廷和一连长问:

"三连长的判断对吗?"

"是的,营长!"万先廷衷心佩服地回答道,他此刻也想到这一点了,不觉有些惭愧地看了高洪生一眼。

"你们的意见,现在该怎么行动呢?"齐渊又问。

"进攻!"万先廷不假思索地说道,"只有攻进去,才是唯一的出路。"

"是啊,"齐渊点点头,思索着说道,"要攻进去,并且要尽快地攻进去。"

"你下命令吧,营长!"万先廷兴奋地说,他坚定地望着齐渊,"这一回我们死也要死在城里!"

齐渊看了他一眼,严肃地说道:"为什么要死在城里呢?我们不是为着死才攻城的。你是一个指挥官,万先廷同志。弟兄们为了革命,把生命交给我们;这是信任,也是责任。"

万先廷还是第一次听到齐渊用这样严肃的声音对自己说话。这些话使他从热烈的情绪中冷静下来;特别是最后那两句,像铁锤一样击中了他的心,使他受到震动,并且长久地在心中震响着。

"你做得对,高洪生同志。"齐渊继续向高洪生道,"可是,停止是为了进攻。你想到什么办法了吗?"

"没有。"高洪生惭愧地说。

"好吧,现在谈一谈我的意见。"齐渊看了他们一眼,说道,"情况比你们知道的还要坏。敌人的援兵已经从我们的后面开过来了,这就是他们想拖住我们的原因。樊营长已经带领队伍赶上去了。这就是说,现在已经面临着决战的关头了。哪一个方向的迟误,都会给全局带来损害。我们现在的行动,就是要尽快地攻进城去,并且消灭城内的敌人。"他迅速从自己的小皮包里,拿出军用地图来,摊开在壕沿上,示意他们围拢来,看着地图说道:"现在的情况看来对敌人有利。但是,我们可以制造条件,把他们的有利变为不利。看来他们是估计,在我们得到后面开来北洋军的消息时,一定会害怕腹背受敌,要赶紧寻机撤退。他们不会放过这个好机会,要追出来消灭我们;这样,就自然减弱了他们两边阵地上的防御力量,并且造成混乱。这就把整个的形势变为对我们有利了。"

齐渊一面讲解,一面注视着他们三人的神色。他从高洪生那微露兴奋的深沉的目光中,看出他已经了解了自己的意思,便继续往下说道:"你们看,北门外这一带山势都很险陡,灌木丛生,队伍隐蔽在底下,从上面不容易看到。我们就这样来部署:首先,发动进攻;把敌人的注意力吸引到这边。突击队接近北门后,大部分队伍就靠着山下隐蔽起来;小部分人跑回来。敌人会以为那些人是打死或打伤了。这样反复三次到四次,我们要埋伏的兵力就可以完全调上去了。第二步,就开始从我们现在的位置撤退;要让敌人看到,但是又要装做十分秘密,不能引起怀疑。第三步,敌人派兵追出来后,撤退的部队要边打边走;埋伏的突击队要抓住有利时机,一鼓冲进城去,迅速占领两边的阵地。这时,撤退的部队也一齐反攻过来,把城外的敌人消灭。"

万先廷听着,兴奋得几乎要叫出来了。他觉得刚才那番斥责实在应当挨。他现在感到的不是"死在城里",而是充满着必胜的信心了。可是想起先前自己的莽撞,恐怕再没有希望去带突击队了,心里又感到难过。

"这样打,大家看行不行?"齐渊商量地望着他们问。

他们三个都不觉相对着微笑了一下:这是对他们刚才那番热烈争论的总结,也是对营长问话的回答。

"完全同意,营长。"他们还是按回答指挥官问话的习惯说道。

齐渊看了看怀表,果断地说道:"马上执行吧。突击队由六连长带领,迷惑敌人的进攻队伍由一连长带领,三连长负责组织撤退。现在开始准备,听号音行动。"

"是!"他们三人立正回答。敬个礼,各自开始行动了。

万先廷刚要走,齐渊叫住了他。他感觉得出:这是为了刚才的那件事。不知为什么,万先廷适才听到齐渊那样毫不犹豫地命令他带领突击队时,他的心里突然升起了一种愧疚的感觉;他甚至害怕自己辜负了这种信任。

"想通了吗?"齐渊望着他温和地问。

"营长,"万先廷惭愧地说道,"我懂得你那些话的意思了。"

"勇敢加智慧,才是一个好指挥官。"齐渊恳切地向他道,"我们都是在摸索。我们一定要学会,不光用勇敢战胜敌人,也要会用智慧战胜敌人。"

万先廷望着齐渊那兄长般亲切的目光,感到心里一时挤满了很多话,却又说不出来。停了一瞬,他像用目光把一切话都说完了似的,信心充沛地立正大声问:

"报告营长,我可以行动吗?"

"去吧。"齐渊含着微笑说道,热情地握了握他的手。

万先廷走出了好远,还仔细回味着齐渊的那些话,一面心中暗想:跟齐营长一起战斗真是一种幸福。每一回,都使他向前进了一大步。

一切都按着齐渊的预料发展了。

防守北门的那位蓝团长大约刚才正憋了一肚子窝囊气,看见广东军在组织了几次猛烈进攻后,大约得到了后面也临到危险的情报,便慌慌张张地悄悄撤退了。然而他们的行动却怎能瞒得过蓝团长——这早已是在他意料之中的。蓝团长见时机已到,邀功心切,立刻派兵点将,追将出来。他站在山顶上,望见广东军仓皇回击,心想这一回可是捞了一把,在鲍鄂将军面前也可以挽回刚才的那一番过失了。然而,这段心事还没想完,突然劈里啪啦,一股广东军从他的眼皮子底下杀了出来。蓝团长真疑心这是谁开玩笑,当他脑筋里开始醒悟过来时,广东军已经快抢上阵地了。

经过一场激烈的搏斗,万先廷带领的突击队终于全部控制了北门两旁山头的阵地。阵地上的北洋军大部分被消灭了,一小部分保护着他们那位半梦半醒的蓝团长向城里逃去。追出城外的那一批敌军又被三连长和一连长带领的两支队伍压过来——不过北门已经不是他们的"弟兄"了——在北门的阵地下边,这批敌人像一只被铁钳夹住的老鼠。后来,后来就成了俘虏。

齐渊和驼五哥、李剑、欧副官走上北门的防御阵地时,看见突击队的弟兄和农民自卫军正在恼火地拆毁那些防御工事,一边拆,一边骂。齐渊边看边想,就是这些坚固的阵地,使敌人在这里嚣张一时;在这阵地下边,渗下了多少弟兄的鲜血。大家怎能不痛恨啊!

万先廷插着驳壳枪从一旁走过来,兴奋地向齐渊敬礼。他全身是血,不过并没有受伤,那些血都是刚才拼刺刀时从敌人身上溅出的。

"伤亡大吗?"齐渊问。

"报告营长:很小。"万先廷自豪地大声回答。

齐渊往前走了几步,拿出地图,同驼五哥商量了一下,又向万先廷道:"告诉弟兄们,这里的工事还不能拆。"

"怎么?"万先廷惊讶地问,"我们还要防御吗?"

"不,你把这些阵地交给一连长。"齐渊说道,"你带着农民自卫军马上插进城去,包围北洋军的司令部。"

"是!"万先廷兴奋地大声回答,转身就跑了。

"三连长,"齐渊又叫高洪生道,"城里的秩序很重要。你带着队伍去把城里所有的钱粮府库都控制起来,防止破坏。要跟县城党的地下组织和工农团体取得联络,请他们出面来维持。把监狱里的政治犯和农友都放出来。我请农协的张同志跟你一起去。他负责找关系。"他看了驼五哥一眼。

"是。"高洪生立正回答,同驼五哥一起走了。

"磊夫,"李剑在一旁忍不住了,"你叫我做些什么呢?"

"你这不是已经到最前线来了吗?"齐渊微笑着向他道。

"我完全成了旁观者。"李剑有些激动地说道,"你们在这样火热的战斗里忙碌、痛苦、欢乐,可是我呢?"

"那好吧。"齐渊见战斗已差不多接近尾声了,便爽快地说道,"你想到哪一块去?"

李剑兴奋地想了一下,说道:"你让我跟六连长他们那一路吧,我要亲眼看一看敌人的最后溃灭。"

"好吧。"齐渊点点头道,"不过,请你一定小心,在火线上要听六连长的命令。"

"那是自然的!"李剑兴奋地说,他扶了扶眼镜,同齐渊和欧副官握过手,像个远征的战士,迈着轻快有力的步伐,往万先廷的大队那边赶去了。

齐渊部署完城内的事情,正在考虑下一步的行动。这时,焦营长——天晓得他刚才在哪里——带着队伍又冲回来了。他似乎永远自以为是胜利者,连打了败仗也不例外。他看见齐渊,兴高采烈

地跑过来,红光满面——也许是跑得太热——拉着齐渊的手,摇着、笑着,像老师称赞一个成绩有了进步的学生那样说道:

"这一下还干得不错,老弟! 就该这样教训他们,我说过的嘛。你呢,就照这么干了! 哈哈哈!"

他打哈哈,在阵地上高视阔步,压根儿不提刚才跑了的事,似乎他早已就在这个阵地上似的。

"营长先生,"齐渊尊重地问,"你们的队伍都上来了吗?"

"我已经命令他们打进去了!"焦营长十分轻快而威武地指着城内说道,"按预订计划由我们解决司令部,这可是个不容易的事! 打司令部——那比攻城还难得多! 那是、那是……"他于是又开始讲他攻一座很厚的城,他怎样想出计谋,从……

齐渊实在没有工夫,只好打断他道:"好吧,你在这里,焦营长,注意跟师部和团部取联络。我到城里去看看。"

"那当然,义不容辞嘛,我就在这儿统一指挥好了!"焦营长满口答应道,看见齐渊要走,又喊住:"等一等,老弟,你把你们的部署跟我谈一谈。"他用手从后面招来两个副官,让他们摊开地图,自己两手叉腰站在中间,俨然像个视察阵地的统帅。

齐渊只好向他简短地谈了谈自己的部署和意图。焦营长十分内行地点头,或者打断他,插些无关紧要的话。最后,他一手握着指挥刀的刀柄,一手用皮鞭敲打着自己油黑的长统马靴,显得高兴地说道:

"嗯,这样还可以。这就是我们原先研究的那个计划吧? 我说过嘛,照那样一改就好多了! 你看是不是?"他十分得意地笑,"要不是我,老弟,哈哈哈!"

齐渊竭力有礼貌地跟他握了握手——总算跟他告别了,不觉如释重负地舒了一口气,转身大步向街上走去了。

这时的平江城内,已经在开始进行着激烈的巷战了。枪声鼎沸,士兵们在喊叫、怒骂、奔跑;窗户上、屋顶上,到处都有人;炸弹在爆炸,一片嘈杂混乱。

高洪生同驼五哥带着队伍,沿着北门大街前进,沿途解决了不少残兵游勇。打了几个小仗,消灭了小股的敌人,也无心管那些俘虏,让他们自己到北门去集合。根据驼五哥的指引,高洪生带着队伍很快占领了那些重要的衙署仓库,把那里的北洋军都缴了械,锁进屋子里,派人看守起来。

街上已经出现了一些围着红臂章的工人,他们是工会派出来维持秩序的。在一条十字街口上,高洪生又碰见了万先廷带着的队伍。万先廷简单地跟他谈了几句,再三托付他,请他开监时留心找一找一个叫黑牯的青年。然后,他们又匆匆前进了。

驼五哥敲开了街上一家裁缝店的门。那里是县城党组织的一个联络点。驼五哥领着一个十七八岁的小裁缝见了高洪生,说县城党的领导人已经开始筹备正式建立各种团体的工作了,他要去谈一谈南乡农协和平江战斗的情况。另外,县衙门的大牢里还有很多"政治犯",请革命军快去放出来。驼五哥指引了地点,便同那个小裁缝匆匆地走了。

高洪生亲自带着人到监狱去,找到了那个横胖的看守长。那家伙吓得要命,以为要枪毙他,跪在地上快瘫成了一堆。高洪生也没工夫管这些,只叫他把"犯人"的清册都交出来。看了册子上的名字和事由,高洪生便下令,把关着"政治犯"和农友的监房都打开了。当听到外面的枪声时,关在这里的人们都鼓噪轰动起来,看守长正在怒吼时,革命军便出乎意外的赶到开了监,以致有些人还以为是北洋军来镇压和处置他们的,于是不顾一切地向外面冲出来。那蓬头垢面、衣衫褴褛的人们,从阴湿的牢房里冲到外边,看见站在牢门两旁的士兵们,看着他们的青灰布军服、短军裤、草鞋,和那脖子上的红领带时,一切都明白了,都激动地和革命军抱到一起,叫着、喊着、跳着,热泪滚滚流出来。

高洪生一面同冲出牢房的人们拥抱、拉手、答话,一面按万先廷讲的样子,在人群里仔细找着黑牯;这时,忽听牢房里响起了一阵喧闹,劈里啪啦地嘈杂混乱起来。高洪生一怔,正要进去看个究竟时,只见两个弟兄从里边冲出来,气得脸色发白,向高洪生道:

"连长,这人太不识好歹了! 我们要去给他砸镣,他不分青红皂白,见当兵的就打……"

高洪生惊奇地问:"谁? ……"

话音未落,只见一条黑汉饿虎般地从牢房里冲出来,正碰着高洪生,一言不发,举拳就打。那两个弟兄见他要打连长,哪里忍耐得住,扑上去抓住他的双臂,扭到了一堆。高洪生看这黑汉时,不过十八九岁,蓬头赤足,黑脸宽肩,脸上带着伤痕;那样子正和万先廷讲的相仿,便示意那两个弟兄松开手。那两个士兵只好服从命令,刚松开手时,那黑汉趁势两臂一张,把两个士兵掀开,他又挥拳向高洪生扑去——高洪生却不闪身,只是喊了一声:

"黑牯!"

那黑汉的拳头在高洪生的头上僵住了,惶惑地看着他,半晌才出声问:"你怎知道我?!"

"你仔细看看我们是谁?"高洪生说。

黑牯惊疑而仔细地看着他,看着看着,心眼猛一豁亮,瞪大眼睛问:"你们是革命军?!"

高洪生微笑地点点头,说道:"你先廷哥也打回来了。"

黑牯的两眼闪着异彩,脸上露出孩子般的天真和憨厚的笑容,他双手紧紧抓住高洪生问:"在哪? 在哪?! ……"

"就在街上……"

没等高洪生说完,黑牯双手一撒,连句客气话也没有,跳起脚来就往外冲去了。

鲍酆将军在他的司令部里,像一头被猎人逼得走投无路的老狼。他两手撑在桌面的两端,一动不动地死盯着桌上的地图。此刻,他才痛悔地觉到,他完全被自己的自信所毁掉了!他完全低估了对手——这也许是他一生中唯一的错误,却也是一次致命的错误啊!

一切都像闪电似的,一件事还没等他想通"为什么"时,另一件更为严重的事就接踵而至了。他派往北门的那一个营像丢进了水里,连点响声也没听见;当他刚才还接到北门局面扭转过来的消息时,突然那个倒霉的蓝团长出现在他的大厅里了。他像一只被打伤了的疯狗似的冲了进来。鲍郢像在做一场噩梦,他没有问第二句话,愤怒地拔出手枪来向蓝团长连开了六枪,那个丢了阵地的指挥官还没哀叫出来就倒在了他的脚旁,血淋淋的。

司令部的四周一片枪声,像鞭炮铺里失了火;大厅上空也呜呜地飞着流弹。总算靠着鲍郢将军的卫队顽强,扼守住了街口要道,同广东军进行着激烈的巷战。但是,那支持终是不长久的,人数越来越少了。

鲍郢将军现在唯一的希望,是放在通城来的那一支援兵上。只要他们能靠近了北门,那他就完全得救了。而现在已经到了他们该到的时候,却还连一点消息也没有。他已经派出了好几个副官和传令兵向那里联络,而到现在又一个也没有回来。除此以外,他再也想不到更好的、挽救这危局的办法;他想到了这种地步,恐怕就是大帅自己也会无能为力的……

大厅里没有一点声息。在外面那激烈的枪声里,更显得坟山一般的死寂。只有不时跑进来报告敌情的副官,才给这里带来一点活的生气——然而,现在就连报告敌情的人也不多了,大部分地方都失去了联络,城内城外的情况一样糟,报告不报告都无关紧要了。

这时,一个副官从外面冲了进来。他脸色发白,头上受伤,汗湿军衣,走到鲍郢面前报告:

"将军大人，南门失守！到处都是农民，满山遍野都是！……"他脸上显出恐怖的表情，"没有路了，我们哪儿也出不去了……"

这句话并未给鲍酃将军很大的震动。南门失守就失守吧，去他妈的！反正他已经打好了撤退的打算：只等通城开来的那一团人赶到，打开了北门的通路，到了蒲圻再作东山再起的打算吧！这一场血海深仇他一定是要报的，他要报得更猛烈、更残酷！他现在只是期待、焦虑，他仍然像石像一般的在桌旁站立着，一动不动。

参谋长像个幽灵似的从门外踅进来，他是在外面观察了情况的；苦脸，皱眉，走到鲍酃身边，低声说道：

"大人，这样不是办法……再过一会，我们连大门也出不去了……"

旁边的几个副官也呆呆地站着，愁眉苦脸；有的不时跑到窗前张望一下，又走回来，搓手，叹气。

"哼，他抓不住我鲍某！"鲍酃冷笑一声，低沉地、几乎是自言自语地说道，"他抓不住！……"

又是紧张难耐的寂静；参谋长站在地图面前，默无表情。认真说，一个部队如果到了参谋长无事可做的地步，那也就离整个番号勾销不远了。

一个副官突然地冲了进来，直挺挺地在门口呆了一瞬，帽子掉了，大汗淋漓。——大厅内的人都向他望去，不觉都大为惊喜：这正是被派去北门外跟通城那个团联络的人之一。他像喝醉了酒似的冲到鲍酃面前，喘不过气来；鲍酃抓住他，像掉在水里的人抱住一棵树干，急促地问：

"怎么样？……"

"完、完了……"那副官失神地说道，"广东军封锁了团山铺，没有路走了……"

鲍酃的手慢慢无力地松开，他觉得天旋地转，他的财产、地位、荣誉、生命……一切都完了！他的两眼散光，沉重地跌坐在太师椅

上。一切烦恼和急躁都在这时迸发出来,全身的血液都涌到了头顶,两眼烧得通红,他突然歇斯底里地跳起来大喊:

"他们欺骗了我!你们欺骗了我!全都欺骗了我!我要杀!我要拼!……"

"大人、大人,"参谋长惊慌不安地走到他身边道,"你要冷静,要想办法……"

鲍�呆了一瞬,又一下跌坐在太师椅上,抓着自己的衣服,他这时已经完全疯了,咬着牙说道:"他们抓不着我!抓不着我!……"

"大人,"参谋长搓着手道,"要赶快想办法!"

鲍鄙抬起沁出了汗珠的脸,他那血红的尖厉的眼使人感到恐怖,他机械呆钝地问:"什么办法?"

参谋长痛苦地望着他,低沉地说道:"现在,只有暂时向他们低头……"

"你想投降?"鲍鄙机械地慢慢站起来,那恐怖的两眼逼视着参谋长,使他倒退了两步。鲍鄙的眼里闪出了兽性的光,他突然疯狂地大笑,"哈哈哈哈,鲍某跟随大帅多年,还不会走投降的路!……你们带路,我叫你们带路!……"他抓起手枪来便向参谋长射去,"啪啪啪"几声,参谋长倒在血泊里。他狞笑着,"全是你们坏了我的事!全是你们这些饭桶!我叫你们全投降!……"

那些副官、卫士早吓得魂不附体,没命地抢着往门外逃出去了。

鲍鄙这时已经像一个十足的野兽了——不,在他那被极端的个人私欲所操纵的人生哲学里,在他那以战争为职业的残酷的嗜血生活里,他早就是一个披着人皮的野兽了;只不过在顺利的时候,他那人皮伪装得更严密,更道貌岸然,而一旦临到垂死的命运时,那可怕的本来面目就赤裸裸地显露出来了。世界上一切吃人喝血的剥削阶级都是这样的。这时,鲍鄙仍然神经质地狂笑着,手里举着手枪;他望望大厅,大厅内空无一人,他那疯狂的报复欲望还没有得到满足。他机械呆钝地走到躺着的参谋长身边,像一头站在死人面前的猩猩,看着,又弯下身去把尸体上那支手枪拔起来,手上沾满了血。他最后看了大厅一眼,两只血淋淋的手举着手枪,眼里闪着疯狂的兽性的火光,神经质地狞笑着,呆钝地、一步一步地向着大门外走去……

战斗的焦点,最后集中到了北洋军平通防御总司令部附近的一座大庙里。本来,万先廷的队伍和焦营长的突击队已经团团包围了鲍鄂的司令部。焦营长的突击队一定要包围前门,万先廷答应了。不料鲍鄂带领着一百多名卫士刚好从前门冲了出来,那气势还是很凶猛的,给焦营长的部下来了个措手不及。他们冲出去了。焦营长的部下也没有去管这些,只顾抢先冲进司令部,捞个头功。等万先廷得讯带着队伍从后面赶来时,鲍鄂和他的卫队已经窜进一座大庙里据险顽抗起来了。

万先廷部署自卫军把这座庙包围封锁起来。他从前进城卖柴时到过这里。这座庙虽古,却是十分坚固的。庙墙都是用大石块砌成的,粗梁大柱;要打开它,除非用炮轰。然而他们那里不要说大炮,就连重机枪也没有。

万先廷布置了兵力,就同李剑一起视察了一下周围的地形。那座庙的前门外是一片空场,后门临着一道小山,左边是县里的一个什么衙门,右边接着民房。现在他们把这四面八方都封锁起来了,十分的严密;北洋军要想出来,除非变成蚊子。

然而,这样的地势,他们要打进去也不很容易。这座古庙,只有前后门;窗户小而且高,正好当枪眼。这样的地方,真是一夫当关,万夫莫敌;如果里边有足够的弹药和白米饭的话。

这样就形成僵持局面了。这时城外打得正热闹,万先廷着急地想早些解决战斗,把这个大家伙抓住,然而又接近不得。他起先吸引着他们开火,想把他们的弹药消耗光,然后再抓活的。可是里边劈里啪啦地打了一阵后,大约发觉了这是要他们上当的,敌人就停止射击了。这伙敌人虽然少,却是最顽固的,他们似乎抱定了跟庙里的关王爷同归于尽的决心。

李剑也着急地帮着想了不少办法;然而有些不大合用,有些又缺乏条件,不大能实行。例如他想着从他们的庙顶上突然而降,那就须得有飞机;他又想着从地底下打洞,通到他们庙里的佛龛底下——不过,照现在的情况看,要在规定结束战斗的时间之前打通这个洞,那就需得有封神榜上土行孙的本领。

后来,万先廷终于决定向他们喊话。他挑选了几个嗓门最大的小伙子,隐蔽到正对大庙的一座楼顶上,又布置好了火力,便用大嗓门向那边高喊:

"喂——!北洋军的弟兄们,你们跑不脱了!快投降吧!……"

那边回答是"叭呴"一声,子弹从楼顶上飞过去了。接着又劈劈啪啪地向这里放了一阵枪。

喊话的小伙子气坏了,说什么也不干,要打。万先廷劝他别性急,叫他们再喊。然而,后来庙里索性沉默了,似乎人都死绝了似的。

"你喊点他们当兵的受苦的事!"万先廷忽然想起容大叔说过的,在军阀队伍里也有很多受过苦的士兵,便说道,"你就说革命军只打军阀,军阀就是当大官的!"

那喊话的小伙子就照这意思喊了一遍,然而还是沉默。

"再喊!"万先廷说道,"你就说,革命军实行耕者有其田,只要他们投降,回家还有田种,收成都归自己!"

这回,两个人轮着喊了两遍。万先廷仔细倾听着,似乎从这里就可以听到庙里的动静似的。然而,还是声息全无。

"再喊!"万先廷坚决地说。他想,只要里头有一个是穷庄稼人出身的,就不怕他不动心。只要动摇了一个,别的人也就要混乱了。

于是,喊话的小伙子又喊起来。几个人轮流着,喊得嗓音都有些嘶哑了。然而,似乎毫不见效,那些人都像聋子。这一来都觉得有些泄气了……

突然,那庙里发出了砰的一声枪响,却没有子弹飞出来,那声音明明是在庙内打着什么东西。

万先廷怔了一下,顿时兴奋地跳起来,向那几个喊话的小伙子叫道:"喊得好,喊得好! 有人动摇了,动摇了! ……"

李剑不很明了,他困惑地问:"这怎么是?"

"你听!"万先廷仍然兴奋未减地向他道,"他们在打自己人了!这一定是有人要跑出来。要不,他们舍不得乱放枪的。"

"那不兴是走火?"李剑刚用枪时是走过几回火的。

"声音不像。"万先廷肯定地摇头,"再说,他们都是鲍酆的卫队,一辈子玩枪的,哪里会走火!"

李剑听着此话也有理,不觉点了点头。

往后,那庙里边又好一阵没动静了。万先廷正在想着下一步的行动,只听楼下有个好熟的声音喊:

"哥! 哥在哪里? ……"

是黑牯! 万先廷心中陡地一喜,转身就往楼下跑。他咚咚咚咚地几步冲下楼,看见几个自卫军小伙子正拥着黑牯向楼梯旁走来,万先廷迎上去一把抱住黑牯,抱得紧紧的,过去那些生死患难的经历又全都涌上心来,再也说不出一句话。

好一阵,他们才松开手。万先廷用两手把住黑牯的肩头,仔细看着他:他那结实的身体被折磨得瘦弱了,蓬头垢面,脸上布满伤痕,短布衫也扯得很碎,布衫上血迹斑斑。万先廷看着,想:他那样倔拗的性子,该在牢里吃了多少苦头啊! 他不觉疼爱地叹了口气。

"哥!"黑牯望着万先廷,只顾兴高采烈地说道,"你看,我也缴到一根洋枪了！"

万先廷这才注意到，他手里拿着一根带刺刀的步枪，刺刀上沾满血迹，明明是经过搏斗的。

"我戳死了三个！"黑牯痛快地说，"这些狗日的欺负了我们多少年，这回该出出气了！"

"黑牯，"万先廷亲切地说道，"你先去歇一会吧。我这里还有事，等仗打完了好好谈。"

"我不走了！"黑牯干脆地说道，"我来找你，就是要打仗的！"

"你又不听话了。"万先廷佯作责怪地说。

"哥，你就让我打这一仗吧！"黑牯恳求地说道，"在县牢里，他们抽我、压我、吊我，我没哼一声。可就是不叫我出来，把我憋得都要炸了！"

万先廷熟知他的脾气，只好点点头，说道："好吧，可得听话，不许乱来。"

"好、好，我都听！"黑牯连连点头，孩子气地笑了。

他们走上楼来，李剑还在那里了望着；见万先廷来了，李剑回头沮丧地摇了摇头。

"还没动静？"万先廷靠拢去问。

"真是冥顽不化。"李剑愤慨地说。

"哥，"黑牯在一旁看着问，"庙里有几多人？"

"一百多人。"万先廷看着回答道。

"那怎么不冲？"

"地势不好。"万先廷耐心地解释说，"他们把外头的路都封锁了。"

黑牯想了一下，突然兴奋地说道："有了，哥！从旁边放它一把火，看他出不出来！"

"嘿，"李剑听到这莽撞的主意，不觉失声一笑，说道，"这办法虽太简单，到了万不得已，倒也不失为一个下策哩。"

"不，"万先廷思索着说道，"再难也不能放火。旁边有那样多房子，不能连着烧掉。"

"那边都是些狗官的衙门！"黑牯望着那边说，"我刚押来还在那里过了堂的。那些好房子，全是刮老百姓血汗盖的，烧了怕什么？！"

万先廷看了他一眼，说道："你呀，就知道先前。可现在不都是我们老百姓的了！等一会县城都打下来了，你叫我们自己的衙门在露天底下办公事呀？"

黑牯没有话说。李剑不觉看了万先廷一眼，心中暗暗佩服。想起万先廷那自然的主人翁的情感，不觉心中又有些惭愧。

"天下无难事。"万先廷似乎自言自语地说，一面望着外面，聚精会神地思索着。过了一会，他抬起头来，眼里闪着兴奋的光，向李剑道："李副官，打北门的时候，你知道齐营长是怎么说的？"

李剑想了一下，说道："似乎是，要把敌人的有利变为不利，把我们的不利变为有利。"

"对，对呀！"万先廷热烈地说道，"我就是在往这么想的！你看，"他指着外面，"敌人四面把守得很严，墙很厚，门窗都很小，这是他们有利的地方。可是他们的不利也出在这儿：他们的门窗小，只能看远，不能看近；庙墙厚，外边有响动不容易听见。要是我们从这两边，贴墙把队伍运动过去，一个猛冲，他们再还手也来不及了！"

"嗯，"李剑点着头，稳重地思考着，然后抬起头道："不错，这倒是个好办法。"

万先廷正在调派队伍的时候，却发生了一件出乎意外的事情：大庙里的敌人挂出白旗来了。

李剑高兴地说道："这就好了。这群狼狗到底服帖了，我们连一枪一弹也不用费了。"

万先廷倒觉得有些为难。他疑惑地望着那里，还没有判断明

561

白;然而,那大庙的岗口内有人大声喊话了。那内容是要革命军派人去谈判,协商投降条件。

"哼,他们还不相信革命军。"李剑以胜利者的姿态微笑着说道,"还怕我们会杀掉俘虏。这真是以小人之心,度君子之腹!"

万先廷思索着,终于肯定地说道:"不,李副官,我看这是敌人在捣鬼!"

"捣鬼?"李剑惊异地看了他一眼,那文雅的脸上露出微笑来,"恐怕未必。他们不过是黔驴技穷,想求个活命罢了。"

"李副官,"万先廷沉思地望着他道,"这些人是信不得的。他们临死也想咬住几个人啊!"

"这我知道,敌人终归是敌人。"李剑那容易激动的脸上仍然显着潇洒的微笑,他觉得自己的道理是很充足的,"可是,现在是我们拿枪杆子逼住他了,他现在想的只是活命啊!"

"不,李副官,"万先廷觉着有很多道理证明这些敌人是不通人性的,然而又不知道该从何说起,只是着急地说道,"这样的谈判用不着,投降就投降,一个个出来缴械,没有什么条件可讲。"

"这你可就有些不对了,老万。"李剑严肃地说道,"我们革命军是仁者之师。只要他肯放下枪来,我们就要一律给予人道主义的待遇。敌人当然是害怕的;况且这还是他们的最高统帅,哪能那样简单?"

"可是他们现在还没有放下枪杆啊!"万先廷说道。

"看,白旗还挂在那里。"李剑伸手指着大庙那边道,"这不就是放下枪杆的标志。"

"可是,李副官,"万先廷感到说不过他,几乎是恳求地说道,"这实在太冒险了……"

"让我去吧,六连长。"李剑以恳切而自豪的语气说,"战斗哪能不担风险的? 我也可以顺便给他们讲一讲革命军对待俘虏的章程……"

"不,要去也不能让你去。"万先廷果断地说,他的好胜心也被激发起来了,"让我去!"

"你又想抢先了,老万。"李剑笑着道,他感到自己在一次这样的大战斗中无所建树,早就想着找个机会。他觉得这一回再也不能错过了,又说道:"你是这里的最高指挥官,不能随便离开的。再说,我的职务也适合于做这件工作啊。这一回只怕是非我莫属了。"

万先廷犹豫了一下,再一次诚恳地说道:"李副官,你还是慎重考虑一下。"

"怎么,"李剑显然有些不悦了,半真半假地问,"你还有点不相信我吗?"

万先廷无可奈何地笑了笑,说道:"瞧你说到哪里去了。"他看了看外边,接着又道:"不过,我还是想坚持一点,最好等我们的队伍埋伏好以后,你再动身。"

李剑犹豫了一下,他想起齐渊的话,为了尊重指挥官的意见,还是点了点头,只是又叮嘱道:"你的行动最好不要弄巧成拙。不要让他们看到,反逼得狗急跳墙了。"

"对。"万先廷考虑了一下,又向那几个喊话的小伙子道:"这个时间,你们就轮着喊话吧。把他们的注意力吸引到这边,叫他们准备向我们的代表投降。"

于是,那几个小伙子又轮番地跟那边喊起来。

万先廷迅速地向大庙两边房子里的两个自卫军大队长交代情况,叫他们回去赶紧运动队伍,一定隐蔽好。只要听到他的枪声一响,就立刻冲进庙去,消灭敌人。那两个大队长走了后,万先廷又把正面的火力布置好,准备在必要的时候掩护他们。

黑牯在一边窝了一肚子火。他本来是预备要痛痛快快地跟那些北洋军干一场的;可是这个戴眼镜的长官又要去跟他们闹什么谈判。他本想当时就冲撞他几句,可是看他文质彬彬,戴副眼镜,很有气派；况且万先廷对他说话也挺敬重，不好发作。他只好把一肚子气憋在心里，一人在旁生闷气。这时他忍不住道：

"哥，你让我到前头去吧！"

"你就在这里。"万先廷向他说道，"打仗就得听命令，不能乱跑。"

黑牯只得驯服了。万先廷和李剑走下楼去，在下面挑选了两个最机灵的小伙子，跟随李剑出去。万先廷再三向他们叮嘱，一定要加意保护李副官的安全。

约摸过了一盏茶工夫，从两边向庙墙运动的队伍都隐蔽好了。李剑便带着人准备出发。

"李副官，你要千万当心。"万先廷反复叮嘱道，"这伙人都是豺狼成性啊！"

李剑微微一笑，他是抱着必然成功的信念去的，但是，他仍然像个慷慨出征的壮士，想说几句激情的话。他握着万先廷的手道："老万，忘记我们刚才的口角吧。万一我不能回来，那——请你跟我向团长报告，我是像一个战士那样牺牲的！"

"瞧你，想到哪里去了。"万先廷真挚地笑着道，"只要你多加小心，不会出事的。一听枪响你们就卧倒，千万别慌。好，祝你胜利！"

他们紧紧握了握手。李剑检查了一下手枪，像一个渡过了易水的荆轲，带着两个人豪迈地出发了。

万先廷紧张地注视着他们，从自己的武装带上拔下了驳壳枪。虽然他的注意力此刻只集中在一点上：迅速地不误时机地打响那一枪；但是，他却又竭力地希望，不需要把这一枪打出去……

李剑他们三人一步步向大庙走着。万先廷的心也一下一下地急速跳着。他看见，李剑他们开头还好好走着、走着……可是突然，他们一下停住了——似乎从庙里面发现了什么可怕的东西，只见李剑用右手拔出手枪喊：

"快打！——"

这时候，庙里的枪声先响了！万先廷看见李剑猛烈摇晃了一下，被后面的两个人一把按倒在地上——而与这同时，万先廷手里的驳壳枪也愤怒地响了起来……

紧接着，两边埋伏的队伍潮水般地冲向了庙门……

三十九

平江外围的战斗也接近尾声了。在一片辽阔起伏的山岭阵地上，有的地方浓烟直冲天际，天空里正在弥漫着渐渐消散的硝烟。枪声还持续不断地在各处发出脆响；到处是招展的旗帜，到处是锣声和号角声，到处是奔跑着的士兵和农民。平江城外所有北洋军的防御阵地，都完全被革命军和农民自卫军的队伍占领了。个别的搏斗和追击还没有停止。漫山遍野的人群在奔跑忙碌：农民协会组织的救护队抬着担架，打着红十字白旗，到处在抢救伤兵；自卫军和革命军的士兵端着枪，有的还提着梭镖大刀，撵鸭子般地追赶着败逃的北洋军；更多的是妇女和老人，他们手提瓦壶，拿着茶碗，在各处阵地上奔忙；哪里有革命军弟兄，他们就急忙向哪里跑去。

万先廷和黑牯在这些阵地上匆忙大步地走着。他们的队伍完全解决了城内的战斗后，农民自卫军便奉令撤出城外，准备开回安平桥了。城内的秩序由先遣团第一营和焦营长的队伍负责维持。万先廷在南门外的江边把几个大队都安顿好后，便同黑牯到这些阵地上来寻找赵柄清。

望着眼前这一片热烈的战斗场景，万先廷止不住心头的兴奋和激动。看着这一切，又怎能想像出：不久以前还是一片死寂的苦难的山区里，会出现这样惊天动地的沸腾景象；不久前还只能在压迫下和血泪中呻吟辗转、逆来顺受的人们,会变得这样生龙活虎、顽强勇敢。这是一个多么奇异的变化啊!但是,万先廷想起了那个人——容大叔。为了这一天的到来,他经过了多少风里雨里的跋涉,看过了多少人们木然无动于衷的冷眼;多少个烈日如火的热天,他常常只用山涧里的溪水,伴送着一两块干硬的烧饼充饥;多少个风雨飘摇的寒夜,他枕着自己那小小的蓝布包裹,盖着伴随身的粗布长褂,露宿在荒山古庙的廊下门前。可是,他却永远是那样精力充沛,步伐坚定,神情愉快;他用自己的诚心和热情,终于化开了这荒远山区里的凛冽的冰冻。革命,这陌生而奇怪的名词,终于为人们熟悉,又终于在人们心里扎下了深深的根子。农协兴起来了,打不散了,力量越来越大了。然而,容大叔,他却越来越瘦下去了,他又要去为新的工作奔走跋涉了。想起这些,他眼前仿佛又看见一个身穿蓝布长褂,斜背着包裹雨伞的中年人,站在这战斗着的山岭上,他那深邃坚定的目光,正露出了发自内心的喜悦的光彩……

"先哥,先哥!……"

背后传来一个小姑娘的喊声,万先廷一听就听出是小莺。他和黑牯回头望去,只见小莺提着一把瓦壶,手里拿着两只饭碗,晒得满脸通红,笑着直向他们跑来。她也来支援革命军了。万先廷和黑牯迎了上去。

她虽只八九岁,可已经蛮懂事了。她也剪了一个短短的"西装头",小脸蛋笑起来显得格外纯真、甜蜜,饱满的小嘴很会说话,逗人喜爱。她跑过来,喘着气,一面笑着问道:"先哥,你喝茶吧!……"

万先廷没有回答,只是笑着向她道:"你这双眼睛又大又不中用。看看我旁边是哪个回来了?"

黑牯在一旁性急地叫道:"小莺,你看……"

他还没说出来,小莺早惊喜得"哎呀"一声,向他扑去,差点连瓦壶和茶碗也落到地上,幸好万先廷给她接住。黑牯高兴地两手举起她来,在空中旋了几个转,可是他刚出牢来,瘦弱得很,又累了半天,不觉跟跄一下,连自己也差点摔倒了。

"看你,自己都站不稳,还闹,快放下来!"万先廷责备地说他。

黑牯把小莺放下,擦着汗问:"小莺,婶娘来没来?"

"妈在那边林子里跟好多人一起烧茶。"小莺指着远处说,"我就是回去打了茶的。"

"你一个人跑来跑去,也不怕?"黑牯笑着问。

"才不怕哩!"小莺自豪地偏着头说道,"我们还跑到东门上江边去了的,那里抓到了好多北洋兵哟!"

"小莺,看见爸没有?"万先廷问她。

"没有,我刚看见姐姐的。"她四面一望,就热心地叫起来,"姐姐,姐姐!……"

"哎——!"大凤的声音答应着,不一会她就从前边的岭下跑了上来。她忙、累、兴奋;左臂上戴一个红十字白袖套,右肩上背着一杆枪。她隔老远就辨认着,认出黑牯来了,于是加快脚步跑过来,激动地叫着:

"黑哥!……"

黑牯望着她,傻傻地笑着。大凤跑到近前,她满面红光,喜气洋洋,可是眼里有两颗泪水,浑身上下打量着黑牯,半天说不出话来。黑牯本来是很憨实的,他跟大凤从小虽也是一起玩闹,可是随着年纪,也变得拘谨了。

"话留着回去再说吧。"万先廷在旁边笑着,又问道:"大叔在哪里?"

大凤听见他问,知道有事,说道:"他跟别区几个农协的委员长在三阳街那一块,商量给革命军送饭的事。要我去喊他们吗?"

"我们一起去吧。"

万先廷还是按着队伍上的习惯,在战斗结束以后,要当面把战斗经过向主管长官报告。农民自卫军是农协派来的,因此他也要向赵柄清报告一切;并想早些交代完后,好去看一看自己那一连的弟兄们。他们在这次的战斗里打得怎样呢? 他实在太想念他们了。

三阳街是平江城南门外对岸的一条小街。倾斜的街道从河边一直伸展到坡上,水浅时有一道浮桥通向南门。这时农民协会给革命军预备的米饭、肉菜、包子、馒头、甜酒、凉粉……都一笼一笼、一筐一筐、一桶一桶地用船运来了。东西正在起坡,三阳街的小街上挤满了来来往往的人,叫喊声、吆喝声、哼唷声,像办酒席一样的肉菜的香味,使这条小街变得热闹、沸腾,有一种喜庆宴会的气氛。他们好容易才在河边上一个农民协会的总指挥部里见到了赵柄清。那里也挤满了人,把他忙得满头大汗。他一看见黑牯,就顾不得众人,一双手紧紧把住黑牯的肩头,慈祥的眼里闪着光,从上到下又从下到上地看他,像找到了自己失去多年的孩子;又想问,又想听,恨不得一刻把话都说完。

黑牯看见大叔,就跪下去磕了两个头。他站在大叔面前,咧着大嘴,憨实地笑着,泪花闪闪。他心里激动、兴奋,可是一句话也说不出来。

半晌,赵柄清才从兴奋中清醒过来,叫大凤立刻带他们两个去吃饭。可是万先廷说他办完了农协的事情,要回自己的队伍上去看看。赵柄清知道他的脾气,公事在身,也就没留。万先廷又叮嘱了黑牯几句,连碗茶也没喝完,又匆匆赶到东门那边去找他们那一连的队伍了。

一路上,万先廷看见,到处是成串成堆的俘虏,到处堆积着小山一样的枪支弹药、粮草被服,还有很多北洋军抢来的老百姓的东西。这一仗打得多痛快。他也看见,那一片一片的山岭阵地上,草木有的发焦,有的被反复践踏得陷在土里;遍地是弹坑,遍地有血迹;到处是弹壳和铁片,到处是丢弃的打碎了的枪托和折断了的刺刀。万先廷想,在这些坚固的阵地上,经过了多少艰巨反复的搏斗,又有多少同志的鲜血洒在这一片广阔的土地里。

战斗是全部结束了。革命军都正在按照命令到指定的地点集中休整。万先廷沿路只见到不少主力师和另外几团友军的队伍,也有一些先遣团三营和二营的,可就是不知道他们六连在哪里。他问别连的人也都不知道,战斗打得太激烈,人们都没工夫关心别连的事了。后来,他碰到了团救护队的一个男看护,那是他在醴陵养伤时熟识的。他们见着自然很高兴,万先廷问起救护队里的那些老朋友。

"大家都念着你哩。"那看护说,"小刘还格外叮嘱我,见了你定替她问候。她求了好几回要看护长派她到火线上来,都没被答应……"

万先廷不觉又想起了小刘那眉心有一颗黑痣的秀气的脸,和她说话时的神情,便说道:"你也替我问候她,问候何队长,问候队里的全体同志……"

他们都很忙,顾不得多说话。万先廷问他知不知道二营六连在哪里。他点点头道:

"他们刚才就在对面那个山头上的。我才去时大队都开到河边上去了,只留着五六个人在那里守大炮。"

打听到着落,万先廷更不耽搁,别了他向对面的那座山头上走去。他想,只要看到了自己连里的弟兄,那就一切都会清楚了。

看守大炮阵地的是刘大壮带着的半个班。这座山头虽不太高,但却十分峻陡,山头上并排地筑着十几门大炮的阵地。阵地后面烧焦的炮弹箱、门板和木头还在冒着烟,阵地上到处委弃着北洋军的军帽、军衣、皮鞋、草鞋、钢盔、饭盒和枪支、炮弹、指挥刀……在这里也是经过顽强争夺搏斗的。

刘大壮和弟兄们看见自己的连长满头大汗地走上山来,没等口令,都立刻兴奋地立正敬礼,叫了出来。万先廷兴奋地还礼,忙叫"稍息",和他们热烈地一一握手。一面忙着回答他们的问候,一面亲切地看着他们。在这一天的激战里,他觉得好像跟自己的弟兄们分别很久了;他看着他们,都那样亲切、有精神、心情愉快。他望着弟兄们那在猛烈的苦战后变黑变瘦的脸,心里止不住激动,想说很多很多的话。是啊,他们都在这场战斗里经历了多少难忘的时刻。这样的时刻,也许一个人的一生里只能遇到一次。就连陈欢仔,这个全连里最年轻、最无忧无虑的士兵,也似乎变得深沉了,苍老了。战斗带给人们的东西是残酷的,也是丰富的。

只有刘大壮,还是显得那样安详、平稳、不慌不忙。他全身照样整齐利索,连八字胡也理得端端正正。只有从他那短军裤下面的膝头和赤脚草鞋上,才可以看出满是尘土和斑斑的血痕。在他那亲切慈祥的面容上,略含着紧张苦斗后的疲惫和劳累。他们今天担负的战斗是十分猛恶的。全连已经牺牲了十六个弟兄;在刘大壮这一班里,就有五个重伤,三个轻伤。

万先廷的目光忽然落在刘大壮皮带上插着的那根小竹头烟杆上,不觉震惊了一下。那烟杆不是刘大壮的,他自己那根长长的、磨得发亮的黑烟管拿在手上;而腰间的那一根,万先廷清楚地记得,是班里那个老兵谢万发在攸县驻防时自己做的,万先廷还称赞过他的手艺。可是——

"老班长,谢万发……?"他急切地望着刘大壮问。

"牺牲了……"刘大壮的慈祥的眼里变得阴沉、黯然,他指着不远一个炮位道,"就在那里……"

万先廷好一阵说不出话。他默默地走到那座炮位前。那里跟别的炮位没有什么两样,地上也有着践踏的衰草和一摊摊血迹。可是……

"老谢真不赖。"刘大壮的声音仍然平静,也止不住激动地叙述道,"他一路都跑在最前头,换过三回刺刀;少说也干掉了十六七

570

个。最后冲上这个山头,他还一点没挂彩。这上边的敌人真厉害,硬是他妈的不缴枪,刺刀拼断了就用拳头打,牙齿咬!"刘大壮说着,似乎又回到了当时激战的情景,眼里闪出了仇恨的火光,"妈的,全都打红眼了!老谢也真有功夫,好几个家伙围住他,可他一点儿不发慌,左招右架,就这么——一口气就挑掉了五个!敌人眼看快完了,他也累得不行了,刺刀都变了形!可这会儿又从沟里钻出两个家伙,老谢就丢了枪跟他们赤手空拳干起来。论功夫呢老谢是没便宜给他们占的,可他太累了!他刚把一个家伙按到地下,掐住他的脖子;可另一个家伙就拿一把刺刀从旁边一下戳进了他的胸口,刀尖都穿透脊背了,可他还一点不松手,硬把地上那个家伙掐死!另外那个家伙吓得要跑,可老谢——他一下就从自己身上拔出了那把刺刀,跳起来刺进了那个家伙的胸口里。这时我赶了过来,他已经……可还是……"

万先廷沉重地低着头,听着这不容易动感情的老兵用颤抖的声音叙述着。这就是他们团队的人!他不觉想起那次在朱亭前线的战壕里,谢万发那朴实的略含腼腆的声音来。这是一个多么好的弟兄啊!……

"这些是他的东西。"刘大壮双手捧着一顶军帽,里面装着两根铅笔,一个自己钉的小纸本,还有一个用手巾仔细包着的大约是十几块洋钱。"他什么话也没来得及说,就拿手比着,要我把这个交给……"

万先廷双手郑重地接过来,他在心里轻轻地说道:"你放心吧,亲爱的同志,我知道你要说的是什么。"

齐渊骑马在县城巡视了一遍。靠着党的地下组织早有准备,城里的秩序很快稳定下来了。有些店铺已经开了门,挂出了欢迎革命军的标语和纸旗。戴着红臂章的农民自卫军和工人纠察队满面笑容地在街上走过。一队队俘虏在街上蹒跚地走着,多得望不到尽头。

齐渊把城内的事交给高洪生，便出南门过汨罗江上的浮桥——这是在革命军打过来以后由农民协会赶着架起来的——到鲁肃山去，团长指定在那里会合，听取各营的报告。一路上，齐渊担心着李剑的伤势。他得讯赶到那里时，李剑已经被担架队送往后边去了；只听万先廷报告了经过的情况。尽管万先廷说这完全是他的过错，要请求处分；齐渊也指责了他没坚持自己的正确主张，忘记了一个指挥官在战场上的职责。但是李剑的负伤，却使齐渊感到十分难过和不安。他觉得是自己没照应到，主要该是自己的责任。他后来又安慰了万先廷。

当他带着副官、勤务兵骑马驰到团长所在的那个山坡上时，各营的营长和特别大队长已经都早到了。正在兴奋热烈地谈着战斗中的一些小插曲。

齐渊在前面跳下马来，走过去向叶挺敬礼：

"报告团长，第一营在城内的战斗全部结束，正在集合待命。"

叶挺亲切地握着他的手，看着他：虽则经历了最艰苦的战斗，齐渊仍然是那样精神饱满，服饰整洁，毫无苦战后的萎靡和疲惫；他的副官和勤务兵们也似乎都受了他的影响，一个个都爽利而又严整。叶挺喜欢的就是这样的军人。他望着齐渊，平静然而充满热爱地说道：

"你们辛苦了。战斗的最后结果怎么样？"

"鲍鄷自杀了。"齐渊说道，"这个坏蛋临死也没忘了喝血。最后这一仗我们没有打好，李剑同志受了重伤。"

叶挺的目光罩上了暗影，他已经听万先廷派人报告了李剑受伤的情形。这时问道："很危险吗？"

"我没有来得及看到。"齐渊道，"据六连长报告，他一直昏迷着，流血很多。"

叶挺沉默了一下，终于说道："刚才军部有人来。李副官的未

572

婚妻已经随大队到浏阳了,这两天他们可能到前线来。"

"玉慧来了?"齐渊心中一惊,不觉说了出来。

"战斗中什么事都会发生的。"叶挺平静地自言自语地说,接着又向齐渊问:"你看,要不要现在告诉她?"

齐渊知道团长问话的意思。沉默了一下,说道:"我想,应当告诉她。玉慧不是软弱的人,她会经受得住的。"

叶挺点了点头,向后面的杨副官道:"马上派人去看看李副官的伤势。告诉救护队长,请他们随时把李副官的情况,向团部报告。"

"是。"杨副官答应着,立即转身走向后面的什么地方转达命令去了。

"她来了以后,"叶挺向齐渊道,"你把战斗情况告诉她。陪她一起去看看李副官。"

"是。"齐渊立正回答。他这时的心情,一方面感到义不容辞,一方面又不知为什么,有些怕担当这个任务。

"同志们,"叶挺向齐渊,也是向所有的军官们道,"今天的整个战斗情况是好的。各个营都打得不错。我们完成了担负的责任。"军官们都知道,团长的要求是严格的;他说"不错",这就是很满意。

两匹快马疾驰而至。是前敌指挥部的两个副官,他们在前面勒马停住,敬礼报告道:

"叶团长,潘师长已经在那一边阵地上等你。"

"好,我就来。"叶挺向那副官说。

"是!"两个副官敬了礼,勒转马头,又向原路疾驰而去了。

叶挺向身边的几个团里的军官交代了一些事情,便向各营的指挥官们道:"我们去吧。"

勤务兵们已经把他们的马拉过来了。叶挺接过缰绳,敏捷地跨上那匹白马,在军官们的最前面,向山坡下的大路疾驰而去了。

潘振山听完焦营长的报告,高兴得几乎要哼两声粤剧;他是广东人。这个突击营为他争来了面子;刚才的疑惑已经完全被证实了:他们在决定平江全局的北门攻坚战中,的确是最先攻进了城内,并且,据焦营长说,他对整个进攻的战斗行动起了决定性的作用。这个团素来被人们认为是他潘振山的主力,他这次把一个营跟先遣团摆到一起,那用意是可想而知的。这一下果真没叫他潘振山失望,他们把先遣团压下去了! 这下,他潘振山可以骄傲,可以自豪,可以把头昂得更高了!

他们的位置这样排列着:潘振山站在正中间,焦营长像个得宠的王子,站在他的旁边;再旁边则是几个团长和十几个营长;后面就是一大群参谋官、副官和卫士。他们得意非凡,望着整个战场,颇有"天下舍我其谁"之概!

叶挺和先遣团的军官们在前面不远的地方下马,一齐走向这边来。潘振山因为是前线指挥官的身份,并不动身。先遣团的军官们过来敬礼后,潘振山才皮笑肉不笑地动了动他那紧绷的脸,和他们一一握手。

"这是今天北门突击营的焦虎营长!"潘振山特意把焦营长介绍给大家,骄傲地说道,"是决定我们整个战役胜利的英雄! 今天的战斗,是北伐以来最伟大的一场战斗;焦营长和全体弟兄为我们写下了最光荣的一页!"说到这里,他仰起头来,十分得意地笑了两声。

焦营长也九分得意地笑,并且点了点头;他这时已经在想着日后怎样向人们讲述这次攻城的精彩过程了。

"当然,"潘振山看见了齐渊,似乎为着显示公平地走了过去,说道,"你们的配合也很不错。不在这里向大家讲一讲吗?"

齐渊谦逊地笑着,说道:"报告师长,我们做的事,都是一个革命军人应该做的。没有什么好讲。"

"那没什么!"潘振山更加得意地说道,"论功行赏,一丝一毫的功绩我们也不能埋没。这一点,焦营长也提到了,他充分显示了革命军人的谦逊。我把第一功给了焦营长,第二功就给你们!我想,你该不会有什么别的想法吧?"

齐渊仍然微笑着,平静地说道:"革命军全体的光荣,就是我们的光荣。除此以外,我们从不想到别的。"

"那很好,很好!"潘振山虽然觉得这话有点刺耳,还是压不倒内心的高兴,他拉过焦营长来,自己站在齐渊和焦营长中间,为他们讲和似的说道:

"拉拉手吧!为你们在战场上配合得好。"

齐渊坦然地真挚地伸出手来,说道:"祝贺你们,焦营长。希望你们保持革命军人的光荣。"

焦营长握着齐渊的手,不知为什么,他的脸皮虽然老而且厚,此刻却不敢触到齐渊那坦率而明亮的目光;特别最后面那句话,虽然连他自己也知道齐渊并非出于恶意,可是却又禁不住脸红。他低声地强作欢笑地说道:"也祝贺你们,齐营长……"

这时,独眼的老参谋长走到潘振山面前。他刚才跟各团的参谋长们统计了各类的数字。他手里摊开一个文卷夹,向潘振山道:"师长,各项数字已经统计出来了。主要的几项是,"他眨动一只眼看着文卷上,"我师在正面战场上,共消灭北洋军……"

"老百姓死了多少?"潘振山忽然打断他,突兀地问,并且看了叶挺一眼。

老参谋长眨着那只独眼,停留在文卷上犹豫了一下,这大约是他很怕说的,但现在又不得不说了,他压低声音道:"这个,参战的老百姓,牺牲的是、是这个,一十三名……"

这三个字仿佛给了潘振山重重的一锤。他呆了一下,看看叶挺——他声色未动——不觉十分气愤了,把手一挥道:"好了,我全知道了!……"

"军长到!"后面有个副官突然叫了一声。

军官们都转过身去看时，方维镇已经骑马来到了面前，他带着五六个参谋官、两个副官和十多名卫士。他总是那样，温厚平和，慈祥可亲。他从从容容地下了马，满面带笑地向迎接他的军官们走过来。他最先同叶挺热烈地握手；这使潘振山老大的不舒服，他的脸又绷得更紧了。

“你们的情况我在后面都得到报告了。”方维镇拉着叶挺的手，热烈地感激地说，像是感谢一个帮助救了火的邻居。“多么不容易啊！这么坚固的工事，这么顽强的敌人，你们又担负着这么重的担子，可是你们能打得这样好。替我问候弟兄们，他们真是……”他找不出更好的话来形容。

“军长，今天的战斗，多亏了这里的农民弟兄。”叶挺望着他道，“有十三个农友为革命牺牲了。”

“那真不幸。”方维镇沉重地说道，“替我慰问他们的亲属，我们也要发些抚恤金，让他们的家里别难过……”他心肠软，经不起激动，说话总是慢吞吞的。

“副军长，”潘振山在一旁硬绷绷地说道，“战斗已经全部结束了。我师突击营的焦营长，在上午十点多钟，最先指挥队伍打进了平江北门！……”

“可是我听说，”方维镇一番好意地问，“他们后来怎么又退出来过？”

潘振山紧绷的脸上牵动了一下，他是从不认输的。这时冷冷地说道：“他们是为了把敌人引诱出来，在城外消灭！”

“咹，是这样吗？”方维镇不大放心地问叶挺。

“我想，是这样。”叶挺平静地说。

“那就太好了。”方维镇高兴地点头。又向叶挺和潘振山道：“总指挥要我代表他问候你们，问候全体弟兄们。他今天回到长沙去了。另外，黄埔军的一个师已经开到了我们后边；他们奉总司令的命令，特地赶来加强西部战线。”

"哼!"潘振山刚才的恼怒和不满,找到了发泄对象。他轻蔑地耸耸鼻子说道:"夜猫子进宅,无事不来!"

"我们这一仗,对南北局势的影响太大了。"方维镇没有理会潘振山的愤懑,仍然兴高采烈地说道,"总司令已经从韶关出发。担任东战场的三个军正在从广东开往湘赣边境。我想,这样一来,东战场也一定会早日进军了。"

"见鬼!"潘振山仍然冷冷地说道,"对付江西那几个残兵败将,也要装腔作势。有本事让他们上来跟吴佩孚试试看!"

"话不是这样说。"方维镇和和平平地赔着笑道,"各人有各人的名分,他们的担子也不轻。"他知道潘振山是个二杆子脾气,怕说下去他又要讲出些更难听的话来,便向军官们道:"同志们,我们一起到城里去看看。"

一路上,他们并辔徐徐而行。方维镇和叶挺走在这群人的最前面,他关心地询问着战斗中的一些具体情形,点头赞叹着。军官们也都各自三五结伴,跟在后面,有说有笑。只有潘振山还铁青着脸,故意独自掉在最后,他心里别扭,可又说不上谁惹了他。

四十

平江失守的第三天,武汉三镇传出了一个出人意外的消息:吴大帅突地从北京南下了。

这消息,引起了许多政客要人们的大骚动。本来,北洋军的总部就在汉口查家墩,大帅南下也是理所当然的;然而只要稍知大帅为人的人们,都看出了事态的严重。

湖南战局,吴大帅本是胸有成竹的。他北上前早就作了周密的布置和安排,他不是那种目光短浅的人。在北京同张雨帅结盟后,便退到了长辛店的别墅居住,以示清高。那时,前线就有些吃紧了。但吴大帅有着惊人的自信,他在许多人纷纷猜测南方战事的时候,当即通电全国,宣布南方战局定会报捷,根本不屑亲自出马;他自己将长期定居长辛店,以握全国的中枢。这一方面是对鲍鄞将军的信任,另一方面是他心中有自己的算盘,前方暂时吃点紧也不是什么坏事。果然,不出几天,失醴陵、丢浏阳,革命军迫近了平江湘阴一线。关心战局的议员政客们,络绎不绝地到长辛店来拜访大帅,想探听大帅是否着急,有没有回到汉口的迹象。可是吴佩孚依然安之若素,每日里照样起居定时,吟诗画竹,闲情逸致。秘书长和参谋长代大帅见客时,只是重复着一句话:大帅决策已定,从无更改。人们有高兴的,有怀疑的,有担心的,只好去找吴佩孚的老上司曹锟。那曹锟听到湖南的消息后,也着慌了;急忙派了特使,专程赶到长辛店来,提醒吴佩孚注意,要他"以天下大事为重",急速回汉。吴佩孚听罢,只是捻须长笑几声,徐徐说道:

"总统厚意,请代我面谢。不过,总统只知其一,不知其二;天下变化早已在佩孚掌握之中。广东军北侵,半属故放烟幕,也是壮壮胆量。他们企图不一,互观动静,伺隙而动者正多;蒋介石和滇湘各军如今还徘徊韶关,不敢越雷池一步者,正在此也。如今天下人皆以为蒋介石赤化,决心誓师北进,我看则不然! 试观蒋氏过去行状,不过上海滩上一无赖之徒;文韬武略不精,欺诈哄骗皆通。如今这样高喊赤化,正可见其存心不轨;古语谓:奸诈之人,观其正而得其反,不谬也。再看其余各部,名虽为八个军,实则真正能作战者不过半数;况且又各怀鬼胎,如何能成大事? 再看我海陆各军,集中平江岳州一线,势雄力厚,扼守汨罗,赤军断难飞渡。南方军事,我早已请馨帅代为主持,总统尽可无虑。"

这席话,说得曹锟的特使五体投地,欣然回去复命去了。人们从此也更加叹服,吴大帅果真了不得! 足不出户而知天下事,赶得上诸葛亮的"隆中对"了。然而惜哉! 大帅是生得不逢时了些;他能看出蒋介石的奸诈自私,却永远也看不出共产党人的光明磊落,也永远看不出民众的力量能够推动历史前进。就在大帅那次"隆中对"的第五天,平江失守的急电飞到长辛店了!那一线的重要,大帅是早已熟知的:平江失,则岳阳不保,武汉亦危!这使得素来高傲自负的吴大帅,也暗地震惊了。他一面咬牙切齿地骂鲍鄂贻误戎机,一面也不禁惊叹这支广东军的勇猛和神速。大帅的雅兴消失了。他在自己的花车里徘徊:回汉口还是驻长辛店?犹豫在两方面的得失之间。后来他占了一卦,"菩萨"是赞成他回去的,却没有考虑他的面子。而这时,受大帅委以重任的馨帅——孙传芳,又来电表示,如今局面已南重于北,自己难于担当重托,请玉帅早日返汉,主持大计。而汉口总部的告急电,又一封比一封催得紧;眼看湖南落入敌手,广东军便可长驱直入地开进湖北了。吴佩孚再也沉稳不住,局势的剧变竟使他失去了一切缓和的余地,也顾不得他素来的言重于山,连夜对北方进行了一番安排和布置后,便急急忙忙地带着随行人员南下了。

这便是人们惊惶骚动的原因。谁都知道,大帅是个格外顾面子的人,即便稍有点机会,他也要先作一番宣传,把空气和缓过来,然后再以回豫鄂视察的名义,到汉口暗暗布置一切。如今却这般突然,连个通电也没来得及发,就仓促动身了。看来,不是到了最着急的地步,大帅是不会出此下策的。

昨天上午接到参谋长的急电后,汉口就迅速忙碌起来了。这消息起先还是极其秘密的,只有督军、省长、消息灵通的洋人和几个不多的要员们知道。到夜晚才把这消息通知各有关人士,要他们明天上午准时到车站恭迎大帅。第二天天刚亮时全市就戒了严,从查家墩北洋军总司令部到大智门火车站的一路上,三步一个哨兵,五步一个警察,背向马路,站立两行,荷枪实弹,如临大敌。路上冷清清的,除了穿便衣的侦探,再也看不到一个别的行人了。只有在火车站前面那条马路上,显得格外热闹,像逢年过节的市场。许许多多骑马的、坐黄包车的、乘大轿或小轿的、坐四轮马车的，流水一般成群结队地往那座中西合璧式的车站门前涌。在这些车马的铃声和轿夫们的吆喝声中，也夹杂着"呯呯"的汽笛声；听到这声音时，轿伕和洋车伕们便像躲避瘟疫似的赶紧让开，连那些雕饰精致的四轮马车也失去威风，赶快冲到路边去。因为有坐这样摩托小轿车资格的，除了大帅手下的显贵要人，便只有阔绰的洋大人和财东大亨了。

车站内的建筑物和铁棚顶都已粉刷一新。为了显得慎重，斜眼的站长亲自出来值班。他深怕出了事，胆战心惊，站里站外跑了一清早后，他才安了心：只要那些铁轨到时候不自己飞起来，是不会出事了。

天渐渐热起来，月台上也渐渐地站满了欢迎的人群。人群里，大多是青缎瓜皮帽，青缎长袍，黄缎马褂，而且大多又胖得流油。阳光射着，缎面上反着光，胖脸上的油汗也反着光，亮晶晶的，好像许多刚上了瓷釉的古董。也有些佝偻干瘦的，那大抵是些老头子，头发胡须都花白——或者全白了，瓜皮帽下还拖着一条长长的细辫子，这都是前清的遗老。大帅虽是拥护"共和民主"，却格外崇敬对皇上的愚忠，又很敬老，因此并不勉强他们把辫子剪掉；倒有时常要他们出去展展览，照出几幅苦像挂在园子里，以示崇古之意；然而又怕被过激之徒捣毁，旁边都站了两个兵，不解深意的人，怕要当成扒手示众的。

熙熙攘攘的人群里，也有穿着金晃晃礼服的军官。金边红穗的大檐帽，黄色的绶带和红肩章，格外鲜艳夺目；马靴闪闪发光，靴底上六十多个铁钉一齐噔噔响；走过时都要引起人们的一阵赞叹；带太太的人格外小心，因为他们最能引起女人的虚荣。人群里也有不少"假洋鬼子"，西装笔挺，领子上打着蝴蝶结；有的戴一顶雪白的博士帽，大多则是高耸着油亮的黑发，手里提着一根"司提克"——乡下人管那叫哭丧杖的。脖子硬僵僵的，在遗老遗少们中间高视阔步。他们大都是带了太太来——这大约也是外国规矩。那些太太们一个个浓妆艳抹,花枝招展,照着英国和法国贵妇人的打扮,牵着小狗,露出大半个雪白的酥胸;使得不少一向是坐怀不乱的长袍马褂们,这时也不觉心神荡漾,激动得几乎要发昏了。

　　然而,所有这些站在月台上的人们,又大都只不过是第二流人物。真正名列前茅的当权显贵,便能有到那间设备舒适的客厅里去吃茶点的资格了。

　　那间雅致的客厅,在月台南端一座花园似的楼房里。那里显得很为恬静幽雅,只有沿着月台边上那一道白线,排列着长长一行穿着笔挺礼服的军官。这时,有两个穿着整齐的西服的洋人从楼房的客厅里走出来,举止悠闲,好像在随意散步似的,看看远处天上的云彩,闻闻路边盆里的鲜花,他们沿着月台里边那排淡蓝色的木栅栏,慢慢向南踱着。

　　左边的那个洋人穿花格子绸西服,身材粗胖,健壮横阔;他那颗大头上下的比例很不对称,腮帮好像是孩子们用力吹起的气泡,整个脸型便鼓得像一个"凸"字。他有一双淡蓝色的贪得无厌的凹眼睛,肥大的鼻子上生满肉刺,尽管脸上扑满了白粉,他的整个形象仍显出一种粗糙的、不加修饰的、暴发户的俗鄙。他的双手总是无法静止下来,即便散步时那指头也不停地敲打着,似乎在空气里探寻着什么东西。他的脸上总带着一副胜利者的骄横的笑容,说话嗓门粗大,镗镗震耳。那种固执的、近于疯狂的热情,只有那些在投机冒险的事业中得意的人才会这样的明显和嚣张。他走着,看看周围并无闲人,便带着客气而真挚的笑容,向身边的同伴问道:

　　"亲爱的阁下,你们能够肯定,吴佩孚将军会重新成为今天中国的主宰者吗?"

　　那个被称作"亲爱的阁下"的同伴,是一个细长的英国人。他那狭长的脸,像在门缝里挤扁了的猫脸;弯弯的尖鼻子,尖下巴,细细的长脖子,都扑满了白粉。他的举止有度,显得非常文雅、孤高,但其中又含着些做作的成分。他穿着一身黑色的燕尾服,熨得平平整整,一丝不苟;雪白的硬领上,打着黑色的蝴蝶结,礼服的领口上露出一块雪白的手巾角。他手里拿着一副带金色长柄的精致的眼镜,不时慢慢地把它举起来,凑到眼前望一望什么。那目光,也跟动作一般地潇洒悠闲,对什么都流露出不屑的神情,仿佛天下只有他才是真正的主人。他那慢条斯理的声音和彬彬有礼的动作,处处显示出自己有着高度修养的绅士气派。看来,他对身边这位伙伴的带着明显嫉妒意味的问话,很不以为然,但依旧有礼貌地浮现一丝笑意,客客气气地向他说道:"我不明白你的意思,阁下。难道你希望张作霖将军成为未来中国的主宰者吗?"他的声音虽然显得友好,但是在他的话里,却明明露出了不满的挑衅的味道。

　　"唉,"这个美国人像受了误解似的,感慨地叹了一口气,恳切地向身边的同伴说道,"亲爱的先生,使我们今天感到忧虑的倒并不是这个。在这个问题上,我们美利坚合众国是永远和女王陛下的政府站在一起的。不过,使我们今天越来越感到不可忽视的,是发生在这个复杂的国家里的另外一种危险。亲爱的朋友,你该不会忘记,九年前俄国发生的风暴,就是因为我们西方在决定性的时刻低估了形势。你们伦敦的那些可尊敬的政治家们虽然也曾经高喊:把赤色的俄国掐死在摇篮里!可是实际上做了些什么呢?我们把金镑、大炮交给高尔察克、邓尼金还有马赫诺将军①;投下那样大的本钱,可是得到的呢?是莫斯科发出来的告捷的电报和死刑判决书!我亲爱的先生,在中国的问题上,我们不能再蹈俄国的覆辙了!二十世纪是一个更加复杂、也更加艰难的世纪。拿破仑曾经说过:让中国沉睡下去吧!如果让他醒来,那将是世界的不幸。是的,今天就是决定这种命运的时候了;世界面临着危机,先

————————————

　　① 三人皆是苏联国内战争时期叛匪头领。

生。今天我们在这里需要的,不是绅士的诺言和保证,也不只是头脑简单的军人和武装;我们需要具有商人天才的军事家,具有军事天才的商人!这样的人要善于决断,善于冒险。是的,在二十世纪的今天,在中国这样的社会里,只有靠这样的人,才能挡住共产主义的魔影!"

英国人听着他这番放肆的教训,很不愉快,但是却一点没在面上表示出来。他仍然显出平静的毫不介意的神情,轻描淡写地笑了一笑,说道:"你把二十世纪的前景描绘得太可怕了吧,亲爱的先生。当然,我明白阁下的意思。对于阁下的这些高见,我愿意表示极大的尊敬。"他说完,便有礼貌的转过脸去向他含笑地点了点头。

他们友好地一笑,接着就沉默了下来,彼此心中都有数。他们都明白对方没有说出真正的心里话;并且在中国这旋风似的局面中,都想着压倒对方,取得绝对的霸权。美国人想着:你们在世界上已经刮得够多了,二十世纪已经不是英国的世纪了;现在应当让美国来代替你们了;看吧,让你们在吴佩孚的身上栽跟头吧。英国人想着:美国人是狡猾的,不能相信;他们就像没有抢到骨头的狗一样,到处伸着鼻子。别看他们嘴上说得甜蜜,为了争夺自己的利益,他们什么都干得出来的。这一切,从他们那沉默的一瞬的目光里,就都流露了出来。

然而,当他们转过身来,向前望去的时候,就又找到了共同的语言和友谊了。在那边,原先坐在客厅里吃着茶点的那些外国同行们,这时都已经站到外面的月台上来了——大约是大帅的专车就要到达——他们都很自然地结合在一起:那个矮胖的日本人和长着一部大胡子的德国人,站在月台最边缘的地方,低声而亲密地交谈着,不时露出会心的笑容。在靠近客厅大门不远的前面,还有几个和他们一样穿着整齐的西服或燕尾服的洋人,站在一起随便地围成一个小圆圈,友好地谈笑着。他们熟识的那位漂亮的法国人虽然也正在热烈地跟别人交谈,作着手势,而且不时发出愉快的笑声；但可以看出，他的魂不守舍，他那双眼睛却暗暗向这一边——美国人跟英国人——和日本人跟德国人那边顾盼着；那目光里似乎充满嫉妒，而且感到孤独；回想起他的先辈拿破仑在世界上称王道霸的黄金世纪，他们更希望在中国大有作为。

"亲爱的先生，"美国人忽然以十分亲密的口吻道，"你没有感觉到，日本人跟德国人已经嗅出了今天出现在中国的新的政治气味了吗？"

"哼，"英国人看着那边，现出嘲讽的笑容说道，"他们从自己的祖先开始就是戴着钢盔出来办外交的。"

美国人诡秘而低声地说道，"到时候，他们会把张作霖将军像狗一样扔掉的！……"

这时，从站台那头，一个肥胖的、服装整洁的、骑着一匹红色大马的上校副官奔驰过来，向他们敬礼报告道：

"先生们，督军大人要我来报告诸位：大帅的专车已经从江岸车站开过来了！"

月台上，欢迎的人群已经长长排列起来，把那座宽阔高大的站房挤得满满腾腾了。站在后面些的人，便拼命向前伸出头去，踮起脚尖，似乎被一些无形的手捏住脖子，往上提着——很有点像烧腊店里挂着的腊野鸭。一列列身背红绿彩绸大刀、戴白手套、穿着军官礼服的卫队，从人群前面勇猛地跑过，按照严格的距离，沿着月台边上排列起来。再靠里，排列着军官团——这是北洋之花、大帅的骄傲，全部按英国式装备起来的——等候大帅检阅。紧靠他们的又是两百名身穿白色礼服的军乐队，佩戴着金晃晃的肩章绶带，白手套，白色的军帽上高耸着红缨穗，滚着红袖头和红裤边；装备着一色闪着毫光的西洋乐器，大管小号，分外严整威风。

一切都预备就绪了。月台上哑静无声。所有的目光都集中在北边那条轨道的尽头。斜眼的站长拿着两把小旗——一红一绿——紧张地在月台和铁轨上跳来跳去。为了表示内行，他把耳朵贴到轨道上听一听，又苦着脸站起来，老婆离婚也没使他这么着急过。最后一次，他听了听，突然像触了电似的蹦起来，往月台上跳着，斜着眼喊：

"来了，来了！"

果然，当人们的脖子都伸得发酸，脚尖都跷得发疼的时候，终于从远方传来了隐约的汽笛鸣叫声；人们的心情更其庄严了。霎时呼吸屏息，鸦雀无声。万籁俱寂中，只听火车喘气的声音越来越近，月台下的路轨也轻轻颤动起来。不一会，声音更大更急了，还听见了叮当叮当的响声，接着便能远远看见一列冒着烟的火车疾驶而来，越来越大，越来越近。人们的心情也愈激奋；尽力瞪大眼，看看近了，到了，进站了……"呜——呜！"可是只像告别似的突然短鸣了两声，便从月台前"呼"地冲过去了；影影绰绰的，只看见一些全副武装的士兵和军官。知识渊博的人立刻松了一口气，说道：

"探道车！……"

站在月台最边上的那些名媛仕女，本来是预备最先向大帅献殷勤的。刚才那两声汽笛，像扔在脚下的两颗炸弹，吓得她们都蹦了起来。半天呆头呆脑，只觉耳鼓锽锽作响，眼前金花乱冒；有几位怕还得了心脏病。

大帅的见面礼过去了。不大会，人们的心情随着探道车过去刚松弛下来，便又听见汽笛声了。隔了好一会才又听到列车喘气声，这回喘得又慢又重，好像一头筋疲力竭的老牛拖着重负在挣扎。人们迫不及待地向远方望着、望着……又隔了一会，远处才出现了冒着烟的机车，大口大口地吐着气，开得很慢，像乌龟爬。人们的心情这才更其虔诚庄重起来。军乐队队长——一个严肃、漂亮、轮廓方正的老头子——把一个金黄的、顶端带有圆球的铁棒子举过头顶，又像魔术师在人们面前耍弄玄虚似的，捧着棒子小心而庄重地按下来，军乐队开始奏出缓慢而沉重的曲子：北洋政府的国歌《卿云歌》。那乐曲古板、蹩脚、死气沉沉,大约是一位三个月没吃饱饭的作曲家作的。但却很投合那些遗老遗少们的胃口,有几位十分感动——他们想起了袁世凯总统当政时北洋的黄金时代,嘴唇翕动着,轻轻哼出歌词来:

> 卿云烂兮,糺缦缦兮,
> 日月光华,旦复旦兮;……

乐队指挥的手上下升降着,每一回的位置都分毫不差,像用机械制动着的杠杆。他那满是皱纹的脸上放着光,白色的八字胡微微颤动着,他明明很满意。

喘着气的火车徐徐进站了。车头前面的挡板上,屹立着两个胖大的北洋军,一人端着一挺机枪,枪口狰狞地向前张着,凛凛赫然。九节车厢——这是取着“九九归一”之数——全都是金碧辉煌的花车,每一节车厢的门口,都肃穆笔挺地站立着一个军官,着蓝色礼服,戴白手套,挂指挥刀。每一节车厢的顶上,也有三个卫士,屈膝半跪着,把着面前一挺重机枪,随时都可击发;他们都泥塑般地一动不动,注视前方。

随着车轮在铁轨上磨出的尖锐刺耳的吱叫声,列车终于停稳了。中间那节花车的门刚一打开,立刻跳出一批彪形卫士来;手执扎了红绿彩绸的大刀,像竖路标似的,迅速而整齐地排列在车门左右。

音乐声中,一群佩戴着勋章绶带的副官和高级参谋官走下车来;一群头戴瓜皮帽或礼帽,身穿长袍马褂的参议秘书走下车来;一群身穿笔挺将军礼服,头戴冲天缨高顶军帽,提着指挥刀的将官们走下车来。只听一阵马靴和衣服摩擦的缍缍声,还有一股箱子里的樟脑味,使人想起那些被古董商人珍藏的、过了时的古玩来。

最后,一位留仁丹胡,肥壮红润,严峻威武的上将出现在门口;他的皮肤白皙,脸蛋很肥,多肉的下巴跟脖子分不出来。他站在门

口,扫了欢迎的人群一眼,大声道:

"诸位先生、女士们!我谨代表大帅,感谢诸位的隆重欢迎!"

人群里狂热地鼓起掌来,不知是哪一位贵妇人带来的小狗也叫着:"汪汪汪!"绅士官吏们纷纷脱帽,军官们笔挺地站着,肃穆地行举手礼。乐队指挥的手像是被什么拉住了,用力、用力地制动着;音乐声也更加缓慢、沉重起来。

门前侍立的两个军官,迅速地在卫士林立的夹道上洒下黄土——这是沿袭着皇帝出巡时的最高欢迎仪式。

车门口异样地寂静了一刻。终于,最先出来了两个人——一个穿长袍马褂,戴平顶瓜皮帽的瘦老头子,小眼睛、大鼻子、尖下巴,上唇有几根稀疏的老鼠须,背有点驼;除此以外,他还有如下的两个毛病:一是喷鼻子,"吭吭"地响,特别在他抽水烟的时候更厉害;另一个是眨眼,这是不分春夏秋冬的毛病,眨得飞快,像扑灯蛾的翅膀。这就是鼎鼎大名的秘书长孔文周,外号小诸葛。另一位是个外国人,整齐的白发披到后颈,凹眼睛、蓝眼珠,干瘦、结实,穿一套咖啡色的西服,衔着烟斗;从脸上的皱纹看来,他年纪不算小了。据说他当年参加过协约国攻打苏联的战争,留下的唯一纪念品,就是在他的左手上只剩了四个指头。他如今是大帅的高级军事顾问,大名歇克爵士。他们跟近前的人打招呼,秘书长眨眼;军乐队里似乎又多了门乐器,这就是喷鼻子的"吭吭"声。他们走下来之后,接着就出现了第三位——这顿时引起了人群里的一阵兴奋和赞叹。他是一个身材高大,虬髯满腮的将军。他的体重至少有五百市斤,膀阔腰圆,站着像半截铁塔,稳如泰山;他的脸盘宽大,两只大眼螃蟹一般地凸出着,狮子鼻,鼻孔眼朝天。他全副戎装,手里拿一柄指挥刀——那指挥刀跟他的身材比起来,就像孩子手里拿着的玩具。他,就是久已闻名的,大帅的股肱之臣,这次一举攻克天险南口的秦大沛将军。人们都知道,大帅这次特意把他从北方军中调回,一定有重任相托;看到他这身材,人们就会坚定地相信:他一定能把前线的战局扭转过来。于是,爆发了一阵热烈的掌声;秦大沛将军庄严地行了个军礼,板着脸走下来了。

掌声突然停止,刹那间,人们都屏住呼吸,想着即将看到大帅回到汉口来第一面的神情:他想些什么? 又会说些什么? ……总之,人们将要从这一瞬中,看到大帅对前方局势的态度,看到未来战局的前途。所有的眼光都盯着那静止的车门。

这时,一个黑眉毛、黑胡须、全身发黑的将军出现在车门口——他是大帅的卫队司令兼总执法官胡锦川。他一手把着腰间的指挥刀,一手紧贴裤缝,立正站着,向人们高声宣布道:

"诸位,帅座已经从那一边下车了! 命我转告:今晚在大帅府举行盛宴,帅座当与各位畅谈前方军情。"

刹那间,人们的血液似乎一下冻结了,呆呆的像许多蜡像。军乐队指挥的手像停了电似的在空中僵住,乐声像一张坏了的唱片戛然停止下来。人们真是又惊又喜,惊的是盼望了半天,竟没有能瞻仰到大帅的威仪;喜的是大帅这样神出鬼没,一定对前方的军事早已胸有成竹,故意让人们摸不着头脑——大帅是喜欢玩这一类把戏的。半晌,没有人说出一句话来,谁也无法解答这其中的奥妙;最后,才突然从人群里发出了一个声音,就像专为来回答人们的沉默似的,那是:

"汪汪汪! ……"

大帅乘坐的朱红色小轿车,在前前后后许多装了卫士的卡车、三轮摩托车和快马的簇拥下,浩浩荡荡地开进了总司令部;于是那面代表大帅的绣着斗大黄色"吴"字的大红旗,便也在大门前的旗杆上高高升起来。

不一会,那些在车站上恭迎过大帅的代表人物——洋人政客、买办行商、前清遗老、各公团领袖和报馆记者们——就络绎不绝地赶到这里来了。他们从车站上大帅所弄的玄虚里,虽然猜测他对前方的一切早已了如指掌,布置若定了;但人人又都想最先知道个究竟,一方面能把那颗悬着的心放下,一方面也好证明自己与大帅的亲密,借机在外炫耀一番。

人们聚集在一间高大的、雕梁画栋的大客厅里。大厅的正面挂着大帅最为崇敬的关公和岳飞的全身像,两旁又有吴佩孚和曹锟的戎装画像。在画像的两边,有一副大红洒金的大对联,每个字足有斗大,墨迹苍劲古朴。还是三年前大帅在洛阳做五十大寿时,一位也曾风云一时的名儒送的。上联写的是:牧野鹰扬百世勋名才半壁;下联是:雄藩虎视八方风雨会中州。中堂下面设着一张很长的精雕细刻的条形香案,香案正中是一个很大的盘龙金香炉,一边有一个金瓜形的大红琉璃烛台;在香炉和烛台的左边,供着一个两尺见方的、描金的黑漆匣子,那是大帅的"八卦囊";右边供着一柄五尺多长、包着黄绫的青铜古剑。这两件宝贝,在大帅行动时,都是由两个僮子抱定不离左右的,在家时就供着。香炉上日夜缭绕着一缕檀香。大厅两旁挂满了名人字画,都是大帅的尊崇者赠送的,其中也有大帅亲手画的墨竹;字画下面,摆着长长两排乌油黑亮的檀香木靠椅和茶几,四面点缀着盆景花草,人们又都说这是大帅的古朴之风。

人们正在高谈阔论,意见纷纭的时候,通向后花厅的大圆门里,冲出一个军官来,大声喊道:

"参谋长到!"

坐着的人都赶紧站起来,纷纷迎上去。

那位留仁丹胡的、肥胖威武的上将——参谋长景富戎出来了。他仍然穿军服,只是光着头;看着他那肥大的、光溜溜的脑袋,叫人想起孩子们在阳光下用雪塑成的罗汉。他的马靴脱去了,只穿布鞋,手里摇着一把折扇,肥脸蛋很红润——大概刚洗过脸——放光。他含笑,向人们点动着那多肉的下巴。

人们都争先恐后地围着他,七嘴八舌地问:

"景大人,大帅能不能见? ……"

"诸位,"景富戎说,那声音好像是从多肉的喉咙里挤出来的,带着油腻,"大帅要我代谢诸位的问候。今天大帅旅途劳顿,谢绝一切拜访和宴会,等晚上再与诸位畅谈。大帅有令,只请葛佛先生进去商讨一点事情。"他说完,向英国人笑着动了动多肉的下巴。

英国人也微微向他点点头,接着又回头看了旁边的那个美国伙伴一眼,昂然地跟着那个军官走进后厅去了。

景富戎摸了摸八字胡,又向人们笑道:"诸位前来,一定是想探听一些前方的军情了。大帅授权兄弟,只要能够回答的,兄弟一定尽力。"

"将军先生,"那个美国人迫不及待地问道,"刚才有消息传闻平江失守,鲍鄂将军下落不明,这可是确实的?"

景富戎笑着,肥下巴在颤动,他说道:"这个消息还没有证实。不过,请诸位放心,大帅对前方早有了妥善的布置。我向大家透露一个秘密:今天我们的军事重点,已经不在平江,而在——汀泗桥!"

"汀泗桥?"有人惊讶地喊出来,"就是那个天险的汀泗桥?……"

"是的。"景富戎高兴地说着,点了点肥头,"诸位,汀泗桥是大帅的发祥之地,也是军事史上攻坚的坟墓;它的险要,诸位当然早就知道。大帅在南下之前,早已电令大军集中,严密布防。诸位知道,兵家成败,不在暂时的攻城掠地之得失。兵法云:虚则实之,实则虚之;为了诱敌深入,必要时将放弃平江,让广东军重蹈湘军的覆辙。"

"请问将军,"美国人又问道,"根据现在的战况,大帅会不会亲临前线指挥作战?"

"这个,"景富戎一笑,从旁边一个卫士端着的茶盘上拿起一盏茶来,呷了一口,说道,"这个问题我不能肯定回答。大帅日理万机,运筹帷幄,当然不必亲临前线;不过从多年征战中,他素来爱兵如子,与前线休戚相关,也常常亲自去战场视察。我想,到了南下反攻的时刻,大帅一定会亲自到前线勉励水陆三军的!"

这番话引起了人们的兴奋和好奇,他们想起大帅在八年前那番勋业,都被未来的胜利激动起来了。

"请问,大人,"一个戴眼镜的、鼻子和脸型都尖得像老鼠的记者挤上前来,兴奋地问,"派去指挥汀泗桥战役的是哪一位将领?"

景富戎充满骄傲的语气道:"各位早就闻名的——秦大沛将军!"

"呵!……"人群里发出了惊叹和欢呼。

"还请问,"那记者急忙接着问,"秦将军现在就在后面吗?"

"他已经乘专车出发了。"景富戎道,"这次大帅和他同车南下,在车上就已经面授了机宜。他宣布这次南进,不到广东,决不回师!"

人们都欣喜地纷纷小声议论起来。

"那么,"那记者更加兴奋地问,"能不能请您略讲一点秦将军的军中轶事?"

"他的丰功伟绩大家早就知道了。秦将军久随大帅,转战南北;有勇有谋,能守能攻。此次攻克南口,创造了军事史上攻坚的奇迹,连奉军张雨帅也特意授勋嘉许。诸位!"景富戎昂起头来,伸着那肥胖多肉的下巴,提高了声音道,"你们都会看见,等待广东军的,就是八年前湘军的下场!"

四十一

夏日的夜,梦一般的美。

那高高的清澈如洗的蓝天,那皎皎的银镰一般的新月,那活泼而顽皮的、竞相眨眼的满天星星,使这夏日的夜充满着生命,充满着神奇,充满着迷人的幻丽的色彩。无论是刚刚用惊异的眼光来开始打量这个新奇世界的孩童,还是儿时早已变得遥远模糊的七八十岁高龄的老祖母;坐在农舍前瓜棚的架下,望着那无边无际的幻丽的天空,都会生出多少奇妙有趣的思想。

故乡啊,你是多么美好;童年啊,你是多么可贵。不管故乡留给你的记忆多么淡漠和遥远,故乡总是故乡;不管童年带给你的遭遇是多么悲惨和坎坷,童年也总有着一些黄金般闪光的快乐啊!此刻,万先廷就是怀着这种别离的、对故乡和童年生活的依恋的情感,从六连的驻地走到安平桥村头赵大叔的家里去。

这是他们在安平桥驻扎的最后一夜了。明天早晨,他们又将踏上新的、艰苦的征途。白天,团部召开了连长以上的军官会议;后来,营长又召集他们几个连长在营部研究了好一阵;接着,又开了连里的军官会议、党员会议,向全连弟兄训话……直忙到夜里,弟兄们都在进行开差前的准备了,万先廷还到几个班里作了检查。这时于头找来了,他是奉营长的命令来看万先廷是不是到"那位姑娘"家中去辞行的。当他发现万先廷还迟迟没有去时,就口授营长的命令:要他立刻把连里的事情交代给连副,马上到他该去的地方去。万先廷知道营长的脾气,只好奉命走了。

夜已很深了,安平桥却仍然一片灯火,热闹沸腾。革命的火啊,烧毁了这山乡里的多少世代的封建黑暗;革命的火啊,点燃了多少人深藏着的创造的热情。站在安平桥的桥头上向四面八方望去,远远近近的山岭大路上闪耀着一条条通红的松明火把,就像一条条飞舞着的火龙;那是南区各乡的农友们正在连夜赶修大路,开山劈岭,让革命军的大队一马平川地开往前方。在青龙寺的前边不远,也亮着一大片通红的火把,几百个农友在奔忙着挖平那个小山坡;万先廷听大风说过,这是区农协的决议,要在这里修建一个大会场,预备召开全区的农友大会。那该是一幅多么雄伟壮丽的场景！从长期的黑暗压迫中觉醒起来的人们，一旦把握住了自己的命运，产生的力量是能够移山倒海的啊！他们巴望在一夜之间就能扫除千百年压迫和束缚他们的一切；他们巴望在一夜的奋斗后就能结出丰硕的革命的果实！

万先廷站在安平桥的桥头，凝视着夜幕里的故乡的景色。这一切对他是多么熟悉，又是多么新奇啊！看着这些，多少往事又清晰地回到眼前。这桥头，不是容大叔多次站立和走过的地方？在这桥头上，他多少次聆听大叔的教导，明白了天下穷苦工农革命的道理；也是在这桥头上，农友们第一次联合起来，向财东从县城请来的法官说理，得到了抗租斗争的胜利；在这桥头上，他和大凤曾多少次一同激动地向往过革命风暴的来到；也是在这桥头上，他随着全团的弟兄冲出去消灭敌人。多么长的苦难岁月，多么快的变迁啊！而今，那千年百代的黑暗奴隶生活结束了；而今，他又将从这桥头，踏上新的革命的征途。

万先廷怀着激动的情感，信步走下桥头的石阶，不觉走到了青龙寺的大门前面。那古老的庙宇，衬在夜空里，格外显得巍峨高大，雄伟庄严。庙门掩着。在大殿里，区农民协会和各乡的农协委员长正开着联席会议，讨论各项革命的措施和章程。大凤已是安平桥的农协委员长，忙得这些天都极少在家里落脚；赵大叔负责全区的农民协会，又被选作了全县农民协会的副委员长。他前几天都在城里忙着，昨夜才赶回来跟区农协的委员们碰个头；今夜开完了会，明天一大早就要赶回县城去。眼下农民协会要做的事情太多了啊！万先廷远远站在门外看着，不想进去打搅他们。他知道，开会的人都是容大叔来后和他一起、最先参加农协的穷苦弟兄，情感极深的，一见面又免不了有许多话说，耽搁了他们开会的工夫。再说，赵大叔和大凤都在里边，他也不想进去；不知为什么，这遥远别离的时刻越近，他们就越加有一种又想在一起又怕在一起的复杂的情感。虽然他们都明白这别离是为着革命的前进，是衷心觉得喜悦和欢乐的,可是那亲人的感情,终归是难舍难离啊!万先廷看得出来,大凤这两天只顾在外头奔跑忙碌,连家也不回,一来是因太忙,二来她也正是怕家中的那一切会勾起她的伤感的心情啊!大叔的感情虽是看不出来,可他的心里也是难过的;他从小就把先廷当亲生孩子一样,时刻想着死去的万东昇的嘱托,为孩子操了多少心;他知道,革命,就要担待风险,可是他又多么希望自己能够替孩子们把一切都承担起来,让他们平平安安地去迎接幸福和光明!孩子们对前途满怀信心,那么就不要让自己的难过带给他们吧。

万先廷站在外面,看着这熟悉的庙殿,心情难以平静。他听小莺高兴地对他说,农协已经作出了决议,要把这座青龙寺改作学堂了。他真为这山乡的革命后翻天覆地的变化感到高兴。是啊,对于万先廷来说,这里不早就是他的学堂了吗?那庙门外容大叔的第一次的讲演,那宁静而冷冽的深夜里,他们在廊檐下的第一次的长谈,他有生以来第一次听到那许许多多革命的语言……不都是在这里发生?从那一天夜里,他不就开始踏进了革命的学堂?往后的那许多斗争,哪一件又不是与这青龙寺的大殿紧紧连接着?他们来这里商量过联合贫苦农友的工作,在这里共同关心和决定过大凤的命运;他们多少次怀着焦急惶恐的心情来这里向容先生讨教求计,又满怀信心地走出庙殿的大门;他们有多少个深夜悄悄聚集到这里,从这里掀起一次比一次更加周密有力的斗争。在那些艰难的日子,他们的同志还不多;而现在,在这山乡里燃烧起了多么猛烈而炽热的革命火焰。

万先廷似乎今天才深刻地感到,故乡的一草一木都是多么可爱啊!那庙前的古树,那遍地的野花,那间杂着玛瑙石的大路,那清碧的溪水和池塘……一切都显得那样亲切。深夜里,野花发出沁人的香气;月光给村子和小山都披上了一层洁白透明的薄纱。他一面走,一面望着越来越近的山村;虽是深夜,可是家家还有灯光,屋顶冒着炊烟。万先廷知道,家家都在忙碌着;有的在赶着预备送给革命军的干粮,有些家庭有人在革命军里补了名字,明天就要跟着队伍开差,一家人该有多少说不完的叮嘱和希望。村头飘着一阵阵逢年过节才会有的做菜的油香,夜风吹送着一阵阵时高时低的、姑娘和伢子们的歌声,从那音调听来,都是革命军来后才教会的。从前那些出门都羞答答的姑娘家,如今都剪短了头发,放开了脚,挺起胸脯来唱歌了。这些歌都是革命军宣传队里的女兵教的,她们勇敢地唱出:

> 妇女同胞姐妹们,痛恨不平等,
> 封建势力占政权,男贵女下贱;
> 男人受教育,女子把足缠,
> 妈妈嫌,哥哥欺,妇女不值钱!
> ……
> 世界革命队,快快团结起!
> 打破铁监牢,组织解放会;
> 我和工农,携手并进,完成大革命!

这歌声飘荡着,把这偏僻山乡里那千年百代的陈旧气息一扫而光了。这时,村子中间那块空场的上空闪着一片白光,这是革命军的宣传队在那里演文明戏的汽灯光。万先廷隐约听得见传来的雄壮的歌声:

> 谁是革命主力军?
> 我们工农兵!
> 工农和士兵
> 原本都是一家人……

从那里还不时传来热烈的喝彩声和笑声。万先廷一面听着,一面从村后走向赵大叔家的茅屋。

这时,在赵家的厨屋里,也亮着油灯的光。原来,黑牯已经在万先廷他们这个团里补上了名字,编进了新兵营,大婶特为弄了几样菜来给他饯行。他们请了陈三爹做陪客;陈三爹还特意下河摸了几条大鲤鱼,提来几斤好酒。可是等了万先廷好半天也没等到,赵柄清知道他是一连的长官,事情格外忙,自己和大凤又要赶紧吃了夜饭去开会,就不能再等先廷了。吃过夜饭,赵柄清同大凤就匆匆到青龙寺去了,小莺也要去看那些革命军的"戏子"们演戏,跑出去了。大婶素来是个嘴头憨的人,说不出多的话。倒是热心快肠的陈三爹留下来给黑牯叮嘱、教训了一番。他从黑牯的脾气谈到革命军里的规矩,教给他许多做人处世的道理,要他在外头心要灵,眼要尖,手要勤;要他多学着先廷的为人。后来又从他的身世,谈到出外当兵吃粮不要忘了穷人,不要做昧心事,要记着大叔大婶的恩德;说到这些,三爹又把先廷着实称赞了一番。黑牯今天不知是穿了革命军的制服,还是临到别离心肠软了,只是驯服地点头,"嗯嗯"答应着。这样教训了一会,三爹看他出来久了,怕队伍上有事,提醒让他回营盘去。黑牯应声站起来,明明还是想多在婶娘面前坐一会,他接过婶娘连夜给他赶做的衬里衣裤和装满干粮的包裹,迟疑了一瞬,终于跪下去给婶娘叩了两个头,抹着泪水站起来,然后头也不回地大步走了。

在孩子面前,大婶还忍着悲伤;看黑牯走远,她再也忍不住伤心地啜泣起来。三爹又回过来宽慰她,给她讲革命军里怎样怎样好,长官待弟兄不打不骂;又拿起先廷这些时在队伍上的好处比给她看;这才说得她的心慢慢平静下来,又含泪忙着去做给先廷预备的干粮去了。

万先廷到的时候,三爹正想走了。看见他来到后门外的禾场上时,三爹跟大婶都高兴得像拾到了什么最好的宝贝。三爹眉开眼笑,也不想走了,同先廷在禾场上坐了下来。大婶忙碌地提了一瓦壶凉茶,拿了两筒芝麻饼子,要万先廷吃,又要给万先廷做饭。万先廷说已经吃过了,要大婶也到禾场上来纳凉。大婶推辞不过,只好熄了灶里的火,搬把椅子坐到睡着那个孤儿的摇窝旁边,一面听他们说话,一面拿起放在摇窝里的鞋底,对着月亮做起来。

　　三爹今天喝了几杯酒,心里又高兴,连下巴上的那根胡辫子都快活得直发抖。他喝着凉山茶,挥着大蒲扇,问起先廷他们队伍上一些事情;他知道哪些该问,哪些不该问的。他听说他们一两天就要赶过湖北境界时,不觉心情激动起来;他是到过那边好些地方的,那里给他留着深刻的记忆,于是他就滔滔不绝地向先廷讲起湖北的风土人情,"天上九头鸟,地下湖北佬",如此这般;不过,那边的人多是好的,三爹的一条命也得亏他们。于是,他讲起那个连鬼王听了都要打战的险口子汀泗桥。五年前,他被"援鄂自治"的湘军拉差到了那边。就在那山口子下头,死的人堆得塞满了铁桥,三爹的老命也差点陪在汀泗桥下的那条河里。得亏当时在一块挑弹药的一个湖北人,拼着性命带他逃出来——可是那人自己却叫湘军抓回去砍了头。"从那往后,再听有人提九头鸟三个字,我就直想上去给他两个嘴巴!"三爹说。不过他自己的宣传却又是例外,因为可以免得想说的人挨嘴巴。

　　对于九头鸟之类,万先廷只是笑一笑;不过三爹对于汀泗桥的熟悉,却引起了他的格外兴奋和注意。在今天全团的军官会议上,团长特为讲到了这个汀泗桥。在那里将有一场决定性的战斗,这已经是明明白白的了。而且,担当这个战役的主力的,也必将是他们先遣团。听到团长的话后,万先廷的心,又开始飞向了那里。这决定性的战斗意味着什么呢? 这是说,党所提出来的:"直捣武昌,饮马长江"的目标,已经近在眼前了! 北洋军阀最大的头子——吴佩孚,就要被打倒了! 万先廷怀着一种必然胜利的信念,暗想在未来这场决定性的战役里担当最艰巨的任务。这时,他便仔细地同三爹攀谈起来。三爹的话匣子打开了,三头老牛也顶不住。后来,万先廷听到紧要的地方,便请三爹到堂屋里去;他在灯下打开地图和记事本,照三爹讲的画了一幅图样,把那些要紧的地方都打上记号,有些就仔细地记了下来。他记得团长和齐营长的教导:只要跟战斗有关的东西,哪怕看来十分微小琐碎,在需要的时候都会变成最宝贵的东西。他们谈得那样兴奋、热烈,顾不上闷热,也顾不上擦汗。万先廷的心思已经被三爹的谈话引到那险峻的关隘前去了;他注视着自己画出的图样,沉默着,思索着。以致后来三爹的话匣子说完了,热得也实在受不住了,他站起来喊万先廷到外头去;可是万先廷却对着自己面前的记事本和地图入了迷,只是一动不动,似乎连三爹的话也听不见。三爹这才真后悔了:他知道这伢子的性情,先前就不该提起这些话来,让他在今夜里也苦苦用心思的。三爹看着他那汗湿的军衣,看着他那样不顾惜自己,又心疼又难过;要是从前,照三爹的脾气,三下五除二,一口吹熄了堂屋里的灯,拿出老辈的口气来喊他出去也就是了。可如今不行啊!如今他已经吃着革命军的官粮了,带着百把号人,怎能随随便便的;况且这又是他们队伍上的公事,更来不得含糊。三爹虽喝了酒,这些规矩还是记得一清二白的。他只好叹口气,拿芭蕉扇拍打着身上的蚊子,走到厨屋说了几句话,走出后门外透气去了。

婶娘刚进来在灶前煎粑粑,听了三爹说的对先廷又埋怨又赞叹的话,向堂屋看了一眼,不觉更加心疼着急。这伢子心思重,一桩事想定了就不放手;连在家这一刻都不安心,可别闷出病来了啊!她又知道先廷的性子,说也没用的;只好又埋怨这"鬼三爹",不知怎么又把他这毛病引发作了,怎么好啊!……这时,后门外摇窝里的那个孩子醒了,哭叫起来,婶娘正要洗手跑到后门外去,忽然猛地想到了什么,她连忙望着堂屋里叫道:

"先伢子,摇窝里的小伢醒了,我手里占着,你快些到后头去摇一摇。"

"嗯。"万先廷赶快答应着,合上本子,果真就麻利地赶到后门外去了。

不过,三爹已经在摇那摇窝了。看见万先廷出来,高兴地点头,便笑着让开道:"你来。他是你们革命军救出来的,见到我们平

598

民百姓还认生。你一走他又要吵的。"

万先廷不觉也笑了，他坐在摇窝旁的矮椅上轻轻地摇起来。洁白的月光照着孩子的脸，显得格外美丽、安详。万先廷看着孩子的脸，想起未来的战斗，一种出自强烈的责任感和自豪感的激情便充满全身。他想起齐渊在广州出发前说过的一次话："我们的下一代是幸福的，但是我们更幸福。因为在斗争的行列里，我们是站在他们的前面。"是啊，也许他们这一代长大起来，已经看不到他们先辈受过的那些惨痛的灾难和可怕的战火了，那么，他们这一代会是怎样的呢？万先廷凝视着孩子想……他想不出来，不觉自己好笑了；他们当然是不会错的。假如他们中间，真会有人不珍惜无数先辈的血肉的开拓，那么，他们又怎能毫无愧色地去面对自己的后代呢？……

三爹喝过两碗凉山茶，身上一舒服，舌头又活了。一面高声喊"大媳妇"也出来坐一坐，一面喜笑颜开地向先廷讲起他们不在家时村子里的许多事情。他讲到他们的赵大叔，讲到大凤，讲到那个最为他敬仰的容先生。特别是大凤，说起那个姑娘家，如今被万人拥护当了农协委员长，多不容易啊！那些事情，他记得一清二楚，如今回想起来，他还是兴高采烈的。

当然，三爹说得最多的，还是先廷跟黑牯这两个穿了军装的般长般大的年轻人。三爹亲眼见过他们从孩童时就经受过的重重苦难，三爹看着他们一步步地从苦水里长大成人。他觉得，眼前这些孩子们都扬眉吐气了，也是他自己的骄傲和荣耀啊。他望着先廷，摸着自己下巴上的那根胡辫子——为这根辫子前两天还闹了个笑话：村里妇女解放会的那班姑娘们拿着剪刀，到处找妇道人家剪长头发："巴巴头"、顶搭子①。三爹见了她们，心里高兴，捋着自己的那根胡辫子笑道："你们把我这根顶搭也革掉吧！"那些姑娘可说动

---

① 巴巴头即挽髻；顶搭即辫子。

就动,亮着剪刀就一窝蜂拥上来;三爹这才骇坏了,拿巴掌挡住胡子飞跑了两里多路,幸喜到了河边,他一头钻进河里扎到了对岸,那帮姑娘们才没有追上。从此他知道这玩笑是不好开的了,见了留"西装头"的姑娘赶紧绕路走——他这时摸着胡辫子,得意而感慨地向先廷叮嘱道:"你要多管教黑牯,你们如今都是翅膀硬了,要远走高飞了。到了外头,要记着你叔子婶娘为你们操过多少心,吃过多少苦啊!"

看着在厨屋的灯下忙得满头是汗的柄清媳妇,更止不住赞叹。这对夫妻多仁义啊! 刚才在黑牯面前还没有讲出来,他的来历是多么悲惨和辛酸。三爹记得,那是十多年前,赵柄清进城去卖柴回来,领回了一个又瘦又脏的五六岁的孩子。孩子的口音不是本地的,连姓什么叫什么也说不清楚。大约他是跟逃荒的人走散,或是被父母丢在半路的——那样孩子在那年月多得很啊。赵柄清见他在路上哭,领着他找了半天,也没找着亲人,只好带回家里来。妻子像疼爱自己亲生的孩子一般地留下了他。从此在他们艰难的生活里,又增加了一层沉重的负担。那孩子就是黑牯。三爹想到这些,感动地叹口气;再看看旁边那只旧摇篮里睡着的那个从北洋军刺刀下救出的孩子,三爹微笑地暗想:这茅屋定是块好风水地,眼前这孩子长大了恐怕更是不简单的。

摇篮里的那孩子这时已经睡熟了。除了风水之说尚需斟酌,三爹的话大体上是有理的:这孩子已经变得不是简简单单的了。连革命军的长官都请过他的客哩。

昨天晚饭以前,于头突然跑到第六连连部,兴奋而乐呵地告诉万先廷:营长要他去赵家把那个孩子抱出来,到营部去玩一玩。万先廷知道营长挺喜欢那孩子,他们很快就要开差了,定是他想看一看。万先廷便欣然地立刻跑到赵家去,跟婶娘说明原委,又怕孩子哭,特意要大凤抱了一同到营部去。

一进营部,万先廷不觉吓了一跳:方桌摆在正中,椅子排得端端正正,杯筷齐全。桌上整齐地摆着四盘四碗,里面盛着满满的大块肉、大尾鱼——万先廷知道,全营今天都打"牙祭"——可也没这样多的菜。这是请贵客的排场,营长从来没有过的。他顿时惊异地问:

"营长,你今天是要请什么客人啊?"

"还有什么客,他娘的!"樊金标满面放光,用手摸着下巴,一面不大习惯地向大风张罗着:"坐,坐!……"

万先廷看着满满一桌的菜,暗想:这样席面,五六个大汉也够吃的,可难道营长却只是专为请这个一岁多的孩子? 这是他的多重的一番心意啊。

大风不好意思地、局促地在桌旁坐下了。樊金标要万先廷也坐下,他自己也在上首坐下了。他望着大风怀里的孩子,轻轻咳嗽一下,用不惯于客气和做东道的口气低声道:

"这回一走,还不准哪年哪月再能见着他了。"他摸着下巴,"这孩子也算是跟我们有缘分,革命就是为的他们,对吧?"他问了万先廷一句,又热烈地转向大风:"你看,随便吃!……"他首先拿起筷子,"都是自家人,用不着客气。他能吃什么,就让他吃个够!……"

大风瞟了满桌的菜一眼,忍住笑,红着脸低声地说道:"他还吃不惯油荤……"

"哦,那没什么……"樊金标显得尴尬地吃惊地说,一霎时不知所措。他望着万先廷,似乎责备自己似的笑骂道:"狗娘养的! ……"他忽然转头向后大喊:"于头,于头!……"

于头一阵风似的走出来,抹着围裙,满面红光。樊金标发愁地皱着眉,向他摊摊手道:"还有啦?……"

"就来!"于头乐呵呵地点头,转身又一阵风似的跑进里屋去了。

万先廷想:"糟了,营长要他拿酒出来了!"

不过两口茶工夫,于头喜滋滋地又出来,手里托着一个木盘,盘上是一碗热气腾腾的什么东西。他敏捷而利索地把碗放到大凤面前。万先廷看见,那是一碗黄嫩的燉蛋羹,不觉也喜悦地笑了。

　　"这个他能吃吗?"樊金标细心地问。

　　大凤微笑着,点点头。

　　樊金标满意地向于头点点头,于头得意而夸耀地笑了。他又转身走回了里屋去。

　　"来,快吃,吃呀!……"樊金标举着筷子说。

　　这顿饭吃完,桌上的菜还没有动去多少。樊金标今天也吃得不多,滴酒未沾。他们的心地都很真诚,可是用语言和动作表达起来却显得拘束、尴尬、不习惯。这大约也是大凤在座的缘故。到他们告辞要走时,樊金标又要他们等一下,并且又大声向后喊于头。

　　于头应声跑出来,他洗得干干净净,穿得利利索索。他看了营长一眼,便要求把孩子交给他一会,"带他去看点玩意"。樊金标也用期待和鼓励的目光望着大凤。

　　万先廷知道于头要玩什么花样了,便从大凤手上接过孩子,交给于头。于头装出蛮内行地抱着,拍打着,很快地走进里屋去了。

　　樊金标又找些话来同他们谈。大凤不时隐约听到里边传来孩子的哭声和挣叫,但很快又停止。她纳闷而不安。樊金标虽是在谈笑,却也明明有些不安地留神听着后边。

　　好容易过了尴尬难忍的一阵,随着越来越近的孩子的哭声,于头飞一般地冲到了堂屋,他仍然乐乐呵呵,可是脸涨得通红。再看孩子,天哪,像玩了一场戏法,全变了:穿着簇新的花衣服,绣花的新肚兜,新鞋新袜,镶着红缨花和闪亮的"宝石"的新帽子,手腕上戴一副银镯子,胸前挂一块镀金的老寿星——简直就像个做生日的小王子。嘴巴里吐着冰糖渣——于头刚才大约就是用这个来堵住孩子的哭声的——看着这一切,连万先廷也惊佩:在这里,他怎么能在这样短的时间内弄到这许多的东西呢?

不过,于头的杰作也并非无懈可击。他不管天热,把所有弄来的衣服全给孩子穿上了。大凤看着,又好笑又着急,慌忙接过来,摘下帽子,解开衣服……不过,樊金标和于头总算像完成了一桩巨大而郑重的心事似的对笑了。

回到家来,一家人看见孩子的打扮,都大为惊奇。大凤讲起这件事的原委,还笑得喘不过气来。

三爹不晓得这件事,要是晓得了,他会高兴得下巴上那根"顶搭"也跳起来的;并且立刻就会像说书似的传到四乡去了。这时,他一面谈着这孩子将后来的福气,一面又谈起先前穷人受过的苦难,从光绪年到民国,从五公的爹爹当族长到五公,他都记得清清楚楚。

这样的又谈了好一阵,婶娘把干粮都已经弄好了,熄了厨屋的灯火,也到禾场上来,一面借着月光继续做那只鞋底,一面听三爹和他们说话。村里的戏也散了,小莺回家来,还热烈地向妈妈和三爹讲革命军演的戏,讲那些革命军演土豪劣绅演得怎样像,有一个胖子就像三公;又讲那些女兵怎样会演戏,会唱歌,当着那样多的人站在台上一点不怕羞。母亲和三爹听得都不住地惊讶,赞叹。可是,赵柄清和大凤开会还没有回来;夜已很深了,他们把摇窝和椅凳都搬回堂屋里去,万先廷想回队伍上去了。母亲慌忙留他,说还预备了"宵夜"的,一家人定要在一桌吃一些再走,不容易的。小莺听说有"宵夜"吃,急着要到青龙寺去喊爸爸跟姐姐,万先廷忙阻止了。只好再等一等。

这时,开着的大门外走过来一个弟兄,万先廷看那身材像张小鹏。他以为有事,正待站起来,只是那士兵站在门口,带着十分熟悉的稚气的声音问道:

"万连长是在这里吗?二营万连长……"

万先廷听出这声音是齐营长的勤务兵小杨,不觉一惊:出了什么事啊?忙站起来走向门口,一面答:

"在这里，小杨。什么事？……"

小杨站在门口并不进来，只是轻声请求道："你出来一下，万连长，有点小事……"

万先廷走出门外，他们到外边不知谈什么话去了。屋里的人都发了呆，不知队伍上出了什么紧要的事，一种说不出的担心和忧虑的气氛笼罩着人们，一时都说不出话。

过了一阵，才见万先廷和小杨又出现在门口。万先廷手里抱着东西，向后面的小杨亲切微笑地说着："进来，进来呀！……"

小杨挺不习惯地走了进来，不好意思地向屋里的人们微笑着，一面低声地叫："大婶，大爷！……"

三爹和婶娘见了不熟识的革命军，也都连忙站了起来，显得有些不知所措地向他微笑，只是说着：

"老总，坐，请坐！"

万先廷走到婶娘面前，微笑着有些为难地说道："婶娘，齐营长也听说了你们收养那个伢儿的事情；他知道你家里不宽裕，眼下农协的事情又忙，怕顾不来，他特为送了三十块钱，给这孩子，要有难处也好应个急……"

"这，那……"婶娘本来就不会说话，这时更被这出乎意外的事情感动得不知所措了。只是为难地说道："那不行，那不行的……"

"我也向他说过，可这是齐营长的一番心意。"万先廷为难地望了小杨一眼，向婶娘道。他拿起手里抱着的东西，报纸包着的三十块银元，下面还托着一个圆形的、绘着花的漂亮的铁盒子。万先廷道："这一盒饼干糖果是齐营长从广州出发时一个朋友送给他的，一直没舍得吃，他说也送给这伢儿当点礼物。"

"不，不要，先伢！"婶娘遇到这样的事，还是十分固执的。他们再为难，也不轻易收别人的东西。这时红着脸道："你大叔的脾气，你是知道的。多谢营长的情，他起这番心都是我们领不尽的，哪还能收东西……"

万先廷一霎时真左右为难了:大叔的脾气他自然知道。可是齐营长的这番情意该是多么重啊。万先廷知道,除了团里营里的事情,这些天齐营长还正为着李副官受伤的事在焦虑。可是,在这样紧张忙碌的时刻里,他却还会为这个连面都没见过的小孩子想得这样周全啊。这三十块钱,固然还不算很多;可是万先廷知道,他们团队因为编额的限制,只能向上面领一个团的薪饷,但为了担负最艰巨的战斗,又不能不保持比一个团更多的兵力。这样,从团长、营长到士兵,饷银都比别的团少得多。这笔钱的积攒是不容易的。而且,在今天全团的军官会议上,由于往下的战斗规模将越来越大,越来越苦,他们团的兵员又有了增加;根据团长的提议,全体军官一致赞同,从此军官都不再领取薪饷。可现在,齐营长把自己仅有的一点积蓄也拿出来了。万先廷先前只听说,齐营长是十分喜欢孩子的;特务队成立后,他常常去看那些大多失去了家庭和母爱的孩子们;在他担任全团的值星官时,他还喜欢亲自到操场上教他们练习兵操动作和拼刺瞄准。他在生活里也总是处处细心地关怀和爱护他们。今天,他的这番心意,该包含着对这孩子的多么深刻浓厚的感情。从手上拿着的这铁盒的糖果饼干也能看出:虽然万先廷不知道送这东西的朋友是谁,可是齐营长从广州一直珍贵地带到这里,保存得这样完好;千里迢迢,该经历了多少艰难,这中间该有着多么厚重的情意啊。可是齐营长却把自己这珍贵的东西也留给了孩子。这又是多么诚挚而又亲切的感情啊!万先廷望着婶娘:这样的感情却又是怎样能够拒绝的呢!

这时,三爹已在一旁明白了怎么回事,他一面亲热地给小杨倒了茶,一面感动地对大婶说道:"大媳妇,照我说,他们营长的心是拿这伢儿当亲人待的。你要硬是退回去,那倒反见了外,会伤他的心的。我说该收下!"

"这,三爹,"婶娘也没有了主意,她十分为难地,"他大叔的脾气……"

"你怕柄清怪你?"三爹大声而爽快地说道,"老大回来了,有我跟他说!"似乎事情就定局了,三爹热心地以主人的身份向小杨道:"小老总,多谢你们营长! 伢子长大了,他会记得革命军的……"

万先廷也欢喜地把东西放到桌上,向小杨道:"你坐一坐,说说话,喝完了茶再走。"

"不,营部很忙,回去还有事情。"小杨见东西已收下,衷心地笑着,腼腆地说。他似乎预备走,又望望堂屋里,忽然向万先廷低声问:"万连长,那小孩子在哪里?……"

"在这里!"小莺一直没出声,这时在靠壁的摇篮旁边热心地说,"他睡着了还在笑咧……"

万先廷和小杨走过去。三爹端了桌上的灯,也热心地跟了过去。

摇篮里,那孩子甜蜜地睡着:红嫩的圆脸、长长的睫毛、小蒜头鼻、小嘴唇;多么好的一个孩子啊! 他在睡梦中,似乎也正遇见了什么美好幸福的事情,他笑了,嫩嫩的脸上便现出两个小酒窝来。小杨看着,也天真地笑了;他留恋地看了一会,想起终于得走了,他忽然很快地从自己的衣袋里拿出一个纸包,放到孩子枕边,顿时红了脸,慌张地低声说了句:"万连长,这是我的……"便急忙向万先廷敬了个礼,似乎怕人看见他脸红似的,转身飞快跑出去了。

万先廷惊讶地拿起那个纸包来,打开看时,里面包着的,是六块还带着微热的体温的银元——他急忙叫着小杨的名字赶到门口,可是小杨已跑得无影无踪了。

万先廷握着那包分量格外重的银元,激动而又难过地转回身来。他看见,婶娘正站在孩子的摇篮边悄悄地擦着眼泪,那是喜悦而感动的泪水……

四十二

早晨,安平桥完全沉湎在一片沸腾、热烈、喜气洋溢的革命气氛中了。一来,今天农协开始了打倒土豪劣绅;到处成群结队,一片红旗,歌声、口号声、欢笑声,响彻山岭。二来,革命军今天又要出发北上了;士兵们正在作着集合前的准备,到处人喊马嘶,敲锣打鼓,军号声、口令声,四处应和。安平桥充满着一片蓬勃的、革命的朝气。

第二营营部显得很清静。一大清早,于头和营部的另外几个勤务兵就把他们住的屋子里外打扫得干干净净了。这时,于头正蹲在铺板上捆行李:大捆是樊金标的,小捆是他自己的,都挺简单。他这时只穿一件粗布小背心,这背心实在只是一件截掉了袖子的棉布褂子。光着头,短军裤,草鞋。他一面专心地捆,一面乐呵呵地哼着小曲:《小姐妹探军营》。他满脸红光,挺高兴,明明是刚才喝了点。

樊金标站在一张方桌旁边,一只脚踏在长凳上,手摸着下巴,在看桌上的地图。他这时,一面看着即将要前进的行军路线,熟记着未来要经过的那些村庄、山岭、小河;而另外,也是最主要的,他在等着起义湘军的一支队伍来接防。据团部的命令,他们现在已经应该到了。接防的是起义湘军的三十九团;读者诸君如果还记得的话,先遣团刚打进湖南时就曾遇见过他们的。樊金标听说起他们就窝火,心想,别叫他再碰见那个怕死鬼二营长——王重远。据说那家伙还升了官,当了中校,真是天晓得!

“营长,还没看完啊?”于头有些耐不住寂寞了,搭起话来,“说真的,我情愿把这儿交给农协的自卫军,也不愿意交给那些窝囊废!那帮饭桶、草包——操他窝窝,可倒好,咱们拼命打了天下,他们倒大摇大摆地来了……"

"得了！"樊金标抬头打断他道，"你给我少说点废话。一个老鼠坏锅汤，别把事坏在你一人身上！"其实，那些话也正是他自己的心里话，可是他得忍住。

"啧，营长，我说的，这些时，你可真——"于头乐呵呵地研究着樊金标，为他自豪地摇着头道，"真变了个心眼哩！……"

"得了，我可不喜欢马屁精！"樊金标并无怒意地斥责他道，"东西全整理好啦？"

"嘿，你还有多少东西啊，拿到当铺换顿好酒好饭也不够！"于头看着他说。他把捆好的背包拍了两下，索性在铺板上坐下，从裤腰带上扯下小烟口袋来，撕了一片纸卷着烟，说道："你一早上也没出去，营长，外头可真热闹着哩。农协可真闹起来了，抓了那些土豪劣绅，戴上纸高帽子，披上草包，拿绳子牵着，还要他自己喊：'我是土豪劣绅！'嘿，操他窝窝的，真痛快！比我们在浏阳的那一回还痛快！我说，要是在我们乡下也……"

"快啦！"樊金标仍看着地图，声音明明很高兴地说道，"你可不能动手，懂吧？"

"那当然！"于头自豪地仰起头说。他熟练地卷好了烟，点着火，讲得更起劲了，"咱们六连长那个——那个干姊妹可真了不得！你瞧她带着队伍，讲得头头是道，那么些人全听她的。她也调派得开，数起财主的坏事来连个顿儿也不打！啧啧，那姑娘真是好样的，模样儿又俏，真水灵，看着就跟碗甜蜜蜜的水酒似的……"

"你又胡扯些什么了！"樊金标听他说得有些跑题了，斥责道，"你如今吃着革命军的饷，别那么邪魔外道的！"

"瞧这，革命军也不兴连句笑话也不让说。"于头显得挺委屈地皱着眉说；他摇摇头，吸了两口纸烟。他想不说话，可是憋不住，停了一会又起个话题道："你听说过李副官的伤势吧？听杨副官回来说，他还危险着哩……"

"怎么?"樊金标急忙抬起头来,担心地问,"怕治不好吗?"

连于头那素来不知忧愁的人,这时也沉重地摇摇头,低声说道,"可难说。伤着了要害,他体质又弱,听说救护队的何队长都不敢动刀⋯⋯"

樊金标沉默了。他想起李剑那文弱的、热情的脸;虽则他们接触并不很多,但一旦听到他危险的消息,心里却升起了一种奇怪的难过和惋惜。

"可也偏巧,"于头又道,"他的那个——那个,他们叫什么未婚妻的也来了⋯⋯"

"她同齐营长去看了吗?"樊金标问。

"齐营长去找她的,我没有见着人。"于头说道,"我听团部的人说,齐营长可真是担得重。团长命令一营担任后卫,还要齐营长一定把这事办好,怕李副官有个好歹⋯⋯"

这时,一个副官匆匆走了进来,敬礼报告道:

"营长,三十九团的王营长已经来到了⋯⋯"

"谁?"樊金标已经明白了,发火地问。

"三十九团二营王营长⋯⋯"副官惶惑地望着他道,"他们来接防的⋯⋯"

"这小子!"于头从铺上跳下来,乐呵呵地骂道,"操他窝窝的,他倒真来了⋯⋯"

"再胡说,当心我枪毙你!"樊金标愤怒地向于头发火道,其实他这是为了抑制住自己的愤懑;转身向副官大声命令道:"请!"

"是。"副官看了营长一眼,转身出去了。

王重远进来了。似乎人升了官,生理也会发生变化;他比几个月前见到时发福了不少,也神气了不少。虽然长途劳顿,还是精神抖擞。他们当初的湘军制服都换了青灰色的革命军服,和尚帽也换了大檐帽;那衣服的料子发光,似乎是什么丝绸之类;黑马靴、武装带、长长的银色的指挥刀,他那臂章上的军阶:两条黄杠和两颗

星,格外鲜艳。不过,他一见樊金标,还是很客气地,先打了个敬礼:

"樊兄,久违久违! 想不到——"他打了两个哈哈。

"你们来得正好,王营长。"樊金标的声音里带着勉强的热情说道,"请坐吧。"

他们坐下后,于头给王重远奉了茶。接着,樊金标便向他介绍这里的情况,干脆利索地谈完了。然后,他们转向了题外的谈话。这其实是王重远为了在他们面前讨点好;樊金标是一分钟也不愿意同他多待的。

"樊兄,你们这一路实在辛苦了!"王重远显得十分亲密地说,"实在是……"他难受地苦着脸,似乎找不出恰当的话来形容。

"没什么!"樊金标闷闷地说道,"当兵打仗嘛,就这样!"

"哪里哪里!"王重远满面笑容,接着把他在省城听到的关于这个团的那些传说滔滔不绝地谈出来,其中又加上他自己的加工;他那口才是十分惊人的,表情也恰如其分,满以为会博得樊金标的高兴。然而一看樊金标,他的脸色越加板得厉害了。

"省城怎么样?"樊金标突然打断他问。

"很好,很好!"王重远连连点头,"一派革命气象! 真是热情如火,红旗似海……"他今天比那回在碌田沉着得多;反正没有北洋军在屁股后撵着,有的是说废话的时间。他高谈阔论,口若悬河。

可是突然,外面响起了一声清脆的枪声。

这时王重远正在一面谈,一面端起茶碗来——枪声一响,他的手不觉抖了一下,茶水洒了出来。他顾不得这些,只是惊慌失色地急忙问:

"樊兄,这——"

樊金标向待在旁边的于头道:"去看看,他娘的谁走火了?"

但是于头还没走出,六连长的勤务兵张小鹏匆匆跑了进来,向樊金标敬礼报告道:

"营长,黄埔军的几位长官跟农协的人发生冲突了!连长要我来报告……"

"什么长官?"樊金标站了起来。

"一个是中校团副,"张小鹏道,"是这里劣绅赵三公的儿子。他回来听说农协抓了他的爹游街,他就带着人去在路上截住了……"

"枪是谁放的?"樊金标打断他问。

"是他们!"张小鹏愤愤地说,"农协的人跟他讲理,他不听;后来我们连长也在那里。那帮家伙真野蛮,随便就开口骂人。他说他们的队伍都开过来了,要不放人,他们就要武力解决呢……"

"什么?"樊金标气愤地问。

"他说就要开队伍过来……"

"狗娘养的,他逞什么威风?!"樊金标愤怒地喊道,"于头,把队伍拉出来!"

"是!"于头麻利地立正回答,急忙穿衣服。

他刚要走,可是樊金标叫住了他:"等等。"樊金标竭力压住怒火,使自己清醒了一下,接着说道:"我们先去看看。"

事情是这样闹起来的。

昨天夜里,平江南区的农民代表们就来安平桥开会了。直开了大半夜,决议了好多事项:支援革命军,送粮草,选送新兵,派民伕;修路架桥;拆庙祠,办学堂;惩办土豪劣绅,准备减租,等等。个个兴高采烈,回去就连夜开起大会来,火把把这僻静的山区映得一片红。

第二天一大早,安平桥一片锣声、歌声、口号声,人群从四面八方打着红旗和标语旗,到青龙寺门口会合。大风穿着一身干干净净的蓝布衫,剪着短发盖,腰里扎一根皮带——那是先廷哥送给她的,脸红喷喷的,更显得美丽健壮。她站在青龙寺大门外的台阶上,向人们宣布了农协提出的先惩治的几家豪绅,头一名就是赵五公,三公之类自然也名列前茅;四公早已逃回省城去了,由县农协统一去办交涉。每宣布一个名字,人群里便响起一阵雷一般的吼声和口号声。接着,他们就拿出早就准备好的纸糊高帽、麻袋袍褂、哭丧杖和绳索,浩浩荡荡地向那些从前是阎王殿一般的深宅大院拥去。多少年积压下来的仇恨和怒火,今天终于山洪般的爆发出来了。

这一回,游乡示众的只有六七个民愤最大的豪绅。他们的威风完全扫光了,头戴纸糊高帽,上写"劣绅×××",身穿麻袋背心,手拄哭丧杖,背上被人贴满了红红绿绿的标语;身后有一个手拿红缨枪的农民用绳子牵着,一路上逼着他们自己喊:"我是土豪劣绅!""我霸占农民的田产,喝农民的血汗!"……后面是一队一队整齐的扛着红缨枪的农协自卫军,再后就是洪流一般无穷无尽的欢腾的人群。

这一天,恰好当上了革命军团副的云亭少爷也赶回来"祭祖"了。陪同他的有那个眯眯眼的团参谋长汪贵堂。还有十个一色大马快枪的护兵。他们到家一看时,家里正乱得一团:长工、佣人、丫头已经全体走光了,那高大宽深的厅堂,格外阴沉;他的老娘在哭嚎,他父亲的几个姨太太在寻死觅活地闹上吊,他自己的老婆也在哭;你怨我、我怨你,吵成一团。赵云亭问明情由,顿时气火攻心。他的老娘又在旁边一把鼻涕一把泪地向他哭嚎:

"你在外头当的么子官哟!连祖宗的牌位都叫那些砍头鬼掀了。该死的啊!你爹的性命还在那些灭门户的手里哟……"

赵云亭一想起那帮"灭门户",最先就想起了赵柄清、大凤、万先廷……他咬牙切齿,恨不得立刻抓来一个个砍了他们。他先把家人安慰了一番,然后气愤地向汪贵堂道:

"贵堂兄,你看,革命革到老子头上来了!祖宗的香烟都不能保,我还算个什么人?!……"

汪贵堂是个人云亦云的老手;节骨眼上的话他守口如瓶,"摆尾巴"的时候他是勇士。这时他也慷慨激昂地大表同情,愤怒地说道:

"这简直是胡闹!"他睁开了血红的小眼,假嗓子也出来了,"总理哪有这样的主义? 这不叫革命! 这是强盗、土匪、乌合之众! 这是共产党捣乱! 这是……"

满腔热血鼓舞着,他们骑着马,带了那十个护兵,就冲出村子去。他发誓要赶上游乡的农民队伍,把他爹救出来。汪贵堂自不必说,只要不提借钱的事,他愿为朋友赴汤蹈火。

很凑巧,他们跟游乡的队伍在青龙寺门外就遭遇了。

"站住!"云亭少爷拔出腰间的手枪来,威风凛凛地纵马拦在了农民队伍的前面。那十个护兵也一字地摆开,抽出了快枪,如临大敌。

这突如其来的动作,使农民队伍停下来了。刹那间的沉默,人们都震惊了:革命军为什么会挡路呢?

大凤从人群里走出来,走到队伍前面。她心里明白,理直气壮地问:

"你们想干什么?"

"啊——"赵云亭看见大凤,装作亲密地笑起来,并且收起了手枪,"是凤妹子啊! 这一向都好吧? 先廷回来了吧? 我在广州见过他……"

"他回来了。"大凤冷冷地说道,"你挡住队伍做什么?"

这时,在赵云亭后边的汪贵堂,那双小眼睁到了最大限度;他的眼光一触到大凤时,就被她那惊人的美丽吸引住了。她的美丽跟他们在广州时邂逅相遇的那个少女比较,又是一种颜色,又是一种风味;她是健康而鲜润的,像一朵带着露珠的盛开的玫瑰。然而,从她此刻的神色和声音里,他想起赵云亭的话来:这是一朵带刺的玫瑰。

"好吧,我们就直说了吧!"赵云亭故作镇静地笑了笑道,"凤妹子,听说你把三爸跟五叔都抓来游街了。你这不是胡闹吗?三爸是你族伯,五叔是赵氏宗祠的族长,你怎么能听那些外姓人唆使,干这种灭门绝户的事!"

大凤看了他一眼,说道:"抓土豪劣绅游街,是农协讨论决定的,这跟一家一族不相干。再说,往年逼租要债的时候,你们也从来没念过同族同宗,今天怎么又格外攀起亲戚来了?"

"嘿嘿,"赵云亭干笑一声,说道,"想不到凤妹子的一张嘴,到如今真是越来越出息了! 可是,就不讲同族同宗,我是个革命军官,我在为民众为主义拼命流血,我的家属总不能当土豪劣绅办吧? 嗯?"

大凤犹豫了一下,她没防备他这样的反问。她不觉求助地向两旁望了一下。当她望见后面那一望无尽的人群时,顿时感到了一种无穷的力量,她向赵云亭道:

"他们是不是土豪劣绅,也不是我一个人说的! 你问问众人:他们算不算劣绅?"

后面响起了一阵哄笑,有人吼道:

"狗日的,他们要不算劣绅,那连吴佩孚也不算军阀了! ……"

"哼,"赵云亭冷笑一声,向大凤道,"凤妹子,别的没学会,共产党的这一套你倒学会了! ……"

"你别管是学哪个的。"大凤说道,"你要是革命军,就该站在民众这边!"

赵云亭一时说不出话,停了一下,他恼羞成怒地说道:"凤丫头,我是把好话说在前头,先礼后兵! 你要是六亲不认,可也别怪我手下无情!"

"哼,"大凤也冷笑一声道,"我也是把话说在前头,你们赵家逞凶霸道的年头过去了! ……"

"混蛋!"赵云亭突然吼道,脸变得像猪肝,他重新拔出枪来,向卫兵一挥:"枪上膛!"

一阵乒乒乓乓的响,卫兵们的盒子枪都顶上了子弹,枪口对住农民队伍;然而,与这同时,前面那一队维持秩序的农民自卫军也取下了肩上的洋枪,哗啦推上了子弹,对住赵云亭那帮人。

"告诉你,赵云亭!"大凤心中忍不住愤怒,勇敢地叫出这位大少爷兼中校的官名来,厉声道,"你要敢向农友开枪,你们的人一个也跑不了!"

后面的汪贵堂见这气势,早已吓得眼睛又眯缝起来,连忙拉拉赵云亭的衣服:"云亭兄,别发火,别……"

赵云亭气得发抖:这真是反了天了! 从前这些低贱的泥腿汉子,如今竟然变得这样气焰嚣张起来。他咽不下这口气! 哼,谅他们也不敢把他这个革命军的长官怎么样! ……

这时,农民队伍中也怒吼起来,人们七嘴八舌地喊:

"冲过去! 缴他的盒子炮! ……"

"日妈的,他赵家压我们压了几十百把代,如今还想逞威风啊!"

"凤姑,快发个号令冲过去! ……"

大凤看着赵云亭那张牛角脸,越看越气,再也顾不得说别的,便转身向后喊道:

"别管他,农友们,我们还是游乡去——!"

人流又移动了,汹涌起来。赵云亭和他的那几个兵压不住阵,那些马也直往后退。赵云亭举枪大吼一声:

"别动! ……"他同时朝天开了一枪。

这时,恰巧万先廷也在青龙寺的大殿里。本来,今早晨他已经回了队;他是个连长,还有一两百弟兄要照应。可是,早饭后黑牯找到他说,容大叔从省城带到了一封信,说他要马上从省城那边到湖北去,不能再到安平桥来了;那信上还谈了省城的一些情况。信在大凤手里,她说要万先廷临走前抽个空去看一看。万先廷把连里的一切出发准备工作都安排好了,叫弟兄们都休息听候号声后,这才到赵大叔家去。不过,大凤已经到外村游行去了。婶娘又留他坐了一会,虽然舍不得叫他走,又怕队伍上要开拔,便叫他到青龙寺去看看,大凤游乡完了是要先到那里的。万先廷便到了青龙寺。那里只有陈三爹一个人看门,别的人都游乡去了,还没回来。万先廷看见自己的勤务兵张小鹏也在那里。他是给农协送了柴草钱来的,被陈三爹留下喝杯茶,并且又津津有味地给他讲起汀泗桥天险——后来看见万先廷去了,三爹赶紧煞住嘴,转口讲大凤,一面告诉他游乡队伍一会就要过来,一面向他夸赞大凤这些时的出息,说她担起了她爹的一半担子,真是个穆桂英。

后来,游乡队伍果然过来了。但是,没等万先廷迎出去,外头就发生了云亭少爷挡道的事件。万先廷想到自己是个军人,这时出去怕反而不好,他便又待下来了。大凤在外头同赵云亭的那番对话,万先廷听得清清楚楚。他不觉也暗暗佩服,大凤这些时的进步多么惊人啊;想到从前那个大凤,他不觉又想起容大叔来到这里后这山村里的许多巨大变化来。这些时,大凤跟着容大叔,真学得赶过万先廷了啊!他听着听着,外头的争执越来越厉害,接着,又响起了一声震耳的枪声……

万先廷再也忍不住了,他一面命令张小鹏赶紧到营部去把情况报告营长,一面走了出去。

不过,万先廷出来的时候,情形已经变样了。当云亭少爷的那一枪刚响时,自卫军就一齐围上去,用枪逼住了他们。少爷和他的护兵虽则穿军衣的时间并不算短,然而却连敌人的后脑勺也没见过;不过一眨巴眼的工夫,他们的枪就全被缴下来,连在一旁装迷糊的汪贵堂也没例外。万先廷出来看时,赵云亭那帮人虽则还骑在马上,可是一个个显出苦相,像一群初次出场的、骑在山羊背上的猴子,在看客中间,显得很狼狈。

“让一让,乡亲们。”万先廷怕那些毛手毛脚的小伙子们闹出事来,一面从人堆里挤过去,一面说。那些人见是万先廷来了,也便自动地闪开了路。

"哦,先廷……兄!"赵云亭看见万先廷,慌忙笑着打招呼,"你也来了。你看,这、这……"

"刚才是你们放枪吗?"万先廷站在他前面问。

"呃,"赵云亭支吾着道,"我不过……不过是怕他们乱来,朝天警告一下……"

万先廷看了旁边的大凤和乡亲们一眼,向赵云亭道:

"你既是怕他们乱来,怎么又偏要找到这里来呢?"

"这,"赵云亭窘迫地看了人群一眼,知道跟这帮人难说话,闹不好反吃眼前亏,便只好赔笑道,"这本来是一点小事,农协的同志没闹清我们家里是革命军长官的亲属,把家父也抓来了,我来申明一下。"

"农协的同志闹得很清楚,"万先廷道,"因为知道你是革命军,才没有派人去找你回来算账!"

"什么?"赵云亭火起来了,恼羞成怒道,"你——别忘了,你现在是一个革命军人,不要还跟农民一个鼻孔出气,帮他们说话!"

万先廷冷笑一声,望着他问道:"一个革命军人,不帮农友说话,难道还帮土豪劣绅说话?"

这句话把赵云亭问住了,他呆了一下,接着又摆起架子道:"你别用这种口气对我说话! 你不过是一个中尉,你们的长官是怎样教导你的?!"

"长官教导我要保护革命,保护工农民众的权利!"万先廷不觉心情激动起来,义正辞严地说道,"谁要是反对这个,哪怕他是总司令,我们也应该反对!"

"什么? 你敢反对总司令?!"赵云亭抓住这句话,向旁边吼道,"岂有此理,你们都听见的! 他好大胆,无法无天! 他敢反对总司令!"

"你不要强词夺理。"万先廷压住愤怒对他道,"我们哪一点算反对了总司令?我们从广州一路打到这里,多少弟兄流了血、丢了性命,这也是反对总司令吗?"

"你不要逃避!"云亭少爷撒赖地说道,"你不要逃避!你说过的……"

这时,大路上一阵马蹄急响。云亭少爷回头望去,只见一列骑马的军人向这里驰来,不觉心中暗喜,以为这是援军到了,便回过头来狠狠地看了人群一眼。

骑马的军人驰近了。最前面的正是樊金标,后面紧跟着王重远,再后面是于头和王重远的两个勤务兵。他们驰到人群里边,便勒住马。

"哦,"赵云亭看见为首两人都是校级,连忙客气地招呼,"二位是——?"

"得了!"樊金标板着脸,干脆地问,"你们是哪一部分的?"

"敝军是……刚从广州赶来的。"赵云亭慌乱地回答,"兄弟赵云亭,军阶是中校团副,敝团是跟随蒋校长……"

"你们跑这儿来干吗?"樊金标打断他问。

"我们……"赵云亭见他不好说话,发现他的脖子上也是围着刺眼的红领带,知道也是先遣团的——难缠。再一看旁边那个中校是没有红领带的,便尽量向他说话,"兄弟是奉命回家来探亲的……"

"你跑到农协来探什么亲?"樊金标质问。

"这,兄弟……"赵云亭支吾着说不出来。

但是,就在这时,先遣团的全团集合的号声响起了。他们即刻就要开拔了。

这时,王重远趁机以主人身份在一旁劝解道:"樊兄,我看,彼此都是革命军,一口锅里吃饭,都是一家人,就算了吧。"

赵云亭见他很够朋友,急忙趁机道:"哦,这位同志说得对,我们都是一家人,革命军就是亲弟兄……"

"樊兄,你看?"王重远在一旁小心地探问。

"好吧。"樊金标急着出发,赶紧把这桩事了结,又向王重远道,"王营长,你以后要为这件事负责任,不许再有这样的捣乱行为。"

"兄弟担保!"王重远满口答应。其实他心中早有算盘,黄埔军是总司令的嫡系,他的部下自然也都是亲信,两不得罪,这样的人情是一本万利的。他于是转向赵云亭道:"赵团副,你们可以走了!"

"谢谢,谢谢!"赵云亭连连感激地点头,又为难地道,"不过,我们的枪……"

"哦。"王重远顺着他的目光一瞧,明白了,便又向樊金标赔笑道:"樊兄,这农协缴革命军官的枪,这举动未免——嘿嘿,是不是也还给他们?"

"好吧,"樊金标愤然地说道,"还给他们,叫他们快滚!"

"樊兄高明!"王重远转向众人,竭力作出气派,符合自己那调解人的身份道:"农友们! 今天的事,完全是一场误会,让诸位农友受了惊,很对不起……"

万先廷在人群里,向大凤道:"把枪还给他们吧。"

大凤转身向农协自卫军的那个小队长说了句话,他们便把缴下的枪还给了赵云亭和他的随行人等。农友们给那些人闪开一条路来,让他们灰溜溜地骑马走掉了。

"王营长,我们要出发了。"樊金标向王重远道,"这里的农友为革命流过血,拼过命,好容易才盼来今天! 往后的事,还请你多加关照!"

"当然当然,兄弟分内之事,敢不尽职!"王重远作出感动的样子,表白道,"我们革命军为的就是工农的利益! 请你放心,樊兄,只要我王某在这里一天,我就一定跟农友们站到一起!"

樊金标点头,挥鞭向于头道:"走!"

"祝你们——樊兄!"王重远亲热地举起手喊。他见樊金标已走,似乎为了表白一下自己的身份,便向农民讲演起来,声音洪亮、恳切,"农友们,兄弟是今天才从省城开到的! 兄弟一贯同情农民运动,今后,还要请各位农友父老……"

这时,万先廷和大凤已经走到了人群外边,站在青龙寺门口的台阶上。万先廷匆匆看完了容大川写来的那封信,沉默了一瞬,向大凤道:

"我们要走了,大凤。往后,你们的担子就更加重了。"他凝视着赵云亭他们去的那个方向,含意深刻地说道,"就像大叔信上说的,在这里,一场新的斗争已经开始了。"

"你放心吧,"大凤低声然而坚定地说道,"我们在家总要好些的。只是……"她抬眼向远方凝视了一瞬,流露出依恋难舍的情感,向万先廷温柔地说道:"你们的路还很长,你也要多保重……"她含情脉脉地望了万先廷一会,突然孩子气地急声说道:"你背过脸去! ……"

万先廷从她那纯真的明亮的目光里,似乎感到有什么幸福的事情,他顺从地微笑着转过身去。刚一会,他又听着大凤的声音道:

"过来……"

万先廷连忙转过身来:大凤的手里,已拿着两个崭新的荷包。她带着不好意思的羞涩的笑意道:"你的那个荷包不是在战场上丢失了? ……我又绣起了两个。"她把那个大些的绣着朴实的蓝底黄花的荷包先拿起来,说道:"这个你去送给那个老班长,你不是说他没有好的烟荷包?"她把这个荷包递给万先廷,又拿起另一个小巧的还绣了字的荷包来,看了他一瞬,低头含着笑,伸给他道:"这个再给你丢去! ……"

万先廷兴奋地接过来,看着,那荷包上绣着一对活生生的十分亲近的鸳鸯,上面还绣着四个红字:"革命到底"。万先廷抬起头来,用喜悦而幸福的目光看了她一眼,问:"装着什么?"他一面就要打开荷包来看。

"不许看!"大凤急忙按住他的手,抿着嘴,孩子气地笑望着他,又满含情意地偏着头低声道:"等过了湖北界再看……"

万先廷微笑着点点头:"好。"他把荷包放到上衣的左边口袋里,看着大凤,低声地、充满情感地说道:"我要走了,大凤……"

"要有方便的人,常带个信……"大凤也低声地说。

万先廷默默地点点头;本来有许多叮嘱的话,这时却觉得一切都是多余的了,他紧紧握住大凤的双手。虽然,他们互相都知道,摆在他们两人面前的路,都将是十分艰巨漫长的;但他们却充满着信心;在惜别里,完全没有了初次分手时那种茫然若失的伤感和凄怆;有的,只是团体的力量,和对战斗、对胜利的向往。他们默默对视着,那双紧握着的手,表达了他们内心里那刹那间难以用言语来表达的复杂的情感。然后,万先廷松开手,望着大凤,憨实而又情意深长地微微一笑,便坚决而满怀信心地转过身去,向着队伍集合的地方,迈开大步走去了。

大凤感到自己的眼眶里湿润了。但看到他那坚定的越走越远的背影,和那雄壮前进着的浩荡的队列时,她不觉又充满力量地昂起头来,两颗晶莹的泪珠闪动了一下,但她却像是摆脱了什么重负似的轻快地舒了口气……

他走了。仿佛这不是遥遥无期的、充满艰险的别离;而只不过是一次家常的、短暂的分手……

1959 年 5 月初稿于北京
1962 年 8 月四稿于福建沿海某地